EDITION W

MARIE-LUISE WOLFF

Die Unbeirrbare

Das abenteuerliche Leben der Mme Clicquot

EDITION W

Mehr über unsere AutorInnen und Bücher:
www.edition-w.de

Die Deutsche Nationalbibliothek verzeichnet diese Publikation in der Deutschen Nationalbibliografie; detaillierte bibliografische Daten sind im Internet über http://dnb.d-nb.de abrufbar.

ISBN 978-3-949671-12-8

Umschlaggestaltung: Michaela Spohn Design
Satz: Publikations Atelier, Weiterstadt
Printed in Germany

»Keiner von uns möchte sein ganzes Leben
in ruhigen Gewässern verbringen.«

Jane Austen 1815

Gefangennahme

REIMS, Sommer 1789

»Und jetzt, komm mit.«

Stumm, angstvoll, gelähmt, lässt sie sich auf dem Vorplatz der Abtei Saint-Pierre-les-Dames in eine Nische bugsieren. Nicole wendet ihren Kopf zur Seite und richtet den Blick auf ihre Freundinnen – drei, vier Mädchen, die sich noch in der Nähe der Eingangspforte der Schule aufhalten. Sie versucht, ihre Augen scharf zu stellen auf Mathilde, als könnte die Freundin zu ihr herüber kommen und ihr helfen.

»Schau da nicht hin, Nicole«, zischt jemand von oben.

Sie wendet ihren Kopf zurück, blickt hinauf zu der Frau, die zu ihr spricht und sie fest am Arm hält. Sie nimmt ihr großes Kinn wahr, ihre müden Augen, ist irritiert über ihre Bauerntracht, ihr offenes Haar, ihre ungepflegte Erscheinung und über die ungewöhnliche Ruppigkeit, mit der sie ihr Befehle erteilt, sie vor sich her treibt, als wäre sie ein Stück Vieh.

Alles das ist neu.

Nicole Ponsardin ist elf Jahre alt und die Frau, die sie in dieser Weise gängelt, eine Schneiderin in den Diensten der Familie. Direkt vor dem Eingang zur königlichen Mädchenschule hat sie sie abgefangen, gerade in dem Augenblick, als Nicole nach der väterlichen Kutsche Ausschau hält, von der sie erwartet, wie an jedem anderen Tag der Woche, genau hier abgeholt zu werden. Warum kommt die Kutsche nicht? Auch nicht, als sie sich noch einmal gründlich nach ihr umsieht? Alles ist in diesen Wochen möglich. Entführung, Erpressung, Putsch, oder aber: Nichts davon. Ihr Vater hat sie vorgewarnt. Keine Zeit für Fragen verlieren, hat er ihr eingeschärft. Ein Pulk von Mitschülerinnen steht um sie herum, als die Schneiderin erscheint und sie herauswinkt. Hat ihr Vater sie wirklich geschickt? Aber warum jetzt? Warum genau heute? Was will sie von ihr, sie, die sonst die Schneiderin ihrer Mutter ist? Widerwillig und skeptisch wartet Nicole auf eine Erklärung.

»Du ziehst das jetzt an,« sagt die Schneiderin, die Elise Le Compes heißt.

Sie hält ihr ein gefaltetes Stück Stoff vor die Augen, so nah, dass Nicole nichts davon erkennen kann. Sie klingt erregt, ungeduldig, sieht verärgert aus, denkt Nicole, oder angespannt. Während sie sich langsam vom Schultor entfernen, prüft sie mit umherschweifendem Blick, ob sich ihnen jemand nähert. Die beiden Frauen befinden sich jetzt an der Seite der mächtigen Klosterbasilika. Hellgelber Sandstein, vor Jahrhunderten dem heiligen Petrus geweiht. Saint-Pierre ist die kleine, die zweite gotische Basilika von Reims, deutlich älter und weniger spektakulär als die Notre Dame-Kathedrale, hat jedoch ebenfalls zwei gedrungene Türme und jene typisch opulente Fensterrosette in der Mitte der Fassade. Direkt neben Saint-Pierre liegt das unscheinbare Frauenkloster, christlich-katholisch, mit Schulbetrieb, begehrt für die Erziehung höherer Töchter, reserviert für die behüteten Mädchen adeliger oder auf anderen Wegen zu Einfluss und Reichtum gelangter Eltern. Nicht nur aus den Departements der Champagne strömen die Töchter herbei, um diese Schule zu besuchen. Das Kloster wird die Revolution nicht überleben.

In der Krönungsstadt der französischen Könige stinkt es unangenehm in diesen heißen hochsommerlichen Tagen im Juli 1789. Und vor den Toren der Kirche ist es mit der Ruhe und Beschaulichkeit früherer Jahre vorbei. Massenweise Bettler halten sich dort auf. Überhaupt sind viel zu viele Menschen in der Stadt, und seit einiger Zeit ist es auch in Reims üblich, in der Umgebung von Kirchen zu urinieren.

An den Bettlern vorbei, um das Gotteshaus herum, biegen sie auf einen Kiesweg ein. Die Schneiderin ist zielstrebig, sie hat einen Plan, hat sich diesen Weg vorher ausgedacht, anders kann es nicht sein, denkt Nicole. Ihre Schritte sind kraftvoll und zügig. Der Gang verrät einen immer. Wie eine Puppe schiebt sie das Mädchen vor sich her.

»Du ziehst das jetzt gleich an,« wiederholt sie. Ihre Befehle klingen scharf, aber auch ein wenig einstudiert.

»Warum sind Sie hier?«, fragt Nicole. Der trockene Kies knirscht so laut unter ihren Füßen, als gäbe es kein anderes Geräusch auf der Welt. Von schräg über ihr keine Antwort.

»Heilige Maria«, denkt sie. »Was soll ich tun?« Ein Hund bellt, es schlägt vier Uhr.

»So, da wären wir!«, ruft die Schneiderin plötzlich und stellt ihre Kiepe auf dem Kies ab.

»Warum sind wir hier?«, wiederholt Nicole und sieht sie an.

Zum ersten Mal bemerkt sie eine senkrechte Kerbe im Gesicht der Schneiderin. Und einen scharfen Schlitz in der Mitte ihrer Stirn, direkt über der Nasenwurzel beginnend und fast bis zum Haaransatz in ihre dünne Haut gemeißelt, die ansonsten glatt ist.

»Du weißt, worum es geht. Du musst hier weg«, raunt sie ihr zu.

»Aber warum werde ich …«

»Du wirst dich jetzt umziehen – sei nicht töricht, dein Vater möchte, dass du mir folgst«.

Noch bevor Nicole weitere Fragen stellen kann, wirft die Schneiderin ihr das graue unscheinbare Stoffpaket zu, das sie schon den ganzen Weg über in ihrer Hand gehalten hat. Nicole fängt es auf, klemmt es zwischen ihre Knie, bevor sie ihr Kleid über den Kopf zieht. Der Stoff der neuen Bekleidung ist hart, er kratzt sie schon jetzt, wo er nur an einer einzigen Stelle ihres Beines schubbert, aber sie pariert, streift sich das raue Hemd über, während ihre Begleiterin es an ihrem Körper zurechtzupft. Zu Hause wird sie die nicht mehr benötigten Kleidungsstücke der Familie sorgfältig auftrennen und neue daraus nähen. Nichts verschwenden, auch aus den Stoffresten ist immer noch etwas zu machen, ist ihre Devise. Sie ist groß, diese Schneiderin, ihr Vater nennt sie »le perfectionniste«. Genau das ist wohl der Grund, warum er ihr diesen Auftrag gegeben hat, denkt Nicole.

Dieser Gedanke beruhigt sie ein wenig. Nicole will beobachten und sich merken, was die Schneiderin tut. Mit ihren kleinen durchdringenden Augen studiert sie die Handlungen ihrer Entführerin, versucht sich einzuprägen, was sie sagt. Ein unverdrossenes, zähes Mädchen ist diese Nicole, allerdings fügt sie sich nicht gern. Ständig verhandelt sie zu Hause über alles Mögliche. Sie möchte das Schachspielen lernen oder tote Vögel auseinander nehmen, um deren Flügel zu studieren. Noch lieber begleitet sie ihren Vater in die Fabrik.

An der Klostermauer tritt die Schneiderin zurück, mustert Nicole, reicht ihr eine grobe Kordel, damit sie sich das Hemd in der Taille zusammenbindet.

»Und nun gib her, deine Schuhe!«, befiehlt sie ihr.

Sie zieht ein Paar einfache Holzpantinen aus der Kiepe, stellt sie Nicole vor die Füße, wartet, bis sie Strümpfe und Schuhe ausgezogen hat. Die weißen Strümpfe des Mädchens wickelt sie rasch zu einem Knäuel und wirft sie samt der mit blauem Samt bezogenen Schuhe auf den Boden der Kiepe – wo schon Nicoles helles Chiffonkleid gelandet ist. Mit einem Bündel mitgebrachten Strohs bedeckt die Schneiderin Nicoles Kleidung am Boden der Kiepe, greift noch einmal in die Taschen ihrer Schürze, holt zwei Hände voll staubiger Kartoffeln hervor und legt sie auf das Stroh, bis keine Lücke mehr bleibt. Sie sind so etwas wie ein Deckel, der jetzt auf der bürgerlichen Existenz des Mädchens liegt. Nicole Ponsardins vornehme Erscheinung, begraben in einer Bauernkiepe.

»Selbst wenn uns jemand kontrolliert – selbst wenn jemand in die Kiepe hinein schaut, er wird nichts bemerken«, sagt die Schneiderin. »Es gibt überhaupt nichts, das einen glauben machen könnte, du gehörtest nicht zu mir«.

Die elfjährige Nicole Ponsardin ist die älteste Tochter des reichsten Textilkaufmanns der Stadt Reims. Ihre Intelligenz sticht früh heraus. Alle Anregungen fruchten bei ihr und schlagen Wurzeln. Niemand in der Familie übertrifft ihr Vermögen, sich Dinge zu merken. Die Aufmerksamkeit, mit der sie zuhören, etwas betrachten und es dann irgendwo in ihrem Kopf aufbewahren kann, ist beachtlich. Dazu ist sie mit einer Redegewandtheit ausgestattet, die weder zu ihrem Alter noch zu ihrer vornehmen Erziehung, noch zu ihrem Geschlecht passen will. Schon mit zehn Jahren weiht der Vater sie in seine Sorgen ein, er fördert und vergöttert sie. Bei ihr muss er nicht lange überlegen, wie er eine Sache einleitet oder ob sie seine Äußerungen versteht. Sie ist nicht wie eine Elfe oder ein Schmetterling, diese Tochter, eher hat sie etwas von einem geschäftstüchtigen Verkäufer von Goldmünzen, sagt ihr Vater zuweilen.

In der Schule erledigt Nicole Stickarbeiten, genau wie die anderen Mädchen, aber zusammen mit Mathilde, ihrer Freundin, macht sie sich über ihre Lehrerin lustig, die fromme Adèle, eine Nonne, die laut und anklagend die Namen der Mädchen ruft – »Nicole Ponsardin et Mathilde de L'Haridon« -, wenn sie die Köpfe zusammen stecken und miteinander schwätzen. Ständig korrigiert Adèle die beiden. Der Faden zu lang, die Stiche zu groß, die Abstände zu unregelmäßig. Wenn sie es zu bunt treiben, es zu laut wird in der Klasse, haut Adèle mit einer Holzlatte auf den Tisch. Sie ergreift die Latte mit beiden Händen, fasst sie am unteren Ende, holt mit ihren Armen weit nach oben aus und schlägt das sicher vier Fuß lange Stück Holz mit Wucht auf den Tisch. Genau in die Mitte ihres Katheders, damit der Lärm im ganzen Flügel des Klosters zu hören ist. Über den lauten Knall bricht Nicole jedes Mal in Lachen aus, bevor sie dann still wird, weil ihr die Ohren summen. Ihr Holzstück hat Adèle immer dabei, sie trägt es von Raum zu Raum wie ein Schwert, das sie zur Verteidigung braucht gegen die Albernheit.

»Hat Papa sie geschickt?«, fragt Nicole die Schneiderin.

»Nicht jetzt«, wiegelt sie ab, »es sollte uns keiner hören, ich bringe dich in Sicherheit.«

Seit den Unruhen in Reims, die noch vor Anfang des Frühjahrs 1789 beginnen, spricht ihr Vater von ihrem »déménagement«, ihrer Flucht, die er allerdings lieber Umsiedlung nennt, damit es weniger dramatisch klingt. Seit Generationen in Reims ansässig, stadtbekannt, erfolgreich und beliebt, wäre es jedoch eindeutig eine Flucht. Nicoles Vater ist sich noch nicht sicher über den Zeitpunkt. Er überlegt jeden Tag, ob jetzt der Moment erreicht ist, die Stadt zu verlassen, oder ob man besser noch wartet, weil sich die Dinge vielleicht doch wieder entspannen oder die Aggressivität wenigstens den Kaufleuten gegenüber wieder nachlässt. Über die Not, die sich im ganzen Land ausgebreitet hat, ist er ehrlich beunruhigt. Er kennt die Armut der Bauern und Arbeiter, hat einiges dafür getan, dass die Leute in seinen Webereien beschäftigt bleiben. Nie hat er damit gerechnet, dass sich der Zorn der Ärmsten auch gegen ihn richten könnte, den Freund der Arbeiter, einen jovialen Geschäftsmann, der spendet, was das Zeug hält, und auf ein Adelsprädikat wartet. Sie könnten ihm jetzt aber etwas antun, könnten sein Haus und seine Fabriken zerstören, seine Kinder verschleppen.

Ein Umzug wäre eine massive Zäsur, nicht nur für sein Geschäft. Außer der Familie – Mutter, Vater, drei Kinder – wären zwanzig, dreißig Personen Personal mit auf die Reise zu nehmen – vom Putzpersonal, den Wäscherinnen über Diener, Gärtner und Köchinnen bis zu den Kutschern und seinen drei engsten Mitarbeitern. Was aber geschähe mit seinen Textilfabriken, was mit seinen tausend Arbeitern? Am ärgsten würde der Umzug seine Frau treffen, Jeanne-Clementine. Auf kleinste Veränderungen reagiert sie mit Unruhe. Schon über ein falsch geschnittenes Stück Brot kann sie in Tränen geraten. Wie soll er ihr diesen Umzug schmackhaft machen? Gestern noch saßen Macaron-Schwäne auf den Süßspeisen des Hauses, und auch heute könnte man sie auf dem Rand einer Schüssel »Iles Flottantes« reichen – ausreichend Vorräte wären dazu vorhanden. Aber schon im März weist Ponsardin die Küche an, auf jeden übertriebenen Schmuck zu verzichten, während Bauern, mit Sicheln, Mistgabeln und Pflastersteinen bewaffnet, die ganze Stadt belagern, die Bäckereien plündern, die besser Gekleideten bespucken, ihnen an den Hals gehen und den Brotmangel beschreien.

Also doch, denkt Nicole, während sie ihre ersten Schritte in Holzpantinen versucht. Es ist soweit, wir müssen Reims verlassen, in irgendeine andere Stadt gehen, in ein anderes Land. Alles, was ihre bürgerliche Herkunft verraten könnte, muss schnellstens verschwinden, so versteht sie die Situation. Und alles, was sie möglichst erbärmlich aussehen lässt, sorgt für ihre Sicherheit. Sie ahnt, um was es von heute an gehen wird: um Abstand zu ihrem bisherigen Leben. Was das heißen mag, kann sie sich nicht vorstellen. Sie entknotet die Kordel um ihre Hüfte und bindet sie neu. Ein Ende der Langeweile wäre auf jeden Fall gegeben. Es könnte ein Abenteuer werden, an einem ganz anderen Ort zu sein. Wie oft ödet sie sich schließlich im Haus der Eltern? Wie oft bittet sie ihren Vater, sie mit in die Fabrik zu nehmen?

Im gleichen Augenblick hasst sie die Idee des »déménagements«. Es hieße, sich vor anderen Menschen zu verstecken, ihre Freundin Mathilde nicht mehr wiederzusehen, nicht mehr in die Kathedrale zu gehen, wo die Menschen vor ihrem Vater die Knie beugen. Was geschieht mit all ihren Freundinnen? Was mit ihrer Schwester, und wo ist dann ihr Bruder? Warum lässt ihr Vater sie allein mit dieser Frau?

Die Schneiderin schnallt sich die Kiepe auf den Rücken. Sie ruckelt ihr flohbraunes, sackiges Kleid unter den Riemen zurecht, verzieht dabei das Gesicht, als spürte sie einen Schmerz. Als sie gerade losgehen wollen, greift sie Nicole plötzlich noch einmal in den Arm.

»Stopp, halt«, ruft sie. »Das hätte noch gefehlt, dass wir deine bürgerliche Schleife vergessen.«

Sie zieht Nicole die helle, seidene Schleife aus dem dunklen Haar, jetzt fällt es ihr locker ins Gesicht.

»Vorerst wirst du bei mir wohnen, ein paar Wochen zumindest«, flüstert die Schneiderin ihr zu.

»Aber Sie bringen mich zuerst nach Haus.«

»Nein, nein. Das wäre zu gefährlich. Und frag'mich jetzt nichts mehr. Bauersleute reden nicht. Du wirst es gut haben bei mir«, ermahnt sie.

Stumm versucht Nicole mit dem Schritt der Schneiderin mitzuhalten, was sich als unmöglich herausstellt mit ihrem ungewohnten Schuhwerk, das ihr immer wieder von den Füßen fallen will.

»Was machst du denn da? Was machst du denn mit deinen Füßen, konzentrier dich«, ruft die Schneiderin ihr zu.

Im Zentrum der Stadt angelangt, sieht Nicole die eingeschlagenen Fenster der Bäcker und Kerzenmacher. Obdachlose Bauern sitzen entlang der Häuser und Plätze auf ihrem letzten Hab und Gut, abgemagert. Manche haben Flinten, manche Stöcke und Eisen neben sich liegen. Noch immer geht es um Brot, aber auch um alles andere Lebensnotwendige und um Geld. Vor allem aber geht es um die Ungleichheit, mit der alles das verteilt ist.

Trommeln, Gesänge, Schreie. Auf der »Place Royale« stehen Menschen auf Barrikaden, die sie aus alten Karren und Fässern rund um das königliche Denkmal aufgebaut haben. »Vive la Republique!« ist auf ihren Bannern zu lesen. Nachdem sie den Platz überquert haben, sehen sie Leute aus den Seitenstraßen schreiend herbeilaufen, »Vive la Nation«, rufen sie. Auf der anderen Seite der Straße brüllt eine Marktfrau einen Herrn im Gehrock an: »Liberté ou la mort!«. Sie stellt sich ihm in den Weg, breitet ihre leere Schürze vor ihm aus, lässt sie wieder fallen. Sie ballt ihre Hand zur Faust und droht ihm. Er weicht ihr aus, geht an ihr vorbei, schüttelt den Kopf, fasst sich an die Schläfe.

Die Art, wie die Leute an ihr vorbeisehen, verrät Nicole, dass sie an der Seite der Schneiderin sicher ist. Trüge sie noch ihr Kleid, ihre Schuhe, ihre weißen Strümpfe, ihre Schleife, wäre so ein Gang durch die Stadt lebensgefährlich. Aber wo wird die Schneiderin sie hinführen?

Es ist heiß, Nicole hat Durst, sie muss sich den Weg hinter ihrer Beschützerin her regelrecht erkämpfen. Das schlimmste sind in diesem Moment ihre schmerzenden Füße. Ihre Zehen brennen, sind wund gerieben, jeder Schritt verstärkt das Brennen noch. Ihre Zehen scheuern gegen das unebene Holz der Pantinen. Immer, wenn sie einen Fuß hebt, muss sie ihn verkrampfen, um den Schuh nicht zu verlieren. Ein Drang macht sich in ihr breit, sich einfach loszureißen, nach Hause zu rennen, egal, was passiert. Aber wie rennen in diesen Schuhen? Nicole beobachtet sich plötzlich wie von außen, nimmt ihre eigenen Bewegungen wie die eines anderen Körpers wahr – fremd und verlangsamt. Eine Strömung zieht sie stadtauswärts, wie an einem unsichtbaren Band läuft sie hinter der Schneiderin her.

Ein mit dünner Packschnur umwickelter Graphit verursacht Kratzgeräusche auf dem Papier. Nicole sieht nicht auf, während sie gewissenhaft Zahlen untereinander schreibt. Draußen regnet es, Tropfen trommeln auf dünne Dachschindeln. An ihrem siebten Abend im Haus von Madame Le Compes führt sie Buch. Es riecht nach Kohl, der immerzu auf der Kochstelle zu simmern scheint. Der kleine Hund der Schneiderin zappelt an ihrem Bein.

Den Tag über haben die beiden Frauen bis zum Umfallen gearbeitet.

Die Werkstatt der Schneiderin ist ein einziger Raum im Parterre ihres Hauses aus Stampflehm mit Fachwerk. Zwei schmale Fenster, nicht symmetrisch, die in Kniehöhe beginnen. Am ersten Tag hat Nicole nichts gegessen. Am Abend des zweiten Tages bekommt sie Hunger. An der Seite des Arbeitsraums führt eine schmale Treppe hinauf unter das Dach, wo sich unter den Schrägen in einem türlosen Raum zwei Schlafplätze befinden. Nicole schläft auf einer Pritsche, die mit Stoffresten aus der väterlichen Fabrik belegt ist. Mit Stoffen hat sie schon immer zu tun gehabt. Oft brachte ihr Vater Proben mit nach Haus. Schon als kleines Kind durfte sie damit spielen, sich ihre eigenen Kleider daraus machen. Mit acht kennt sie die Unterschiede: Kammgarn für den Gehrock, Seide-Baumwolle-Mischungen für ein Kleid, reiner Canvas für die Arbeitskleidung. Es ist blauer Canvas, mit dem die Pritsche belegt ist.

Ein Lichtblick am dritten Tag: Die Küchenmagd aus dem Palais Ponsardin bringt einen Korb voller Essen, stellt ihn an die Hintertür des Hauses: drei Pasteten, ein Huhn, zwei Laibe Weizenbrot, ein Stück gepökelter Schinken, zehn Eier, zwei Stück in Salbeiblätter eingewickelter Käse, zwei Zitronen.

Die Schneiderin näht Kokarden für die Revolution und Nicole assistiert ihr. Sie schneidet Stoffstreifen und Kreise für die Aufnäher zurecht. Blau. Weiß. Rot. Kreis auf Kreis heftet sie grob zusammen. Während sie die Kokarden grob zusammenstichelt, streicht sie sie immer wieder glatt und prüft, ob die Kreise symmetrisch aufeinanderliegen.

»Mal sehen, wie lange wir sie tragen werden«, sagt die Schneiderin und hält sich eines ihrer Werkstücke an die Brust.

»Wie lang meinen Sie denn?«, erwidert Nicole.

»Ich hoffe, es geht schnell, es hat ohnehin schon viel zu lange gedauert.«

»Was müsste denn passieren, damit es schnell geht?«

»Es kommt auf den König an. Wenn er rasch einwilligt, werden wir uns alle wieder beruhigen. Wenn nicht, werden wir ihm eine Lehre erteilen.«

»Und was soll er tun?«

»Wie ein winselnder Hund muss er sich ergeben. Versailles schlemmt, Reims hungert. So sagen sie, und es stimmt. Wir kleinen Leute sind mit Abgaben verpestet, während die da oben alles geschenkt bekommen. Unsere Kinder hungern, sie sterben am Dreck, an den Rattenbissen, am Typhus. Wir geben das Meiste unserer Ernte an die Klöster ab und der Zehnt dafür wird schon vorher fällig. Natürlich, Adel und Hof müssen ja leben. Damit muss Schluss sein. Wir werden die Steuern nicht mehr zahlen. Und das Brot muss verschenkt werden. Wir lassen uns nicht mehr aussaugen wie der Karpfen vom Blutegel.« Sie kann gar nicht mehr aufhören zu schimpfen, Madame Le Compes, während sie die Kokarde in ihrem Schoß ruhig weiter stichelt.

»Und Sie glauben, das wird der König tun?«, fragt Nicole.

»Er wird keine andere Wahl haben. Etwas muss passieren.«

Die Schneiderin schaut Nicole an. Sie hebt ihre beiden Hände vom Schoß auf, breitet sie aus in die Luft und zuckt mit den Schultern: »Jedenfalls wird die Revolution nicht an der Menge der Abzeichen scheitern«, lacht sie.

Madame Le Compes ist eine geübte Näherin. So schnell wie ihre Nadel in den Stoff fährt, stellt sie die Kokarden rasch fertig. Sie schlägt die Kanten um, säumt die Ränder, näht alles Geheftete fest zusammen. Ihre Finger sind mager und auffallend lang. Einer ihrer Nägel ist in der Mitte geteilt, eine wulstige Narbe verläuft senkrecht über dem Nagelbett. Wenigstens zehn Kokarden schaffen sie bis Mittag. Nicole notiert die Stückzahl, rechnet aus, wie viel die

Schneiderin für ihre Ware verlangen kann. Für jeden Tag schreibt Nicole eine Rechnung, zeigt sie der Schneiderin, auch wenn sie weiß, dass sie mit Zahlen nicht gut umgehen kann.

»Übrigens, zu Hause brauchst du keinem auf die Nase zu binden, was wir hier gemacht haben«, sagt sie und richtet ihren Blick auf Nicole. »Es geht schließlich niemanden etwas an, was ich hier verkaufe.«

Jeden Mittag kommt ein Mann vorbei, um die neuen Aufnäher abzuholen. Jeden Mittag derselbe Mann. Wenn es an der Tür klopft, muss Nicole nach oben unters Dach verschwinden. Durch einen Schlitz in den zugezogenen Vorhängen des Giebelfensters beobachtet sie, wie er sich mit seiner roten Mütze, eine Schachtel voll mit Kokarden unter dem Arm, langsam vom Haus entfernt.

Wenn Nicole die steile Stiege wieder hinunter steigt, winselt der Hund so lange, bis sie ihn auf den Arm nimmt. »Ich weiß, du bist mein kleiner Freund«, flüstert sie ihm ins Ohr. »Ich war doch gar nicht lange weg,« sagt sie, während sie sein Kinn krault. Als sie den Hund absetzt, um ihre Arbeit wieder aufzunehmen, legt er sich sofort auf ihre Füße, deren Wunden sich geschlossen haben.

»Woher kannst du denn so gut rechnen?«, fragt die Schneiderin.

»In der Schule machen wir es manchmal, und zu Hause rechne ich für Papa.«

»Eine Schneiderin braucht gute Augen, das Rechnen ist nicht so wichtig.«

»Und ihr Bruder, kann er rechnen?«, fragt Nicole.

»Wir Le Compes sind Bauern. Wir arbeiten mit den Händen. Das unterscheidet uns von euch. Bei uns ist es entscheidend zu wissen, wie man Kohl anpflanzt und wo das Getreide am besten wächst. Wir kennen die Erde, den Wind und die Sonne.«

Die Fenster im Haus der Schneiderin sind den ganzen Tag über zugezogen, nur an einer Stelle lässt sie etwas Licht herein, dort, wo es für den Nähplatz unbedingt notwendig ist.

»Man weiß nie, wer sich hier herumtreibt«, sagt sie, »es ist besser für uns, dass niemand uns zusammen sieht«.

Oft redet die Schneiderin vom Geld. Sie unterstützt ihren Bruder, der keine Arbeit hat, seinen Sohn und dazu ihre Tochter in Épernay, die zu wenig verdient, um zu leben. Der Bruder findet keine Arbeit mehr, er hat Schulden, seine Frau ist gestorben.

»Ein Leben, das aus Sorgen besteht, ist keines«, sagt die Schneiderin. »Das, was gerade auf den Straßen passiert, ist meine Hoffnung. Denn so kann es nicht weitergehen«.

Auf das Geld, das sie bei den Ponsardins verdient, ist sie angewiesen, erzählt sie Nicole. Umso mehr beunruhigt sie der bevorstehende Umzug.

»Wenn ihr wegzieht, ist es aus mit mir«, sagt sie.

Am Abend packen sie die Stoffe und Garne wieder zusammen. Es riecht nach warmem Kohl, auch Pastete ist noch da. Die Schneiderin zeigt ihr, wie man ein Ei in die Pfanne schlägt. Sie stellen zwei Kerzen auf den Tisch.

Beim Essen nach getaner Arbeit stellt Nicole Fragen: »Elise, warum müssen wir denn weg aus Reims?«

»Weil dein Vater ein Royalist ist und sehr reich«, erwidert die Schneiderin.

»Warum in aller Welt ist es plötzlich verboten, Royalist zu sein?«, fragt Nicole.

»Weil die Royalisten nicht wollen, dass sich etwas ändert. Es muss aber etwas passieren. Immer mehr Arme. Und immer schneller wird man arm.«

»Aber genauso denkt Papa doch auch«, ruft Nicole.

»Dann hat er es nicht laut genug gesagt«, gibt die Schneiderin zurück. »Und schließlich hat er den König mit gekrönt. Er saß in der ersten Reihe. Jeder weiß das.«

Nicole kennt die Geschichte. Es ist mehr als zehn Jahre her, und ihr Vater ist immer noch stolz darauf. Oft erzählt er davon. Er hat die Krönung mit Stoffen ausgestattet, alle Deckengewölbe der Kathedrale waren mit Himmeln aus chinesischer Seide geschmückt. Auf alle Stoffe hatte Ponsardin die Französische Lilie aufsticken lassen.

»Aber das ist lange her«, entgegnet Nicole.

»Manche Dinge haken sich fest, egal, wie lange sie her sind.«

»Wirst du auch fliehen?«, fragt Nicole. Die Flammen der beiden Kerzen schnappen nach Luft und lodern noch einmal auf.

»Ich werde in Reims bleiben, egal, was passiert. Vielleicht haben wir ja einen König, der am Ende Vernunft annimmt.«

Als Nicole am nächsten Morgen ihre Arbeit wieder aufnimmt, stellt sie fest, dass sie viele Male hintereinander »Royalist« auf ihr Blatt geschrieben hat.

Gute drei Monate bleibt Nicole bei Madame Le Compes. Eines Mittags im September holt Armonville sie ab und nimmt sie mit zurück nach Hause. Er ist unverdächtig, da er als erster Vormann seines Vaters zu den Arbeitern gehört. Man sieht es ihm an – er trägt die Arbeits-kleidung der Weber und macht ein unbeteiligtes Gesicht. Auch ihm sitzt die rote Mütze der Jakobiner auf dem dunkel gelockten Kopf.

»Wir tun so, als gingen wir jeden Tag diesen Weg, nicht wahr«, sagt er zu Nicole, als sie losmarschieren. Das Wetter ist immer noch sommerlich warm, sie läuft in ihrer Bäuerinnen-kluft hinter ihm her. Es macht ihr inzwischen nichts mehr aus, einen ganzen Tag in Holzpantinen herumzugehen. Ihre Füße haben sich an das harte Gehäuse gewöhnt, und ihre Schritte sind darin sicher geworden. Auch mag sie es, sich nicht mehr um ihr Haar kümmern zu müssen, keine Frisur mehr zu flechten. Unterwegs widmet ihr niemand besondere Beachtung. Noch immer randalieren die Leute auf der Straße, obwohl der König in der Nationalversammlung nachgegeben hat.

»Nicht genug. Das reicht nicht«, sagt Elise Le Compes. »Wenn er so weiter macht, werden wir ihm seinen Laden in Versailles auseinandernehmen«, ergänzt sie.

Mit einem Stich in der Brust hat sich Nicole von der Schneiderin verabschiedet. Etwas Beißendes nagt in ihrer Kehle, als es ans Lebewohl-Sagen geht. Sie hat ihr gerne geholfen, sie haben sich angefreundet. Die beiden umarmen sich fest, dann geht Nicole schnell Richtung Tür. Caiou, der Hund, läuft ihr ein Stück weit hinterher, bis Armonville ihn aufnimmt und zurückbringt. Noch den ganzen Weg über steckt Nicole der brennende Klumpen im Hals, Tränen stehen in ihren Augen. Sie haben versprochen, einander zu besuchen, Elise, Caiou und sie.

»Warum hast du den Umzug denn abgesagt?«, will Nicole von ihrem Vater wissen. Sie steckt sich eine Haarsträhne hinter das Ohr, unter ihre weiße Haube, sie blinzelt ihn an. Sie möchte verstehen, warum die Pläne auf einmal geändert wurden, warum jetzt doch nicht umgezogen wird und offensichtlich alles beim Alten bleibt.

Im geräumigen Hauptsalon des Hauses Ponsardin sitzen sie sich auf zimtfarbenen Sitzpolstern gegenüber, Nicole und ihr Vater. Hochsommerliche Wärme durchströmt den Raum, Jasminduft weht von der blumengefüllten Amphore auf einem Podest zu ihnen herüber. So intensiv ist dieser Duft, als seien die Blumen aus südlichen Gärten geschnitten und stammten nicht aus dem Blumenbeet der Familie hinter dem Haus in Reims. »Es war alles vorbereitet, aber dann hat sich eine bestimmte Sache entwickelt«, sagt der Vater. »Es hat einige Wochen gedauert, es war ungeheuer diffizil, ein Beispiel für den Zustand, den unsere Nation erreicht hat.« Wie so oft redet er in Andeutungen, pathetisch und bedeutungsschwanger, auch ein bisschen sentimental. Nur selten kommt er rasch zum Punkt.

In Nicoles elterlichem Haus hat sich nichts verändert: weiße Tischwäsche, silberne Kandelaber, unversehrtes weißes Porzellan,

Unmengen von Feuerholz, Bedienstete, hohe Fenster, ihr weiches Bett, eine ganze Schüssel voller Zitronen steht im Salon. Keine Kiste ist gepackt, kein Zimmer verräumt.

Die Vorhänge werden auch bei den Ponsardins jetzt nicht mehr aufgezogen. Ins Kloster darf Nicole nicht mehr, dafür hat ihr Vater einen Hauslehrer engagiert. Sie freut sich, ihre Geschwister wiederzusehen. Ihr jüngerer Bruder Jean ist zwölf Wochen bei einem der Kutscher in die Lehre gegangen – er weiß jetzt, was ein »Zwanghuf« ist. Die sechsjährige Clementine war im Flügel des Küchenpersonals untergebracht. Nach ihrer Zeit bei der Schneiderin fühlt sich Nicoles Zuhause plötzlich seltsam und leer an. Sie sehnt sich nach den angeschlagenen Tellern und nach Caiou, dem kleinen Hund von Madame Le Compes.

Vor der Flucht vorerst gerettet hat die Ponsardins ein fehlgeschlagener Pakt. Nicoles Vater spricht von »les salaudes«, den Dreckskerlen. »Sie haben kein Gewissen, diese Brüder,« bricht es aus ihm heraus. Ponsardins Wut ist echt. Seine breite viereckige Stirn liegt beharrlich in Falten, während er spricht. Als »schäbiges Pack« bezeichnet er seine Gegner, als »unvorstellbar scham- und gewissenlos. Ich habe ein solches Maß an Niederträchtigkeit nicht für möglich gehalten, nicht in Frankreich, nicht in der Champagne, nicht in Reims, unserer Krönungsstadt.«

Ein eminent schwieriger Auftrag an ihn geht der Absage des Umzugs voraus. Mitten in der Krise hat der Rat der Stadt Nicoles Vater mit der Lebensmittelversorgung für die Bewohner beauftragt. Er kümmert sich, weil er bleiben will. Längst spürt er, dass eine Verschiebung der Kräfte in vollem Gange ist. Er nimmt dieses Amt an, weil er annimmt, dass sie ihn und seine Familie in Ruhe lassen werden, wenn er etwas für die Stadt tut. Als Fabrikant ist Ponsardin zuerst Opportunist, dann Royalist, aber er ist auch ein patriotischer, ein fürsorglicher und sensibler Mann. Er hat einen Sinn für atmosphärische Strömungen, für die Stimmung in seinem Betrieb und den Zustand des sozialen Gefüges unter den Arbeitern.

»Stell dir vor, Nicole, unsere Mönche aus dem Kloster Valroy, die den Bauern fast alles Korn abnehmen, sie haben es an ein paar windige Spekulanten verkauft, statt es auf den Markt zu tragen.«

»Was sind Spekulanten?«, fragt Nicole.

»Zwischenhändler, Halsabschneider, Leute ohne jede Verantwortung für ihre Ware, die sie nur aufkaufen und weiter geben, für die sie nichts, aber auch gar nichts tun. Sie täuschen nur vor, ihre Ware zu kennen, sie tun so, als hätten sie einen eigenen Anteil daran. In Wahrheit sind es Diebe. Keiner von ihnen hat je etwas produziert, geschweige denn angepflanzt oder gepflegt, oder geerntet. Sie sind ohne jede Loyalität.«

»Und wo kommen sie her?«

»Nicht von hier, aus Paris, nehme ich an.« Er seufzt. »Tagelang habe ich versucht, eine Lösung zu finden. Vergeblich. Der einzige Weizen, den sie uns schließlich gegeben haben, war vollständig verdorben. Nass und verschimmelt, fast die gesamte Fuhre, die ich ihnen abhandeln konnte – alles vergiftet und verloren«.

»Und was machst du jetzt?«

»Zuerst habe ich mich an den Hof gewandt. Aber niemand dort hat mir geholfen. Paris, Versailles, das ist ein Moloch. Finanzminister Necker sagt, an den Verträgen mit den Klöstern sei nichts zu ändern. Vertrag sei Vertrag. Auch in bitterer Not müssten unsere Bauern ihn erfüllen und liefern. Dann habe ich den Polizeipräfekten um Hilfe gebeten. Und schließlich, nach Wochen der Diskussion, haben wir eine eigene Verordnung erlassen. Sie gilt nur für die Stadt Reims.« Ponsardin greift sich an sein Revers. »Von nun an sind Klöster und Spekulanten gezwungen, den Löwenanteil ihres Getreides auf den Markt von Reims zu geben.«

»Aber dann ist doch …«, setzt Nicole an.

»… für den Moment ist das eine Lösung«, unterbricht sie ihr Vater. »Aber ich befürchte, das Ganze wird sich noch rächen. Denn in Zukunft sind auch meine Verträge nichts mehr wert.«

Nicolas Ponsardin streicht sich über die dunkle Samtmanschette seines Gehrocks. Vor ihm auf dem Tisch steht ein Kelch mit Rotwein. Seine breite Hand mit den fleischigen Fingerkuppen packt den Stil des Glases und malt kleine Kreise damit in die Luft. Einige Sekunden lang schleudert der blutrote Wein durch den Kelch. Dann hält er ihn gegen das Licht, prüft, ob sich Rückstände am Rand gesammelt haben. Schließlich nimmt er einen ordentlichen Schluck davon.

»Du siehst es ihnen nicht an, Nicole. Sie sind ungeheuer freundlich. Sie hatten mich vorher nie gesehen und sagten: 'Wir sollten Freunde sein!'« Er legt seine Hand flach auf den Tisch, beugt sich zu ihr vor: »Erst dachte ich, man könnte mit ihnen reden. Aber von Anfang an haben sie sich wie Halunken verhalten. Sie sehen diese Misere, sie hören das Geschrei auf den Straßen, sie beobachten Tag für Tag, wie die Bauern ihre Sicheln nehmen und uns die Scheiben einschlagen. Aber sie warten, bis ihre Preise für das Korn in astronomische Höhen geschnellt sind. Und dann bieten sie mir ihre Freundschaft an.«

Nicoles Mutter, Jeanne-Clementine, betritt den Salon. Sie ist jung, gerade dreißig geworden, klein, ihre Knochen sind zart, ihr Hals sehr lang, ihre Taille schmal. Ponsardin hat sie geheiratet, als sie sechzehn war. Sie trägt ein blassgelbes Seidenkleid und sieht angespannt aus, erschöpft.

»Seid Ihr schon wieder bei der Politik?«, sagt sie leise. Ihr Blick wandert von ihrem Mann und der Tochter weg auf die Blumenamphore. Sie zögert, bleibt in der Tür stehen, als wolle sie den Salon gleich wieder verlassen.

»Komm her, Jeanne, setz dich zu uns. Jetzt, wo wir unsere Kinder wieder im Haus haben und sie nicht vergessen haben, dass wir ihre Eltern sind ....«, beginnt Ponsardin.

»Wir werden sehen, wie lange das so bleibt«, sagt Jeanne, immer noch leise.

»Nun, der König hat die Erklärung der Bürgerrechte anerkannt. Er hat sich selbst die Kokarde der Revolution angeheftet. Angenommen, er kriegt jetzt noch seinen Haushalt in den Griff, dann werden wir uns im nächsten Jahr umsehen und wundern, warum es diese Kämpfe überhaupt gegeben hat«, sagt er.

»Wo wären wir denn hingegangen, wenn es anders gekommen wäre«, fragt Nicole.

»In die Ardennen«, sagt Ponsardin.

»Und wo sind die Ardennen?«

»Das erkläre ich dir, sollte es soweit kommen.«

Zeit der Vorsicht

REIMS, 1793–1794

Als Nicole das frisch gebundene, noch nach Leim duftende neue Kundenbuch aufschlägt, schreckt sie kurz zurück. Sie erinnert sich daran, dass Adèle, ihre Lehrerin im Kloster Saint-Pierre-Les-Dames, immer gesagt hat: »Die schlimmste Sünde ist die der Lüge. Wer mich belügt, dem wird es schlecht ergehen.«

Kurz vor Mitternacht haben sich Vater und Tochter Ponsardin allein in einer Kutsche auf den Weg gemacht. Es ist Ende November des Revolutionsjahres 1793. Nebel kriecht von den Feldern im Tal der Marne herauf, kein Stern ist durch die Wolkendecke zu sehen. Mitten in der Revolution hat Ponsardin seine Firma erweitert. Die Hauptgebäude liegen jetzt in einem Vorort von Reims, unweit einer alten Klosterkapelle. Die Häuser sind nicht neu, Ponsardin hat sie dem Staat abgekauft – ehemalige Lagerhäuser in bester Verfassung. Ein Teil der früheren Liegenschaften des Klerus dienen ihm nun als erweiterter Firmensitz. Auch die neue Staatsführung braucht dringend Geld, und der Verkauf der kirchlichen Güter bringt frisches Kapital. Warum nicht zugreifen? Ponsardin entscheidet schnell. Er erkennt eine Gelegenheit sofort und er kann mehr Platz für neue Webmaschinen gebrauchen. Wozu also die Sache aufschieben, wenn sich eine solche Chance bietet?

Es ist ein Uhr in der Nacht gegen Ende des vierten Revolutionsjahrs. Vater und Tochter stehen sich an einer massiven Holztheke gegenüber, die sicher zwanzig Fuß lang ist. Dunkelheit und eine ungewohnte Stille herrschen im großen Saal der Weberei, in der tagsüber die Webstühle so laut rattern, dass sich Nicole, wenn sie eintritt, unwillkürlich die Ohren zuhält. Auf der Theke hat Ponsardin drei starke Talglampen installiert. Außerdem mehrere Schreibfedern, zwei Tintenfässer, ein großes und ein kleines Petschaft, eine Stange Siegellack, eine Kerze. Schwarze Weite breitet sich hinter der Theke aus. Es ist so still, selbst eine winzige Maus würde von den beiden Ponsardins ertappt werden, sollte sie sich in irgendeiner Ecke der Halle zu schaffen machen.

»Wie lange werden wir hier wohl brauchen?«, fragt Nicole. Sie ist jetzt fast siebzehn Jahre alt. Ihre feste Stimme hallt durch den Raum.

»Sicherlich noch eine weitere Nacht, vielleicht zwei«, antwortet Ponsardin.

»Hat dich jemand gefragt, warum du dir neue Bücher binden lässt?«

»Armonville hat das arrangiert, ich glaube nicht, dass ihn jemand gefragt hat.«

»Er weiß also Bescheid, Armonville?«

»Ja. Ich vertraue ihm.«

Ein skeptischer Blick prägt Ponsardins Gesicht seit Beginn der Revolution. Bei keiner einzigen Handlung ist er sich sicher, ob sie ohne gefährliche Folgen für ihn bleiben wird. In den vergangenen vier Jahren hat sich dieses Gefühl schubweise verstärkt. Das Auswandern hat er jedoch immer wieder verschoben, dafür laufen die Geschäfte einfach zu gut. Außerdem sitzt er wieder fest im Sattel des Stadtrats, trotz neuer republikanischer Führung. Er kann seine Unsicherheit über jeden seiner Schritte schlecht aussprechen. Wenn er es überhaupt einmal wagt, dann gegenüber Armonville, seinem wichtigsten Vorarbeiter, oder Nicole, seiner ältesten Tochter.

»Ich denke gerade an die alte Adèle. Sie würde mich tadeln für das, was wir hier veranstalten«, sagt Nicole.

»Deine alte Adèle ist zu ihren Verwandten nach Arles zurückgekehrt.«

»Aber sie würde das alles verachten. Immerhin nehmen wir eine Fälschung vor.«

»Sie war nicht gerade eine kluge Person, deine Adèle«, sagt Ponsardin. Er schaut zu seiner Tochter herüber, ein Lächeln spielt um seinen Mund.

»Du meinst also, es ist klüger …«

»Nicole, wir haben doch schon ein paar Mal darüber gesprochen.«

»Ja, das stimmt, ich weiß, ein guter Unternehmer muss auch Stratege und Politiker sein, das sagst du immer.«

»Wie macht sich eigentlich Elise Le Compes, unsere Schneiderin, meine Beschützerin?«, fragt sie weiter.

»Exzellent. Eine großartige Vorarbeiterin. Ich möchte nicht mehr auf sie verzichten. Ohne sie hätten wir es nicht so rasch hinbekommen, die Arbeiter an die neuen Maschinen zu gewöhnen.«

»Und ihr Bruder?«

»Ein schwieriger Fall.«

»Ich weiß, sie hat es mir erzählt«, erwidert sie.

»Er kommt nur sehr unregelmäßig zur Arbeit.«

»Er ist krank, er hat Rheuma«, verteidigt ihn Nicole.

»Und er trinkt gern. Aber wir finden schon noch etwas für ihn«, lenkt ihr Vater ein.

An der breiten freistehenden Wand des Raums hat Ponsardin ein Plakat des örtlichen Jakobinerclubs anbringen lassen. Es zeigt einen »Baum der Freiheit«, der mit rot-weiß-blauen Bändern geschmückt ist, darunter ein junges Mädchen im weißen Kleid, »style grecque«, ein Tamburin schlagend, daneben ein Rutenbündel, mit trikolorefarbigen Bändern umwickelt. Auf einem Schriftband ist zu lesen: »Gewidmet dem 14. Juli 1789 – Zerbrochen sind die Fesseln der Franzosen!«

»Ich will dein Gewissen etwas entlasten«, sagt Ponsardin. »Diese Sorte Fälschungen, die wir hier vornehmen, haben all meine Kollegen längst hinter sich gebracht.«

»Das macht es nicht besser«, antwortet Nicole.

»Im Grunde sind es keine Fälschungen, es sind Korrekturen. Unsere Kunden würden es selbst so wünschen.«

»Aber Papa, du hast sie nicht gefragt. Wer ist denn der Jurist? Das bist doch du.«

In der Tat, Ponsardin ist Jurist. An der Universität von Reims ist er »liberal imprägniert worden«, wie er es selbst nennt. Der Rechtsfakultät von Reims sagt man schon lange vor Ausbruch der Revolution einen »liberalen Geist« nach, und Ponsardin studiert dort zusammen mit Jean Lethinois, einem der Sekretäre Voltaires. Auch von zu Hause hat er eine vorsichtige Kritik an den ausufernden Privilegien des Adels mitbekommen. Sein Vater ist Katholik und Monarchist, aber Anhänger eines durch Verfassung und Parlament eingegrenzten Königsstaats. Die Rigidität des Vaters liegt dem Sohn fern, dazu ist er zu intelligent und zu sensibel. In der Revolution sieht er sich als Vermittler, jemand, der die Notlage der bedrängten Arbeiter verstehen und nachfühlen kann, denen er mit Rat zur Seite steht. Er ist gerne ihr Unterhändler.

Bis zur Revolution kleidet sich Ponsardin »kreativ«, er probiert die auffälligsten Stoffe seiner Webereien an seinen eigenen Westen und Schuhen aus – dekorfreudig, barock, jovial. Und bis zum bitteren Ende der Monarchie lässt er sich durch den Prunk des Hofes beeindrucken. Immer noch trauert er, dass ihm der König keinen Adelstitel verliehen hat, auch wenn er ihn jetzt, da es keinen König mehr gibt, streichen müsste.

»Mama sieht traurig aus«, Nicole hat sich einen Holzschemel geholt. Sie sieht ihren Vater fragend an.

»Sie vermisst die Gesellschaften, Nicole. Und sie ist geschockt von der Guillotinierung des Königs und der Königin. Und es ist …«,

Ponsardin macht eine Pause, als habe er einen Gedanken auf der Zunge, den er dann aber nicht aussprechen will. Er hebt die Augen und sieht Nicole an: »Deine Mutter lächelt nicht mehr, ganz egal, was für einen Scherz ich mir für sie ausdenke«, sagt er schließlich. »Alles dreht sich um sie, aber es ist ihr immer noch zu wenig. Man weiß nie, was sie wirklich hat, und auch nicht, was sie je wieder amüsieren könnte.«

»Mutter vermisst das Leben, das wir einmal geführt haben,« sagt Nicole.

»Nicole, wir leben jetzt seit vier Jahren sehr zurückgezogen, aber alles, was wir befürchtet hatten, ist bisher nicht eingetreten.«

»Du meinst, wir haben nicht in ein anderes Land ziehen müssen?«

»Aber Nicole: Wir leben alle! Wir sind gesund! Es hat doch keinen Sinn, ewig in Trauer zu sein, weil die Umstände nicht den Erwartungen entsprechen.«

»Du meinst, wir sollten froh und dankbar sein?«

»Genau das ist meine Meinung.«

Ponsardin tritt einige Schritte zur Seite, macht sich an einer der Talglampen zu schaffen. Er kommt zurück, legt seiner Tochter eine Hand auf den Arm: »Magst du auch einen Schluck Rheinwein?«

»Ach, ein wenig gerne«, sagt Nicole.

Ihr Vater verschwindet kurz hinter der Wand mit dem Revolutionsplakat und kommt mit einem Korb voller Weinflaschen zurück. Die Frage nach der Traurigkeit seiner Frau ist Ponsardin nahegegangen. Er sieht aus, als hätte er eben mit den Tränen gekämpft, sich dann aber beherrscht. Er lächelt sie an, holt tief Luft.

»Armonville erzählt, dass sie sich ständig streiten in den Sitzungen mit den Jakobinern«, setzt er an. »Sie argumentieren sich zu Tode, schweifen immer wieder ab. Die Sitzungen dauern zehn, zwölf Stunden, sie haben keine Übersicht und keinen Plan. Es fehlt an Leuten, die nach vielerlei Diskussionen eine Entscheidung herbeiführen. Dennoch, ich sehe es immer noch positiv, dass sie sich treffen und diskutieren. Es gibt eine Menge Chancen, es herrscht Aufbruchsstimmung. Ich spüre es unter den Arbeitern in der Fabrik«, schließt Ponsardin.

»Hast du denn keine Zweifel, wegen der Guillotine, der aufgespießten Köpfe, der vielen Toten?«, fragt Nicole.

»Natürlich habe ich die, Danton und dieser Marat, da sind ja wirklich Irre am Werk. Daher müssen wir so sehr aufpassen. Und auch ich fände es besser, sie hätten den König am Leben gelassen. Er hat viele Fehler begangen, aber er war wie eine Säule, er gab uns eine Form, eine gewisse Stabilität, trotz der furchtbaren Ereignisse.«

»Lass uns beginnen,« sagt Nicole und schlägt die Seite hinter dem Register-Buchstaben »A« im neuen Kundenbuch auf.

Ponsardin hat die alten Kundenbücher schon bereitgelegt. Er hat diese Bücher von seinem Vater übernommen, der die Weberei einst gründete. Drei große, schwere, abgegriffene, in Leder eingebundene Bände. Jeder, der jemals Waren des Hauses Ponsardin bestellt hat, ist unter dem Anfangsbuchstaben seines Nachnamens mit seiner Adresse in einem der drei Bücher vermerkt. Ponsardin bewahrt sie wie einen Schatz in einem schweren Schrank auf, dessen Schlüssel er immer bei sich führt. In den Büchern wimmelt es nur so von Abbées, Bischöfen und Erzbischöfen, von Barons, Marquis, Ducs, Chevaliers, Comtes und Seigneurs.

»Ich wollte diese alten Kladden schon immer ersetzen«, sagt er. »Ihrem Inhalt gebührt ein besserer Einband«, eine leicht beschönigende Umschreibung dessen, was er vorhat.

Die massive Prüftheke, an der die beiden Ponsardins während der folgenden Nächte ihre Fälscherarbeit erledigen, ist so etwas wie die Kommandobrücke des Unternehmens Ponsardin et Cie. in Reims. Hier werden tagsüber die Spinn- und Gewebeproben der Vorarbeiter geprüft. Qualitätsmängel in den Stoffen, verlorene Fäden oder eine ungleichmäßige Musterung. Solche Mängel verursachen Preisminderungen, die der Unternehmer als Lohnausfall direkt an die 1 000 Weber und Weberinnen weitergibt. In den Jahren der Misere und auch seit Beginn der Revolution hat Ponsardin noch niemanden entlassen müssen. Er ist selbst verwundert, wie exzellent sein Geschäft läuft. Ponsardin ist jetzt 46 Jahre alt. Mit 19 hat er die Firma von seinem Vater übernommen. Er beliefert nicht mehr nur die Region, sondern ganz Frankreich mit seinen Tuchwaren – marokkanische und chinesische Seiden, Voiles, Baumwolle, Damast, Mousselines, Leinen und Wollstoffe.

Seine Position als Ratsherr hat Ponsardin zu Beginn der Revolution zur Verfügung gestellt. Aber er wird dennoch wiedergewählt. Wie schon in den Jahren zuvor hilft ihm dieser Status, seine Arbeiter auch in schwierigeren Phasen zu beschäftigen. Wenn es einmal weniger zu tun gibt, kann er sie mit Diensten für die städtischen Liegenschaften auslasten – Schneeräumung im Winter, Gartenpflege im Sommer. Jedoch ist der Rückgriff auf solche Aushilfsdienste seit ein paar Monaten gar nicht mehr nötig. Die Fabriken sind ausgelastet. Textiles Revolutionsmaterial ist gefragt – Fahnen, Bänder, Flaggen, Kokarden, Jakobinermützen. Auch die Mode hat sich verändert. Samt und Seide sind passé, einfache Materialien wie Leinen, Baumwolle und Wolle sind gefragt.

Nicole atmet auf. Was die modischen Äußerlichkeiten angeht, gefällt ihr der neue Stil. Sie hat die Reifröcke, Corsagen und Turmfrisuren unter Ludwig XVI. nie gemocht. Das ewige Einschnüren los zu sein, ist ihr jeden Tag eine Freude. Die Farbe der Frauenkleider ist hell, Stoffe und Schnitte sind schlicht. Einfachheit ist Trumpf. Musselin-Kleider sitzen locker und fallen unter dem Busen gerade herab. Um Hals und Decolleté liegt ein einfaches weißes Tuch. Ihre Mutter hält noch an den alten Gepflogenheiten fest. Corsage, Cul de Paris, auf dem Kopf ein komplexes Gebilde aus Eigen- und

Fremdhaar, gepudert und auftoupiert wie ein paar übereinander gestapelte Vogelnester. Männer müssen jetzt zwingend eine lange Hose tragen. Auch Ponsardin hat sich dem inzwischen gefügt, wenn auch zögerlich. Wer noch in den Kniebundhosen der Adelszeit herumläuft, macht sich als Revolutionsgegner verdächtig. Je länger die Revolution fortschreitet, desto stärker sind Spitzel unterwegs. Gegner der Revolution werden empfindlich bestraft – schon die Bekleidung dient oft als Anfangsverdacht.

»Es fühlt sich doch gar nicht schlecht an – jeder Kunde ein Citoyen«, sagt Ponsardin freudig, als sie fast fertig sind.

»Alle Titel – verschwunden!«, ruft er in die dunkle Halle. Er dankt Nicole und umarmt sie fest. Die Erleichterung ist ihm anzusehen. Nach nächtelanger Arbeit hat sich ein befreites Lächeln über sein Gesicht gelegt.

»Wir können die Titel in den Büchern über Nacht verändern, aber damit hat sich in der Realität noch gar nichts bewegt«, sagt Nicole.

»Damit hast du zwar Recht, aber manchmal braucht es Symbole, um der Veränderung eine Richtung zu geben.«

»Welche Ziele hat denn ein Danton?«

»Allgemeines Wahlrecht, keine Privilegien, freie Eigentumsrechte. Aber ich verstehe, woran du denkst, Nicole. Manchmal bin ich mir nicht sicher, ob er nicht am liebsten zurückrudern würde.«

»Zurückrudern? Was soll das heißen?«, fragt Nicole.

»Er hat keine Leute. Und die, die er hat, befassen sich nur noch mit Kämpfen untereinander. Frankreich führt einen Vier-Frontenkrieg gegen unsere Nachbarländer. Dazu die vielen Härten, die er den Menschen noch immer verkaufen muss. Hätten sie den König nur leben lassen; er hätte sich der neuen Verfassung nicht widersetzt.«

»Papa, du redest wie über Schachfiguren. Diese Dantons und Desmoulins haben ein Blutbad angerichtet. Über tausend Tote im September, zehntausend Tote im letzten Jahr – nur weil man sie verdächtigt hat, gegen die Revolution zu sein. Die Ausschreitungen in der Vendée, die Enthauptungen, das Aufspießen und öffentliche Herumreichen der abgeschnittenen Köpfe. Was sind das für Taten, jeden Tag – und bis nach Reims kommen ihre Pamphlete«, erwidert Nicole.

»Das Aufspießen machen nicht Danton und seine Freunde, dafür kannst du sie nicht verantwortlich machen!«

»Willst du damit sagen, es ist nur der Mob, der sich so benimmt?«, fragt Nicole. »Aber warum lassen sie es ihn tun, warum lasst ihr das denn alles zu? Warum wiegeln sie ihn noch auf, die Herren Danton, Robespierre und ihre Freunde?«

»Sie können nicht mehr zurück, Nicole. Sie haben das Volk aufgestachelt, zornig gemacht!«

»Wer ist denn ›das Volk‹? Sind wir es nicht auch? Verdächtig sind wir doch alle. Auch wir können jederzeit unter Verdacht geraten. Jemand wie Danton hat gesagt, dass ihm diese Toten egal sind. Wir müssen uns doch langsam fragen, wie es dazu kam.«

»Meine Liebe, besonders verdächtig sind wir nun wirklich nicht.«

»Papa, wenn du es ernst meinst mit deiner Vorsicht, dann musst du auch dieses Kamingeschirr hier vernichten«. Sie dreht sich um, zeigt auf einen Feuerhaken und eine Schaufel neben dem Kamin. Auf jedem der Feuerhaken ist die Lilie der Bourbonen eingeprägt.

Endlich sind sie am Ende der dritten Nacht angelangt. Ihre Aktion ist beendet. Alle Kundennamen aus den alten Büchern sind jetzt in die neuen übertragen. Keiner von ihnen hat seinen Titel behalten. Jedem Namen wurde ein einheitliches »Citoyen« vorangestellt. Die neuen Bücher liegen im Tresor, die alten sind im Kamin verbrannt.

Das Jahr, in dem Ponsardin und seine Tochter die Namen ihrer Kunden »anpassen«, ihnen die Titel wegradieren und so tun, als wären es schon immer »Citoyens« gewesen, ist das Jahr 1793.

Der September 1792, mit wahllosen Morden an unschuldigen Menschen, die der royalistischen Verschwörung verdächtigt wurden, ist diesem Jahr vorausgegangen. Nachvollziehbar wird der heimliche Buchbetrug eines seriösen Juristen wie Ponsardin nur vor dem Hintergrund der Zeitbedingungen. Es gibt massenweise Plünderungen, Morde und öffentliche Hinrichtungen von Fabrikanten. Überall in den Provinzen erheben sich die Bauern und plündern die Herrenhäuser. Auslöser sind oft Revolutionspamphlete, in denen haltlose Gerüchte verbreitet werden. Zum Beispiel darüber, dass Aristokraten die Ernten vernichten lassen oder die Steuern erneut erhöht werden.

In allen Städten gibt es Treffpunkte, an denen man Neuigkeiten erfährt und Meinungen austauscht. Die meisten Flugschriften werden direkt an Ort und Stelle vorgelesen, um auch die Analphabeten zu erreichen. Überall sieht Ponsardin Menschen an Ecken und auf Plätzen in der Stadt zusammenstehen, während sie einem revolutionären Vorleser zuhören. Ponsardin verlässt sein Haus nur noch in unauffälliger Kleidung.

Reims ist überfüllt mit mittellosen Menschen aus den umliegenden Dörfern und Weilern, die irgendwo eine Brotquelle suchen. Die Zahl der Analphabeten liegt in Frankreich bei über 50 Prozent der Männer, auf dem Land weit darüber. Frauen sind nur selten des Lesens und Schreibens mächtig. Nach der Hinrichtung des Königs, die bei der gläubigen Bevölkerung tiefe Ängste vor göttlicher Strafe auslöst, kommt es zu bürgerkriegsähnlichen Zusammenstößen überall im Land. Das von den jungen Revolutionsführern vollständig beherrschte Terrorregime unternimmt nichts, um den Mob von seinen Gewalttaten abzuhalten. Wohlhabend zu sein, als Journalist auf der falschen Seite zu stehen, einen unter Umständen als royalistisch zu verstehenden Gedanken zu äußern, ein altmodisches Kleidungsstück zu tragen, alles das genügt als Grund für den Tod.

Am 16. Januar 1793 wird König Ludwig XVI. zum Tode verurteilt, am 21. Januar wird er auf dem Revolutionsplatz in Paris guillotiniert. Zu seinen Henkern sagt er: »Tun sie, was sie wollen. Ich werde den Kelch bis zur Neige leeren.« Nach seiner Hinrichtung wird ein Jakobiner zum Bürgermeister von Paris ernannt. Die Stimmung in der Hauptstadt wird explosiv. Es kommt zu Plünderungen und Ladenstürmen. Anfang April wird zunächst der »Sicherheitsausschuss«, später der sogenannte »Wohlfahrtsausschuss« eingerichtet und mit umfassender Macht ausgestattet.

Dieser Ausschuss wird dafür sorgen, dass es in Frankreich zu massenhafter Anwendung von Lynchjustiz kommt. Beide Ausschüsse kontrollieren jetzt die Regierung und werden zur zentralen Schaltstelle der exekutiven Macht. Sie können Minister suspendieren und einsetzen, das Heer maßregeln, die Minister zwingen, neue Gesetze zu erfinden, was in hoher Frequenz geschieht, sie steuern die Polizeidienste. Die führenden Jakobiner – Georges Danton, Louis-Antoine-Léon de Saint-Just und Maximilien Robespierre – bekommen den Ausschuss unter ihre Kontrolle, indem sie dort abwechselnd führende Rollen übernehmen. Es folgen die Kriegserklärung an Spanien und ein Volksentscheid über die neue Verfassung der Republik. Im Norden, Osten und Süden Frankreichs kämpfen Truppen nun gegen die mächtigen, an ihr Land angrenzenden Monarchien. Im September wird zunächst ein »Gesetz über die Verdächtigen« erlassen, um als Feinde der Republik Deklarierte umgehend bestrafen zu können. Überall im Land entstehen Revolutionstribunale, die Beschuldigte ohne Widerspruchsrecht verurteilen und hinrichten.

Da die Guillotine stark belegt ist, kommt es zu Gruppentötungen mit dem Säbel. Es ist üblich, Leichenteile von Prominenten durch die Stadt zu tragen und zur Schau zu stellen. 500 000 Menschen werden verhaftet, 40 000 Menschen in einem Jahr hingerichtet. Keiner traut mehr dem anderen. Am 14. Oktober beginnt der Prozess gegen die »Witwe Capet«, wie die Königin Marie-Antoinette inzwischen genannt wird. Man beschuldigt sie des Hochverrats und der Unzucht. Letzteres wird damit begründet, dass sie ihren achtjährigen Sohn in ihrem Bett schlafen lässt. Am 16. Oktober um 12 Uhr mittags wird sie auf dem Revolutionsplatz in Paris guillotiniert.

Am 28. November 1793 wird der Royalist Nicolas Ponsardin in den Club der Jakobiner in Reims aufgenommen. Dazu hat er einen Eid abgelegt: »Im Namen der Nation und des Gesetzes schwören wir, eher zu sterben als jemandem zu dienen, der sich als König präsentiert oder jemand, der unter Missachtung der heiligen Gleichheit Macht an sich reißen will, unter Missachtung des Volkswillens.«

»Geht es dir gut? Kannst du dahinter stehen?«, fragt ihn seine Tochter am Abend.

Nicole sitzt auf der gepolsterten Armlehne einer zimtfarbenen Bergère. Mit ihrem linken Arm stützt sie sich auf der zweiten Armlehne ab. Unter ihrem Kleid hat sie ihre Beine übereinander geschlagen und wippt leicht mit dem in der Luft hängenden Fuß. Ponsardin lehnt an einem der in der Wand des Salons eingelassenen Seitentische. Es ist sein Lieblingsplatz. Er liebt die leichte Kühle, die von dem rötlichen Marmoraufsatz des Tisches ausgeht, und er mag diese Position: nicht stehen, nicht sitzen, sondern genau dazwischen. Es ist fünf Uhr am Nachmittag, nach einem kalten und sonnigen Wintertag. Auf den zugezogenen Vorhängen aus muskatbraunem »Toile de Jouy« tanzen junge Adelige um imaginäre Teiche. Auch diese Vorhänge stammen aus vorrevolutionärer Zeit. Wer überleben will, muss sie eigentlich abnehmen.

»Ich habe nichts gegen den Jakobinerclub«, sagt Ponsardin. »Armonville hat mir den Beitritt empfohlen«. Ponsardins Schuhe haben keine Schnallen mehr. Er hat sie abgelegt, weil sie zur Adelstracht gehören.

»Was macht ihr denn eigentlich dort?«

»Ich habe mich für das Sicherheitskomitee gemeldet. Dort wird diskutiert, wer verdächtig ist, die Revolution zu hintertreiben, und entschieden, wer zum Tode verurteilt werden soll.«

»Und du glaubst, du kannst da irgendjemanden mäßigen?«, fragt Nicole.

»Danton sagt, der Umsturz geht nur mit der Pike des Volkes, aber danach müssen wir den Kompass der Vernunft wieder verankern. Ich stimme ihm zu«, erwidert ihr Vater.

»Das hört sich gut an, aber ich kann damit nichts anfangen.«

»Mit der Hysterie muss jetzt Schluss sein – so verstehe ich ihn«, erklärt Ponsardin.

»Trägst du eigentlich die rote Mütze, wenn du dort bist?«

»Natürlich. Das macht mir nichts aus.« Ponsardin geht zu ihr hin, setzt sich auf die Bergère ihr gegenüber. Er schaut sie an und lächelt. Sie erwidert ungläubig seinen Blick.

»Papa, bitte erklär mir, wie du das machst. Im Stillen verehrst du immer noch Ludwig XVI., wohingegen du heute morgen mit rotem Hut mitten zwischen den Jakobinern sitzt und einen Eid auf die Gemeinschaft mit denjenigen schwörst, die ihn umgebracht haben.«

Ponsardin atmet tief ein und wieder aus. Er nickt Nicole kurz zu, als freute er sich darüber, dass sie in der Lage ist, ihm in dieser Weise Kontra zu geben. Dann wechselt er plötzlich seine Miene, sein starrer Blick liegt jetzt auf den Vorhängen.

»Meine liebe Tochter, es ist nicht so, dass ich mir diese furchtbare Zeit ausgesucht hätte. Es gibt Gründe für mich, dem Club beizutreten, die sehr empfindlich sind.«

»Magst du sie mir vielleicht erzählen?«, fragt Nicole.

»Du erinnerst dich an unsere Umzugspläne!«

»Natürlich!«

»Ich habe damals über einen Strohmann ein Haus in den Ardennen gekauft. Ich stehe seither auf der Emigrationsliste. Bei den

Jakobinern hat das einer entdeckt. Wie ich höre, hat er ein Interesse daran, es an die große Glocke zu hängen. Er will es nach Paris melden.«

»Und ... was heißt das?«, fragt Nicole.

»Man kann mir den Plan der Emigration, der jetzt vier Jahre alt ist, als Verrat an der Republik auslegen. Abhauen ist nichts für einen Jakobiner. Sollte ich mich nicht hinreichend erklären können, dann kann das für uns alle böse ausgehen.«

Nicole ist geschockt. Sie sieht ihren Vater an, er sitzt jetzt vorgebeugt und wie erstarrt neben ihr.

»Ich verstehe, du willst den Club vorbereiten«, sagt sie leise.

»Ich gehe ganz offen heran. Ich werde erst einmal versuchen, alles mitzumachen, damit sich ein Vertrauen entwickeln kann.«

»Du wirst alles mitmachen?«

»Alles, außer den Todesurteilen. Die werde ich nicht unterzeichnen.«

Am nächsten Morgen schneit es. Das Palais der Ponsardins im Zentrum von Reims erstreckt sich über vier Parzellen. Fünf nebeneinander stehende Ochsenaugenfenster im Dachgeschoss schmücken ein Schieferdach, das an diesem Vormittag mit einer Ladung Neuschnee bedeckt wird. Der eindrucksvolle dreistöckige, helle Bau füllt auf einer Breite von etwa 50 Metern und einer Tiefe von fast 200 Metern die Fläche zwischen zwei parallel geführten Straßen, der Rue de Cérès und der Rue de la Chasse. Das Anwesen ist in der Mitte durch einen kleinen Privatpark geteilt und wurde erst ein paar Jahre vor der Revolution fertiggestellt. Die Kosten für das neue Haus, das Ponsardin auf einem riesigen Grundstück seiner verstorbenen Mutter errichten lässt, waren gewaltig. Er war darüber so geschockt, dass er Pläne, Kostenvoranschläge und Rechnungen für das gesamte Projekt sofort verbrennen ließ.

Jeanne-Clementine, Ponsardins Ehefrau, kann keinen Schnee sehen. Sie wird sich an das Doppelleben aus royalistischer Grundeinstellung und der Begrüßung der allgemeinen Gleichheit der Menschheit einfach nie gewöhnen. Ihre feindliche Sicht der radikalen politischen Entwicklungen äußert sie in einer Verbitterung und Galligkeit, die sie mit ihren Nachbarn aus dem Viertel, den Eheleuten Clicquot, teilt. Die Clicquots sind Wein- und Kolonialwaren-Großhändler und wohnen in einem ebenfalls stattlichen, aber nicht ganz so eindrucksvollen Haus, gleich um die Ecke der Ponsardins, in der Rue de la Vache. Beide Familien gehören zu den lokalen Industriegrößen des Departements. Phillippe Clicquot, das Familienoberhaupt der Clicquots, ist einer jener gutbürgerlichen Katholiken, dessen politische Kontakte in Reims und Umgebung nicht so weit reichen, dass er aus der Revolution ein Geschäft machen kann. Kolonialwaren kann sich kaum noch jemand leisten. Die finanziellen Ressourcen der Clicquots sind durch die lange Zeit der Unruhen inzwischen überschaubar geworden.

Die stattliche Madame Francoise Clicquot, geborene Muiron, Ehefrau von Philippe Clicquot, betritt das herrschaftliche Haus der Ponsardins an diesem Vormittag durch den Hintereingang. Im Vestibül schüttelt sie ihre mit leichtem Neuschnee benetzte Haube und ihr großes dunkelgrünes Lodencape aus. Antoine, der Hausdiener, hilft ihr dabei.

»Bhrrr. Das ist wirklich kein Tag, um das Haus auch nur für ein paar Minuten zu verlassen«, sagt sie.

»Kommen Sie herein. Hier ist es warm, und die Damen warten schon auf Sie.«

Antoine führt Madame Clicquot in das zentrale Treppenhaus. Am Fuß der leicht geschwungenen Treppe hält sie kurz inne und bewundert, wie bei jedem ihrer Besuche, das imposante Geländer aus großen schmiedeeisernen Kreiselementen, die sich wie riesige Schneckenhäuser die breiten Treppenstufen hinauf bewegen. Nicolas Ponsardin hat dieses Geländer nach eigenen Ideen für das Haus entwerfen lassen.

»Monsieur hat es selbst ...«, setzt Antoine an.

»Ja, ja, ich weiß«, unterbricht ihn Madame Clicquot. »Und immer wieder staune ich darüber. Es hat etwas von Wasser und Wellen, eine gute Bewegung, einen eleganten Schwung, genauso wie Monsieur Ponsardin.«

Der Diener Antoine lächelt, als sie das sagt, und begleitet Madame Clicquot in den Damensalon im zweiten Stock. Es ist ein verhältnismäßig intimer Raum, direkt neben den Schlafgemächern gelegen, im Kamin glühen Holzscheite. Hier oben ist es etwas heller als in den unteren Etagen des Hauses, man ist weiter oben über der Straße, die Vorhänge sind weiter geöffnet. Kurz nachdem die beiden den Salon betreten haben, kommen auch Jeanne-Clementine, die Hausherrin, und ihre beiden Töchter Nicole und Clementine dort an. Madame Ponsardin sieht klein und aufgewühlt aus, als leide sie unter einem quälenden Kopfschmerz. Die Mädchen begrüßen ihre Nachbarin herzlich, die Dame des Hauses verteilt die Sitzplätze. Zartgelbe Kaffeetassen stehen auf dem Tisch, eine gelbe Porzellan-Etagere, bestückt mit »Quiches au poivron« und kleinen Dreiecken von »Tarte au citron«. Um die Etagere herum liegen einige duftende Thymianzweige verstreut. Antoine schenkt einen leichten Süßwein aus, und sofort beginnt Madame Clicquot zu sprechen.

Ihre tiefe, leicht rasselnde Stimme ist für die Anwesenden immer wieder eine Überraschung: »Liebe Freundinnen, ich habe einen zu großen Kopf. Bei mir bleiben die neuen Hauben, die wir jetzt tragen sollen, nicht da sitzen, wo sie hin sollen. Selbst wenn ich mir das Band unter dem Kinn festknote, springt mir die Haube vom Schädel, noch dazu bei diesem stürmischen Wetter.« Sie richtet ihren nach Bestätigung suchenden Blick auf Madame Ponsardin.

»Ich gehe ohnehin nicht mehr aus dem Haus, also benötige ich auch keine dieser untauglichen Hauben«, erwidert die, indem sie das Wort »untauglich« besonders betont.

»Und Sie tun recht daran, Madame. Man sieht nicht gerade vorteilhaft darin aus«, ergänzt Madame Clicquot. Mit ihrer rechten Hand nestelt sie an einer imaginären Haarsträhne, die aus ihrem leicht aus der Mitte geratenen, voluminösen Haaraufbau herausgerutscht sein könnte.

Unter der Schicht einer gewissen Servilität und Unterwürfigkeit ist Madame Francoise Clicquot ein zähes Geschöpf. Gefügigkeit und, daraus folgend, eine nicht mit Überheblichkeit zu verwechselnde Pedanterie hat sie sich erst an der Seite ihres Mannes Philippe zugelegt, dessen hervorstechendes äußeres Merkmal in den letzten Jahren sein etwas schlurfender Gang geworden ist. Madame Clicquot stammt ursprünglich aus einer Familie von bodenständigen Weinbauern aus Bouzy an der Montagne de Reims. Dort lebt noch ihre Mutter, in einigen uralten Bauernhäusern der Familie sind die Weinlager und Pressen für die Ernte untergebracht. Seit dem Tod ihres Mannes hält die Großmutter Muiron praktisch allein den kleinen Weinbetrieb der Familie am Laufen.

In der Ursprungsfamilie der Mutter herrschte ein ganz anderer Ton, als die Clicquots ihn untereinander pflegen. Seit Generationen beherrschen sie das Handwerk der Orgelbauerei, das bei ihnen als Mittelding zwischen handwerklicher und künstlerischer Tätigkeit gesehen wird. Die meisten der Orgelbauer sind gleichzeitig begabte Musiker gewesen, und die Familie stand allein durch ihr Metier dem Hof nahe. Damit ist es jetzt natürlich vorbei. Schon lange vorher war allerdings Philippe Clicquot mit der Gründung seines Kolonialwaren-Großhandels aus der Orgelbautradition der Familie ausgeschert, auch sich in seinem ruhelosen, empfindsamen Charakter etwas von dem Gemüt der Orgelbauer erhalten haben mag.

»Mir gefallen die neuen Hauben aber gut«, ertönt die helle Stimme von Clementine, Nicoles lang aufgeschossener Schwester. Sie ist jetzt zwölf Jahre alt und schon eine Spur größer als die fünf Jahre ältere Nicole. Man merkt ihr sofort an, dass es ihr schwer fällt, ihre Energie etwas länger als ein paar Sekunden auf eine Sache gerichtet zu halten. Am liebsten blickt Clementine mit großen Augen wortlos in die Ferne und spricht nur ab und zu. Sie hat den langen Hals und das klassische Gesicht ihrer Mutter geerbt, während Nicole dem Vater ähnelt. Nur an seine älteste Tochter hat Ponsardin seine robuste Statur und vor allem seine wachen Augen weitergegeben.

»Zu den neuen Hauben möchte ich sagen: Auch wenn es Ihnen schwer fällt, Madame, Sie sollten sie unbedingt tragen«, lässt sich Nicole auf das Thema ein. »Sie sind ein Zeichen der neuen Bürgerlichkeit, und wie wir wissen, sind Menschen wegen eines falschen Hutes schon unter der Guillotine gelandet.«

Mit einer erregten Bewegung setzt in diesem Augenblick ihre Mutter, die Gastgeberin, ihre Kaffeetasse ab. »Aber Nicole, das ist nicht … das muss nicht … es muss doch nicht jedem passieren«, echauffiert sie sich. »Was wird denn noch … was wird denn noch alles von uns verlangt werden? Und … und wohin werden wir, bei alledem … geraten? Wegen eines Hutes unter die Guillotine!« Madame Ponsardin bebt vor Wut, während sie stockend und mit sich überschlagender Stimme ihre Worte aus ihrem dünnen Leib herauspresst. Ihre Hände zittern. Und eine kurze Stille tritt ein.

Als ihre Mutter beginnt, laut Luft einzusaugen, befürchtet Nicole, dass sie im nächsten Augenblick heftig atmend und voller Zorn den Raum verlassen wird. Rasch nimmt sie einen Zweig Thymian vom Tisch, reibt ihn zwischen ihren Fingern und hält ihn der Mutter unter die Nase: »Maman, ich kann unbedingt nachvollziehen, dass du dich erregst. Unser Leben wird so eingeschränkt. Aber wir wollen doch alle gesund und beieinander bleiben.« Sie legt ihre Hand auf die Hand ihrer Mutter, drückt ihr den Thymianzweig in den Spalt zwischen Daumen und Zeigefinger, woraufhin sich ihr Atem beruhigt.

»Was macht denn Francois? Wie geht es ihm in der Schweiz?«, fragt Nicole und wendet sich nach diesem kleinen Eklat umstandslos wieder dem Besuch zu. Nicole kennt Francois seit ihrer Kindheit, aber sie hat ihn in der letzten Zeit wenig gesehen. Seit einem Jahr ist er in Sankt Gallen, um dort das Bankgeschäft zu erlernen.

»Ich denke, es geht ihm gut«, sagt Madame Clicquot. »Aber Philippe, mein Mann, macht sich große Sorgen um ihn.«

»Und warum?«, hakt Nicole nach.

»Francois möchte unser Land im Krieg gegen die Monarchisten verteidigen. Er ist ganz patriotisch unterwegs und vollkommen vernarrt in die Idee, in den Krieg zu ziehen.«

»Aber er ist doch in Sankt Gallen«, entgegnet Nicole.

»Ganz richtig. Aber von dort möchte er weg.«

Offenbar hat Nicole soeben in ein familiäres Wespennest gestochen. Francois ist das einzige Kind der Clicquots und sein Vater hat den Sohn in die Schweiz geschickt, damit er gerade nicht zum Militär eingezogen wird.

»Nicole, du kennst Francois ...«, setzt Madame Clicquot an.

»Ein wenig, ja. Hat er seine Geige mitgenommen?«, fragt Nicole.

»Francois ist niemand für den Krieg. Wir sind sehr besorgt darüber, dass er nicht in der Schweiz bleiben will. Sein Vater schreibt ihm jeden Tag, damit er nicht auf dumme Gedanken kommt.«

»Warum sollte sich Ihr Sohn auch wegen einer dummen Bauernrevolte erschießen lassen!«, grätscht Nicoles Mutter dazwischen.

»Mein Mann und ich, wir haben beide große Angst, dass er sich dem ›Levée en masse‹ anschließt«, stöhnt Madame Clicquot. »Das wäre furchtbar für uns. Er würde es nicht überleben.«

»Was ist das? Ein Levée?«, die junge Clementine hat sich plötzlich aufgerichtet.

»Es ist die Zwangsrekrutierung aller jungen Männer in Frankreich zwischen 18 und 25 Jahren«, antwortet Nicole.

Während sie ihren Satz beendet, blickt ihre Schwester schon wieder wortlos in eine andere Richtung.

Nicole ist besorgt über die Neuigkeiten der Nachbarin. Sie kennt Francois und teilt ihre Ansicht, dass er möglichst kein Soldat werden darf, ohne dass sie genau erklären könnte, warum sie so denkt.

An Madame Clicquot gerichtet, sagt sie: »Er wird auf Ihren Mann hören, ich bin mir sicher. Er ist kein Hitzkopf, er wird sein Handeln abwägen.«

Mit ihren siebzehn Jahren verfügt Nicole schon über eine gute Selbstbeherrschung und auch über eine ganze Reihe sprachlicher Kniffe, um eine Situation zu entschärfen.

Die kurze Diskussion um Francois Clicquots Militärtauglichkeit berührt einen ernsten Konflikt in seinem Elternhaus. Dem jungen Mann machen seine Melancholie wie auch seine Revolutionsbegeisterung und sein Patriotismus zu schaffen. Vor dem Hintergrund des penetranten Widerstands seines Elternhauses gegenüber all diesen Empfindungen hat sich Francois mit seinem Vater tief zerstritten.

Die Briefe des Vaters an seinen Sohn enthalten eine Litanei an gut gemeinten Ratschlägen, die er ungefragt dem Sohn erteilt. *»Achte auf Deine Gesundheit und falle nicht in jene Art von Depression, die Dich ermüdet, die jede Art von Verbesserung Deines Zustandes verschlechtert und die Deine schwache Konstitution noch verstärkt,«* schreibt er ihm in die Schweiz. Immer wieder warnt er Francois vor einem ausschweifenden Leben und ungesunder Ernährung, weil das regelmäßige Zu-sich-Nehmen von Erbsen, Salat sowie einer täglichen Portion Fleisch, wie er glaubt, seinen Sohn vor depressiven Verstimmungen bewahren kann. Er maßregelt Francois in einem fort, hackt auf seinen vermeintlichen Schwächen herum – Orthographie, Schreibstil, Ernährung, Umgang mit anderen Menschen, Freizeitvergnügen – und kujoniert ihn in einem Ausmaß, das an einem jungen Mann nicht spurlos vorbeigehen kann. Keinerlei Ermutigung, kein Wort und keine Geste der Wertschätzung oder gar Liebe hat er für seinen Sohn übrig. Er klammert sich an Pflicht- und Tugendformeln, hinter denen sich Angst und Engherzigkeit verbergen. Er schreibt: »*Indem Du Deine Bedürfnisse und Wünsche einschränkst und Deine Fähigkeiten ausbildest, Dich stärker selbst zu disziplinieren und Deine Pflicht vor das Vergnügen zu stellen, verdienst Du Dir das Vertrauen Deiner Meister und die Freundschaft Deiner Kameraden. Indem Du zeigst, dass Du hart arbeiten kannst und Dich an die Bescheidenheit, die Mäßigung, den Glauben, die Ehrlichkeit und die Güte erinnerst, mit der Du erzogen worden bist, wird es Dir gelingen, weniger unglücklich zu sein. Ich sage ›weniger unglücklich‹, weil der Status des Glücks auf dieser Welt immer ein negativer ist, der nur in ›weniger Leid‹ gemessen werden kann.*«

»*Papa, ich möchte in die Welt hinaus und nicht wie in einem Kloster leben*«, schreibt ihm sein Sohn Francois zurück, oder: »*Du wirst es nicht glauben, Papa, aber ich habe viele glückliche Empfindungen hier in der Schweiz. Ich schwatze manches Mal die ganzen Nächte durch.*« In jedem Brief des Vaters wird jedoch sein Wunsch spürbar, dem Sohn mehr Zurückhaltung beizubringen. Für Francois' Leidenschaften, seinen Enthusiasmus, seine menschliche Wärme und seine Begeisterung zeigt der Vater keinerlei Verständnis.

Im Jahre 1794 wird Nicolas Ponsardin zweimal für je einen Monat Präsident des Jakobinerclubs in Reims. Im März und November sitzt er dem Gremium vor und moderiert dort die schwierigen Sitzungen. Präsident ist man bei den Jakobinern immer nur für einen Monat, damit sich keine Machtzentren um bestimmte Personen herum bilden. Bei einer der letzten Sitzungen, die er als Präsident führt, weist ein Mitglied des Clubs darauf hin, dass der Bürger Ponsardin, Fabrikant aus Reims, sich auf der Emigrantenliste befindet. Zwei Kommissare des Clubs wollen die Angelegenheit nach Paris melden. Es gibt lange Diskussionen, nach denen Ponsardins Mitgliedschaft eine Zeit lang ruhend gestellt wird.

Der der Heimatflucht angeklagte Ponsardin bleibt ruhig und sagt ehrlich aus, dass er zu Beginn der Revolution um sein Leben gefürchtet hat. Er spendet weiterhin Geld für eine Pyramide der Freiheit, die auf der Place National errichtet werden soll – auf dem Sockel der gestürzten Statue des »infamen Tyrannen« König Ludwig XV. Auch lässt Ponsardin, während seine Anklage noch diskutiert wird, einen neuen »Baum der Freiheit« pflanzen. Dies geschieht in einer öffentlichen Zeremonie. Mit der roten Mütze auf dem Kopf führt Ponsardin die Gruppe seines Jakobinerclubs an. Und alle Bürger, die sich der Schar anschließen, werden mit Musik durch die Stadt Reims geführt. Unter lauten Rufen von »Vive la Republique« pflanzt der stadtbekannte Unternehmer schließlich ein neues Bäumchen an einem ausgesuchten Platz in der Stadt.

Im Februar 1795 entscheidet eine Kommission endlich, dass Ponsardin von der Emigrantenliste gestrichen wird, da er Reims nicht verlassen will und seit 1789 keinen Tag verlassen hat. Dies war auch ein wesentliches Argument seiner Verteidigung. In anderen Clubs werden Emigranten zivilrechtlich für tot erklärt und ihr Besitz wird konfisziert. Ponsardin kommt mit einer Ermahnung davon. Mit Freude wird er nach der Streichung seines Namens von der Liste feierlich in den Club reintegriert. Die Jakobiner schätzen Ponsardins Moderationsfähigkeit, und er setzt sie auch in jeder Sitzung ein. Als ein junger Mann namens Noel zum Tode verurteilt werden soll, stellt sich der Bürger Ponsardin vor ihn und gibt folgendes zu Protokoll: »Wenn ein Mensch nicht als Schuldiger überführt werden kann, gehen wir von seiner Unschuld aus. Ich ignoriere nicht die Motive, derer wegen man den Bürger Noel in Reims verhaftet hat. Aber er hat sich hier patriotisch gezeigt. Ich schlage vor, dass man ihm die offiziellen Verteidiger zugesteht.«

Dieser Vorschlag wird einstimmig angenommen. Und Noel wird nicht hingerichtet.

Für jeden Franzosen besteht in diesen Jahren die Gefahr, durch Zufall oder aus Vorsatz mit einem Verdacht des Verrats belegt und ohne die Möglichkeit einer Verteidigung zu einer Gefängnisstrafe und sodann zur Hinrichtung verurteilt zu werden. Ein bekanntes Beispiel dafür ist in den Tagebuchaufzeichnungen eines Infanterieoffiziers nachzulesen, der am 2. September 1792 wegen revolutionskritischer Äußerungen aufgegriffen und verhaftet wird. Man bringt ihn in das Gefängnis Abbaye im Kloster Saint-Germain-des Près in Paris. Nachdem er durch das Fenster seiner Zelle notgedrungen mehreren Massenexekutionen beigewohnt hat, beschreibt er, wie er sich zusammen mit seinen Mithäftlingen auf die eigene Hinrichtung vorbereitet: »Wir hörten und sahen, dass jene, die die Hände hoben, viel länger litten, weil die Säbelhiebe so abgeschwächt wurden, bevor sie den Kopf trafen; dass bei manchen sogar Arme und Hände abfielen, ehe der Körper zusammensackte, während jene, die die Arme hinter dem Rücken hielten, offenbar weniger litten ... Nun denn! Über diese grausigen Details machten wir uns Gedanken ... Wir berechneten die Vorteile dieser letzten Haltung und rieten uns gegenseitig, sie einzunehmen, wenn wir an der Reihe wären, abgeschlachtet zu werden.«

Ein Augenzeugenbericht über die Ermordung der Princesse de Lamballe, Oberhofmeisterin der Königin, durch die Nationalgarde wird unter der Hand in Reims verteilt. Die Prinzessin wird der Beteiligung an einer Verschwörung verdächtigt, die unbewiesen bleibt:

»... Man versetzte ihr, kaum, dass sie über die Schwelle getreten war, einen Säbelhieb von hinten über den Kopf, der ihr Blut herausschießen ließ ... Zwei Männer hielten sie unter den Armen gepackt und zwangen sie, über die Leichen zu gehen. Sie verlor jeden Augenblick das Bewusstsein. ... Als sie schließlich so geschwächt war, dass sie sich nicht mehr aufrecht halten konnte, brachte man sie mit Pikenstößen auf dem Leichenhaufen um. Sofort wurde sie ausgezogen; dann stellte man ihren Körper zur Schau und lieferte ihn den Schmähungen des Pöbels aus ... Gegen Mittag entschloss man sich, ihr den Kopf abzuschneiden und ihn in Paris herumzutragen. Ihre anderen abgetrennten Gliedmaßen wurden gleichermaßen einer Horde von Kannibalen ausgeliefert, die sie durch die Straßen schleppten. Ihr Kopf wurde zuerst zur Abtei Saint-Antoine getragen, wo sie einige Zeit verbracht hatte. Man zeigte ihn Madame de Beauveau, die früher die Äbtissin und eine enge Freundin der Madame de Lamballe gewesen war. Von dort brachte man ihn zum Temple, dann zum Palais Royal und zum Hotel de Toulouse, wo sie lange beim Duc de Penthièvre, ihrem Schwiegervater, gewohnt hatte.«

Selbst wenn Ponsardin aus Prinzip Optimist ist, besteht für seine gesamte Familie in diesen Jahren immer die Gefahr, eines Tages den brutalen Anweisungen der Nationalgarde oder der Zügellosigkeit eines aufgehetzten Mobs zum Opfer zu fallen. Was ist sein Plan in dieser Bedrohungslage? Warum flieht er nicht, da er doch weiß, dass irgendeine erfundene Anschuldigung ihn und seine Familie jederzeit treffen kann? Warum reagiert er stattdessen mit immer größerer Anpassung an die revolutionären Machthaber?

Ponsardin bezeichnet sich selbst als Patrioten, dabei ist er ein Meister der fluktuierenden Diplomatie. Schon immer hat er gerne zwischen den Fronten laviert und versucht, auch in aussichtslosen Situationen die Dinge noch irgendwie in eine günstigere Richtung zu biegen. Aber jetzt ist die Situation anders, ernster, von existentieller Natur. Die Fronten sind hart, unversöhnlich, gewaltbereit. Jedes Wort kann falsch sein, explosiv in seiner Wirkung. Jedes Adjektiv wird auf die Waage gelegt. Und Ponsardin hat keine Verbündeten mehr. Ein Teil seiner Kollegen ist schon emigriert, seine alten Komplizen aus Adel und Klerus sind vollständig entmachtet. An diesem Punkt ist seine diplomatische Kunst fast an ein Ende gekommen. Ponsardin wird sein Gefühl der Verlorenheit nur in wenigen Momenten bewusst, aber der Boden unter seinen Füssen hat zu schwanken begonnen.

Im Studium hat Ponsardin über die Texte Voltaires philosophiert, seine Karriere hat er jedoch mit dem Pomp von Krönungsfeierlichkeiten begonnen. Den Mob der Straße gegen sich aufgebracht zu sehen, bringt alles in ihm zum Wanken. Sein lange gehegtes Sicherheitsnetz ist in sich zusammengebrochen. Industrielle Kollegen wie seine Nachbarn Lallemand oder Béart, die mit ihm hätten kämpfen können, haben das Land verlassen. Jemand wie Phillippe Clicquot ist zu schwach, um einen Plan auszuhecken oder eine Kampagne durchzustehen.

Mit der langen Dauer und Eskalation der Unruhen hat Ponsardin nicht gerechnet. Seine eigene falsche Prognose über die Dauer der Revolution vertieft sein Gefühl, sich nicht mehr auszukennen, auch wenn er bestimmte Elemente der neuen Republik für sinnvoll hält. Ponsardin hat weniger Alternativen als seine Schneiderin, die sich eindeutig auf die Seite der Kämpfenden stellt. Um sein Leben und das seiner Familie zu retten, hat er sich in eine Ecke manövriert, in der er sich allseits nur opportunistisch verhalten kann.

Zu seinen taktischen Fehleinschätzungen kommen charakterliche Eigenheiten. Ponsardin ist intelligent, doch er ist kein Intellektueller, das heißt, er ist innerlich und psychisch nicht frei. Verlöre er sein Vermögen, verlöre er an Macht und Einfluss in seinen Kreisen, würde er sich lebenslang schämen. Er fühlt sich als großzügiger Vermittler zwischen »oben« und »unten«, und lange bildet er sich ein, das Terrorregime irgendwie einhegen zu können, ohne je in einen offenen Konflikt zu gehen. Während der tragischen Septembermorde in Paris, deren Auswirkungen bis in die Gefängnisse der Provinz zu spüren sind, verhält er sich als Mitglied der Stadtspitze von Reims ruhig, gibt keinen Laut, wobei die Tragödie ihren Lauf nimmt. Zwar ist Ponsardin ein aufrichtiger Unterstützer seiner Arbeiter und Angestellten, aber er kann die Gewalt auf der Straße nicht einordnen. Mit seiner Familie lebt Ponsardin während der gesamten Jahre der Revolution eine durchdachte öffentliche Täuschung. So rettet er sich und das Familienvermögen, aber er verrät seine Integrität.

Nicoles Zweifel an dem Agieren ihres Vaters, die bei ihr in einer Verachtung der Politik enden werden, beginnen erst später. Während der Revolutionsjahre ist sie jung. Die Erfahrung existentieller Unsicherheit schon in frühen Lebensjahren macht sie jedoch freier und unabhängiger, als ihr Vater es je war. Sie schwankt nicht, weil sie noch gar kein festes Gerüst um sich herum aufgebaut hat, das Risse bekommen könnte. Sie nimmt erst einmal alles nur wahr, was um sie herum passiert. Auch ist Nicole keine Intellektuelle, aber charakterlich offener als ihr Vater und als junge Frau nicht so leicht von Macht und Einfluss korrumpierbar.

Sie ist dem Vater zugeneigt und entwickelt dennoch ihre Unabhängigkeit und eigene Charakterstärke im Jahrzehnt der Revolution. Scharfsinnig und selbstbewusst setzt sie sich schon früh von ihrer Mutter ab und nimmt wahr, wohin die Diplomatie des Vaters führen kann. Nicole beobachtet alles mit großer Neugier. Sie ist leichtfüßig unterwegs, bleibt forsch, kritisch und wissensdurstig auch während der Jahre des Terrors. Selbstverständlich profitiert sie von der materiellen Unabhängigkeit der Familie, der emotionalen Zuwendung ihres Vaters und einer psychischen Stabilität, die daraus erwächst. Ponsardin stellt seine Tochter nicht hinter den zweitgeborenen Sohn zurück – eine Auffälligkeit in diesem Zeitalter, in der die Töchter gerade in hoch gestellten Familien oft als wertlos gelten.

Keller-Zeremonie

BASEL/REIMS 1794 – 1798

Es ist sechs Uhr am Morgen, ein Sonntag. Die Bediensteten des Hôtel Ponsardin sitzen auf eilig herbeigeholten Holzstühlen im Keller des Palais und warten. Sie sitzen nicht sehr gemütlich, sondern in engen Reihen hintereinander, sodass die Kniescheiben vieler Männer an die Sitzflächen der Stuhlreihen vor ihnen stoßen. Die groß Gewachsenen unter ihnen rutschen ganz nach hinten in ihren Stühlen – Männer wie Antoine, der Hausdiener. In seinem Stuhl hält er seinen Rücken so gerade, dass sein Hals aus dem Hemdkragen herauszuwachsen scheint. Sein Kreuz drückt er fest gegen die Lehne des Stuhls, damit seine Knie nicht das Hinterteil von Rachel berühren. Es wäre ihm diese zufällige Berührung nicht unrecht, aber dann erscheint ihm der heute so bevölkerte Keller doch nicht der richtige Ort für eine solche Offenbarung. Die üppige Rachel Bernard ist die erste Köchin des Hauses. Sie ist noch jung, sie ist scheu und sie ist fleißig. Antoine mag es, wenn Frauen nicht dürr sind, und Rachels Körper hat die Form einer über Kopf hängenden aufgeblühten Tulpe.

Alle Hausangestellten sind heute früh in den Keller hinabgestiegen und warten gespannt auf das, was kommt. Ein warmes Gefühl der Vorfreude hat sich in dem kleinen unterirdischen Saal verbreitet, ausgehend von der überraschend verkündeten morgendlichen Nachricht. Vorfreude war eine seltene Stimmung in den zurückliegenden Jahren der Revolution. Umso mehr freuen sich die Gäste über das, was gleich in diesem Keller geschehen wird. Die, um die es heute geht, ist Nicole Ponsardin.

›Wenn wir ehrlich sind, mögen wir sie alle am liebsten‹, sagt Antoine zu sich selbst. Ein kaum sichtbares, nach innen gerichtetes Lächeln erhellt sein Gesicht. Als Nicole gerade vier Jahre alt war, hat sie eine Zeit lang jeden Tag zusammen mit ihm die Gäste des Hauses empfangen. Sobald ein neuer Gast die Schwelle betrat, machte sie noch in der geöffneten Tür einen tiefen Knicks, so tief, bis ihr rechtes Knie den Boden berührte. Dabei senkte sie den Kopf und blickte wortlos einige Sekunden lang zu Boden. Sie hatte sich diese meditative Geste bei den Nonnen im Kloster Saint Pierre Les Dames abgeschaut und war davon nicht mehr abzubringen.

Die Bediensteten befinden sich in einem uralten, mit Säulen bestückten kleinen Saal, der zwei Stockwerke tief unter dem Parterre des Palais Ponsardin liegt. Für das bevorstehende Ereignis gänzlich unpassend, riecht es an diesem Frühsommermorgen hier unten nach faulen Eiern. Es ist ein wenig klamm und der Raum hat lediglich eine Temperatur von 10 Grad Celsius. Antoine trägt seine weißen Handschuhe und hat sich an diesem Tag unter seine Jacke eine weiße Weste um die pralle Brust geknöpft. Er kennt den Raum, weil er ihn oft durchquert. Gleich nebenan ist das Weinlager von Monsieur Ponsardin – aber heute nimmt Antoine das Gewölbe aus einer anderen Perspektive wahr. Die großen, unbehauenen, martialisch wirkenden Granitsteine der Wände um ihn herum wirken für ihn wie ein Schutz vor der Welt draußen. Ihre leicht zerknitterte, erdfarbene Oberfläche strahlt Wärme und Geborgenheit aus.

In einigem Abstand sind vorne vor den Sitzreihen ein kleiner Tisch mit roter Schärpe, eine Kniebank aus Buchenholz und zwei Stehkandelaber aufgebaut. Über das nun folgende Zeremoniell weiß Antoine genauestens Bescheid. Die Köchin Rachel gehört ebenfalls zu den Eingeweihten. Sie hat sich ein helles Cape über ihre breite Schürze gezogen und schaut besorgt auf ihre blutrot verfärbten Finger, mit denen sie eben noch einen großen Topf »Bettarave-Suppe« zubereitet hat. ›Tant pis, sei's drum – es geht heute morgen nicht um meine Finger‹, denkt sie und zieht ihre Hände in die Armschlitze ihres Capes zurück. Die Bediensteten des Hauses tragen großenteils noch ihre Kittel.

Die Einladung in den Keller kommt für die meisten erst um halb sechs an diesem Morgen, sodass sie keine Zeit mehr finden, ihre Arbeitskleider abzulegen. Darin besteht eine gewisse Missachtung der Geladenen, aber in Zeiten der Revolution will das Familienoberhaupt Nicolas Ponsardin kein Risiko des Ausplauderns eingehen, was die kleine unerlaubte Festlichkeit im Keller seines Hauses angeht. Die Gesichter der Dienerschar strahlen, im Licht der zahlreichen Kandelaber kommen sie gut zur Geltung. Der Anlass ihrer Freude ist die heimliche Hochzeit von Nicole Ponsardin mit Francois Clicquot durch einen der wenigen, noch in Reims verbliebenen Geistlichen. Es ist Sonntag, der 10. Juni 1798.

Doch es ist gar kein Sonntag, denn nach dem Revolutionskalender, der seit dem Ende des Jahres 1793 gilt, existieren Sonntage gar nicht mehr. Alle christlichen Bezüge sind aus der französischen Zeitrechnung entfernt worden. Nach der neuen Zeit der Republik heißt der alte Sonntag jetzt »Septidi« und ist ein normaler Arbeitstag. Ruhe- und Feiertage sind nur noch jeweils der 10., der 20. und der 30. Tag eines Monats, der jetzt »Decadi« heißt. Ponsardin ist zunächst überhaupt nicht beunruhigt von dem »Kalendertheater«, wie er es nennt. Was soll es mich interessieren, denkt er, ob sie es anders nennen, für mich ist Sonntag nach wie vor Sonntag, auch wenn er anders heißt.

Aber es steckt mehr hinter diesem Wechsel. An »Decadi« sollen in den entweihten Kirchen, die inzwischen ohne Kreuze, Heiligenbilder und Glockengeläut sind, »Feste der Vernunft« gefeiert werden. Groß sollen diese Feste beispielweise am 14. Juli ausfallen (Sturm auf die Bastille) oder am 10. August (Sturm auf die Tuilerien). Dann stehen feierliche Prozessionen in der Stadt an. Die neuen Festlichkeiten gelten der Revolution im allgemeinen, dem Menschen als »höchstem Wesen« – im Gegensatz zu einem Gott –, und sie sind den revolutionären Märtyrern, vor allem Jean-Paul Marat, gewidmet, deren Bilder anstelle der alten katholischen Heiligenbilder nun in den Kirchen hängen.

Die junge Nicole Ponsardin lehnt eine Teilnahme an den neuen Festlichkeiten von Anfang an ab. »Sie wollen die Kirche verbieten, aber dann nutzen sie sie für ihre Zwecke aus. Ich finde das scheinheilig«, sagt sie. Mit ihren 20 Jahren ist sie zunehmend verärgert darüber, dass ihr Vater den neuen Sitten gegenüber so nachgiebig ist. Ponsardin findet, dass für die neue Zeit auch neue Rituale gefunden werden müssen: »Lass sie doch ein paar neue Feierlichkeiten ausprobieren,« meint er. Abgesehen von ihren kindlichen Kniefällen ist Nicole nie eine besonders strenge Christin gewesen. Inzwischen aber verteidigt sie eisern die ursprüngliche Bestimmung der Gotteshäuser gegen ihre säkulare Nutzung durch die Revolutionsanhänger. Von einer Befürworterin der neuen Republik hat sich Nicole zur Feindin des Regimes entwickelt. Sie ist klar in ihrem Urteil, so klar und konsequent, wie es wahrscheinlich nur eine zwanzigjährige Frau sein kann.

Zunächst feiert ihr Vater gerne mit, wenn es heißt, mit den Jakobinern im Club ein »Fest der Vernunft« zu begehen oder einen Freiheitsbaum zu pflanzen. Er tanzt sogar etwas schwerfällig mit, wenn es gilt, um die mit Bändern und Jakobinerhut geschmückten Stecken herumzuspringen. Allerdings geraten die Feiern immer mehr außer Kontrolle. Aus dem Tanz um einen jungen Baum der Revolution wird mehr und mehr ein gehässiges, zynisches, das Ancien Regime und die Kirche verspottendes, von Ausschreitungen begleitetes Gruppenereignis.

Sogenannte Vaterlandsaltäre werden an den Festtagen auf den städtischen Plätzen errichtet. Sie sind mit Trikoloren geschmückt und werden mit den Gewehren, Sicheln und Piken der Revolution überhäuft, die ebenfalls besungen und feierlich umtanzt werden. Daneben häuft man auf dem Boden kirchliche Gerätschaften auf – Weihrauchfässer, Schellen, Kelche, Tabernakel, Beichtstühle, Kirchenbänke -, die schließlich zum Gesang des neuen Revolutionslieds der »Carmagnole« zertrampelt und zerschlagen werden. Nach Tanz und Gesang werden die Reste der kirchlichen Gegenstände zusammengekehrt, man bedeckt sie zur Nacht mit einem Trikolorebanner. Am nächsten Tag werden im Schlussakt der Festlichkeit die Reste der zertrampelten Kirchengüter feierlich verbrannt.

Der anstehenden Vermählung zwischen Nicole und Francois geht eine geschäftliche Transaktion zwischen den Familien Clicquot und Ponsardin voraus. Die wachsende gegenseitige Zuneigung der jungen Eheleute beeinflusst dieses Abkommen überraschender-weise nicht.

Ausgehend von seiner Not, seinen Sohn Francois aus der Pflicht zur Zwangsrekrutierung zu befreien, überlegt Phillippe Clicquot im Jahre 1794 alles Mögliche, dieses Ziel endlich zu erreichen. Er macht sich intensive Gedanken darüber, welche Talente seines Sohnes geeignet sein könnten, ihn einer nicht-kämpfenden Militär-Einheit zuzuschlagen. Francois spielt Geige, aber dieses Instrument ist für das Militär ungeeignet, und sein Sohn kann unmöglich in sehr kurzer Zeit beispielsweise das Horn- oder Trompetenspiel erlernen, die im militärischen Umfeld eher zum Einsatz kommen. Diese Idee scheidet also aus.

Da Francois in seiner Jugend eine gewisse Vorliebe für die Botanik gezeigt hat, macht sich der Vater Hoffnungen, ihn der Truppenapotheke anzudienen. Aber auch dieser Versuch geht fehl. Als nächstes bemühen sich Vater und Sohn gemeinsam um die Unterbringung im Sanitätsdienst. Doch selbst diese Idee verfängt nicht. Erfolgreich ist Francois schließlich mit einer Bewerbung für den Im- und Exportbereich bei der französischen Militärverwaltung in Basel, die gewillt ist, ihn für mehrere Jahre aufzunehmen. Allerdings ist dies mit einer sehr hohen Zahlung an Bargeld verbunden, die die schlechte Geschäftslage des Hauses Clicquot nicht ohne weiteres verträgt.

Der besorgte Philippe Clicquot ist ein stolzer Mann. Vom strikten Katholizismus seiner Vorfahren hat er eher die Angst vor der Sünde verinnerlicht als die Erinnerung an die Fülle des Lebens. Er sieht die Zahlung einerseits als unrecht an – schließlich handelt es sich um eine Art Bestechungsgeld -, aber auch als eine göttliche Prüfung. Er muss das Opfer bringen, um seinen Sohn vor der Armee zu retten. Nur fehlt ihm im Moment die nötige Barschaft dazu.

In keiner Weise hat er etwas anderes als ein Darlehensgeschäft im Sinn, als er im Mai des Jahres 1794 in seinem Arbeitszimmer sitzt und überlegt, wer ihm jetzt helfen könnte. Es dauert nicht lange, da kommt ihm die rettende Idee. Der reiche Kaufmann Ponsardin ist sein Mann. Sein Ziel ist erst einmal eine Audienz bei seinem Kollegen und weitläufigen Nachbarn, um dessen Vorstellungen über ein mögliches Darlehen zu erfahren. Er wird sehen, wie er darauf reagiert. Bei aller Gottesfürchtigkeit, bei aller Kontrolle, die er über das Leben seiner Familie behalten möchte: Es fällt Clicquot nicht leicht, sich Geld zu leihen.

»Für meinen Sohn tue ich alles«, sagt Clicquot zu Ponsardin.

»So soll es ja auch sein, wenn man ein Kind hat«, pflichtet ihm Ponsardin bei.

»In dieser für uns so schrecklichen Zeit geht es mir umso mehr um die Zukunft meines Sohnes.«

Clicquot sieht grau aus, als er das sagt. Nachdem er diesen einleitenden Satz platziert hat, schiebt er seinen Unterkiefer nach vorn und atmet tief ein. Er richtet sich in seinem Stuhl auf, greift sich an die Knopfleiste seines dunkelgrauen Gehrocks, dessen fester Kragen bis an die Unterseite seines Kinns hinaufragt, sein Blick sucht dabei Ponsardins Miene zu ergründen. Er wartet auf eine Äußerung von ihm, doch Ponsardin lässt eine längere Pause entstehen. Er scheint wie abwesend, schaut zum Fenster hinaus.

»Wir sollten großzügig sein, wenn es um die Zukunft unserer Kinder geht«, philosophiert Ponsardin plötzlich in den Raum, ohne Clicquot dabei anzusehen.

Die beiden Männer befinden sich im Salon des Palais. Clicquot sitzt auf einem der Stühle mit zimtfarbenen Polstern. Ponsardin ist gerade aufgestanden, lehnt sich wie so oft an eine der in die Wand eingelassenen Konsolen. Er steht jetzt seinem Gesprächspartner gegenüber, blickt jedoch an dessen viereckigem Kopf vorbei durch die Fenster. Ein warmer Frühlingstag neigt sich gerade in die Dämmerung. In der Mitte des Raums steht auf dem Tisch in einem Kühlbecken eine Flasche Champagner, ein Blanc de Noir, den Ponsardin gerne als Aperitif anbietet. Durch die geöffneten Fenster hört man Vögel zwitschern.

»Mein Sohn, er muss sich jetzt für die Armee melden«, sagt Clicquot in die Stille hinein.

»Ach ja, das stimmt, er ist ein paar Jahre älter als unser Jean«, stellt Ponsardin fest.

»Mein Sohn als Soldat, mein Sohn auf einem Schlachtfeld, mein Sohn im Krieg, die Vorstellung ist für mich eine Qual. Niemals werde ich …«, setzt Clicquot an.

»Und die Schwierigkeit ist, Ihr Sohn möchte gerne Soldat werden, nicht wahr«, unterbricht ihn Ponsardin. »Ein Dilemma, so wie Sie es erzählen.«

»Es ist mehr als ein Dilemma«, sagt Clicquot, seine Stimme ist jetzt lauter und fester. »Ich bin ein geschlagener Mann, wenn Francois das tut. Es muss verhindert werden. Ich bin noch nicht bereit, dem lieben Gott gegenüber zu treten.«

Ponsardin sieht Clicquot jetzt an, sein Ton wird mit einem Mal liebenswürdig, da er die Situation erfasst.

»Aber nein, mein lieber Clicquot. Hören Sie. Davon soll doch jetzt gar keine Rede sein. Vielleicht ist die Armee ja gar nicht so schlimm für Ihren Sohn.«

Clicquot schüttelt den Kopf. Es sind kleine, schnelle, zackige Bewegungen, die sein Haar erzittern lassen, während er zu sprechen beginnt: »Nein, nein Monsieur Ponsardin! Mein Sohn ist für die Armee überhaupt nicht geeignet. Aber das interessiert ja niemanden mehr. Sie nehmen alle«, sagt er und fährt fort. »Mein Francois, er würde nicht mehr vom Feld zurückkehren, das steht fest. Aber er ist wie vernarrt in diese Militär-Idee. Er redet von nichts anderem, überschätzt sich, entwickelt Phantasien über sich selbst, ist nicht mehr zurechnungsfähig.« Clicquot stockt kurz nach diesen Sätzen, seine Stimme ist heiser, als er weiter spricht. »Und diese Überschätzung seiner Kräfte, diese vollkommen falsche Einschätzung seiner selbst wird dazu führen, dass er in seinen Tod geht.«

Clicquot hustet trocken. Er hat die letzten Worte bedächtig ausgesprochen, jetzt schnappt er nach Luft, starrt wortlos vor sich hin, lässt seinen Blick schließlich auf den steinernen Wolken der hellen Marmorplatte des Tisches ruhen.

Ponsardin geht auf ihn zu und legt ihm seine Hand auf die Schulter. Dann holt er die Champagnerflasche aus dem Kühler und schenkt ihnen beiden von dem Blanc de Noir nach.

»Nun ja, verehrter Clicquot. Es ist erst einmal nicht immer das Schlechteste, sich etwas zuzutrauen«, sagt er.

»Sie kennen meinen Sohn nicht«, schreckt Clicquot in seinem Stuhl auf. »Ich weiß sehr genau, was Francois kann und was er nicht kann. Und kämpfen, auf dem Schlachtfeld, in einem Krieg, das wird er nicht überleben.«

Ponsardin widerspricht Clicquot jetzt nicht mehr. Die beiden Männer müssen nicht lange verhandeln. Nicoles Vater willigt schnell und ohne Sicherheiten ein, Clicquot die von der Militärverwaltung verlangten 100 000 Livres zu leihen.

»Ich hoffe, es ist das Richtige für Francois, diese lange Station in Basel«, sagt Ponsardin.

»Es ist seine Rettung, Monsieur, das kann ich Ihnen versichern«, antwortet Clicquot.

»Und danach kann er selbst entscheiden, wohin er geht?«

Clicquot steht auf: »Wir werden sehen. Glauben Sie mir, mein Sohn ist viel zu oft und viel zu sehr er selbst.«

Als Philippe Clicquot heimkehrt, fragt ihn seine Frau Jeanne-Clementine, was Ponsardin gesagt hat, und wie er aussah, als ihn Clicquot um das Geld gebeten hat. Clicquot ist sich nicht sicher, ob Ponsardin überhaupt verstanden hat, dass sein Sohn an einer Nervenkrankheit leidet. Er wollte es ihm nicht direkt ins Gesicht sagen, sondern nur vorsichtig andeuten. Aber Ponsardin hat es wohl gar nicht begriffen, denkt Clicquot. Er kann sich wahrscheinlich gar keinen kranken jungen Mann vorstellen. Und so erklärt er seiner Frau, dass Ponsardin ihm geistesabwesend erschien, dass er ihm keinen Ton von seinen ständigen Auseinandersetzungen mit Francois erzählt hat und dass ihm die Leihe der Geldsumme keineswegs etwas auszumachen schien.

»Er wird davon nicht arm werden,« sagt er ihr.

Auch Ponsardin sinnt noch etwas über das Gespräch mit Clicquot nach. Nachdem der Kollege das Palais gerade verlassen hat, geht er erst einmal in den Garten. Es ist jetzt fast Nacht geworden. Doch ein Eichhörnchen springt noch auf einem Ast herum, rennt Richtung Gartenmauer, springt weiter in den nächsten Baum. Ponsardin setzt sich auf eine Bank. Er fragt sich, wie Clicquot überhaupt Unternehmer werden konnte, wo ihm jede Form von Optimismus fehlt. Zwar hat er ihm das verlangte Geld gegeben. Aber überzeugt ist er von der ganzen Sache nicht. Als Kaufmann kann er Clicquot gerade noch schätzen, als Vater hält er ihn für eine Katastrophe. Warum will er seinen Sohn mit aller Macht vor dem Militär schützen? fragt er sich. Warum legt er diese Angst und Panik an den Tag? Francois ist ein ehrlicher Kerl, kein schwacher, sondern ein witziger, etwas verschmitzter junger Mann. Er ist interessiert, auf eine bestimmte Art originell, nicht so verkrampft wie sein Vater. Es wäre ein Jammer, wenn nichts aus Francois werden würde, nur weil sein Vater ihn ständig drangsaliert, denkt Ponsardin. Die Dominanz, die Clicquot seinem Sohn gegenüber an den Tag legt, kann dem Selbstvertrauen dieses jungen Mannes empfindlich schaden, ist er sich sicher. Er hört ein Geräusch von schräg über ihm, blickt in die Baumkrone hinauf, in der gerade im Licht des noch hell erleuchteten Hauses ein Eichhörnchen verschwindet. Die Nacht ist jetzt über die Stadt hereingebrochen. Ponsardin steht von der Bank auf. Nachdenklich wandert er zurück ins Haus.

Am nächsten Morgen liegen schon früh Sonnenstrahlen über der Stadt. Im fünften Jahr der Revolution backen sie unten in der Küche wieder Macarons. Das erfordert ein sehr genaues Abwiegen der Zutaten, selbst das Eiweiß darf eine bestimmte Schwere nicht überschreiten, sonst gelingen die feinen Scheiben nicht. Der Zucker und die gemahlenen Mandeln dürfen an keiner Stelle feucht sein, alles muss ineinander rieseln wie feinster Sand. Wenn alle Zutaten untereinander gehoben sind, soll die Masse glänzen, der Teig behäbig fließen, aber er darf auch nicht zu flüssig sein. Bei zu flüssigem Teig entwickeln die Macaronscheiben keine Erhabenheit, bleiben platt wie ein Geldstück, entwickeln nicht jene leichte Sinnlichkeit, die von diesem perfekt aufgepolsterten Gebäck ausgeht.

Ein einziges Gramm macht den Unterschied. Zwischen Gelingen und Misslingen liegt weniger als die Messerspitze einer einzigen Zutat. Sämig schimmernd wird der fertige Teig mit einem kalten Löffel portionsweise auf ein Ofenblech gelegt. Perfekt runde Klekse müssen dabei entstehen. Das Blech darf nicht im Zug stehen, und es wird immer wieder auf die Arbeitsfläche geklopft, damit sich keine Blasen in den gepolsterten Teighäufchen bilden. Unter keinen Umständen dürfen sich Luftblasen Platz schaffen, die später im Ofen wie entzündete Hautstellen aufbrechen. Glatt, wie ein Himmel voller makelloser heller Wölkchen sollen Macarons aussehen, wenn sie getrocknet und ausgekühlt sind.

An einem winterlichen Sonntagabend Anfang des Jahres 1796 steht Ponsardin am großen Fenster seines Schreibzimmers neben seinem Arbeitstisch im Palais. Sein Blick ist nach draußen auf den Mond gerichtet. Es ist eine klare Nacht, und er sortiert seine abgelegte häusliche Korrespondenz. Ponsardins Firma läuft weiterhin ordentlich, auch wenn sich die Kriegstreiberei Napoleons für ihn nicht in jeder Hinsicht gut ausgewirkt hat. Er hat zu wenige Männer in den Webereien, auch kosten die Kriege Geld, und der Staat ist weiterhin klamm. Nicht gerade eine vorteilhafte Situation für den Verkauf exquisiter Stoffe. Aber er bewundert den jungen Feldherrn aus tiefster Seele. Genugtuung und Freude steigen in ihm auf, wenn er über seine gewonnenen Schlachten liest, seine siegreichen Abbilder sieht – Napoleon auf einem sich aufbäumenden Pferd, Napoleon vor der Truppe, Napoleon mit der wehenden französischen Fahne in der Hand, ein Held der neuen Zeit. Ponsardin wird mit der Hälfte seiner Maschinen wieder auf einfachere Stoffe umschalten, denn die werden auch im Krieg gebraucht.

Frankreich ist gerade dabei, einen Friedensvertrag mit den Preußen auszuhandeln, und auch in Italien beruhigen sich die Fronten. In Paris hat die Börse wieder geöffnet, und das Revolutionstribunal ist endgültig aufgelöst worden. Neben den Erfolgen auf den Schlachtfeldern Europas gibt es im eigenen Land also zarte Zeichen des Friedens. Die Papiere stapeln sich auf Ponsardins Arbeitstisch, darunter die Kostenvoranschläge für das Anbauprojekt auf dem Nachbargrundstück, das er vor einem Jahr erworben hat. Er hat jetzt wieder an seinem Tisch Platz genommen, nimmt seine Feder zur Hand, führt sie mit einer bedächtigen, aber dennoch schwungvollen und gezielten Bewegung in die Nähe des geöffneten Tintenglases, stoppt kurz vorher ab und tunkt sein Schreibgerät sehr kontrolliert in die schwarze Flüssigkeit.

Ponsardin beugt sich über seine Rechnungen. Er wird alle neuen Summen jetzt in sein Rechnungsbuch übertragen. Plötzlich erinnert er sich daran, wie ihm die Kostenvoranschläge für sein Haus damals, in der Bauphase, aus den Händen geglitten sind. Ich brauche einen Buchhalter, denkt er. Jemand, der die Hausangelegenheiten in die Hand nimmt. Ponsardin hat vor einem Jahr still seinen 50. Geburtstag gefeiert. Der Unterhalt seines riesigen Hauses ist inzwischen kostspielig geworden. Reparaturen sind fällig, nachdem es 15 Jahre alt ist. Er fragt sich, wie seine Kinder dieses Haus wohl einmal finanzieren werden, wenn er nicht mehr ist. Er wird es Jean-Baptiste, seinem Sohn, anvertrauen. Dabei kommen ihm sofort seine wohlbekannten Zweifel in den Kopf.

Ob aus ihm je ein Geschäftsmann werden wird? Er muss mehr mit ihm sprechen, muss ihn mehr einweihen, ihm mehr sagen, was er noch lernen muss. Jean ist jetzt 17, aber er ist verschlossen und nicht sehr interessiert an kaufmännischen Dingen. Nicht so wie Nicole, die ihn schon oft zu den Bauern begleitet hat, bei denen er seine Rohwolle für die Spinnmaschinen kauft. Sie ist unbeirrbar, denkt Ponsardin. Er sieht sie vor sich, in ihrer schlichten weißen Haube, an die er sie immer erinnern muss, bevor sie zusammen hinausfahren. Ein fester Hut würde ihr besser stehen. Aber Nicole wird Reims ohnehin bald verlassen. Ponsardin hat Madame Gard, die Heiratsvermittlerin der Familie aus Paris, mit der Suche nach einem Ehemann für Nicole beauftragt. Sie ist gerade 19 Jahre alt geworden.

Es klopft und die Tür zu seinem häuslichen Büro öffnet sich: »Ah, Nicole, komm herein. Kannst du nicht schlafen?«, fragt Ponsardin.

»Nein, nein. Ich war noch unten, mit Jean und Francois. Ich gehe jetzt schlafen, aber ich sah noch Licht bei dir.«

»Gerade im Moment habe ich an dich gedacht. Habt ihr einen guten Abend gehabt?«

»Ja, den hatten wir. Francois kam vorbei. Es ist immer lustig mit ihm. Warum hast du denn an mich gedacht, Papa?«

»Francois? Ist er da? In Reims?«, fragt Ponsardin.

»Ja, er ist in Reims. Er wird wohl wieder ganz nach Hause zurückkommen«, antwortet Nicole.

»Das überrascht mich. Möchte er denn nicht zurück zu seiner Einheit?«

»Ja und nein, glaube ich. Sie werden ihn entlassen beim Militär, sie lösen das Handelsbüro in Basel auf«, erklärt Nicole.

»Aha. Und sein Vater? Weiß er schon davon?«

»Sein Vater ist ganz außer sich. Du kennst ihn ja«, Nicole zieht ihre Augenbrauen hoch. »Der arme Francois, er kann nichts richtig machen. Er sagt, dass er seinen Vater inzwischen einfach schimpfen lässt. Es muss unerträglich sein, den ganzen Tag hört er nicht auf zu lamentieren.« Sie stemmt ihre Hände in die Taille. »Mich freut es, wenn Francois wieder hier ist. Dann können wir etwas zusammen unternehmen, jetzt, da die Zeiten sich bessern.«

»Ich befürchte, das wird nicht einfach für seinen Vater. Es wäre vielleicht besser …«, setzt Ponsardin an.

»Sag mal, kann ich morgen mit dir kommen? Ich möchte Elise besuchen. Sie arbeitet doch montags für dich, dann kann ich sie mal wieder sehen«, fragt Nicole.

Madame Elise Le Compes, die Schneiderin, die Nicole zu Beginn der Revolution versteckt hat, arbeitet weiterhin als Vorarbeiterin für Ponsardin. Die Freundschaft der beiden Frauen hat die Zeit überdauert.

»Aber wie geht es denn Francois, was wird er tun?«, fragt Ponsardin.

»Er weiß es noch nicht. Also ich kann morgen mit dir mitfahren, schön«, erwidert sie.

»Natürlich.«

Ich kann es mir einfach nicht vorstellen, meine Tochter nicht mehr in der Nähe zu haben, spukt es Ponsardin durch den Kopf, als Nicole an diesem Abend die Türe hinter sich geschlossen hat. Schon jetzt vermisst er es, dass sie ihm kein Gesicht mehr schneiden wird, auch hinter dem Rücken ihrer Mutter, damit er lacht, bevor er sich ärgern kann. Er weiß, dass Nicole durch ihre schnelle Auffassungsgabe keine einfache Frau ist. Dazu kommt, dass sie auf den ersten Blick nicht das ist, was man unter einer Schönheit versteht. Sie ist klein, sie ist nicht die Schlankeste, sie hat eine eigenwillige Nase. Auf der anderen Seite ihre feinen Gesichtszüge, ihr Humor, ihr Vergnügen am Gespräch. Warum in Paris nach einem Ehemann suchen, denkt er plötzlich. Warum nicht hier in Reims? Dann würde sie auch nicht woanders hingehen müssen.

Als er Nicole einige Monate später den Vorschlag einer Heirat mit Francois Clicquot unterbreitet, ist sie hoch erfreut. Sie strahlt und fällt ihm in die Arme. »Papa, Francois ist ein Schatz, ein ganz besonderer Mann. Wir lesen beide, machen uns immer über alle möglichen Dinge lustig, machen Pläne, man muss ihn einfach gern haben«, bricht es aus ihr heraus. »Ich bin erleichtert, dass du mir nicht den derben Sohn des Brauers vorgeschlagen hast, Papa«, sagt Nicole. »Oder den Apothekersohn, oder irgendeinen anderen Mann, der dir nicht die Stirn bieten kann.«

»Du hältst es also für notwendig, dass mir dein Mann die Stirn bietet?« Ponsardin lacht. Dann legt er seinen Arm um seine Tochter, nimmt sie in beide Arme und zieht sie fest an sich heran.

Der Haushalt der Clicquots ist wie eine Art altes Institut. Im Parterre des Hauses gibt es eine dunkle Empfangstheke, dahinter befindet sich die Garderobe, an der jedoch nie jemand steht, einen Diener beschäftigt das Haus nur für Speisen und Getränke. Die alten dunklen Holzdielen knarren laut unter den Schritten der Menschen und es riecht scharf nach Wachs. Offensichtlich sind die Holzbohlen mit Petroleum getränkt, das eine Person, die von den Besitzern des Anwesens »eine gute Seele des Hauses« genannt wird, regelmäßig kniend und gewissenhaft auf alle Böden des Hauses aufträgt. Sie wohnt nicht in diesem noblen Viertel, ihre Hände sind vom Petroleum verätzt und ihre Knie vom langen Herumrutschen auf den Böden längst chronisch taub.

»Dass ich darauf nicht schon früher gekommen bin, ärgert mich etwas, mein lieber Freund Clicquot«, sagt Ponsardin, »ich glaube, ich werde alt«.

Die beiden Männer haben sich in die mit Blumenmotiven verzierte Polsterecke des clicquotschen Salons zurückgezogen. Der Raum ist sehr dunkel, vor allem eine grünbraune Wandtapete, aber auch die bis zur Mitte der Wände hin dunkle Holzvertäfelung tragen dazu bei. Der Kamin an der Stirnseite des Hauses zieht schlecht, man riecht es. Der gesamte Salon hat den Charakter einer Grotte, denkt Ponsardin. Er hat seinen Antrag eben vorgetragen. Clicquot ist ehrlich angetan von dem Heiratsvorschlag, mit dem Ponsardin an ihn herangetreten ist. Darüber hinaus hat Ponsardin angeboten, ihm die Summe des Kredits zu erlassen, als Teil von Nicoles Mitgift. Aber dieses Geschenk nimmt Clicquot nicht an. Er will das Geld unbedingt zurückzahlen.

Das jedoch stört die Freude der beiden Väter über das zukünftige junge Paar keineswegs. Er sei der Überzeugung, dass Nicole seinem Sohn eine große Stütze sein werde, sagt Clicquot. Von der zeitweise tiefen Melancholie des jungen Mannes erzählt er Ponsardin auch bei dieser Gelegenheit nichts. Für einen kleinen Toast auf ihre Verabredung hat er seinen immer etwas missmutig dreinblickenden Diener bemüht. Er versorgt sie an diesem Morgen mit kühlen Zinnbechern, gefüllt mit frischem Bier.

»Ich denke, wir sollten uns ab heute mit unseren Vornamen ansprechen, ich heiße Nicolas«, sagt Ponsardin und hebt seinen Becher in Clicquots Richtung.

Verwickelt wie alle alltäglichen Dinge geworden sind, wenn man sich dazu entschieden hat, nach außen eine politische Lüge zu leben, gibt es für die anstehende Hochzeit ein paar schwierige Fragen zu klären. Sie betreffen den genauen Zeitpunkt, aber auch die Art der Feierlichkeit. Nicole möchte auf einen Gottesdienst verzichten. Sie hat viele Argumente auf ihrer Seite, aber die beiden Väter sind anderer Meinung. Auch wenn eine Trauung nach katholischem Ritus weiterhin strengstens verboten ist, wollen die Herren einen Hausgottesdienst möglich machen. Alles andere sei keine richtige Trauung, sagen sie. »Meine liebe Nicole, ich werde meine erste Tochter doch nicht vor irgendeinem jakobinischen Schellenbaum in die Ehe schicken«, entscheidet Ponsardin. Schließlich wird dafür der Keller des Hauses Ponsardin als einzig möglicher Ort gewählt, an dem man ungesehen einen kirchlichen Trauungsakt vollziehen kann.

Die Hochzeit kommt jedoch auch insoweit zu ungünstiger Zeit, als die vorübergehend gelockerten Kirchenverbote vom Beginn des Jahres 1798 inzwischen wieder deutlich verschärft worden sind. Dies hat nur indirekt mit den revolutionären Vorgängen im Land zu tun, sondern ist eher eine Folge von Napoleons Krieg gegen die Monarchien Europas. Inzwischen sind größere Teile Norditaliens von den Franzosen eingenommen. Im Februar 1789 ist es Napoleon gelungen, mit seinen Truppen die Stadt Rom inklusive des Vatikans einzunehmen. Der französische Feldherr hat Papst Pius VI. Abgesetzt, ihn mit allen seinen Kardinälen nach Florenz verbannt und später nach Frankreich verschleppt. Es ist jener Papst, der ein Jahr später im Exil in Frankreich sterben wird und der zu Beginn der Revolution verkündet hat: »Kann man sich etwas Unsinnigeres ausdenken, als eine derartige Gleichheit und Freiheit für alle zu dekretieren?«

Die Nachrichten aus Rom, samt der Absetzung des Papstes, haben Ponsardin erfreut, auch wenn er immer noch überzeugter Katholik ist. Mit dem Vatikan werden wir unsere Staatsfinanzen endlich wieder aufbessern können, rechnet der Unternehmer in ihm. Der alte Clicquot sieht das Ganze pessimistischer. Er fragt sich, was die Landbevölkerung Frankreichs über einen in ihrem Land inhaftierten Papst denken wird. Er geht davon aus, dass das aus Italien nach Frankreich fließende Geld direkt für die nächsten Feldzüge ausgegeben werden wird. »Der so sehr von sich eingenommene Mann mit Namen Napoleon wird so lange weitere Kriege anzetteln, bis wir bankrott sind«, behauptet Clicquot.

Die Einwohner Roms sind überhaupt keine Freunde der Revolution, sondern pflegen ihre ganz besondere Treue zum Katholizismus. Sie verspotten die »Bäume der Freiheit«, die in ihrer Stadt gepflanzt werden. »Rom wird bald ein Wald sein«, heißt es ironisch auf den Straßen. Diese Häme ruft bei den Franzosen eine scharfe Gegenreaktion hervor. Das französische Direktorium fühlt sich bestärkt, den Katholizismus im eigenen Land gerade jetzt noch härter zu bekämpfen als in den Jahren zuvor.

Gegen eine Verschiebung des Hochzeitstermins, die das Nächstliegende wäre, spricht jedoch vor allem ein Problem der Familie Clicquot. Da Francois aus seiner Position in Basel entlassen wurde, ist die Verhinderung seiner Rekrutierung hinfällig, obwohl das Geld geflossen ist. Nach Rücksprache der beiden Väter entscheidet Philippe Clicquot, sich aus seinem Geschäft zurückzuziehen, um es seinem Sohn frühzeitig zu übergeben. Clicquot geht zwar erst auf die Mitte der Fünfzig zu, aber sein schneller Rückzug aus der Firma ist jetzt die einzige Möglichkeit, Francois' Einziehung zum Militär noch zu verhindern: Sein Sohn muss heiraten und eine Familie gründen, und er muss die Firma rasch übernehmen, damit der Coup gelingt. Francois ist 23, und er ist sofort einverstanden. Auch Nicole willigt ein, auf einmal sehr schnell die Ehe einzugehen. Beide Ehepartner können es kaum erwarten, eine eigene Familie zu gründen. Sie wissen, dass Francois versuchen muss, aus dem darbenden Familiengeschäft der Clicquots schnell wieder etwas zu machen – trotz der Kriege, die sich jetzt an den Grenzen ins Land hineinfressen.

Das zusammengewürfelte Warenangebot seines Vaters, in dem sich über Jahre von Ballen mit Leinenstoff über Schuhbürsten, Käse, Saatgut und Seife bis hin zu Baustoffen und ein paar Flaschen Wein alle möglichen Dinge versammelt haben, muss dringend entrümpelt werden. Der alte Clicquot hatte es sich zur Gewohnheit gemacht, schon nach wenigen Neubestellungen eines Artikels gleich einen ganzen Lagerbestand desselben aufzubauen. Immer in der Hoffnung, dass diese oder jene Order eine Welle in Gang setzen wird. Um die Ansammlung von Waren einzudämmen, streitet Francois schon seit längerem mit seinem Vater. Aber sie können sich über keinen einzigen Streichposten einigen. »Zum Teufel mit seinen Ratschlägen«, stöhnt Francois über die väterlichen Vorträge, die täglich auf ihn einprasseln. Von der Tugend der vielfältigen Standbeine eines Geschäfts über das Risiko der Konzentration auf zu wenige Artikel bis hin zur Enttäuschung eines Kunden, wenn er einmal ein »Nein« zu hören bekommt, empfängt Francois nur Abwehr und Warnungen, egal, was er vorschlägt.

»Vielleicht sollten wir uns einfach aus dem Staub machen und aus Reims wegziehen«, hat Francois neulich in einem Anflug von Verzweiflung zu Nicole gesagt. Ein vernünftiges Gespräch mit seinem Vater sei nicht möglich, er wiederhole sich ständig, fast wie ein Papagei, unter diesen Bedingungen könne er das Unternehmen nicht retten, sagt Francois. Nicole ist nicht gegen einen Wegzug. Sie bittet ihn jedoch, bis zum Ende des Jahres abzuwarten und dann zu entscheiden. Erst wenn sein Vater nach sechs Monaten nicht loslasse, sei es Zeit, das Unternehmen Clicquot aufzugeben und Reims den Rücken zu kehren.

Um das Risiko des Auffliegens der nach katholischem Ritus abgehaltenen Hochzeit klein zu halten, ordnet Ponsardin an, dass sie um sechs Uhr früh im Weinkeller stattfinden soll. Außer dem Brautpaar und dessen Eltern sind nur Gäste zugelassen, die sich ohnehin im Haus befinden und die erst kurz vorher darüber benachrichtigt werden. Ponsardin hat einen Geistlichen, einen gewissen Abbé Caron, engagiert. Keiner weiß, wo er ihn her gezaubert hat, niemand kennt ihn. Nicoles Bruder Jean-Baptiste wird heute, am 10. Juni 1798, Trauzeuge sein. Er soll sich daher um den Priester kümmern.

Jean-Baptiste oder Jean, wie er gerufen wird, fühlt sich geehrt, dass ihm seine Schwester dieses »Amt« übergetragen hat. Aber er fürchtet sich auch ein wenig davor, denn als Trauzeuge muss er einen Trauspruch zum Gottesdienst beitragen. Der Bruder liebt seine Schwester über alles. »Nicole ist wie eine Salbe, die mir bei jeder Verletzung hilft«, hat Jean einmal über sie gesagt. Aber er liebt keine Auftritte vor Publikum. Jean ist jetzt 18 Jahre alt.

Kurz vor sechs Uhr taucht Abbé Caron im Vestibül auf. Alles, was dem Priester am Herzen liegt, ist: Er will mit diesen Hausgottesdiensten Schwarzgeld verdienen. Da er keinen Eid auf die Verfassung abgelegt hat, wird er weder von der Kirche noch vom Staat für seine Tätigkeiten bezahlt. Bisher ist Caron damit nicht schlecht gefahren.

Nicoles Bruder streckt dem Geistlichen seine große Hand entgegen: »Ich bin Jean, der Sohn von Monsieur Ponsardin. Es ist meine Schwester, die heute heiratet.«

»Sehr erfreut, sehr erfreut«, murmelt der Abbé. Er nestelt ein gefaltetes Messgewand aus seiner Ledertasche und lehnt die Tasche an das Treppengeländer.

»Wir sind Ihnen sehr dankbar, dass Sie heute bei uns sind und die Vermählung vornehmen«, beginnt Jean etwas förmlich.

»Das wird keine Trauung vor der Kirche, nicht wahr? Nur eine Feier unter uns. Damit das gleich klar ist. Ich verletze hier keine Interessen anderer Personen der Republik Frankreichs«, sagt der Abbé. Er zieht sich sein Gewand über den Kopf, was einiger Anstrengung bedarf, da er nicht gerade schlank ist.

»Ich verstehe. Wir haben mit niemandem außerhalb des Hauses gesprochen. Es besteht für Sie kein Grund zur Angst«, erwidert Jean.

Der Abbé dreht sich abrupt um und schaut Jean in die Augen: »Angst führt zu Schuld, junger Mann. Und Schuld ist wie eine ansteckende Krankheit. Davon lasse ich mich nicht infizieren. Tun sie es auch nicht«, sagt er mit überraschender Intensität. Eine Pause entsteht.

»Eine schwierige Sache«, sagt Jean in die Stille hinein. »Haben wir nicht alle Angst in diesen Jahren? Vor so vielen Dingen?«

Der Priester hat seine Bibel aus der Tasche gezogen. Er ist nun fertig ausgerüstet für die Zeremonie. Er beugt sich etwas vor, sieht auf seine Schuhe. Seine Hand umfasst dabei den Holzlauf des Treppengeländers: »Es besteht kein Grund, Angst vor Dingen zu haben, die man nicht beeinflussen kann, junger Mann«, sagt er.

»Darüber muss ich erst einmal nachdenken«, erwidert Jean.

»Tun Sie das. Es hilft. Ich praktiziere es täglich.«

»Aber wie schafft man das? Sich von Angst nicht infizieren zu lassen?«

»Machen Sie sich klar, was Sie beeinflussen können und was nicht. Darin liegt die größte Freiheit, junger Mann. Probieren Sie es aus.«

Jean würde gerne weiter mit dem Geistlichen reden. Er schaut auf seine Taschenuhr. »Wir müssen los, Abbé Caron.«

Es ist jetzt sechs Uhr. Francois' Eltern sind vor wenigen Minuten im Palais eingetroffen. Zusammen mit Nicoles Mutter sitzen sie im Keller und warten auf den Einzug des Brautpaares. Philippe

Clicquot blickt trüb vor sich hin, als bedauere er die Heirat seines Sohns. Vielleicht quält ihn aber auch die bevorstehende Übergabe der Geschäftsleitung an Francois, in die er längst eingewilligt hat. Oder haben sich Vorbehalte gegen die Einheirat in die Familie Ponsardin für ihn aufgetan? Bei Clicquot weiß man nie, ob er bei seiner Meinung bleibt. Auch seine Frau Francoise blickt etwas frostig vor sich hin.

Es ist sehr still im Keller. Die Kerzen sind alle entzündet, jeden Moment soll das Brautpaar erscheinen, geführt von einem Priester.

»Nun sind wir schon einmal eins unserer Kinder los, nicht wahr?«, flüstert Madame Ponsardin ihrer Nachbarin zu.

Francoise Clicquot schaut sie verdutzt an. »Aber Clementine, wir haben doch nur ein Kind, unseren Sohn Francois.« Sie ist keineswegs indigniert, eher leicht amüsiert.

»Oh, mein Gott, da ist die Vorfreude aber mit mir durchgegangen ... Umso besser: Sie verheiraten Ihren einzigen Sohn, wir unsere klügste Tochter,« versucht Madame Ponsardin den Fauxpas zu retten.

Nach einer kleinen Pause nimmt Madame Clicquot den Faden wieder auf: »Ein Glück, das neue Haus. Und so schnell«, fährt sie fort.

»In der Tat, sehr schnell. Ich hätte es ganz anders gemacht«, entfährt es Madam Ponsardin. »Die beiden hätten noch eine Weile bei uns leben können, dann hätte mein Mann sicher eine bessere Bleibe für sie gefunden.«

Auch Madame Clicquot ist es nicht ganz geheuer, dass ihr Sohn sich so überstürzt vom elterlichen Heim verabschiedet hat und ein eigenes neues Domizil bezieht, auf das sie keinen Einfluss mehr ausüben kann. Ponsardin hat das Haus für die jungen Eheleute besorgt, Francois ist auf dem Sprung. Sie hätte sich gerne anders von ihrem Sohn verabschiedet. Die vergangenen Monate mit Francois nach seiner Rückkehr aus der Schweiz haben seinen Eltern zugesetzt. Es gab oft Streit, oft sind harte Worte gefallen. Philippe wollte ein Porträt seines Sohnes malen lassen, damit sie es nach dem Abschied aufhängen können. Francois hat das abgelehnt. Keine Zeit, keine Lust. Das neue Heim des Brautpaars, ein geräumiges zweistöckiges Reihenhaus, liegt an der Rue de l'Hopital, noch im Straßencarrée der Ponsardins, unweit ihres Palais. Die weitläufigen Keller der beiden Häuser, die sich jeweils über zwei Etagen erstrecken, sind unterirdisch miteinander verbunden.

Als der massige Priester mit dem Brautpaar den Keller betritt, erheben sich die Gäste. Der Geistliche spricht den Begrüßungssegen und bittet alle, sich wieder zu setzen. Nicole trägt ein einfaches weißes Musselinkleid und weiße Handschuhe. Sie hat einen Strauß kurzer roséfarbener Rosen in der Hand. Mit vor Aufregung geröteten Wangen und ihrem leicht hochgesteckten, hellbraunen Haar überstrahlt sie den Kellerraum, und Francois tut es ihr gleich. Abbé Caron hält die Zeremonie kurz. Nach einer knappen Stunde ist alles vorüber. Die Orgelmusik fehlt, aber das sichere und sonore Latein des Priesters sowie seine vier Lieder haben der Hausmesse Feierlichkeit verliehen. Jean hat seinen Trauspruch ebenfalls mit fester Stimme gesprochen, einen Psalm aus dem alten Testament: »Lass sich freuen alle, die auf dich trauen; ewiglich lass sie rühmen, denn du beschirmst sie; fröhlich sein lass in dir, die deinen Namen lieben. Denn du, Herr, segnest die Gerechten; du krönest sie mit Gnade wie mit einem Schilde.«

Die Gäste umarmen das Brautpaar oder geben ihm die Hand. Alle sind fröhlich, nur Monsieur Clicquot sieht jetzt leichenblass aus und bewegt sich schnellen Schrittes aus dem Keller nach oben in den Garten. Er muss dringend Luft schnappen, so stark hat ihn dieser neue Schritt im Leben seines Sohnes bewegt.

»Papa, geht es dir nicht gut? Komm, trink einen Schluck Champagner mit uns, danach wird es dir besser gehen«, sagt Francois, der seinen Vater im Garten erspäht hat und zu ihm geeilt ist.

Philippe Clicquot murmelt: »Es ist eine entscheidende Weiche, die du jetzt in deinem Leben gestellt hast, mein Sohn.«

»Papa, eine Hochzeit ist etwas Fröhliches. Es gibt oben etwas zu essen, Crudités, Fromages, eine Suppe, lass uns zusammen in den Salon gehen.«

»Mein Sohn, ich wünsche dir alles Glück«, fährt der Vater fort.

»Das freut mich«, antwortet Francois und blickt zu Boden. Er weiß, dass sein Vater sich zu einem einfachen Glückwunsch nicht aufraffen kann.

»In den vergangenen Jahren hatten wir kein großes Glück, das weißt du. Unser Geschäft lag darnieder und oft ging es dir nicht gut, ich habe mich intensiv um deine Rettung bemüht. Nun muss die Kraft wieder der Firma gewidmet werden.«

»Aber Papa, bitte, hör endlich auf. Du hast mich vor nichts gerettet.«

»Du unterschätzt, mein Sohn, was wir alles für dich getan haben. Und wer weiß, wie das jetzt alles weitergehen wird.«

»Mein Leben wird ohne dich weitergehen, Papa. Ich werde vieles anders machen. Bitte lass mich frei entscheiden.« Francois legt jetzt eine Hand auf seinen Brustkorb: »Und Papa, können wir bitte anders miteinander weitermachen als bisher?«

Nicole ist derweil oben im Salon unterwegs. Auch sie steht gerade neben ihrem Vater, der sie, sichtlich stolz, von Gast zu Gast führt, um an jeder Stelle ein kurzes Gespräch zu führen, als hätte er selbst gerade eben seine Tochter geheiratet. »Nicole wollte all die guten Seelen unseres Hauses nicht enttäuschen, daher sollten auch sie heute morgen dabei sein«, sagt er zu Antoine, dem Diener. Nein, denkt Nicole. Ich wollte es, weil es mir eine Ehre ist, dass alle Freunde bei meiner Hochzeit dabei sind. Sie bleibt stumm, sagt nichts gegen die herablassende Art, mit der ihr Vater Antoine adressiert. Als Ponsardin sie zum Buffet steuern will, wendet sie sich ab. Sie will noch einmal allein zu allen Gästen gehen und ihnen sagen, wie sie sich gefreut hat, dass sie gekommen sind. Etwas in ihr strebt von ihrem Vater weg. Sie hat das Gefühl, dass er ihre Hochzeit nicht wirklich ernst nimmt und wohl glaubt, dass sich nichts an ihrem Verhältnis ändern wird. Sie läuft in Richtung des Gartenfensters.

»Francois, komm her, Mama möchte uns noch etwas sagen«, ruft Nicole vom Balkon des Salons herab.

Nicoles Bruder will den Geistlichen verabschieden. Es ist kurz nach halb acht an diesem Morgen. Der Priester hat im Salon noch ein Glas Champagner mit ihnen getrunken und zwei Zimtwaffeln mit hellgelber Sahne in seinem Mund verschwinden lassen. Jetzt will er das Haus so schnell wie möglich durch die Hintertür wieder verlassen. Im Vestibül hat er sich gerade seines Gewands entledigt und es in die mitgebrachte Ledertasche gepresst. Jean hat ihm die verabredete Summe in einem weißen Umschlag zugesteckt. Der Abbé ist klein und fett, jeder Knochen seines Körpers ist so stark gepolstert, dass der ganze Mann wie wattiert aussieht. Ohne sein Messgewand, in einem viel zu engen schwarzen Rock, stehen seine Arme seitlich etwas von ihm ab, was dem jungen Jean erst jetzt auffällt, nachdem die Aufregung der Messe von ihm abgefallen ist.

»Ich hoffe, es werden Ihnen keine Unannehmlichkeiten aus dem Besuch bei uns entstehen«, sagt er zu Abbé Caron.

»Wenn keiner plaudert, wird es gut gehen«, sagt der Abbé. »Mit der Revolution ist es ohnehin bald vorbei, junger Mann. Bald heißt es nicht mehr ›Vive la revolution‹, sondern ›Vive le prochain roi‹, prophezeit der Geistliche.

»Leben Sie wohl«, sagt Jean Ponsardin.

Als Antoine die Türe hinter dem Geistlichen geschlossen hat, lehnt er sich an das Treppengeländer und sagt zu sich selbst: »Er meint, wir werden bald wieder einen König haben. Ich frage mich, ob er aus eigenem Interesse heraus urteilt oder ein Prophet ist.«

Sechs Wochen später, am 20. Juli 1798, wird das Unternehmen »Clicquot-Muiron« in »Clicquot-Muiron et Fils« umbenannt. Und wiederum eine Woche später bemerkt Nicole, dass sie schwanger ist. Eines der Hochzeitsgeschenke der Eltern Ponsardin ist, dass Rachel, die beste Köchin im Palais Ponsardin, zukünftig bei Nicole und Francois wohnen und kochen wird und nur noch gelegentlich im Palais aushilft. Der verliebte Hausdiener Antoine hat sich ihr inzwischen offenbart. Die beiden sind froh, dass sie sich über die unterirdische Kellerverbindung der beiden Häuser jederzeit treffen können, ohne dass es jemandem auffällt.

Im Spätsommer dieses für ihr Leben so ereignisreichen Jahres sitzen Nicole und Francois beim Frühstück in ihrem neu bezogenen Haus. Der Salon liegt im Erdgeschoss neben dem öffentlichen Trottoir, mit zwei hohen Fenstern, die direkt auf die Straße hinausgehen. Die Vorhänge sind immer ein Stück weit geöffnet, die Angst der Revolutionsjahre ist gewichen. Trottoirs gibt es in der Stadt Reims nur in den besseren Vierteln. Sie halten eine Menge Schmutz von den Hauseingängen ab, der sich in einer Stadt, die weder fließendes Wasser, noch Regenfallrohre, noch eine öffentliche Kanalisation kennt, sehr schnell verbreitet. Er spritzt von den Fuhrwerken hoch bis an die Mauern, die Eingangspforten, die Kleider der Vorübergehenden, wenn kein Trottoir dem Dreck Einhalt gebietet. Das Haus liegt in einer der besseren Straßen, ist in seiner Größe jedoch nicht zu vergleichen mit den Stadthäusern, in denen die Brautleute aufgewachsen sind.

Aus dem Salon der jungen Clicquots sieht man also direkt auf die Straße, man bekommt mit, was sich draußen tut, es ist ein ganz anderes Leben als in dem vom Leben normaler Menschen enthobenen Palais Ponsardin oder auch in der Grotte des Hauses Clicquot. Das Haus der jungen Clicquots füllt sich erst langsam mit dem abgelegten Mobiliar aus dem Hausstand der Eltern. Zentrales Dekorationsstück ist ein aus leichten Garnen gewebter quaderförmiger

Wandbehang, der eine in changierenden hellen Grüntönen gehaltene Parkszene zeigt. Die beiden Eheleute sitzen ihm gegenüber, an einem großen Holztisch in der Mitte des Raumes, bei Kaffee, Zitronenwasser und Gebäck.

»Francois, ich habe mich gestern so sehr gefreut! Die Maler sitzen wieder neben der Kathedrale, hast du sie gesehen?«, fragt Nicole.

»Ja, sie sind mir auch aufgefallen, auf dem Weg ins Kontor. Die Zeichner als Zeichen beginnender Normalität? Vielleicht.«

»Dass die Polizei sie dort sitzen läßt, ist ein sicheres Signal der Beruhigung. Ich werde Papa fragen, wie er das beurteilt.«

»Ein paar Maler reichen noch nicht als Zeichen der Entspannung und der Sicherheit, das würde mein Vater dazu sagen, unser ewiger Pessimist«, findet Francois, dessen Stimme soeben seinen Vater imitiert hat.

»Ach, wie war denn deine Unterredung mit ihm gestern Abend? Kommt ihr zurecht oder seid ihr euch wieder ans Halsband gegangen?«, fragt Nicole.

»Er ist schlimmer als der störrischste Esel, den es je in Frankreich gegeben hat. Du hast es ja gestern Morgen selbst gehört. Jeden Pott Honig, jede Bürste, einfach jeden Posten, den wir aus dem Lager räumen wollen, muss ich eine Stunde lang mit ihm diskutieren. Vorher gibt er nicht nach, wenn er überhaupt einmal einverstanden ist. Er hängt am Gemüsehandel, an den Farben, an den Chemikalien, an der Seife, am Tee. Dabei sind das alles so grundverschiedene Artikel, dass sie unser Lager platzen lassen und unsere Kunden verwirren. Gleichzeitig haben wir mit Bouzy ein paar Hektar der besten Weinlagen im ganzen Land, aus denen wir viel zu wenig machen.«

Nicole hat sich angewöhnt, Francois jeden zweiten Morgen in sein Kontor zu begleiten. Sie besprechen gemeinsam, was sie dort aussortieren wollen und was bleiben soll.

»Sieht dein Papa denn nicht ein, dass es viel zu viele alte Bestände gibt?«

»Ich versuche ihm zu erklären, dass wir mit diesem Bauchladen nicht mehr erkennbar sind. Dass wir viel zu viele Lagerposten mit uns herum schleppen. Die Baustoffe, das Harz, das Pech, du hast es gesehen, es nimmt alles zu viel Platz weg und verkauft sich seit Jahren nicht. Wenn du dir die Auftragsbücher ansiehst, von den losen Gütern ist seit Jahren kaum etwas bewegt worden. Aber er wirft mir vor, dass ich unter keinen Umständen das Weingeschäft zum Schwerpunkt machen kann. Weil ich nichts vom Wein verstehe.«

»Da hat er vielleicht recht, nicht wahr?«

»Es stimmt, aber das kann man lernen.«

»Warum fahren wir nicht zu deiner Großmutter nach Bouzy und fragen sie? Sie macht schließlich seit vielen Jahren ihren Wein selbst«, schlägt Nicole vor.

»Eine gute Idee! Wir quartieren uns einfach für ein paar Tage bei ihr ein.«

»Wir sollten nicht mehr lange damit warten. Es müsste noch vor der Ernte sein. Dann bin ich auch noch nicht zu rund. Und erzähl es nicht deinem Papa, sonst will er noch mitkommen«, meint Nicole.

»Abgemacht! Ich sage nichts.«

Nicole setzt sich auf Francois' Schoß. Sie fasst ihn bei den Schultern und blickt ihm in die Augen: »Ich bin mir sicher, dass wir etwas aus dem Wein in Bouzy machen können.«

Francois streichelt ihre Wange: »Aber wenn es nicht klappt, hauen wir von hier ab.«

»Versprochen«, sagt Nicole und küsst ihn auf den Mund.

In den nächsten vier Jahren verändert Francois Clicquot den Kurs der Firma vollständig. Er verkauft oder schließt alle Linien, die nichts mit dem Weinbau zu tun haben und konzentriert sich vollständig auf den Rebenanbau und die Champagnerproduktion. Die Firma »Clicquot et Fils« nimmt daraufhin einen langsamen Wachstumspfad auf. Die Richtung, die Francois eingeschlagen hat, scheint sich zu bewähren. Die Streitigkeiten mit seinem Vater bleiben allerdings und sind ein Stachel in seinem Fleisch.

Von Beginn ihrer Ehe an interessiert sich Nicole intensiv für die Veränderungsideen ihres Mannes bei »Clicquot et Fils«. Sie recherchiert konsequent, was sie an Informationen bekommen kann. Sie hört Francois nicht nur zu, sondern entwickelt zusammen mit ihm eine Strategie, die dann umgesetzt wird. Sie setzen sich zum Ziel, ein echtes Champagnerhaus aufzubauen, wovon es schon einige gibt, aber der Markt ist noch jung. Es wäre verrückt, in Reims zu sitzen, inmitten der besten Weinlagen der Champagne, und weiterhin Bürsten und Seife zu verkaufen – da sind sie sich beide sicher. Die Nachfrage nach einem exklusiven Getränk wie Champagner wird sich einstellen. Wenn die Kriege gewonnen sind, wird jeder feiern wollen. Sie sehen ihre Zukunft optimistisch.

Was die Gleichberechtigung seiner Frau angeht, ist Francois ein fortschrittlich eingestellter Mann. Ganz natürlich akzeptiert er Nicole als seine wichtigste Beraterin auch in allen Angelegenheiten, die den Umbau des Unternehmens betreffen. Da sie das Privileg haben, ein Leben mit Bediensteten zu führen, und Nicole nicht gewillt ist, ihr Leben dem Dekor, der Kleidung oder dem Aufziehen ihrer Kinder zu widmen, brauchen sie darüber nicht lange zu diskutieren. Ihre überraschend gleichberechtigte Auffassung vom Eheleben kommt aber auch noch aus einem anderen Grund nicht von ungefähr.

Beide Familien sind in ihren Berufstraditionen noch nicht zu weit von den Gepflogenheiten der Handwerksbetriebe entfernt. Dort ist es schon jahrhundertlang üblich, dass die Ehefrauen mit anpacken. Dazu kommt, dass die Reihen der Revolutionäre, jedenfalls in den ersten Jahren, noch mit feministisch eingestellten Frauen durchsetzt waren. Die Gazetten der Zeit waren voll von ihren Beiträgen. Nicole und Francois haben beide die »Erklärung der Rechte der Frau und Bürgerin« von Olympe de Gouges gelesen. Jeder Franzose, der lesen kann, hat von dieser Erklärung gehört. De Gouges fordert darin das Wahl- und Rederecht für jede Frau. »Die Frau hat das Recht, das Schafott zu besteigen. Ihr muss gleichermaßen das Recht zugestanden werden, eine Rednertribüne zu besteigen«, sagt de Gouges in ihren Reden, auf ihren Flugschriften und Plakaten. Als politische Persönlichkeit steht de Gouges für die Ideen der Jugend ihrer Zeit. Die immer konservativer agierenden Jakobiner schicken sie im November 1793 auf das Schafott. Ihre Ideen sind jedoch in der Welt.

Ähnlich verfahren die Jakobiner mit Theroigne de Méricourt, die als feministische, oft in Männerkleidung auftretende Rednerin der Revolution auf eine andere Art zum Schweigen gebracht wird. Sie ist sehr bekannt, ihr Portrait – mit wehendem langen Haar und Kokarde auf dem Stirnband – wird zu Beginn der Revolution in Holzschnitten verewigt und in den massenweise verteilten Revolutionspostillen vervielfältigt. Deshalb vermeidet man bei ihr die Hinrichtung, dafür ist de Méricourt zu populär. Jedoch gefällt ihr Kampf für ein egalitäres Geschlechterkonzept den Jakobinern schon bald nicht mehr. Ungeniert fordert de Mericourt nicht nur die Aufstellung von Frauenparlamenten und Frauenbattallionen, sie beansprucht genau die Hälfte der Macht für die französische Frau. Im Mai 1793 wird sie von aufgebrachten Sansculotten angegriffen und misshandelt. Sie überlebt den Überfall mit einer schweren Kopfverletzung. Ihr Bruder lässt sie ein Jahr später in eine »Irrenanstalt« in Paris einsperren, wo sie von da an noch viele Jahre vor sich hin vegetiert.

Nicole Ponsardin wächst inmitten der frührevolutionären, feministisch gesinnten Frauen ihrer Zeit auf, deren Thesen sie auch in Reims an jeder Straßenecke liest und die sie mit ihren Freundinnen diskutiert; als Vielleserin kennt sie auch alle die Monarchie karikierenden Schriften Voltaires, und sie hat Rousseaus »Emile« verschlungen, das zum Buch der Revolution wird. 1762 in Amsterdam erschienen, wird der romanhaft abgefasste Erziehungsratgeber des Aufklärers Rousseau bis zum Ende des Jahrhunderts neunundfünfzigmal neu aufgelegt. Nicole erkennt die revolutionäre Kraft dieser Schrift und teilt Rousseaus Auffassungen über den Verzicht auf Machtausübung als gewaltsame, den Menschen deformierende Unterwerfung, wie sie im 18. Jahrhundert gegenüber allen sogenannten niederen Klassen und auch im Verhältnis zu Kindern, Heranwachsenden und nicht zuletzt erwachsenen Frauen an der Tagesordnung ist. Bereits in ihrer Herkunftsfamilie erlebt sie eine andere, wertschätzende Art von Beziehung. Und auch an der Seite von Francois kann sie das erst einmal nur theoretisch dargelegte Modell der rationalen, vernünftigen und gebildeten Bürgerfrau leben.

Das aufklärerische Frauenbild der ersten Revolutionsjahre wird allerdings schon kurze Zeit später, zu Beginn des 19. Jahrhunderts, wieder ad acta gelegt werden. Die für die Position der Frau rückschrittlichen Festlegungen des »Code Civil«, der neuen bürgerlichen Gesetzgebung Frankreichs unter Kaiser Napoleon, sind ein Grund dafür. Die von Napoleons Stäben bis 1804 entworfenen und dann immer feiner ausgearbeiteten Vorschläge für die neuen bürgerlichen Gesetze Frankreichs prägen ein wieder deutlich rückschrittlicheres Familien- und Frauenbild.

Besuch des Generals

REIMS 1803 – 1804

Es könnte sich um das Skizzenbuch eines Architekten handeln – extravagant, luxuriös, prachtvoll. Handgezeichnete Vignetten, ein reichhaltiges Konvolut an Blättern voller eigenwilliger Entwürfe. Helle, lichte Papierbögen, auf die – akkurat mit schwarzem Crayon – zahlreiche exotisch wirkende architektonische Studien gesetzt sind: ein weißer Turm, der mit einem Kapitell aus Palmen abschließt; eine Riesenfontäne, die aus einer weiten Brunnenschale aufspringt – ihr Wasserschweif im großen Bogen herabfallend, mit zarten Blüten bestückt; eine helle Pyramide nach ägyptischem Vorbild, aus Reihen übereinander geschichteter riesiger Kugeln bestehend, mit einem winzigen Rundtempel im griechischen Stil auf der Spitze.

Bei näherer Prüfung bemerkt der Betrachter, dass mit den Zeichnungen etwas nicht stimmt. Die Architekturzeichnungen scheinen der Schwerkraft zu trotzen, das Material ist nicht das erwartete, nicht Stein. Alles Gezeichnete entpuppt sich als Zuckerzeug. Die Gebäude, erbaut aus Eischnee, Biskuit und Baiser, bestreut mit dem glitzernden Staub von karamelisierten Haselnusssplittern, bestrichen mit Sahne- und Fruchtemulsionen.

Die exzentrische Zuckerarchitektur entspringt der Fantasie eines jungen Mannes. Seine Ankunft in der Pariser Gesellschaft hat sich durch nichts angekündigt. Plötzlich ist er da, der Stern am Konditorhimmel jener Jahre, ein gut aussehender schlanker Franzose mit großen dunklen Augen und gewelltem Haar. Er stammt aus kleinsten Pariser Verhältnissen, hat fünfzehn Geschwister. Sein Name: Marie-Antoine Câreme. Der Junge kreiert hunderte dieser prachtvollen Dessert-Skulpturen nach eigenen architektonischen Plänen. Im gerade beginnenden neuen Jahrhundert begründet er mit seinem Buch »Le pattissier pitturesque« den Ruf der Franzosen als Gourmets dieser Erde. Im Jahr 1800 ist Câreme sechzehn Jahre alt. Es gibt weiterhin weder fließendes Wasser noch Elektrizität noch Heizungen oder Spülklosetts. Aber die Speisekammern der Häuser beginnen sich wieder zu füllen und Câremes Geschichte liegt in der Pariser Luft. Einer leichten Entspannung im Leben der Bevölkerung nach dem Tod Robespierres folgt plötzlich um die Jahrhundertwende eine Phase des Überschwangs und der Hoffnung, ein Drang nach Genuss und Luxus.

Der Neuanfang der Republik Frankreich steht unter verschiedenen vielversprechenden Sternen. Das Morden der Terrorjahre hat aufgehört, mit ihm ist die Angst verschwunden. Der junge Konditor Câreme ist der Meinung, ohne gutes Essen gäbe es weder hohe Intelligenz noch soziale Harmonie im Land, ein weiter Sprung nach den langen Jahren des Hungers, der Einschränkungen und der Furcht.

Im März 1799 bringt Nicole Clicquot-Ponsardin ihre Tochter Clementine zur Welt. Sie ist zart und klein, aber gesund. Ihre winzigen Gelenke sind so weich wie Butter. Sie hat ein Grübchen am Kinn. Nicole verlässt das Wochenbett nach fünf Tagen, sie hat ihren glasklaren Verstand über der Schwangerschaft nicht für einen Moment verloren, im Gegenteil, sie ist eher noch nüchterner und anspruchsloser geworden. Ihre schöne Schwester heiratet, und ihr junger Bruder geht die Ehe mit einer Witwe ein. Das Direktorium bemüht sich darum, ein Mindestmaß an Ordnung wiederherzustellen: Eine Polizei, die die Stadt durchstreift, und Gerichte, die Straftaten wirklich ahnden. Vor allem aber spielt sich ein junger unverfrorener General immer weiter in den Vordergrund.

Frankreich gewinnt – mit Napoleon. Das Land findet sich in immer mehr Schlachten gegen Österreich, Italien, Preußen und England wieder, kämpft aggressiv gegen das Festhalten der alten Monarchen Europas an der Ständegesellschaft. Mit 24 Jahren zum General ernannt, versteht sich der junge Korse schon vor seiner Ernennung zum ersten Konsul auf eine schillernde und äußerst vorteilhafte Schilderung seiner militärischen Aktivitäten. Deren heldenhafte Darstellungen werden zu seiner wichtigsten innenpolitischen Waffe. Die Zeitung »Le Moniteur« lässt er durch den Staat übernehmen, macht sie zum Sprachrohr seiner Regierung. Napoleons Ansichten nehmen darin breiten Raum ein. Alle Artikel sind nicht nur zensiert, sondern von Grund auf im Sinne seines Handelns verfasst.

Für seine Schlachtenbilder engagiert er Jacques-Louis David, den besten Maler Frankreichs, zusammen mit einigen seiner Kollegen, die zu seinen engsten Verbündeten werden. Ihre Aufgabe: Napoleon im heroischen Einsatz in ihren Bildern festzuhalten. Dafür brauchen sie gar nicht am Ort des Geschehens zu sein. Die Atmosphäre des jeweiligen Kampfes empfinden sie seinen Erzählungen und denen seiner Vertrauten nach. Napoleons vielfach reproduzierte Portraits zeigen den Feldherrn im Kampf an der Spitze der französischen Truppen. Mit diesen Bildern wird er in ganz Europa schnell zur Ikone des Kampfgeistes und einer vielgerühmten Eigenschaft, die man »Mut« nennt.

Die großen Gefühle, das Kriegspathos, das er verbreitet, lassen in Frankreich einen neuen Patriotismus entstehen. Der Erfolgstaumel seiner schnellen Siege ist ansteckend, auch nachgeholter Mut spielt eine Rolle. War man nicht während der Revolutionsjahre beschämt darüber, was aus Frankreich geworden war? Die Begierde nach Genugtuung und Ruhm wächst von Tag zu Tag, und der junge General versteht es, sie noch anzuheizen. Fünfhundert verschiedene heroische Abbildungen werden von ihm in den zwei Jahren seines Italienfeldzugs unter das Volk gemischt. Niemand kommt an seinem Konterfei vorbei, und seine Taten nehmen in der öffentlichen Wahrnehmung die Ausmaße eines großen Romans an.

Napoleons auffallendstes äußerliches Merkmal ist sein stechender Blick. Auch sein langes, strähniges Haar fällt auf, das schlaff über seine Ohren herabhängt und bis über den Kragen seines Uniformmantels reicht. Seine Nachlässigkeit im Äußeren, die er in seinen ersten Jahren im Rampenlicht regelrecht kultiviert, wirkt flott und unkonventionell. Zu Beginn des neuen Jahrhunderts ist er gerade von seinem geheimnisvollen Feldzug nach Ägypten zurückgekehrt. Die ziellose Expedition ist von Journalisten mit wundersamen Beschreibungen begleitet worden. Auf massenhaft vervielfältigten Bildern übergibt Napoleon Friedensgaben an exotisch aussehende Eingeborene und fremdländische Herrscher. Keine Rede von der Vernichtung der französischen Seeflotte durch die Engländer, kein Wort über die Pest, die in der Armee ausbricht, keine Bemerkung über die entsetzlichen hygienischen Verhältnisse, die Hitze, die hohen Verluste in Syrien, über zahlreiche Selbstmorde und Rebellionen unter den eigenen Soldaten, die am Ende 20000 der 30000 Teilnehmer der »Expedition« das Leben kosten. Napoleon verabschiedet sich allein aus Ägypten. Er lässt seine geschwächte Armee einfach zurück. Erst viel später wird dieser als Expedition getarnte Feldzug als Desaster beurteilt werden. Zunächst aber gelingt es Napoleon, ihn als neues Kapitel seiner Propagandaerzählung zu vermarkten. In Ägypten und Syrien ist er nicht als Oberbefehlshaber der französischen Armee unterwegs, sondern in der Rolle des politischen Pioniers. Napoleon als Gesandter, als Mann der Wissenschaft, der nebenbei eine neue, legendär fruchtbare Kolonie erobert.

Kaum zurückgekehrt, wird Napoleon gebeten, eine neue Regierung mit anzuführen. Doch die Sache geht anders aus, als der einflussreiche Revolutionär Sièyes sie geplant hat. Am 9. November 1799 kommt es wie vorgesehen zum Staatstreich. Geplant ist eine Teilung der Macht, doch Napoleon geht aus dem Putsch als Alleinherrscher hervor. Dabei steht seine Wahl unter keinem guten Stern. Noch immer spricht der Korse schlecht französisch, und nach einem chaotischen Bewerbungsvortrag droht die Atmosphäre unter den Abgeordneten zu kippen. Vor den Kammern der Nationalversammlung präsentiert er sich mit wirren Argumenten. »Gestatten Sie mir, mit der Offenheit eines Soldaten zu Ihnen zu sprechen«, beginnt er. Nach der kritischen Frage eines Abgeordneten, was er mit der Verfassung zu tun gedenke, schweigt er zunächst. Mit klagender Stimme verteidigt er sich nervös. Man solle ihm ruhig antun, was Brutus widerfahren sei, wenn er je das Vertrauen der Abgeordneten missbrauchen sollte. Napoleon wirkt gereizt, er sucht nach Worten, beschwört fahrig und zusammenhanglos düstere Visionen der Antike.

Napoleon schafft es nicht, die Abgeordneten von sich zu überzeugen. Am Ende kommt er nur durch eine dreiste Lüge seines jüngeren Bruders an die Macht. Lucien Bonaparte ist skrupellos, impulsiv und energisch. Im Gegensatz zu Napoleon ist er ein guter Redner. Eine Gruppe von Abgeordneten, erzählt Lucien vor dem Plenum, soll im Begriff gewesen sein, Napoleon mit Dolchen zu attackieren, er sei nur knapp einem mörderischen Attentat entgangen. Das unverfroren in die Welt gesetzte Gerücht einer Verschwörung tut seine Wirkung. Am Ende votiert die entscheidende Kammer doch noch für den General. Die von Napoleon kurz darauf angesetzte Volksabstimmung bringt ihm schließlich 3 Millionen Ja-Stimmen ein, bei nur 1 562 Gegenstimmen. Auch wenn 900 000 Ja-Stimmen sich später als gefälscht herausstellen, ist der Rückhalt des Volkes überwältigend. Napoleon hat ihn seiner gekonnten Propaganda zu verdanken. Er ist jetzt 30 Jahre alt, spricht schlecht Französisch, aber er riecht nicht nach den Talaren der alten Regierung. Als erster Konsul bekommt er die Macht eines Diktators verliehen.

In Paris bricht sich Überschwang Bahn. Im Frühling nach der Wahl gleicht die Stadt sichtbar einem Vergnügungspark. Tische und Stühle werden auf die Trottoirs gestellt, Bälle gehören an jedem Wochentag zum Alltag, eine hohe Zahl neuer Salons sprießt aus dem Boden. In den Gefängnissen der September-Morde werden Feste gefeiert, bei denen sich die Gäste rote Bänder um den Hals binden. Frauen tragen Pluderhosen auf den Straßen der Stadt, dazu schulterfreie Oberteile. Viel nackte Haut ist Zeichen einer neuen Freizügigkeit, mit der man demonstrativ auf die Jahre des Terrors, der Angst und des inneren Rückzugs wie auf einen bösen Traum zurückblickt. »Lasst uns den Roman der Revolution beenden«, eröffnet Napoleon seine Rede zur Verfassungsänderung, »lasst uns mit der Geschichte unserer Nation beginnen«. Das Konzept der Nation ist neu, bisher gab es Kaiser und Könige mit ihren Reichen. Auch dafür erntet Napoleon Begeisterung.

Ungewöhnliche Zeiten produzieren ungewöhnliche Karrieren. Der Feldherr Napoleon und der Konditor Câreme beginnen ihre Aufstiege gleichzeitig. Beide starten aus dem Nichts – aus einer mittellosen, kinderreichen Familie, nach nur kurzer Schulzeit. Der eine im Armenviertel von Paris, der andere im Haus eines verarmten Adeligen in Ajaccio, Korsika. Auch Napoleon wächst als zweitältester Sohn der Familie mit 12 Geschwistern auf. Feldherr wie Konditor sind in ihren Metiers experimentierfreudig. Câreme ist der erste Tortendesigner, der Erfinder der Fruchtpürees und der Erschaffer von 32 verschiedenen Crèmes Bavaroises. Napoleon Bonaparte ist der erste, der militärische Umgehungsangriffe und Täuschungsmanöver zum Erfolgsprinzip erhebt, der erste, der ein erfolgreiches Massenheer aus jungen Laien ohne jede Ausrüstung zusammenstellt, der erste, der schnelle Bataillone gegen die starre Front überalterter Berufsheere einsetzt, und nicht zuletzt der erste, der einen ständigen Propagandafeldzug führt. Direkt nach seiner Ernennung zum Konsul lässt er 60 der insgesamt 73 Zeitungen der Republik schließen. Die restlichen 13 Journale werden durch einen Stab seiner engsten Mitarbeiter zensiert.

Ein Laut wie das Klopfen eines Vogelschnabels, der sich an einem Holzstück zu schaffen macht. Unregelmäßig in Frequenz und Intensität. Zwischendurch raschelt es, oder es sind knurrende Laute zu vernehmen.

»Na, was hältst du von ihm?«, fragt Nicole ihren Mann eines Morgens beim Frühstück. Es ist ein heller Dezembertag, es riecht nach frischem Brot. Die winzige Tochter der beiden liegt rücklings auf dem Boden, auf einer weichen Decke, die halb unter den Tisch gezogen ist. Francois mag es, wenn die winzige Clementine während der Mahlzeiten um sie herum ist, auch wenn sie noch keine feste Nahrung zu sich nehmen kann. Die Beinchen des Kindes stecken in einer viel zu langen Wollhose; strampelnd streckt sie sie der Sonne entgegen. Clementine ist jetzt ein gutes halbes Jahr alt. Ihre Arme hält sie vor sich in der Luft, in dem eifrigen Versuch, ein Paar Holzringe gegeneinander zu schlagen.

Das Kind ist Verursacherin der merkwürdigen Geräuschkulisse, die das Gespräch der Eltern untermalt. Gelingt der Kleinen ein Treffer der beiden Ringe, freut sie sich mit einem freundlichen Grunzen darüber.

»Zumindest wird Bonaparte den Staat besser führen«, meint Francois. »Er ist ein Militär, Artillerist durch und durch. Er weiß, wie man Geschütze in die richtigen Positionen bringt. Und er ist bisher immer schneller als die anderen gewesen.«

»Ich verstehe dennoch nicht seine immense Popularität, diese seltsame Hypnose, die er erzeugt«, entgegnet Nicole. »Sein eigener Bruder sagt über ihn, er besitze die Fähigkeiten eines Tyrannen«, fügt sie an.

»Wir haben die Verfassung einer Republik. Das wird ihn davon abhalten«, antwortet Francois.

»Wirklich? Ich weiß es nicht.« Nicole zieht die Brauen hoch. Sie befürchtet, dass Bonaparte das gesamte Land schon jetzt so stark in seinen Bann gezogen hat, dass keiner Gegenmeinung mehr Raum geschenkt wird.

Francois schätzt die moderne, wenig prätentiöse Art Napoleons. Er mag seine Wildheit und Ungeschliffenheit im Auftritt. Nicole ist überrascht über die Jubelrufe von allen Seiten, die diesem Mann gelten. Er lässt sich zu oft malen, findet sie. Sie hält ihn für oberflächlich. Sie hört, dass er seine Leute schlecht behandelt und sich wie ein

Despot benimmt. Sie schnappt die Gerüchte über Bonapartes Polizeiminister Joseph Fouché auf, von dem gesagt wird, er sei dabei, einen Spitzelstaat zu errichten. Aber sie hat sich schon daran gewöhnt, neben der Meinung der anderen zu liegen. Und auch sie freut sich über die gelöste Stimmung, die vorläufig überall zu spüren ist.

Josephine Bonaparte fühlt sich unbehaglich, als sie am 19. Februar 1800 in den Königspalast umzieht. Er erinnert sie an das Schicksal seiner letzten Bewohnerin, Marie-Antoinette. Sie hat sich ihre Räume mit gelber Seide umdekorieren lassen und neue Mahagonimöbel darin verteilt. Napoleon bezieht die Räume über ihr. Er benutzt den Schreibtisch des letzten Königs und lässt dessen Gebetsraum in ein Bad umbauen. Er hat sich eine neue Uniform entwerfen lassen, die aus einem blauen, bis zum Kinn hochgeknöpften Frack besteht – mit goldbesticktem Stehkragen, weißen Kniehosen und weißen Strümpfen. Seine herabhängenden Strähnen hat er durch einen neuen Kurzhaarschnitt im römischen Stil ersetzt. Es scheint niemanden zu irritieren, dass der gewählte Konsul in den Königspalast einzieht, obwohl er gar kein König ist und die Monarchie abgeschafft wurde.

Als Konsul hat er den Zielen der Revolution seine Treue geschworen. Sicherheitsaspekte werden als Gründe für den Umzug in den Palast genannt. Und wer will Napoleon schon etwas verbieten? Hegel und Goethe verehren ihn, Ludwig van Beethoven ist gerade dabei, ihm seine 3. Symphonie zu widmen. Wie kein anderer Mensch in Europa symbolisiert Napoleon den Aufbruch in eine neue Zeit. Und wie bei vielen großen Debuts sind daran unerfüllbare Erwartungen geknüpft. Die Hoffnung auf Heilung bindet sich an Glanz und Opulenz. Dafür steht eine neue Uniform, der Pomp à la Câreme, wie auch der Genuss eines Getränks wie Champagner. Die Wunden einer verzagten Gesellschaft konnten damit schon immer zugedeckt werden. Und das erwartungsfrohe Geräusch bei der Öffnung einer Champagnerflasche klingt wie ein Privatfeuerwerk, feierlich, vorwitzig, brisant, zeichensetzend, wobei genau diese Effekte schon die letzten französischen Könige begeistert hatten. Nun wollen sich auch die bürgerlichen Schichten davon betören lassen.

Für ein Schwelgen in neuer Opulenz haben die beiden jungen Clicquots keine Zeit. In den ersten beiden Jahren des neuen Jahrhunderts räumen sie die alten Warenlager und deren schmale Keller endgültig frei. Sie verkaufen die Fässer mit Pech, sortieren feucht gewordene Teekisten aus und schieben die restlichen an die Rampe, wo sie von einem befreundeten Händler in Kommission genommen werden. Genauso ergeht es den Körben voller Bürsten, den Stoffen, Samen und allerhand Haushaltwaren, die noch aus dem Repertoire von Philippe Clicquot in den Lagerhäusern der Firma aufbewahrt werden.

Parallel zum Abbau der alten Geschäfte beginnen die beiden mit dem Neustart. Sie wissen, dass für den Aufbau einer Champagnerproduktion mindestens drei Jahre ohne Verdienste notwendig sind. So lange dauert es, bis ein erster Jahrgangschampagner reif geworden ist; bis überhaupt eine einzige Flasche zur Reifung auf den Holzlatten liegt, sind noch umfangreiche Vorarbeiten zu erledigen. Für den Betrieb eines Champagnerhauses sind die finanziellen Anfangshürden hoch, und das, was auf sie zukommt, kann den jungen Leuten niemand genau erklären. Das Metier ist jung, jeder, der damit beginnt, muss sich seine Lektionen selbst erarbeiten.

Sie tasten sich Schritt für Schritt vor, stehen manchmal ratlos vor ihrem Plan. Sie wollen es, sie trauen es sich zu, aber sie fühlen sich kaum vorbereitet auf das, was kommt. Sie zählen ihre Barschaft, kumulieren die Preise für notwendige Anschaffungen, überschlagen die Kosten für ihr Personal. Immer wieder addiert sich noch etwas hinzu. An einem Tag im Herbst stellen sie in den Kellern Wände mit leeren Flaschen auf, um ein Gefühl für ihre Lagermöglichkeiten zu bekommen. Sie versuchen, an jeden kleinen Fetzen weintechnischen Wissens zu gelangen. Francois kostet das alles immer wieder unruhige Nächte, und selbst Nicole lassen die Ungewissheiten ihrer Unternehmung des Öfteren still in die Ferne blicken.

Wie viele neblig-graue Hefereste können sich am Ende aus ihren Flaschen in frische Champagnergläser ergießen? Bekommen sie den chemischen Teil ihrer Produktion überhaupt hin? Es ist ein ganz anderes Geschäft als das des alten Clicquot mit seinen kommissionierten Weinen, nicht abschätzbar in den Risiken. Ihr kühner Plan könnte in einer Blamage enden, diese Sorge beschäftigt sie beide, während sie die letzten alten, feuchten Teekisten aus dem Lager schieben.

Alsbald werden die Lagerstätten für die Flaschengärung festgelegt.

»Bis zu 50 000 Flaschen bekommen wir hier untergebracht«, sagt Nicole und wischt sich mit der Hand ein paar Schweißperlen von der Stirn.

»Nach meinen Berechnungen müsste das für die ersten beiden Jahre ausreichen«, meint Francois. Er hat sich ein graues Arbeitshemd angezogen und räumt zusammen mit den Lagerarbeitern die Wandfläche frei.

»Es müssen Gänge frei gehalten werden, man sollte mit den Loren an den Flascheninseln vorbei kommen«, sagt Francois.

An Champagnerflaschen wird fortwährend gearbeitet, haben sie gelernt. Gut fünfzig Mal halten die Arbeiter jede Flasche in ihren Händen. Die Böden der Keller geben noch das Bild eines Flickenteppichs ab. Hier und dort sind Löcher nur eben so gestopft worden. Der Boden muss eingeebnet, vielleicht mit einer leichten Schräge versehen werden, damit bei Glasbruch alles direkt in einer Rinne zusammenläuft. Auch braucht es noch eine spezielle, etwas geräumigere Cave für die Teststation, in der die Reserveweine über Jahre ruhig liegen können. Das System für die jährliche Testanordnung ist ebenfalls noch zu überlegen.

Eine Ladung mit defekten Korken kommt an. Dreißig Kisten, nach sechzig Tagen Transportzeit.

»Für unsere Flaschen nehmen wir nur die besten Korken«, sagt Francois. Sie kommen aus Portugal, und nun das. Monsieur Protest, der Kellermeister, moniert die erste Kiste. »Nicht hochwertig genug, das Material. Zu mürbe, porös, von viel zu vielen schwarzen Adern durchzogen. Als wäre die Korkeiche krank.«

Francois öffnet die zweite Kiste. Das gleiche Problem. »Eh merde!«, sagt er. Nicole entscheidet, dass sie jetzt nicht 50 000 Korken einzeln anschauen, nur um sie dann wieder zurück in die Kisten zu packen.

»Wir lassen gleich die ganze Lieferung zurückgehen«, meint sie. »Wir finden einen anderen Lieferanten, sonst kostet uns das noch einmal vier Monate Zeit.«

»Das Einzige, womit wir beide uns wirklich auskennen, sind die Hanfschnüre für die Versiegelung der Korken«, meint Francois. Mit dem Zeigefinger klopft er sich an die Stirn. Ja, ihre Väter haben ihren Kindern schließlich etwas Wissen über Garne und Stoffe vererbt.

»Sie gründeten ein Champagnerhaus, weil sie sich so gut mit Hanfschnüren auskannten«, lacht Nicole.

»Und dann kamen die Motten und fraßen den Hanf«, erwidert Francois.

Sie räumen die Kisten mit den Korken wieder in Richtung Ausgang. Der Spediteur sitzt in Metz. Nicole wird sie dem nächsten Kurier anvertrauen.

Zuallererst ist Champagner ein kapitalintensives Geschäft, da auf Vorrat produziert wird und der Wein einige Jahre in den Kellern liegen muss. Darüberhinaus ergibt der Betrieb nur dann wirtschaftlich Sinn, wenn die teuren Flaschen auch ins Ausland verkauft werden, denn die jährliche Produktion übersteigt den Absatz im Heimatmarkt, und allzu lange Lagerung verträgt ein normaler Champagner nicht gut. Auch der alte Clicquot hat schon international verkauft, aber die Champagnerlogistik ist sehr viel empfindlicher als der Transport von Stoffen und Bürsten. Das Gut darf nicht lange in der Sonne stehen oder irgendwo in warmen Lagerhäusern steckenbleiben. Im Jahre 1800 kostet eine Flasche Champagner etwa zehn Mal soviel wie eine Flasche Wein, weil er in der Herstellung deutlich komplizierter ist. Parallel zur Eroberung internationaler Märkte ist es für das junge Paar unerlässlich, ein regionales Netzwerk von Traubenlieferanten zu pflegen. Ihre Präsenz bei den Weinbauern der Region ist überlebenswichtig. Denn keines der Champagnerhäuser verfügt über besonders viele eigene Weinberge – auch »Clicquot et Fils« hat nur wenige. Jedes Jahr müssen Reben und Most zugekauft werden – und die besten Ernten bekommt, wer sie sich früh sichert und vorfinanziert.

Francois betrachtet stirnrunzelnd die Rechnungen und Dokumente auf seinem Schreibtisch. Den Arm hat er auf seine Stuhllehne gestützt, er atmet tief ein. Mindestens drei Jahre lang ohne Verdienst durchzuhalten, während neues Personal einzustellen und gleichzeitig zahlreiche Ausgaben für Vorschüsse und Anschaffungen zu tätigen sind, erfordert eine penible Finanzplanung. Schließlich beruhigt er sich mit dem Gedanken, dass er sich doch in einer Glückssträhne befindet. Bisher sind seine Handelsreisen ermutigend verlaufen. Fast jeder, den er besucht hat, ist daran interessiert, den neuen Clicquot-Champagner zu testen. Aus irgendeinem Grund bin ich mir sicher, dass es gut gehen wird, denkt Francois. Er ist in einer Phase, in der er fast kein Schlafbedürfnis mehr hat und dennoch tatendurstig ist, wenn er sich morgens an die Arbeit begibt. Sein hübsches Gesicht nimmt in den Stunden der abendlichen Schreibtischarbeit jedoch regelmäßig einen verkniffenen Ausdruck an, und ganz allmählich sieht er etwas hohläugig aus.

Um die richtigen Trauben zu ergattern, reist das junge Ehepaar zwei Sommer lang durch jeden Winkel des Departements. Reben werden begutachtet und Grundweine probiert. Sie sprechen mit Weinbauern, auch mit den in der Champagne häufiger als anderswo anzutreffenden Weinbäuerinnen. Für die kommenden Jahre nehmen sie Teile derer Ernten unter Vertrag. Jetzt gibt es kein Zurück mehr. Besonders lieben sie beide die Witwe Leblanc. Sie ist so breit wie groß und scheint in ihre Schürze hineingemeißelt, so tief schneidet der Bund in ihre Taille hinein. Die Leblanc trägt einen Zopf, dick wie ein Tau, ihr Haar ist blond und verblichen. Die Witwe ist eine einflussreiche Person in der Champagne und für die beiden Anfänger ist es wichtig, sie zu kennen.

Für Frauen ist der Winzerberuf eine der wenigen Möglichkeiten, einen anspruchsvollen Beruf auszuüben und Geld zu verdienen. Witwen sind rechtlich freier in ihrer Lebensgestaltung, und für den Weinanbau braucht es weder eine spezielle Ausbildung, noch ist der Beruf für Frauen durch Zunftregeln erschwert. Eine ideale Konstellation für Frauen mit Tatkraft.

Nicht nur der Einkauf von Vorprodukten wie Reben oder Most ist für das junge Ehepaar vollkommenes Neuland und mit hohen Risiken verbunden. Daneben müssen hunderte Holzfässer, zehntausende Flaschen und Korken bestellt, Abfülleinrichtungen aufgebaut, Verpackungsmaterial beschafft und – vor allem – dringend ein neuer Kellermeister gesucht werden. Keiner der beiden traut dem alten Monsieur Protest die Champagnerkreation zu. Er wurde noch vom alten Clicquot eingestellt, zu einer Zeit, in der die Champagneridee noch außer Sichtweite war. Die größte Verantwortung für die Qualität des Endprodukts ruht jedoch auf ihm. Macht er einen Fehler, kann ein ganzer Jahrgang verloren sein. Nicole und Francois werden langsam nervös, denn es stellt sich als schwierig heraus, jemanden zu finden, dem sie die Neuerschaffung ihres Weins zutrauen.

Champagner ist ein heikles Mischgetränk – es besteht aus den Grundweinen eines Jahrgangs und nicht selten aus vierzig bis fünfzig verschiedenen, speziell herangezogenen Reserveweinen. Gerade die Güte der Reserveweine erzeugt den besonderen Charakter eines jeden Haus-Champagners. Und nur ein »Charakter-Wein« macht von sich reden, nur damit löst man entsprechende Verkäufe aus. Die Besonderheit ihres Weines müssen die beiden Clicquots noch erfinden. Die Reben und der Most sind gekauft, das Geld dürfte reichen, aber der Kompositeur ist nicht in Sicht. Und jeder gute Kellermeister hat für seine Komposition ein eigenes, stets geheim gehaltenes Rezept. Sogar eine Prise Taubenkot könne dazu gehören, heißt es.

Im wahrsten Sinne ungemütlich ist ein weiteres Detail der Produktion, mit dem es weder in der Familie der Clicquots noch in der der Ponsardins Erfahrungen gibt: der Umgang mit Kohlensäure, genauer ausgedrückt: mit dem in Wasser gelösten Kohlendioxyd. Der Stoff hat eine wichtige Funktion in der Entwicklung eines Champagners, aber eine »recht unfallträchtige Tradition«, wie Nicole es ausdrückt. Sie kann noch nicht wissen, wie man die Kohlensäure in der Flasche zu dosieren hat. Zu viel Kohlensäure führt in den Kellern häufig zu Glasbruch – bis zu fünfzig Prozent der Flaschen werden dabei vernichtet. Nicht auszudenken, wenn ihnen das passieren würde, denkt sie. Zu wenig Kohlensäure erbringt dagegen ein müdes und schlaffes Getränk.

Angereizt durch Zucker und Hefe, lässt Kohlensäure den Wein lebendig werden, das wissen die neuen Champagner-Kellermeister bereits. Doch das richtige Quantum und die Berechnung der chemischen Wirkung sind ihnen unbekannt. Die perlende Luftsäure ist aber das, was Champagner zum Modegetränk macht. Wie werden sie dorthin kommen? Offenbar gilt: je kleiner die Bläschen, desto wertvoller der Champagner. Vor allem für diesen Teil der Produktion interessiert sich Nicole intensiv. Vermutlich liegt genau hier das Geheimnis eines Spitzenchampagners verborgen. Vor allem im Sommer wird es kritisch, wenn die Weine »en furie« geraten, also wütend werden können. Dann gibt es Kettenreaktionen von explodierenden Flaschen, und eine zerspringende Flasche bringt auch ihre Nachbarflaschen zum Bersten. Die Kellermeister versprühen kaltes Wasser, um die Temperatur zu senken, meist erfolglos. Mikrobiologische Vorgänge sind unbekannt, genaue Messeinrichtungen noch nicht erfunden, Versuch und Irrtum bleiben so für Nicole das einzige Erkenntnisprinzip.

Man kann angesichts solcher Risiken melancholisch werden oder draufgängerisch. Francois pendelt hin und her zwischen diesen beiden Polen. Trotz ihrer Unbildung in der Sache und obwohl die Geheimnisse der Perlage weder messbar sind, noch in Schulen, Büchern oder Zeitschriften vermittelt werden, glauben die beiden jungen Clicquots daran mit ihrer neuen Unternehmung zum richtigen Zeitpunkt an den Start zu gehen. Der Markt ist noch jung. Für den Moment sticht unter ihren Konkurrenten lediglich der in Épernay ansässige Jean-Remy Moet heraus, dessen Champagnerhaus von seinem Vater Claude gegründet wurde.

Jean-Remy ist ein auffällig gutaussehender Mann, schlau und äußerst umtriebig dazu. Nicht nur, dass die Familie Moet ihr Metier seit mehreren Jahrzehnten beherrscht, auch die Tatsache, dass Jean-Remy den Konsul Napoleon Bonaparte persönlich kennt, versetzt Francois Clicquot zuweilen in Unruhe. Jean-Remy hat sich um Napoleon gekümmert, als er in der Militärschule noch ein unbekannter Zögling aus dem Ausland war. Mit zehn Jahren kam der korsische Schüler zum Militär, auf die Schule der französischen Armee in Brienne-le Chateau im Süden der Champagne. Mit vierzehn lernte er dort einen jungen Handelsreisenden namens Jean-Remy Moet kennen, der ihn nicht mehr aus den Augen ließ und seither eine intensive Freundschaft mit ihm pflegt. Sollte Napoleon eine Stelle in seinem Herzen für Champagner reserviert haben, wird sie mit Moet besetzt sein, denkt Francois. Nicole findet das nicht wichtig. Ob der Korse überhaupt ein Herz hat, scheint ihr fraglich.

Es ist Donnerstag, mitten in der Fastenzeit. Am zwanzigsten Tag nach Mardi Gras und genau zwanzig Tage vor Ostern legen französische Katholiken eine eintägige Fastenruhe ein. Francois möchte diesen Tag dennoch feierlich begehen, denn an diesem Vorfrühlingstag des Jahres 1801 hat er seine Planungen für das neue Unternehmen Clicquot endlich abgeschlossen. »Es könnte alles aufgehen, wir könnten erfolgreich sein«, hat er zu Nicole schon morgens um fünf Uhr gesagt, als sie ihn wieder einmal an seinem Schreibtisch vorfand.

Nach dem Frühstück hat er rotes Fleisch besorgt, es in die Küche gelegt und in Anwesenheit der Köchin mit einem scharfen Messer gehäutet. Schließlich hat er es auf den Herd geschoben. Da Francois in den Tagen zuvor wie besessen an seinen Berechnungen gearbeitet hat, ist ihm die Arbeit in der Küche willkommen. Rachel ist zum zweiten Mal schwanger von Antoine, deshalb soll sie nicht mit dem rohen Fleisch in Berührung kommen. Das ganze Haus freut sich auf ihr Kind, das neue Baby der Großfamilie, zu der längst auch die Bediensteten des Hauses gehören. Ein drittes Kind im Haus ist gut für Clementine, denkt Nicole. Es wird ihrer kleinen Tochter etwas von ihrer Angst nehmen.

Nicoles Tage sind volle Tage, denn sie hat die Innenorganisation der Firma übernommen. Wann immer Francois auf seinen Verkaufsreisen unterwegs ist, trägt sie die Verantwortung dafür, dass nichts schief geht, nichts vergessen wird, jede Anfrage beantwortet und jeder Lieferant bedient wird. Nicole liebt das Organisatorische, während sie ihre Tochter in den Händen der Amme Aveline und ihrer Köchin Rachel in guter Obhut weiß. Ein Buch über den Weinausbau ist angekommen. Absender ist die neue französische Regierung – geschrieben ist das Buch von Napoleons Innenminister Jean-Antoine Chaptal, der Chemiker ist. Er erklärt darin, wie sich Weine durch die Zugabe von Trockenzucker verbessern lassen. Man könne damit sogar aus sonnenarmen Jahren noch einen guten Wein herauskitzeln.

Wenn es nach Chaptal geht, soll ganz Frankreich am Export von Weinen, vor allem an Schaumweinen, genesen. Francois hat das Buch auf den Frühstückstisch gelegt. »Eine Bestätigung unserer

Pläne«, sagt er und lächelt. Das ist ja alles schön und gut, denkt Nicole; das Risiko für unsere Unternehmung nimmt uns der Staat dennoch nicht ab. Sie erinnert Francois noch einmal daran, dass sie sich bald von dem alten Monsieur Protest werden trennen müssen. »Er ist einfach nicht der Richtige für unser Vorhaben.«

Die Fastenpause fällt auf einen frühen Donnerstag im März. Die Sonne steht noch tief, aber scheint an diesem Tag mit voller Kraft ins Haus der Clicquots. Gegen Mittag sitzt Francois auf einem Stuhl am Esstisch. Er ist bester Stimmung. Nach seiner fanatischen Rechenarbeit, die er geduldig erledigt hat, glaubt er wieder an seine Idee. Er beugt sich über Chaptals Weinbuch, als wolle er es auswendig lernen. Im Kopf ist er immer noch mit seinen Zahlenspielen beschäftigt. Die wichtigsten Ziffern hat er im Kopf. Selbst die vorsichtigsten meiner Prognosen erbringen auf dem Papier noch einen Ertrag, denkt er.

Auf dem Tisch neben ihm steht eine Parade von Schmucktellern von Limoges, ein Hochzeitsgeschenk seines Schwiegervaters Nicolas Ponsardin. Francois ist übermütig, er nimmt seine zweijährige Tochter Clementine auf den Schoß. Er kitzelt sie, macht das Wiehern eines Pferdes nach, lässt sie an den Armen kopfüber nach hinten fallen. Clementine jauchzt. Francois hat ihr eine kleine Halskette vom Straßenhändler mitgebracht und sie fasst sich immer wieder an die kühlen geschliffenen Glasperlen. Er kitzelt sie immer ausgelassener, bis Clementine plötzlich einen der Teller ergreift – er hat einen leuchtenden giftgrünen Rand mit einem Kinderportrait in der Mitte. Francois streitet mit ihr um den Teller, und plötzlich lässt sie ihn zu Boden fallen. Der Teller zerbricht auf den Steinfliesen, Clementine schreit auf und weint.

»Ach, Mentinchen, das war doch meine Schuld«, versucht Francois sie zu beruhigen. »Es tut mir leid, sei ganz ruhig, du bist unschuldig.« Er steht vom Stuhl auf. Mit seiner Tochter auf dem Arm läuft er durch den Raum, streichelt sie, redet ruhig auf sie ein, versucht sie zu beschwichtigen. Sie weint jämmerlich, legt den Kopf auf seine Schulter. Er sieht die Scherben, die bis zum Fenster geflogen sind. Der Teller ist nicht mehr zu reparieren, denkt er. Nun, wir haben andere Teller. Clementine wimmert erbärmlich an seinem Hals. Der Knall und das Klirren haben sie und auch ihn selbst erschreckt. Kein schönes Geräusch. Ein Zeichen? Wofür? Francois ist mit einem Mal hellwach. Ausgerechnet der Teller mit dem Kinderkopf ist zerbrochen. Die Scherben von Hochzeitsgeschenken, von geliebten Gegenständen – bringen sie Unglück?

Nicole kommt in den Salon. Sie trägt ein hellblaues Kleid. Sie sieht die Scherben und sagt: »Ach, der Hochzeitsteller. Schade …«

»Hoffentlich kein Omen«, sagt Francois und lacht schüchtern in die Stille hinein. Clementine schluchzt nur noch leise an seinem Hals.

»Nein, nein, nur ein Missgeschick«, meint Nicole.

Francois erzählt Nicole von seinen Berechnungen. Sein Redeschwall, sein unbedingter Wille und seine Leidenschaft, mit der er seine Ideen präsentiert, begeistern Nicole. »Wir werden so viel Arbeit haben«, sagt Francois. »Meinst du wirklich, wir müssen dem alten Protest Adieu sagen? Er kann Kindergedichte auswendig. Unsere Kleine liebt ihn dafür.« Francois ist so liebenswürdig, genau wie Monsieur Protest, denkt Nicole. Er wollte einmal Soldat werden – ein Glück, dass sein Vater das verhindert hat. Ihre Tochter Clementine ist inzwischen vom Knie des Vaters herunter gerutscht und beschäftigt sich jetzt mit einem roten Pferd, das Nicoles Freundin, die Schneiderin Elise Le Compes, aus Stoffresten genäht hat. Francois zeigt auf Chaptals Buch. Nicole wartet einen Moment, dann geht sie zu ihm, legt ihre Arme um seinen Hals und gibt ihm einen Kuss auf die Wange: »Das 'Adieu sagen' fällt dir schwer, nicht wahr, Francois«, sagt sie leise. »Von selbst wird Protest sich aber nicht um andere Dinge kümmern. Es ist nicht fair, einen Menschen im Unklaren zu lassen. Wir müssen mit ihm sprechen, ihm wenigstens unsere Unsicherheit erklären.«

Nicole möchte ihren Mann nicht mit Zweifeln beschweren. Francois' Unbeirrbarkeit, aber auch seine Liebenswürdigkeit lösen zärtliche Empfindungen in ihr aus. Sie möchte, dass er sich seine Lust und gute Laune erhält. Wenn er ihr einen Punkt vorträgt, der ihn bekümmert, zeigt sie ihm, wie unwesentlich er im Blick auf das ganze Vorhaben erscheint. Sie sieht, dass er sie mit Freude beobachtet, und auch, dass er sie sucht, wenn es schwierig wird. Mit Francois kann sie sich gleich intensiv über Napoleon, die große Politik, den Hund ihrer Freundin wie auch über venezianische Glaswaren unterhalten.

Nicole, die nie eine nervöse Person war, spürt jetzt, wie sich durch ihre Gespräche mit Francois eine wohltuende Gelassenheit in ihr ausbreitet. Sie nimmt ihr neues Lebensgefühl besonders deutlich wahr, wenn sie mit ihrem Vater zusammen ist. Sobald sie Ponsardin agieren sieht, zieht sie ihre Augenbrauen hoch. Ihr Vater ist immer auf Applaus aus, er bemüht sich ständig darum. Er lächelt zu viel, denkt sie, und seine Kleidung ist zu farbenfroh, ja, er sieht aus wie eine Ausschneidefigur, urteilt sie plötzlich. Über alle möglichen Dinge, die er tut, regt sich Unmut in ihr. Ponsardin redet ihr zwar in nichts hinein, aber sie sieht ihn jetzt mit dem Abstand ihrer eigenen, von ihm unabhängigen Existenz. Ein romantischer Träumer ist er geblieben, ein Prinz mit einem Blätterkranz auf dem Kopf, der durch den Wald schreitet und staunend die Tiere betrachtet. Ponsardin ist weiterhin erfolgreich in seinem Geschäft, aber es scheint ihn nicht mehr auszufüllen. Er giert danach, Napoleon kennenzulernen, sich in die Felder der Politik einzubringen, seinen Einfluss zu vergrößern. Ein pompöser, ein deplazierter Wunsch, denkt Nicole.

Mit ihrer Meinung zu Napoleon Bonaparte steht Nicole in ihrer Familie vollkommen alleine da. Sie lässt sich nicht erweichen, im Gegenteil, sie begründet ihren Standpunkt und beharrt auf ihm. Sie habe etwas gegen Lichterkränze, die um die Häupter bekannter Persönlichkeiten geflochten werden, sagt sie. Sie hat den »Don

Quijote« gelesen und schenkt das Buch ihrem Vater, um ihn herauszufordern. Sie diskutiert, lässt sich auf Konflikte ein. Ein leichtes Gefühl von Panik erfasst sie, wenn sie hört, wie ihr Schwiegervater über Napoleon spricht. Er verehrt ihn so sehr, dass er ihm Übermenschliches andichtet. Mit ihrem Schwiegervater diskutiert sie inzwischen nicht mehr, da es sie beide zu sehr in Rage versetzt.

Die Durchtriebenheit eines Napoleon Bonaparte meint Nicole in jeder Abbildung, in jedem Zitat von ihm zu erkennen. Während der Terrorjahre sind ihre politischen Antennen geschärft worden – zu sehr, um sich von den Schwärmereien über Napoleon anstecken zu lassen. Sie, inzwischen 25 Jahre alt, empfindet ihn als kleinmütig, als tückisch und hinterhältig, als unseriösen Großmaul und Hasardeur, und sie stellt sich vor, wie er über seinen eigenen Ehrgeiz und seinen Kleinmut stolpern wird. Sie hat sogar etwas gegen seine Wirtschafts-initiativen, hält sie für vorgetäuschtes Interesse, hinter dem nichts als Propaganda steckt. So wie er kann man einen Staat nicht führen, denkt sie; obwohl sie selbstnicht weiß, wie man einen Staat führt.

Ihrem Vater hat sie Jacques-Louis Davids Bild von Napoleon auf dem weißen Pferd unter die Nase gehalten. Sie hat ihn darauf aufmerksam gemacht, dass jemand ein sich unter ihm aufbäumendes Tier niemals mit nur einer Hand locker am Zügel halten kann. Diese Darstellungen seien unlauter, nichts anderes als Kriegsbeschönigungen, sagt sie. Auch dass er den Rest seiner Armee in Ägypten sich selbst überlassen habe, hält sie Ponsardin vor. Und fragt ihn, zu welchen Schritten jemand wohl noch fähig sein wird, der sich unentwegt als Held darstellen lässt, seine eigenen Leute jedoch krank, verletzt und hilflos in der Fremde zurück lässt. Wie immer bewundert Ponsardin Nicoles Argumente. Aber er zieht daraus keine Schlüsse. Meine Tochter ist mit Schwert und Schild geboren worden, denkt Ponsardin. Er hält ihr die hervorragende Ordnungspolitik Napoleons vor, die ihn als Juristen begeistert. Seine Fortschritte im Straßenbau, seinen Reformeifer in der inneren Organisation des Landes. Sie entgegnet, dass der Straßenbau die toten Soldaten nicht aufwiegt.

»Nicole, ich glaube, in zehn Jahren sind wir reich. Und in zwanzig Jahren werden wir Moet überall ausgebootet haben«, sagt Francois eines Abends.

Nicole ist dabei, eine Schürze für ihre Tochter Clementine zu besticken. Am nächsten Morgen wird sich Francois auf eine dreimonatige Handelsreise begeben.

»Männer nehmen sich immer vor, jemand anderen zu übertrumpfen«, sagt sie, während sie einen neuen Faden in ihre Nadel einfädelt. »Als wäre das der Sinn und das Ziel unseres Lebens.«

»Diesem Moet mit deiner Nadel in den Hintern pieksen, möchte ich schon gerne«, erwidert Francois. »Er ist so ein Lackaffe.«

»Glaubst du nicht, unsere beiden Häuser können nebeneinander erfolgreich sein?«, fragt Nicole.

»Ich hoffe, du kommst alleine zurecht, wenn ich so lange weg bin? Tue ich dir damit vielleicht zu viel an, Nicole?«

»Du wirst schon sehen, was du davon hast«, sagt sie und blickt ihn kurz aus dem Augenwinkel an. Dann wendet sie sich wieder konzentriert ihrer Stickarbeit zu. Francois schweigt plötzlich, als hätte er ein schlechtes Gewissen. Dann aber lacht Nicole. »Gib es zu. Du bist einfach froh, dieser Kleinstadt ab morgen wieder einmal zu entkommen!«

Francois legt den Arm um ihre Schultern: »Irgendwann musst du einmal mit mir reisen, Nicole.«

»Falls ich mich hier einmal langweile, werde ich mir eigene Reisepläne machen, keine Sorge«, erwidert sie und fährt fort: »Sag mal, ich habe noch nie von einem so kalten Aal gehört wie diesem Jean-Remy Moet.«

Francois lacht. Ihr Vergleich ist erstaunlich treffend, denkt er. Gleichzeitig plant er im Kopf schon seine nächsten Reisen. Er könnte den englischen Markt für Clicquot ausprobieren. Moet macht dort gute Geschäfte, hat er gehört.

»Ich werde dir aufschreiben, was du tun sollst, wenn ich einmal nicht von einer Reise zurückkehre«, sagt er plötzlich in den Raum.

Sie schaut ihn erschrocken an, greift nach seiner Schulter: »Fühlst du dich nicht wohl, Francois?«

»Himmel und Maria, nein, das will ich damit doch gar nicht sagen!«

Eine der wichtigsten neuen Ideen, die Francois umtreibt, ist der Aufbau eines internationalen Vertriebs. Neben seinen Verkaufsgesprächen trifft er sich auf seinen Reisen abends mit Kollegen, die für andere Weingüter unterwegs sind. Francois' erträumte ideale Verkaufsagenten müssen eine eindrucksvolle Reihe von Fähigkeiten mitbringen. Unerlässlich sind gute Kenntnisse des Weinmetiers. Für die Bearbeitung verschiedener Weltregionen braucht es aber noch anderes Wissen.

Wer in Russland Champagner verkaufen will, muss nicht nur Russisch sprechen, sondern sich in der Zarengeschichte auskennen. Wer in den Rheinlanden, in Preußen, Bayern oder Österreich für Clicquot unterwegs ist, muss nicht nur der deutschen Sprache mächtig sein, sondern sich in der Geografie und der Historie der zahlreichen Fürstentümer und Adelshäuser auskennen. Wer in Skandinavien Fuß fassen will, muss mindestens Schwedisch und Dänisch verstehen, sollte sich aber auch in den Beziehungen dieser Länder zu Russland auskennen. Darüber hinaus sollte es diesen neuen Männern gelingen, Kunden lange an das Haus Clicquot zu binden. Francois stellt sich so etwas wie eine Abonnementsbeziehung für seinen Wein vor. Was sich wirklich lohnen würde ist ein Zustand, in dem mein Warenkreislauf wie ein geöltes Rad kontinuierlich bewegt bleibt, denkt er.

Im August 1801 erhält Nicole einen Brief ihres Mannes aus Basel. Während sie ihn öffnet, lässt sie sich direkt vor der breiten Fensterlaibung ihres Salonfensters in einen Sessel nieder. Wie eine Katze badet sie an diesem Morgen in den ersten Strahlen der Sonne. Francois klingt überschwänglich. Endlich habe er den richtigen Mann für sein Auslandsgeschäft gefunden, schreibt er. In Kürze müsse er selbst weniger reisen. Er werde Louis Bohne – so der Name des Neuzugangs – noch einige Kollegen zur Seite stellen. Er bedauere, dass sie nicht bei ihm sei, um den jungen Deutschen selbst in Augenschein zu nehmen. Es sei seltsam, Louis und er hätten genau dieselben Ansichten über ihr Geschäft, dessen Aussichten und den Weinmarkt. Francois hat ein gutes Menschengefühl, denkt Nicole. Er klingt richtig verliebt, so wie er über den neuen Mann schreibt. Endlich ist er fröhlich. Er scheint eine gute Zeit mit dem Deutschen zu verbringen.

Alles, was Francois bisher für sein Projekt getan hat, geschah mit dem Druck seines Vaters im Nacken, denkt sie. Nie war die Lust ungetrübt von der Skepsis des Vaters gegenüber seinem Sohn. Es war so, als habe ihm der Alte das Gift der Mutlosigkeit in einer solchen Menge eingeflößt, dass es sich wie von selbst und umso mehr bei jedem kleinen Rückschlag in Francois' Adern ausbreiten konnte. Vielleicht hilft ihm der neue Kamerad, sich endlich von diesem Gift zu befreien.

Im Sommer 1802 verabschiedet sich der alte Philippe Clicquot in den schon Jahre zuvor angekündigten Ruhestand, aber er scheidet im Streit. Er bemerkt, dass ihm keiner mehr zuhört, er sieht, dass sein volles Haar immer dünner wird, und er fühlt, wie ihn die Angst vor dem Scheitern seiner Geschäfte nicht mehr verlässt. »Seien wir also kühn!«, schreibt Nicole an ihre Cousine über ihren Champagnerplan. Ihr Schwiegervater kann dieses Gefühl von Kühnheit nicht für einen Moment teilen. Er fühlt sich schmachvoll behandelt, möchte mehr gefragt werden und meint nach wie vor, man hätte das alte Warenlager behalten sollen.

Wer weiß, ob die Champagneridee überhaupt zündet? Wer weiß, wie lange Francois diese Reisetätigkeit durchhält? Philippe Clicquot steht vor seinen alten, leeren Lagerhallen, und seine Augen beginnen zu brennen. Er ist nicht imstande, seinen Sohn um Nachsicht zu bitten, um Verständnis darum, dass er einfach nur pessimistisch sein kann. Solange er alles in Frage stellt, was Francois tut, wird es keine Brücke zwischen ihnen beiden geben.

Zumindest mit der immensen Anstrengung, die das ständige Unterwegssein für seinen Sohn bedeutet, liegt der Alte richtig. Francois sieht angegriffen aus, so erschöpft ist er inzwischen. In den ersten drei Jahren reist er monatelang kreuz und quer über den europäischen Kontinent – von Deutschland nach Österreich und Polen, zurück in die Niederlande, hinauf nach Skandinavien, weiter ins Baltikum, dann nach Italien und wieder zurück nach Reims. Von Stadt zu Stadt, von Gasthof zu Gasthof, von Relais-Station zu Relais-Station bewegt er sich, mit möglichst leichtem Gepäck. Zwar ist das französische Straßennetz bereits gut ausgebaut, aber nicht überall in Europa fährt man in einer Kutsche besonders komfortabel durchs Land.

Es gibt häufige Unterbrechungen wegen schlechter Strecke oder Reparaturen, die meist an den Rädern vorzunehmen sind. Es gibt schlechte und sehr schlechte Fahrer, miserabel gepflegte Gefährte, unverschämte Mitfahrer, jede Menge Ungeziefer sowohl in Gasthöfen wie auch in den Kutschen und immer nur schlechtes und sehr schlechtes Essen. So mühsam die Fahrten in der Kutsche auch sind, noch weniger Komfort gibt es an Bord der Flussschiffe. Hier ist der Schmutz noch ärger, das Ungeziefer zahlreicher. Alles das erträgt Francois, solange er Verträge schreiben kann. Hat er Pech und ist eine Woche an einem Ort, von dem er dann unverrichteter Dinge weiterreisen muss, schläft er schlecht, hinterfragt jeden Gedanken, und es droht ihm ein schwerer Rückfall in die Melancholie. Er hat

Angst vor diesem Zustand. Auch Gedanken an Nicole und seine kleine Tochter führen ihn dann nicht mehr aus dem Tal hinaus. Bis ein neu abgeschlossener Vertrag ihm wieder Linderung verschafft.

Trotz des Schmutzes liebt Francois die Flussfahrten. Die Ruhe der Bewegung, das leichte Plätschern des Wassers, wenn es sich am Kiel des Bootes teilt. Er genießt die wohltuende Kühle und den sanften Wind, der ihm um die Nase weht. Seinen Blick richtet er gern auf die vorbeiziehenden Uferböschungen, die überwuchert sind von Stängeln, Gräsern und Blattwerk und die wie ein sehr weiches Bett anmuten, auf dem man gerne rasten möchte. Und welche Freude löst eine Flussbiegung in ihm aus. Der Moment, wenn sich das Boot unter ihm langsam und lautlos dreht und sich plötzlich ein völlig neuer Blick auftut. Ein Weinberg in der Sonne wirkt, vom Schiff aus betrachtet, wie feinste Stickerei, ein Gobelin der Natur, als würden die Rippeln, die das Schiff auf dem Wasser hinterlässt, an Land einfach weitergehen wie ein feines grünes Wellentuch, das jemand sorgfältig auf den Hang gelegt hat. Ganz besonders freut er sich auf die Städte, wenn er sich ihnen vom Wasser aus nähern kann. Sie wirken freundlicher, einladender, wenn er aus dem Boot den ersten Schritt in sie hinein tut, statt aus der staubigen und stickigen Kutsche.

Ein paar Monate später kündigt Louis Bohne, der neue Handelsreisende, seinen Besuch in Reims an. Er stammt aus Mannheim, ist nur ein Jahr älter als Nicole und spricht neben französisch, englisch und deutsch auch holländisch und russisch. Seit er 17 Jahre alt ist, verkauft er deutschen Wein im Ausland. Es ist September und Louis ist von England über Holland nach Reims gekommen. Er will die Produktion von Clicquot kennenlernen und auch Philippe Clicquot, dem Gründer der Firma, einen Besuch abstatten. Zunächst eröffnet er Francois eine schlechte Nachricht: England wird bis auf weiteres kein Markt für sie sein. In London sitzt der Platzhirsch Moet schon zu fest im Sattel. Dafür berichtet Louis begeistert von der Situation in Deutschland. In Nürnberg gebe es eine großartige Bürgerschaft mit Kenntnissen und Interesse für schäumenden Wein, in Stuttgart einen Herrscher, der zwar selbst keinen Champagner mag, ihn aber bei seinen Festlichkeiten häufig ausschenkt. Und in beiden Städten sei man noch nicht auf einen französischen Hersteller festgelegt. Auch weiter nördlich, in Hamburg, in den preußischen Fürstentümern sowie in Polen sieht der neue Mann gute Absatzchancen.

Äußerlich macht Louis Bohne wenig her. Er ist klein, beleibt und rothaarig, jedoch außergewöhnlich heiter und geschäftstüchtig. Neben seinen Sprachkenntnissen hat er ein enormes Zahlengedächtnis. Auch in schwierigen Situationen bleibt er gut gelaunt und optimistisch. Mit Francois teilt er die Begeisterung für das Champagnergeschäft. Er weiß einzuschätzen, wie viel mehr seine Arbeit wert sein wird, wenn er eine Flasche Champagner für den zehnfachen Wert einer normalen Flasche Wein verkaufen kann. Und Louis Bohne hat exzellente Kontakte nach Russland. Er hat dort so gute Verbindungen, dass er sich zutraut, auch eine bisher gänzlich unbekannte Champagnersorte an den Zarenhof zu bringen.

»Um gute Geschäfte zu machen, muss man russisch sprechen, gelegentlich einen französischen Ton anschlagen und besonders gute Manieren an den Tag legen«, sagt er zu Francois. Er weiß, dass auch Moet in Russland noch nicht bekannt ist, denn kaum ein Franzose spricht in diesen Jahren Russisch. Louis stammt aus einer Familie von Weinhändlern in Mannheim, die ihre Weine schon lange nach Osteuropa verkaufen. Er hat das Geschäft schon als Kind kennengelernt; zu Hause am Esstisch wurde über nichts anderes gesprochen. Louis reist bereits ein paar Jahre länger als Francois kreuz und quer durch Europa. Er braucht noch weniger Gepäck als Francois, denn er schläft überall auf seinem langen Mantel. Louis ist robust, ihm macht das Unterwegssein Spaß und er arbeitet gern. Auf Wunsch von Nicole hat er lange mit dem Kellermeister Protest gesprochen und ist der Meinung, man solle an ihm festhalten. Seine Loyalität sei hoch zu schätzen, sagt Louis. »Er wird alles daran setzen, uns nicht zu enttäuschen. Und er weiß mehr über Champagner, als ich mir vorgestellt habe.«

Auch mit Nicole führt Louis Bohne ein langes Gespräch.

»Ich sage Ihnen, Nicole, wenn man etwas verkaufen will, muss man es lieben«, sagt Louis. »Ich meine nicht: es mögen, sondern ich meine wirklich: es lieben!«

Sie sitzen im Salon ihres Hauses in der Rue de l'Hopital.

»Und was erzählen Sie den Leuten über unseren Champagner?«, fragt Nicole.

Es ist warm. Sie hat Korbstühle in dem Gartenstück hinter ihrem Haus aufstellen lassen, um einen kleinen Tisch herum, der von der Sonne beschienen ist. Gemeinsam trinken sie ein Glas gekühlten Süßwein.

»Ich würde es so erklären«, sagt Louis Bohne. Er erhebt sich, nimmt seinen runden grauen Hut in die Hand, setzt ihn leicht schräg auf den Kopf, tänzelt ein paar Schritte vor ihr hin und her und wendet ihr seine lebhaften hellblauen Augen zu: »Woher stammen die Trauben in Ihrem Glas, Madame? Von den sonnigsten Hängen, die die Champagne zu bieten hat, direkt über den Ufern der Marne. Feinste Chardonnay-Traube, auf kalkhaltigem Kreideboden gezogen. Wie wurden die Reben gepresst, Madame? Sie wurden zerdrückt, nicht zerquetscht, meine Dame. Bei uns in Bouzy gibt es eine intelligente Frau, die die Pressung überwacht. Kommen Sie nach Bouzy, sehen Sie sich unseren Betrieb an, Madame.«

Mit der rechten Hand zieht Louis seine dünnen Sommerhandschuhe locker durch die linke Hand, wobei er beim Sprechen seine Position gemessenen Schrittes immer wieder leicht verändert. Seine Stimme ist lebendig, angenehm und klar. Er spricht wie ein Schauspieler, man hört ihm gerne zu.

»Wir nehmen nur die erste und zweite Pressung für unseren Champagner. Sie wollen keinen Champagner aus der dritten und vierten Pressung, nicht Sie! Und wie ist die Perlage? Tausend Wunder sind in einem Glas unseres Champagners verborgen, Madame. Schauen Sie in Ihr Glas, trinken Sie, lüften Sie Ihr Gehirn, fördern Sie Gedankensprünge, führen Sie Ihre Gespräche in eine ersprießliche Heiterkeit!«

Keine Frage, Ponsardin benötigt einen Dessertentwurf von Antoine Carême, als er beginnt, die Stadt Reims auf den Empfang des ersten Konsuls und seiner Ehefrau Joséphine vorzubereiten. Der von ihm verehrte Napoleon soll Reims, von seiner triumphalen Reise nach Belgien zurückkommend, am 11. August 1803 betreten. Der Zauber einer Reihe von Siegen und innerer Friede liegen über Frankreich.

In Reims wird ein festlicher Einzug durch einen eigens errichteten Triumphbogen an der »Porte Cérès« vorbereitet. Nach Ehrungen an verschiedenen Plätzen der Stadt werden Napoleon und Josephine Bonaparte als Ehrengäste des von Ponsardin veranstalteten Festbanketts im Börsensaal teilnehmen. Am späteren Abend wird das Ehepaar Bonaparte zum Palais Ponsardin eskortiert. Dort werden die Eheleute im zweiten Stock in einer nach den Anweisungen des Protokollchefs hergerichteten Suite im Hause von Nicoles Familie übernachten. Napoleon will noch den nächsten Tag mit den Ponsardins verbringen, eine hohe Ehre für den Unternehmer und Zeichen seiner Bekanntheit und Anerkennung bis in die höchsten Kreise der Politik.

Vor allem beschäftigt Ponsardin in den Wochen vor dem Ereignis, womit er dem ersten Konsul schmeicheln kann. Sobald er tagsüber eine freie Minute hat, kann er über nichts anderes mehr nachdenken. An welche Orte soll er Napoleon führen? Welches Wetter wird es geben? Was ist zu viel, was zu wenig Programm für den ersten Konsul? Was soll parallel mit Josephine Bonaparte geschehen?

Wie soll er seine Familie einsetzen? Jeden Tag fertigt er eine neue Liste an und zerreißt die des Vortags. Seine Tabellen werden immer länger, und er versinkt in Nachdenklichkeit, sobald sein Blick auf sie fällt.

Ponsardin ist in seinem 56. Lebensjahr, als er den Besuch des ersten Konsuls erwartet. Er ist nach wie vor Stadtrat, führendes Mitglied der Handelskammer von Reims und leitet weiterhin seine große Unternehmung mit mehr als 1 000 Arbeitern. Ungeachtet seines Alters sinnt er über nächstmögliche Karriereschritte nach. Napoleon wird Frankreich noch lange regieren. Mit der ganzen Kraft seiner Konzentration versucht er ein Programmdetail zu ersinnen, das den ersten Konsul an ihn erinnern wird. Es wird von Nutzen für ihn sein, wenn Napoleon nach seiner Rückkehr an ihn denkt – sobald es um Wirtschaft geht oder um einen anderen Posten, der in der Region zu vergeben ist.

Als er Nicole von seiner Idee für den Besuch Napoleons erzählt, wird sie unruhig. Ponsardin schwebt eine besondere Art der Respektbezeugung vor, eine Art symbolischer persönlicher Kniefall. Eine Torte von Câreme ist ihm der Huldigung nicht genug. Nicole schlägt ihm vor, es bei der Torte in Form eines überdimensionalen Bündels französischer Flaggen bewenden zu lassen. Ponsardins Idee ist ihr nicht nur zu liebedienerisch und daher äußerst unangenehm, sondern geradewegs peinlich. Sie versucht alles, um ihn von seinem Einfall abzubringen. Aber er beharrt darauf.

Als Ponsardin seiner Tochter vorführt, was er sich ausgedacht hat, ist sie entsetzt. Er hat tatsächlich ein eigenes Gedicht für Napoleon geschrieben, ein kurzes Heldenepos, in dem er Napoleon seine großen Taten selbst lobpreisen lässt. Unter opulenter Umgebungs-inszenierung ist das Werk in die Eingangshalle des Palais Ponsardin geschafft und an der Wand direkt gegenüber der Eingangspforte angebracht worden. Alle Wände sind neu gestrichen, zum Teil wurden Putzelemente zur Einrahmung von Bild und Inschrift ergänzt. Ponsardin hat seine unbeholfen in lateinischer Sprache abgefassten Zeilen in eine Marmorplatte einschleifen lassen und diese unter ein farbenfroh gemaltes Portrait von Napoleon gesetzt. Er ist stolz auf sein Werk. Mit zur Seite geneigtem Kopf steht er auf der Schwelle des Entrées und kann ein selbstzufriedenes Lächeln nicht zurückhalten.

Korsika ist mein Heimatland, in Frankreich lebe ich,
Italien eroberte ich in tausend Feuerstürmen.
Auch Afrika und Syrien nahm ich für Frankreich ein,
zum Erstaunen des gesamten Universums.
Wie ein Blitz überquerte ich Alpen, Meere, Flüsse und Felsen,
durch sengende Hitze und beißende Kälte trug mich mein Weg,
alle Truppen und Krieger ergaben sich meinem eindrucksvollen Mut.
Ich gab Frankreich seine Würde und seinen Ruhm zurück,
als Aufgabe bleibt mir der vernichtende Sieg über England.

Nicole ist fassungslos, nachdem sie die Zeilen gelesen hat.

»Papa, du kannst das so nicht hängen lassen«, sagt sie. »Es tut mir leid, aber du machst dich lächerlich mit dieser Sache. Am Ende wird es dich in einem schädlichen Licht erscheinen lassen.«

»Ach ja?«, erwidert Ponsardin lächelnd, wobei ihm das Blut plötzlich in die Wangen gestiegen ist.

»Du kannst deinem Gast doch nicht so viel Eigenlob in den Mund legen …«, versucht sie es mit einem Argument, das ihm einen Ausweg ermöglichen könnte.

»Nicole, du siehst das falsch, du magst Napoleon einfach nicht«, unterbricht er sie.

»Es geht mir gar nicht um Napoleon, Papa. Es geht mir um dich.«

»Aber Nicole. Der erste Mann Frankreichs kommt zu Besuch. Er wird in ganz Europa bewundert. Er ist in meinem Haus zu Gast. Ich habe fünf Jahre an diesem Termin gearbeitet. Eine Torte von Câreme hat Napoleon jeden Tag. Es ist geboten, ihm auf die untertänigste Art und Weise unsere Referenz zu erweisen.«

Nicole steht vor ihrem Vater, noch immer fassungslos: »Ich möchte dich nicht kränken, Papa, aber dein Gedicht ist anmaßend und auf altmodische Weise missraten.«

Ponsardin trägt wieder Culotte, weiße Strümpfe sowie Schuhe mit Schnallen. Er schüttelt ein ums andere Mal den Kopf und erklärt ihr, dass es ihm immer wichtig gewesen sei, jemandem seine Verehrung auch zu zeigen. Das sei nicht anmaßend oder gar kompromittierend, sondern eine Frage von Ehrgefühl und Respekt.

»Papa, dein Gedicht ist kindisch. Es ist aufgeblasen und für mich unerträglich«, kommentiert sie. »Wenn du es hängen lässt, werde ich dein Haus an diesem Tag nicht betreten.«

»Nicole, beherrsche dich, bitte«, braust Ponsardin auf. »Ich erwarte von dir, dass du in meinem Haus erscheinst, wenn das Staatsoberhaupt zugegen ist.« Was er sagt, klingt jetzt wie ein Befehl.

Aber Nicole gibt nicht nach: »Papa, ich werde nichts tun, was wider meine tief empfundene Auffassung und meine Erwartung an mich selbst ist. Wenn das Gedicht bleibt, komme ich nicht.« Sie legt ihre flache Hand auf ihre Brust. »Ich verabschiede mich jetzt. Adieu.«

Nicole geht mit raschen Schritten in Richtung Salon, strebt zum Hinterausgang des Hauses. Ponsardin schaut ihr nach, schüttelt seinen Kopf. Nicole weiß, dass er ihr nachschaut, aber sie dreht sich nicht um, geht allein durch die warme Sommerluft nach Haus. »Es gibt eine Welt jenseits meines Elternhauses«, sagt sie zu sich selbst.

Eine Woche später, am 11. August 1803, hält sich Nicole von den Feierlichkeiten fern, auf die die ganze Stadt hingefiebert hat. Alle sind in heller Aufregung und früh auf den Beinen – Nicole bleibt zu Hause. Francois nimmt alleine an den Festlichkeiten teil. Er meint beobachtet zu haben, dass Napoleon das Gedicht ihres Vaters übertrieben fand. Er habe zu Ponsardin halb im Ernst, halb im

Scherz gesagt, er solle die Marmorplatte nach seinem Besuch wieder entfernen lassen. Der Text sei einfach zu schmeichelhaft.

Napoleon sei ein auffallend hässlicher Mann mit einem aufgedunsenen Gesicht und ganz ohne Figur, berichtet Francois. Seine großen Augen rollten ständig und unheimlich umher, als sei er immerzu nach irgendetwas auf der Suche. In seinen Zügen sei ein Ausdruck von Härte vorherrschend, und er selbst sei ohne jede Eleganz und Manieren. Seine Frau Josephine sei sehr hübsch. Sie habe jedem der vorbereiteten Programmpunkte mehr oder weniger gelangweilt beigewohnt und sich schnell zurückgezogen. Für sie sei eine solche Reise wahrscheinlich einfach zu lang und zu strapaziös. Aber der Besuch sei für die Stadt und ihren Vater ein Erfolg gewesen.

Ruhe und Ordnung sind in Frankreich weitgehend wiederhergestellt. Der Schlüssel für die Ordnung nach innen sind eine effiziente Polizei, ein zum Spitzeltum neigender Geheimdienst, der das Postgeheimnis unbeachtet lässt, und eine funktionierende Strafverfolgung. Für Unternehmer wie Ponsardin oder auch die Clicquots ist die zunehmende Sicherheit des Landes von hoher Bedeutung; denn beide Unternehmen sind auf schnelle und sichere Transporte ihrer Waren angewiesen. Wenn Kutschen nicht mehr von Wegelagerern überfallen, Schiffe nicht mehr gekapert und ausgeraubt werden, wenn man sicher sein kann, dass solche Taten direkt geahndet werden, dann ist jede wirtschaftliche Tätigkeit einfacher geworden.

Doch Krieg ernährt Krieg. Napoleons kontinuierliche Aggressivität provoziert die Nachbarländer immer mehr. Und was nützen alle Ordnungsmaßnahmen im Inneren des Landes, wenn der Handel nach außen durch Handelsembargos mehr und mehr ins Stocken gerät? Ab 1806 wenden sich die Zeichen des Aufbruchs allmählich in ihr Gegenteil. Die Kriege gegen wechselnde Allianzen der europäischen Monarchien brechen wieder auf, sie werden jetzt heftiger als je zuvor geführt. Ein Handelsembargo für alle Küsten Europas bringt die internationalen Ambitionen der Firma Clicquot zuerst ins Stocken und schließlich zum Stillstand. Nicole und Francois hätten sich keinen schlechteren Zeitpunkt für ihren Markteintritt aussuchen können.

Nicolas Ponsardin lässt jedoch keinen Zweifel an der Überlegenheit des französischen Machthabers aufkommen. Das eindrucksvollste Werk aller gesetzgeberischen Aktivitäten der Welt sei für ihn der unter der Regierung Napoleons ausgearbeitete und 1803 perfekt in die Rechtspflege des Landes eingeführte Code Civil, sagt er immer wieder. Auch wenn Ponsardin keine besondere Sympathie für den eigentlichen Spiritus Rector des Codes hegt, den ehrgeizigen, mondänen, immer makellos gekleideten und offen homosexuellen Regierungschef des Inneren, Jean-Jacques Régis de Cambacérès, so ist er auch als Jurist doch überaus beeindruckt über den Umfang und die Qualität der neuen Gesetzgebung. Das Gesetzbuch umfasst knapp 800 Paragraphen und ist im Kern von den Ideen der Aufklärung geleitet. Cambacérès hat daran, mit Unterbrechungen, über 10 Jahre gearbeitet. Er ist ein hochintelligenter, äußerst erfolgreicher und erfahrener Rechtsanwalt mit blühender eigener Kanzlei und verfügt über ein sicheres Urteilsvermögen. Schon als Mitglied des Konvents, der Ludwig den XVI. zum Tode verurteilte, hatte er sich für dessen Bewährung ausgesprochen, um die Situation nach der Entmachtung des Königs in ruhigeren Bahnen zu halten – genau wie Ponsardin. Dank seiner Position als hochrangiger Freimaurer verfügt Cambacérès über weitläufige nationale und internationale Kontakte und als Feinschmecker rühmt er sich der erlesensten Tafel von Paris, an der er seine Gäste von livrierten Kellnern bedienen lässt.

Cambecérès erkennt wie Ponsardin zentral die Gleichheit des Menschen, die Zivilehe, die Scheidung und die Adoption im neuen bürgerlichen Gesetzbuch an. In seiner Verachtung für die Kirche stimmt Ponsardin überhaupt nicht mit ihm überein, seine Vorstellungen über eine gleichberechtigte Erbfolge teilt er jedoch.

Nachträglich dreht Napoleon einen Teil der Reformen Cambacérès' in eine wieder konservativere Richtung zurück. Auch darin liegt ein Teil der Sympathie Ponsardins für Napoleon begründet. Vor allem die Änderungen in Hinsicht auf die erneut vehement eingeschränkten Rechte der Frau in der Ehe wiegen schwer. Der Mann müsse über die absolute Macht und das absolute Recht verfügen, seiner Frau zu sagen, was sie tun darf oder nicht, verfügt Napoleon. In Teilen richtet sich der Code nach diesen Änderungen wieder gegen die Ideen der Revolution. Eine stärkere Betonung des männlichen Besitzrechts und der Autorität des Gatten und Vaters werden wieder eingeführt. Ponsardin schätzt diese Änderungen. Ein Ehemann schuldet seiner Ehefrau Schutz, eine Ehefrau schuldet ihrem Ehemann Gehorsam, findet er.

Auch die Bildungsgesetze spiegeln plötzlich die autoritären Einstellungen von vor der Revolution und die Geringschätzung der Frauen wieder. Allgemeine Schulbildung ist nun erneut nur für Jungen vorgesehen. Nach Napoleon sollen Mädchen zu pflichtgetreuen und gehorsamen Hausfrauen und Müttern erzogen werden. Die Schulbildung von Mädchen wird weitgehend der wieder erstarkten Kirche überlassen. Napoleon schreibt an seinen Regierungschef: »Wir erwarten vom Unterricht nicht, dass Mädchen denken, sondern dass sie glauben. Man muss darauf achten, dass sie sich nicht mit Latein oder Fremdsprachen befassen.« Hier weicht Ponsardin zwar von Napoleon ab, aber er hält die neuen Bildungsgesetze insgesamt für nicht besonders wesentlich.

Der 2. Dezember 1804 ist ein eisiger und trüber Tag. Nachts hat es in Paris geschneit. Im Tuilerien-Palast haben einige Hofdamen im Sitzen geschlafen, um ihre aufwendigen Frisuren für das bevorstehende Ereignis nicht zu ruinieren. Um 7 Uhr hat die Mehrheit des Hofstaates in der eiskalten Kathedrale von Notre

Dame die reservierten Plätze eingenommen. Um 9 Uhr fährt Papst Pius VII. in einer vergoldeten, von acht Schimmeln gezogenen Kutsche vor das Portal der Kathedrale, ein Prälat mit einem geschulterten Prozessionskreuz reitet ihm auf einem Esel voran, so wie es der katholische Ritus verlangt. Der Papst ist bereits eine Woche vorher aus Rom angereist, um sich darum zu kümmern, in Frankreich von der Kirche abgefallene Katholiken zurückzugewinnen. Das Verhältnis zur Kirche will Napoleon schnellstens reparieren, allerdings eher aus taktischen Gründen. Er braucht den Papst und die Kirche, um die Landbevölkerung ruhig zu halten.

In den Tagen vor der Kaiserkrönung ist der Papst von einem unerwarteten Andrang von Gläubigen überrannt worden. Noch am Vorabend des Krönungsereignisses bittet ihn auch die künftige Kaiserin um ein Gespräch. Unter Tränen gesteht sie, dass sie mit Napoleon nur standesamtlich verheiratet ist. Pius antwortet ihr, dass sie in diesem Falle vor der Kirche als sündige Konkubine gilt und daher gar nicht gekrönt werden kann. Napoleon ist wütend, als er von Joséphines Geständnis hört. Er hätte die fehlende kirchliche Trauung lieber einfach unterschlagen. Noch für die Nacht ordnet er seine eigene kirchliche Trauung an. Sie wird um Mitternacht von Kardinal Fesch vollzogen.

Die Kaiserkrönung hat sich Napoleon vorher vom Volk durch ein Referendum bestätigen lassen. Am 30. März 1804 wird sein Antrag auf Kaiserwürde mit 74 Ja-Stimmen und 5 Gegenstimmen vom Senat angenommen. Ein Plebiszit wenige Tage später erbringt weit über 4 Millionen Ja-Stimmen mit nur wenigen tausend Gegenstimmen. Für die Selbsternennung zum Kaiser hat Napoleon seine Gründe. Zwar besitzt er in seinem Land schon längst diktatorische Macht. Ihn wurmt jedoch die mangelnde Ehrerbietung, die ihm von den gekrönten Häuptern im Ausland entgegengebracht wird. In Frankreich genießt er überall die Aura eines Pfaus, auf dem diplomatischen Parkett gleicht seine Wirkung dagegen der eines unscheinbaren Sperlings. Hier wird er immer noch als der einfache Soldat behandelt, der er auch ist – jemand, der sich den Thron der Macht nicht ganz legitim und in den Wirren der Revolution angeeignet hat.

Um seinen Status zu verändern, ersinnt er die Gründung einer neuen, künstlich herbeigeführten kaiserlichen Dynastie für das französische Volk. Die von ihm eroberten Länder wird er künftig von seinen zahlreichen Brüdern regieren lassen. Seine familiäre Nachfolge in Frankreich will er durch einen noch zu zeugenden männlichen Thronfolger absichern. Bis dieser geboren ist, setzt er zwei seiner Brüder und einen kleinen Neffen als Nachfolger ein. Sie sollen im Zuge seiner Selbstkrönung sofort zu Prinzen ernannt werden. Eine vorher bestimmte und gesicherte Nachfolge wird Konkurrenten abschrecken und lässt Attentate auf Napoleon sinnlos erscheinen – auch das ist eine wesentliche Absicht hinter dem Krönungsakt. Gleichzeitig wird die Versicherung einer Erbfolge auch dem französischen Volk einen guten Dienst erweisen. Dies haben ihm jedenfalls seine Minister nahegelegt, die ebenfalls von der Familienkontinuität profitieren würden. Kaiserkrönung und Erbfolge stellen allerdings eine schallende Ohrfeige für alle Kämpfer, alle Opfer und alle Ziele der Revolution dar.

Als Vorbild für seine Kaiserrolle sieht Napoleon den fränkischen Kaiser Karl (den Großen). Vor allem sympathisiert er mit der Staatsauffassung des Frankenkaisers, der als machtvoller Kriegsherr in die Geschichte eingegangen ist. Seinem Reich hatte er eine riesige Ausdehnung beschert und wurde gleichzeitig als charismatische, vom Volk vergötterte Gestalt verehrt. Er handelte nach der Devise, dass ein großes Volk nur dann zusammenhält, wenn der Volksherr Kriege führt. Dann gibt es Beute zu verteilen, dann können Tapferkeitsgeschichten erzählt werden, und immer mehr Völker wollen zu dem größer werdenden Reich dazugehören. Genau dies scheint Napoleon zu gefallen, weshalb er es zu kopieren trachtet. Karl der Große sah seine Rechtfertigung für die regelmäßigen Überfälle in der Missionierung der von ihm eroberten Länder für den christlichen Glauben. Daher ist für Napoleon die Anwesenheit des Papstes bei der Krönung ein wichtiges Anliegen. Er soll ihm eine höhere Weihe verleihen, auch wenn er die Durchsetzung des Christentums beim bestem Willen nicht mehr als seinen Auftrag formulieren kann.

Das Kaiserpaar erreicht die Kathedrale von Notre Dame an diesem 2. Dezember um 11.45 Uhr. Der Papst wartet zu dieser Zeit schon fast drei Stunden in der kalten Kirche, der Hofstaat sitzt seit fünf Stunden und inzwischen wie eingefroren auf seinen Bänken. Napoleon trägt einen pupurroten Samtmantel mit Schleppe, der aufwendig mit weißem Hermelin gefüttert ist. Unter seinem Mantel ist er in ein weißes Untergewand im römischen Stil gekleidet, eine Erinnerung sowohl an die römischen Caesaren wie auch an die dem römischen Reich folgende Frankenzeit. Joséphines Garderobe ist in ähnlichem Stil gehalten. Sie trägt ein schlichtes weißes Seidenkleid, direkt unter ihrer Brust breitet sich eine weit ausladende Purpurschleppe aus, die ebenfalls mit weißem Hermelin gefüttert ist. Um das Tragen der Schleppe entbrennt ein Streit unter Napoleons Schwestern, die die Krönung Joséphine Bonapartes für überflüssig halten. Nur ein Machtwort des Kaisers hält sie in Schach. Die pompöse Inszenierung in altertümelnder Kostümierung haben sich einflussreiche Hofveteranen ausgedacht. Der ganze Akt erinnert bewusst an das höfische Ambiente des beliebten Königs Ludwig XIV.

Auch musikalisch ist der Bombast der dreistündigen Krönung reichlich überspannt. Die von Giovanni Paisello komponierte Krönungsmesse sieht einen 400-köpfigen Chor samt Doppelorchester vor. Der Gesang aus 400 Kehlen gerät während der Messe zuweilen ohrenbetäubend. Für den Ein- und Ausmarsch ist beim zukünftigen Hofkomponisten Jean-Francois Lesueur ein Triumphmarsch in Auftrag gegeben worden. Der Komponist kommt der Bitte vollumfänglich nach. Fanfarengeschmetter, eine Vielzahl von grellen Pauken- und Trompeteneinsätzen samt einer aus allen Registern tönenden großen Orgel entwickeln sich in der Kathedrale zu einem reißenden Krach.

Der Papst selbst hält die Messe. Dem Akt der Selbstkrönung Napoleons geht eine Salbung mit heiligem Öl auf Stirn, Armen und Händen des neuen Regenten und seiner Frau voraus. Das Öl wird aufgebracht, und sofort eilen Chargen herbei, um es dem Kaiser wieder abzutupfen. Anschließend setzt sich Napoleon die Krone selbst auf. Dann gibt er Schwert und Zepter an seine Mitkonsuln ab, tauscht seine Krone eigenhändig gegen einen goldenen Lorbeerkranz im römischen Stil. Eine zweite Krone setzt Napoleon seiner vor ihm knienden Ehefrau aufs Haupt. Nach diesem Akt schwillt die Musik zu ihrem lärmenden Höhepunkt, während draußen die Glocken zu läuten beginnen und der Geschützdonner die Straßen von Paris erbeben lässt. Nach weiteren drei Stunden, um 15 Uhr am Nachmittag, ist die Zeremonie in der Kathedrale schließlich beendet. Das Kaiserpaar fährt bis zur Dämmerung mit einer vergoldeten, von acht Buckskin-Pferden gezogenen Kutsche durch die kühlen Pariser Straßen, begleitet von mehreren hundert Kavalleristen unter dem Getöse ihrer Militärkapellen.

Am nächsten Tag ärgert sich der neue Kaiser. Die Zeremonie wird von einer Zeitung als kalt und überladen beschrieben, die altertümelnden Kostüme hätten für einen karnevalesken Aufzug gesorgt. Für die ausländischen Monarchen setzen Napoleons Anlehnungen an Karl den Großen ein eindeutiges Zeichen. Der Hegemonieanspruch der Franzosen über Europa ist damit deutlich formuliert. Auch Napoleons Hunger nach einer Reichsgründung ist jetzt kaum mehr zu übersehen. Für die Republikaner wirkt der noch einmal wiederholte Eid auf eine halbwegs republikanische Verfassung wie ein Trostpflaster. Beim Volk hält sich der Enthusiasmus in Grenzen.

Als einer seiner Schüler dem Komponisten Ludwig van Beethoven in Wien die Nachricht von Napoleons Selbstkrönung überbringt, wird der Musiker wütend. Er hat den Namen des von ihm verehrten Napoleon Bonaparte schon auf das Titelblatt seiner gerade fertig gestellten 3. Symphonie (»Eroica«/ »Die Heroische«) gesetzt, an der er seit zwei Jahren arbeitet. Er kennt Napoleon nicht persönlich, hat sich aber für sein neuestes Werk von dessen Persönlichkeit inspirieren lassen und sieht sich nun vollständig getäuscht. Napoleon war für ihn der Vollender der Revolution, nun entpuppt er sich als Machthaber wie alle anderen. Beethovens Wut über seine Fehleinschätzung wird noch dadurch gesteigert, dass er sich im Laufe des Jahres dazu entschlossen hatte, von Wien nach Paris zu übersiedeln. Diese Pläne gibt er nach der Krönungsnachricht wieder auf. Beethoven prophezeit, dass Napoleon nun zum Tyrannen werden wird. Erregt radiert er seinen Namen auf dem Titelblatt seiner Symphonie wieder aus.

Ein Jahr später wird sich Napoleon im Mailänder Dom zum König von Italien krönen lassen. Seine beiden Krönungen führen nicht wie erhofft zu mehr Achtung auf diplomatischem Parkett, sondern rufen weitere Konflikte in den internationalen Beziehungen hervor. Zur Befriedung der Arrivierten unter den französischen Bürgern führt Napoleon eine besondere Form des Adels wieder ein. Die neuen Adeligen haben sich nach Ansicht des Kaisers besondere Verdienste für das Land erworben. Sie werden mit keinen besonderen Privilegien mehr ausgestattet, wie dies noch vor der Revolution der Fall war. Dennoch hat Napoleon mit dieser Entscheidung eine Art Ständesystem wieder eingeführt. Im eigenen Land macht er sich dadurch angreifbar. Auch Nicolas Ponsardin bekommt Jahre später seinen langersehnten Adelstitel verliehen – er wird zum Baron ernannt.

Geliebter Toter

REIMS 1805 – 1806

Ende September 1805 bekommt Francois leichtes Fieber. Er weilt in seinem Haus in Reims und kränkelt schon über eine Woche. Er hat etwas Aufgelöstes an sich, trägt jetzt jeden Tag das gleiche einfache Gewand, pendelt zwischen seinem Schreibtisch und der Chaiselongue in seinem Zimmer hin und her. Halb liegend ruht sein Blick auf einem lebensechten Stillleben an der Wand, ein Erbstück der Familie, von leichtem Firnis verdunkelt. Er betrachtet es lange. Eine Sammlung von überreifen gelben Äpfeln liegt auf dem Rand eines Holztisches, ein dunkler Steinkrug bildet den erdfarbenen Hintergrund des Bildes. Blassgrünes vertrocknetes Weinlaub rankt um den Hals des Gefäßes, eine Rebe mit überreifen dunklen Trauben kriecht aus dem Hintergrund hervor. Die Rebe hat schon einen Teil ihrer Trauben verloren, sie sind bis zu den Äpfeln im Vordergrund gerollt und glänzen dort wie ein paar tiefschwarze Edelsteine im Licht.

Francois vertieft sich am liebsten in die Szene im Zentrum des Bildes. Zwei große gelbe Äpfel mit ein paar dunklen Flecken stehen nebeneinander wie zwei in gelbe Mäntel gehüllte Rückenansichten. Zwischen ihren Schultern halten sie einen kleineren, jüngeren Apfel in der Luft, der dem Betrachter sein lachendes Gesicht in Form eines noch üppigen Blütenrestes zuwendet. Es sieht so aus, als würde der junge Apfel von den beiden gelben Mänteln gestützt. Je nach Licht des Tages schwebt er aber auch seltsam, von aller Schwerkraft gelöst, darüber. Dann steht er fast vibrierend in der Luft.

Seit Beginn des Sommers häufen sich für Francois die schlechten Nachrichten. Das Jahr ist schlimm verregnet, die Traubenernte zu großen Teilen an den Rebstöcken verfault. Zu Beginn des Monats erreicht ihn ein enttäuschender Brief von Louis Bohne aus St. Petersburg. Er habe erkennen müssen, den Markt falsch eingeschätzt zu haben, schreibt Louis. Der Handel sei in Russland zur Zeit »eine verdorbene Angelegenheit«. Arglist sei an der Tagesordnung, der Überfluss an Ware führe zu schlechten Preisen, in Moskau habe er eine wahre Händlerschwemme angetroffen.

Auch in Deutschland hat Louis Bohne jüngst an Boden verloren. Das Land befindet sich wie Frankreich in einer massiven Finanzkrise, dank steigender Kriegsausgaben und immer mehr Handelsblockaden. Zudem hat sich in Frankreich der Konflikt mit England neu entzündet. Napoleon forciert den Krach mit der Insel, das Klima für den internationalen Handel wird von Woche zu Woche schlechter. Francois ist enttäuscht, desillusioniert und entschlusslos, er wird immer nachdenklicher. In jedes Detail vertieft er sich lange, ohne zu einer Entscheidung zu kommen. Wenn Nicole ihn fragt: »Wo treibt sich Louis denn heute herum?«, zieht er nur die Schultern hoch, um zu signalisieren, dass er darüber nicht nachdenken will. Manchmal spricht er davon, das Geschäft wieder zu schließen. Sie beschwichtigt ihn: »Untersteh dich«, sagt sie. »Ich bin eben manchmal ein Hornochse«, antwortet Francois kurz darauf und verliert dann kein weiteres Wort mehr.

Sie muss ihn wieder ans Arbeiten bekommen, denkt Nicole. Sie meint, dass er seine vorübergehende Schwäche in einem Arbeitsrausch wieder loswerden kann, schließlich hat sie das schon einige Mal mit ihm erlebt. Doch was sie auch unternimmt, es gelingt ihr nicht, Francois' Apathie zu vertreiben. Wie konnte er nur so dumm sein, in diesen Zeiten mit einem Luxusgetränk an den Start zu gehen, sagt Francois zu sich selbst. Wie immer wird sein Vater Recht behalten, hält er sich vor.

Dabei sind die Verkaufszahlen von »Clicquot et Fils« merklich angestiegen, seit er die Führung des Hauses übernommen hat –

von rund 8–10 000 verkauften Flaschen im Jahr 1799 auf immerhin 60 000 im Jahr 1804. Seit 1803 wird der erste Hauschampagner ausgeliefert, und dank Louis Bohne haben sie es bisher geschafft, ihn mit einer vernünftigen Gewinnspanne am Markt zu platzieren. Für das Jahr 1805 wird ein Höhepunkt von 110 000 verkauften Flaschen erwartet. Erstmals in der Geschichte der Firma Clicquot soll damit die Grenze von 100 000 verkauften Flaschen überschritten werden.

Auch an den organisatorischen Herausforderungen hat Francois gearbeitet. Drei weitere internationale Handelsreisende sind engagiert, mehr Personal für die Organisation der Finanzen, der Kelterei und der Transporte ist an Bord geholt, ein neuer, junger Kellermeister ist Monsieur Protest an die Seite gestellt, mehrere zusätzliche Weinkeller sind angemietet und mehr Most und Trauben unter Vertrag genommen worden. In der Krise werden diese neuen Investitionen jedoch zu Belastungen, denn sie erhöhen die Kosten und damit den Erfolgsdruck für Francois.

Louis Bohne arbeitet im Moment intensiv an den Absätzen für die Folgejahre. Er reist durch die mitteleuropäischen Städte, von da aus nach Königsberg, weiter nach St. Petersburg und Moskau. Doch fast überall sieht es plötzlich dunkel aus. Die Bestellungen sind deutlich geringer geworden, und was er sich auch einfallen lässt, er bekommt kaum noch größere Verträge zustande. Selbst als er beginnt, in seinem Hotelzimmer Empfänge mit Champagnerverkostungen zu veranstalten, springen daraus keine höheren Bestellungen für Clicquot et Fils heraus. Ohne Zweifel ist ihnen ein guter Wein gelungen, doch wenn sich die Stimmung der Kunden verschlechtert, wird der schäumende Wein erst einmal nicht mehr verkauft werden. Schon bald wird unser Name vergessen sein, sinniert Francois, wie Sisyphos fangen wir dann von Null wieder an.

Francois ist müde. Er zögert, bricht ab, schaut ins Leere. Er spreizt seine Finger, schaut auf seine große, vom Kerzenschein beleuchtete

Hand. Er legt sie flach auf den Schreibtisch, wo sie in seinem Blick mit den Papierstößen verschmilzt, die sich vor ihm auf der Tischplatte türmen. Seine Papiere sind unsortiert, seit Wochen legt er sie einfach aufeinander ab, ohne die akribische Ordnung, die er sich in St. Gallen angewöhnt hat, wieder aufzunehmen. Ein geöffnetes, längst ausgetrocknetes Tintenfass harrt seiner Entsorgung. In Francois' Stahlfeder ist die Tinte ebenfalls brüchig geworden. Sein ganzer Schreibtisch strahlt Erschöpfung aus.

Es hat den Anschein, als würde er in seiner Seele die Zeichen einer politischen Gewitterfront vorempfinden, deren Ausmaß im Alltag allenfalls untergründig zu spüren ist. Sie kriecht durch die regnerischen Sommermonate, ist nur allmählich, schemenhaft, wie die Umrisse einer unklaren, dunkel-verwehten Gestalt im strömenden Regen auszumachen, die ihn in seinen Träumen verfolgt. Der Sensiblere spürt: gegen Frankreich braut sich etwas zusammen – und er reagiert darauf mit einem Innehalten, das wie Erstarrung aussieht. Eine immer konkreter werdende Kriegsangst lässt einige Menschen schon jetzt unablässig über die eigenen Verluste nachdenken. Die hektischen Truppenverschiebungen, die Napoleon vornimmt, sind ein sicheres Zeichen für Gefahr. Bis zum Ende des Jahres wird sich der Kaiser einer immer größeren Machtkonstellation von Alliierten gegenübersehen.

Insofern fallen Francois' düstere Vorahnungen nicht vom Himmel, sie verdanken sich realen Wahrnehmungen, kommen früh und gehen tief. Gute Unternehmer spüren wie Seismographen, was sich in den Hirnen ihrer Käufer tut. Ein Land im Krieg kauft keinen Wein. Die Transportpreise sind für das Folgejahr bereits gefallen, ebenfalls ein untrügliches Zeichen der nahenden Krise. Die Vorzeichen für ein Champagnerhaus sind mehr als ungünstig. Francois sieht es, er kann und will darüber nicht sprechen, ihm fehlt die Kraft dazu. Ein Koloss liegt auf seinen Schultern, lähmt seine Energie, seine Sprache und seine Gefühle. Er führt jetzt ein geknotetes Seil mit sich, das er ständig mit seinen Händen betastet wie einen

Rosenkranz. Als sein Vater ihn fragt, wie er das nächste Jahr nach dem Geschäftserfolg des Jahres 1805 einschätzt, antwortet er nur: »Frag mich nicht.« Wenn Nicole ihn aufzuheitern versucht, lächelt er, weil er ihr nicht die Freude verderben will.

Gleichzeitig ein Zweifler und ein optimistischer Unternehmer zu sein, ist keine leichte Übung, denkt Nicole, während sie Francois beobachtet. In guten Zeiten macht der Zweifel den besseren Unternehmer aus, in Krisenzeiten ist er eine hohe Belastung für alle, die im Unternehmen ihrer Arbeit nachgehen, findet sie.

Soldaten haben Hoffnung auf den Himmel. Anders kann man sich nicht erklären, dass sie Napoleon in 66 Schlachten hinein folgen. Bis zur Mitte des Jahres 1806 baut der Kaiser-General die französische Vormachtstellung auf dem europäischen Kontinent weit aus. Große Teile des Heiligen Römischen Reiches deutscher Nation sind französisch besetzt. Die gesamten Rheinlande, die Mehrheit der deutschen Fürstentümer im Süden, die Schweiz, der Norden Italiens und das Königreich Neapel, die italienischen Mittelmeerinseln, die Niederlande, Belgien, Teile Spaniens und des Balkans stehen unter französischer Herrschaft. Gleichwohl sind die besetzten Staaten in keiner Weise geeint, eher ist das Gegenteil der Fall. Europa hat sich zu einem Feuerkrater entwickelt, dessen Glut durch zwei konkurrierende Kolonialmächte, England und Frankreich, angeheizt wird. Beide Länder blicken auf eine lange Geschichte tiefer Feindschaft zurück.

Die kapitale Niederlage der Franzosen in Nordamerika und Kanada gegen die Briten im letzten Drittel des 18. Jahrhunderts ist noch nicht vergessen. Solange es die Idee der Kolonialreiche gibt, währt diese Feindschaft. Geht es nach den Revolutionären, müsste sich Napoleon vom Kolonialismus lösen – unter den Segeln der Gleichheit soll die Sklaverei in den verbliebenen Kolonien Frankreichs eigentlich abgeschafft werden –, doch er kann das nicht. Die Konkurrenz mit England ist ihm wie eingebrannt, er sinnt auf Ausgleich für die zahlreichen verlorenen Kolonien in Quebec, Mont Real und entlang des Mississippi.

Für den seemännisch unerfahrenen Napoleon geht es vor allem um die Demonstration seiner erdrückenden militärischen Macht auf dem europäischen Festland. Dafür hat er gute Chancen. Die kontinentalen Heere funktionieren immer noch wie große behäbige Maschinen mit bewährten Routinen. Das österreichische Heer hält minutiös sechs Marschierstunden pro Tag ein, die Soldaten dürfen keine Minute länger laufen. Das französische Heer dagegen kennt keine Regeln. Die schlechte, zuweilen inexistente Versorgung zwingt zu größter Eigenständigkeit und Flexibilität. Immer mahnt Napoleon seine Leute zu großer Eile. Er selbst verbringt oft 15 Stunden pro Tag im Sattel und ist im Stande, mehrere Pferde pro Woche zu Schanden zu reiten. Zwei Drittel seiner Männer besitzen keine Mäntel, Westen, Hemden oder Hosen, manche marschieren barfuß. Sie scheinen sich nach Ruhm zu verzehren, und Napoleon versteht sich darauf, diese Sehnsucht immer wieder anzufachen.

Die meisten Bürger Frankreichs haben indes vergessen oder nie verstanden, worum es in diesen ständig neuen Kriegen überhaupt geht. Bis 1803 erscheint ihnen Napoleon noch als Vollender der Revolution. Seit er sich zum Kaiser hat krönen lassen, benimmt er sich wie der Begründer eines europäischen Imperiums, für das er jedoch bisher keine verbindende Idee oder Vision hat. Napoleons Motiv ist das der französischen Herrschaft über den Kontinent, die Ideen der Revolution scheint er ad acta gelegt zu haben. Als erfahrener Artillerist ist er auf den raschen und entscheidenden Coup trainiert. Er kennt keine Modelle einer sich entwickelnden Diplomatie, keine Kooperationen oder gar verlässliche Partnerschaften, er führt lieber Vernichtungskriege, wie es sie auf dem Kontinent lange nicht mehr gegeben hat.

Schon als Napoleon noch Schlacht auf Schlacht gewinnt, liegt darin für Nicole eine sinnlose, vor allem destruktive Idee von purer Lust an der Macht. Sie nimmt wahr, dass die Kriegsbegeisterung unter den Männern ihres Alters allmählich abgenommen hat, Francois ist ihr ein nahes Beispiel dafür. Sie weiß, dass es immer mehr Deserteure gibt, sie hört, wie selbst ihr Vater davon spricht, dass es nun genug mit der Aggression gegen die Nachbarstaaten sei. Allein als pragmatische Kauffrau, mit einer erfolgreichen Tätigkeit auf den internationalen europäischen Märkten im Kopf, scheint es ihr aberwitzig, dass sich das französische Staatsoberhaupt wie ein Hund, der seinen Knochen nicht mehr loslassen kann, immer weiter als Kriegstreiber betätigt. Sie sieht darin keinen Gewinn, auch wenn die besetzten Länder Abgaben an Frankreich zu entrichten haben, um die desolate Staatskasse zu stützen. Nicole stellt sich vor, was passieren wird, wenn Napoleon die Engländer weiter provoziert und die eines Tages über Frankreich herfallen. Was sich dann in ihrem Land abspielen wird, kann sie sich nur schemenhaft vorstellen. Alle werden um ihr Leben und ihre Existenz fürchten, vom Fabrikanten bis zum Schafhirten.

Bisher hat sich Napoleon zurückgehalten, direkt in England einzumarschieren. Schon das seemännisch anspruchsvolle Übersetzen über den Kanal scheint für die schwache französische Marine eine große Hürde zu sein. Da die Briten ihre Handelsblockaden gegen Frankreich jedoch immer weiter treiben, zieht Napoleon eine Invasion Londons zunehmend in Betracht. Er bereitet sich seit bald zwei Jahren darauf vor und hat ein kompliziertes Täuschungsmanöver ausgeheckt. Er will die britische Flotte schwächen, bevor er sie zu schlagen gedenkt. Als bekannt wird, dass Napoleon eine riesige Armee von 200 000 Mann – »England-Armee« genannt – an der Kanalküste in Boulogne-sur-Mer, zusammenzieht, wird es in Europa immer unruhiger.

Vor allem die Könige und Kaiser Europas warten auf eine Gelegenheit, den republikanischen Haudegen mit seinem autoritären Machtgehabe wieder loszuwerden. Ein englischer Anwalt und Kriegsberichterstatter schreibt aus Jena: »Hier am Hofe zeigt man offen, was man sonstwo an den Höfen heimlich denkt: Feindschaft gegen Bonaparte.«

Der Kaiser liebt es, zu drohen. Napoleon hat seine militärische Aufstellung direkt gegenüber den Felsen von Dover mit einem frechen Brief an den englischen König garniert. In einem Schreiben an George III. schlägt er ihm einen Frieden »unter Freunden« vor. Wenn Großbritannien den Franzosen kampflos die Vorherrschaft über Europa einräume, werde er der britischen Herrschaft über die Weltmeere nichts mehr entgegensetzen. Die Welt sei für beide Nationen schließlich groß genug. Napoleons Angebot an den englischen König ist infam. Sogar Ponsardin kann sich nicht erklären, wie der französische Kaiser dazu kommt, dem britischen König etwas anzubieten, das er längst besitzt – die militärische Vorherrschaft über die Meere. Mit seinem Kuhhandel setzt er sich ferner über alle anderen Machthaber und Nationen Europas hinweg. Er tut so, als sei er der Dirigent der Welt.

Diese überhebliche Geste allein wäre schon ausreichend, den Ärger des englischen Königs zu erregen. Noch mehr erzürnt George III. jedoch Napoleons Anrede. Der Franzose hat ihn in seinem Brief mit der unter Monarchen üblichen Anrede »Mon frère« begrüßt, dabei wird seine eigenwillige Selbstkrönung auf der Insel von allen Seiten belächelt. Die selbsterfundene Kaiserdynastie eines kleinen korsischen Soldaten erscheint dem britischen König bestenfalls drollig – eine Anrede als »Bruder« ist aber inakzeptabel. Napoleons hochmütiges Angebot lehnt George III. in einem kurzen Brief »an das Oberhaupt der französischen Regierung« ab.

Drohungen geben dem, der droht, ein Gefühl der Kraft, aber sie führen im Allgemeinen in die Eskalation. Für den Fall, dass George III. auf seinen Brief nicht eingeht, hat sich Napoleon einen komplizierten Angriffsplan auf die Stadt London vorgenommen. Zunächst will er einen Teil seiner Schiffe zu den britischen Kolonien in die Karibik schicken. Damit sollen die Briten abgelenkt und ihre Kriegsflotte aus Europa weggelockt werden. Der französische Marinekommandeur Villeneuve erhält den Befehl, die britischen Seestreitkräfte in der Karibik auf der Suche nach dem Feind zu zerstreuen. Sobald ihm dies gelungen ist, soll er rasch in die Kanalzone zurückkehren und das französische Heer unbehelligt an die englische Küste bringen. Doch Napoleons Plan geht nicht auf. Admiral Villeneuve segelt zwar in die Karibik, aber er kann die britische Flotte dort nicht lange aufhalten und tritt unverrichteter Dinge den Rückzug an. Napoleon ist außer sich. Einige Monate später wird Villeneuve bei Trafalgar von der britischen Seeflotte vernichtend geschlagen.

Ein munteres »Tit-for-tat« nimmt jetzt seinen Lauf. Der britische König hat inzwischen seinerseits Allianzen gegen Napoleon geschmiedet und mit dem russischen Zar Alexander I. hat er einen Vertrag unterzeichnet. Gemeinsam wollen sie Napoleon zunächst die Niederlande, dann die Schweiz abnehmen. Die beiden kleinen Länder sollen als Einfallstore in das große französische Reich genutzt werden. Zu ihrer Allianz stößt wenig später auch Österreich dazu, Preußen bleibt noch neutral. Seit Napoleons Selbstkrönung zum König von Italien kocht der österreichische Kaiser innerlich. Er hätte die oberitalienischen Gebiete gerne für sich zurück und schickt aufgebracht seine Truppen Richtung Süddeutschland. In Bayern sollen sie sich mit dem russischen Partner vereinen und Napoleon angreifen. Derart bedroht, legt Napoleon seine britischen Angriffspläne erst einmal beiseite. In Windeseile zieht er Teile seiner rasch in »Grande Armée« umgetauften »Englandarmee« von der Kanalküste ab und schlägt sie nach Südosten. Höchstselbst macht er sich von Paris auf den Weg nach Bayern.

Nicole hält Francois' Fieber zunächst für eine starke Erkältung. Erst als sich die Krankheitssymptome zu Beginn der zweiten Woche verschärfen, begreift sie, dass ihr Mann ernsthaft erkrankt ist. Sie lässt einen Arzt kommen, der weiterhin von einer schweren Grippe spricht. Francois erbricht sich, hat Durchfall, starken Schüttelfrost und zeitweise hohes Fieber. Das ganze Haus eilt mit feuchten Tüchern herbei, um sein Fieber zu senken. In Schichten halten sie jetzt Wache an seinem Bett. Rachel ist besorgt, sie betet für Francois, kocht seine Leibgerichte. Philippe Clicquot sendet zusätzlich zwei Ärzte, die ohne Ergebnis wieder verschwinden. Tagsüber bringt Nicole ihre kleine Tochter Clementine ins Krankenzimmer, damit sie ihren Vater erheitert. Doch Francois ist schwach, die Anwesenheit des Kindes belastet ihn. Zu Nicole sagt er: »Ich weiß auch nicht, was mit mir ist, ich muss schlafen.« Nicole legt ihren Kopf auf sein Bett. »Schlafe, solange du willst«, sagt sie zu ihm. Francois streicht ihr mit schwacher Hand über ihr Haar.

In der zweiten Woche weist Francois' Körper plötzlich verdächtige dunkle Flecken auf. Der Hausarzt Michel Fournier diagnostiziert Fleckfieber, eine schwere Infektion mit Bakterien, die durch Kleiderläuse übertragen wird und sich zunächst wie eine Grippe anfühlt. Ein gesunder Körper kann die Infektion überstehen, doch Francois' Körper ist geschwächt, er ist ausgelaugt. Der Patient beginnt jetzt länger und schlimmer zu fiebern, er hat kaum noch Erholungsphasen. »Es kommt darauf an«, sagt Fournier, als Nicole ihn fragt, ob ihr Mann überleben wird. »Er ist jung, er hat seine Chancen«, setzt er hinzu. Francois beginnt im Fiebertraum laut zu sprechen und um sich zu schlagen. Noch holt er irgendwo die Kraft dafür her. Nicole spricht mit ihm, redet ihm Mut zu, flößt ihm Flüssigkeit ein, fächelt ihm Luft zu. Sie hält ihn in ihren Armen und führt ihm den Becher zum Mund. Er schaut sie aus großen Augen an.

Als die Halluzinationen schlimmer werden, beginnt Francois nach ihr zu schlagen. Sie bleibt dennoch Tag und Nacht neben ihm sitzen, schläft nur noch für kurze Zeit in ihrem Lehnstuhl am Rande des Krankenbetts. Francois' Zustand verschlechtert sich von Tag zu Tag. Nicole geht im Krankenzimmer umher, kann sich auf nichts mehr länger konzentrieren, außer auf die Pflege des Patienten. Ihr Vater kommt zu einem Krankenbesuch. Er kann sein Erschrecken nicht unterdrücken, als er Francois sieht, der leichenblass und mit offenem Mund auf dem Rücken liegt. »Fournier muss etwas finden, was ihm hilft«, schärft er Nicole ein. Ansonsten sagt Ponsardin kein Wort. Nicole ruft nach einem anderen Arzt. Er gibt ihr eine Tinktur, die das Fieber herunterdrücken soll, und rät ihr, Geduld zu haben. Die meisten Menschen in Francois' Alter würden das Fleckfieber überstehen.

Am Ende der zweiten Woche schöpft Nicole wieder Hoffnung. Denn eines Morgens spricht Francois plötzlich leise ihren Namen, schaut sie an und versucht ihr seine Hand entgegenzustrecken. Sie streichelt seine Wange, bildet sich ein, dass er wortlos ihre Finger küssen will, als er den Kopf wendet. Dann aber lässt er sich zurückfallen, schläft wieder ein. Als er einige Stunden später nach unruhigem Schlaf wieder erwacht, hat sich sein Zustand drastisch verschlechtert. Es ist Abend geworden, draußen stürmt es, Francois bekommt kaum noch Luft, er keucht und scheint unter schrecklichen Schmerzen zu leiden. Nicole reißt die Fenster auf, damit er besser Luft bekommt. Als seine Hände beginnen, in der Luft zu kreisen, ruft Nicole nach Doktor Fournier und Rachel nach dem Pfarrer. Francois röchelt jetzt mehr, als dass er atmet. Er halluziniert weiter, wird dabei jedoch schwächer und schwächer. Bei einem Hustenanfall bäumt sich ihr sein ganzer Körper entgegen. Nicole sieht ihn an, doch seine Augen sehen sie nicht mehr.

Francois übersteht diese gewaltige Konvulsion kaum noch, so qualvoll sind die Schmerzen in seinem Körper. Fournier, der Arzt, lässt sich nicht mehr blicken. Er scheint es vorzuziehen, Francois nicht weiter zu begleiten. Nicole kann nichts tun, außer ihrem geliebten Mann die Hand zu halten. Sie ist fixiert auf Francois' Atem, sie wartet darauf, ob sich sein Brustkorb hebt. Sie hält ihren eigenen Atem an, um nach seinem zu lauschen. Francois' Brust hebt sich immer schneller, auch als Blut aus seinem Mund zu rinnen beginnt. Rachel holt nasse Tücher und weint jetzt laut. Nicole ist so sehr in Francois' Todeskampf eingebunden, dass sie nicht bemerkt, wie laut sie gegen sein Röcheln anschluchzt, während sie das Blut von seinem Kinn tupft und seinen Oberkörper mit Tränen bedeckt. Am frühen Morgen des 23. Oktober 1805 stirbt Francois am Fleckfieber, auf das sich im Laufe der Wochen eine Lungenentzündung gesetzt hat. Rachel fällt auf die Knie, Nicole bedeckt Francois' Körper noch einmal mit ihren Armen und ihrem Leib, sie drückt seine noch warme Hand an ihre Wange.

Nachdem er seinen letzten Atemzug getan hat, bleibt Nicole an Francois' Bett sitzen. Sie ist vollkommen erschöpft von ihrer beider Kampf um sein Leben, sie spricht ihn immerzu an, hält ihrem toten Mann weiter die Hand, als wäre er noch da. Rachel ist hinausgeeilt, der Abbé Caron kommt an das Bett des Toten und segnet ihn noch einmal. An Nicole gerichtet sagt er: »Ihr Mann ist uns allen vorweg gegangen.« In ihrer rasenden Trauer fährt sie ihn an: »Was wissen Sie schon von ihm?« Nicole macht keine Anstalten, den Platz neben Francois' Leichnam zu räumen oder Trost bei dem Geistlichen zu suchen. Der Abbé verlässt daraufhin das Zimmer. Drei Stunden später beginnen Rachel und die Amme Aveline langsam und ruhig, Francois zu waschen. Als die beiden Frauen ihn anziehen wollen, wirft sich Nicole erneut auf seinen Körper, legt ihren Kopf auf seine fahle, schmale Brust. Sie will nicht, dass man Francois aus dem Bett hebt, ihn in einen steifen Anzug packt. Sie liegt schluchzend auf ihm, ruft ihn ein ums andere Mal an, lässt ihn nicht los. Als ihr Vater in das Zimmer tritt, sagt sie nur, »lass mich«, und weint. Ponsardin setzt sich auf einen Stuhl und sagt: »Ich lasse dich. Weine, solange du willst.«

Gegen Abend wird ihr Schluchzen schwächer, da führt ihr Vater sie aus dem Zimmer, und sie lässt sich von ihm führen. »Er lebt weiter in unseren Erinnerungen, Nicole, er ist nicht tot, du wirst sehen«, sagt Ponsardin. Er erklärt ihr, dass der Raum desinfiziert werden muss, wegen des Fleckfiebers, und dass sie ihre Kleidung zu wechseln hat. Im Vorraum stehen ihre Mutter und ihr Bruder, bereit, ihr zu helfen. Jean-Baptiste weint wie auch Antoine, der Hausdiener, der gekommen ist. Am schlimmsten für Nicole sind jetzt die bestürzten Gesichter, denen sie gegenübertritt. Sie steht da, starrt sie an und mit der rechten Hand umklammert sie ihren linken Ellenbogen. »Er lebt nicht mehr«, sagt Nicole verzweifelt, mit brechender Stimme. Ihr Bruder kommt auf sie zu, er umarmt sie, zieht sie sanft zur Treppe. Wie versteinert geht sie an seinem Arm die Treppe hinauf und zieht sich mechanisch um. Jean-Baptiste holt eine Karaffe mit Wasser. Er schenkt ihr ein. »Du musst trinken, liebste Schwester,« sagt er. »Ja, ich muss trinken,« wiederholt Nicole stumpf. »Ich habe ihm immer wieder gesagt, dass er trinken muss, Francois. Dabei konnte er gar nicht mehr schlucken«, sagt sie.

Gemeinsam gehen die Geschwister wieder hinab, zurück in Francois' Krankenzimmer. Kerzen sind um seinen aufgebahrten Körper aufgestellt. Der Raum ist vom Duft der Kräuter erfüllt, die gegen das Fleckfieber verbrannt werden. Mein Mann sieht wunderschön aus, denkt Nicole. Entspannt liegt er auf seinem Totenbett. »So wie er im Leben lange nicht mehr ausgesehen hat«, flüstert sie. »Adieu, mon amour«, fügt sie hinzu. Niemand kann sie hören. Sie möchte die Fenster öffnen, sie möchte, dass der erdrückende Kampfergeruch weggeht. Ihr fällt auf, dass ihm jemand seine großen Hände gefaltet hat. Nicole will sie am liebsten aufnehmen und einfach neben seinen Körper legen. Niemals hätte Francois seine Hände so gefaltet. Aber dann bringt sie es nicht über ihr Herz, ihn zu stören. Ihr Vater betritt den Raum. Er umarmt sie, ohne ein Wort zu sagen. Ihre Mutter kommt zur Totenwache und weint, sie murmelt etwas, das Nicole nicht versteht. Der alte Clicquot ist gekommen, er sieht leichenblass aus. Er schüttelt den Kopf und sagt immer nur: »Nein, nein, nein«. Rachel betritt wieder den Raum, sie sagt: »Meine arme Herrin«, und fällt ihr um den Hals.

Noch einmal sechs Stunden lang bleibt Nicole wortlos und immer wieder weinend neben Francois sitzen. Sie berührt ihn jetzt nicht mehr. Ein anderer Zustand ist in seinen Körper gefahren. Als sie aufsteht und den Raum am Abend dieses verhängnisvollen Tages verlässt, ist sie ruhig. Die sechsjährige Clementine steht plötzlich vor ihr. Jemand hat sie in ihr Nachthemd gesteckt. Nicole hebt ihre Tochter hoch, das Kind legt den Kopf auf ihre Schulter und schlingt die Arme um ihren Hals. »Ich bringe dich jetzt in mein Bett, du musst dich ausruhen. Ich werde mich zu dir legen, damit du nicht frierst«, sagt Nicole mit fester Stimme. Sie geht mit Clementine auf dem Arm in ihr Schlafzimmer. Immer wieder hat sie die durchgeschwitzten Laken vor Augen, die sie wochenlang gewechselt hat, die nassen Tücher, die sie Francois auf seine Füße und die Stirn gelegt hat – auf sein bleiches, heißes, todkrankes Gesicht.

Am Tag des Begräbnisses riecht es nach frisch gebackenem Brot im Haus an der Rue de l'Hopital. Nicole bemerkt den Duft in ihrem Haus ohne Freude, jeder Schritt, jedes Wort fällt ihr schwer. Sie funktioniert, hält sich an ihren Terminplan. Ihr Vater und Philippe Clicquot erwarten sie unten. Ihre Mutter wird sich um Clementine kümmern. Als die Glocken das Läuten beginnen, gehen sie los, der Weg zur Kathedrale von Reims dauert nur ein paar Minuten. Nicole trägt ein dunkles Kleid mit schwarzem Umhang und eine schwarze Haube mit dunklem Schleier. Zwischen dem Chorgestühl steht der Sarg zwischen sechs Kerzen, leicht erhöht mit einem gelben Blumengebinde, weil Francois gelbe Astern so gerne mochte. Nicole hat Clementines kleine Glasperlenkette, die ihr längst zu eng geworden ist, mit in Francois' Sarg gegeben. Das Kettchen soll ihn beschützen.

Als Gesang und Orgel erklingen, ist es um ihre Fassung noch einmal geschehen. Ihr Vater nimmt sie in der Kirchenbank in den Arm. Sie schlägt ihren Schleier hoch, trocknet ihre Tränen, blickt aus mit Wasser gefüllten Augen auf jene Stelle des Sarges, an der Francois' Füße liegen, die jetzt das Kettchen seiner Tochter schmückt. Sie sieht seine Füße vor sich. Es heitert sie plötzlich auf, dass sie sie geschmückt hat. Sie erinnert sich, dass Francois Gottesdienste gehasst hat. Die Vorstellung, wie er sich darüber geärgert hätte, dass sie in der Kirchenbank sitzt und weint, lässt sie ihre Fassung zurückgewinnen.

Als sie die Kathedrale verlassen, wartet dort der Arzt, Monsieur Fournier, auf sie. Er geht direkt auf Nicole zu und schüttelt ihr die Hand: »Es tut mir so leid, Madame. Ich wurde zu einer Geburt gerufen, bei dem Mutter und Kind beinahe gestorben wären.« Nicole hat davon gehört. Sie merkt, wie ihre Kräfte sie langsam verlassen. »Sie haben entschieden, wem sie helfen wollen«, sagt sie zu ihm und wendet sich ab, dem Sarg zu, der gerade aus der Kirche getragen wird. Ihr Vater grüßt den Arzt mit einer knappen Handbewegung in Richtung seiner Hutkrempe, er nimmt Nicoles Arm, sie drehen sich weg und schreiten hinter dem Sarg her auf das alte Kloster zu.

Hinter ihnen laufen etwa 100 Freunde der Familie, ein schwarzer Trauerzug, der schweigend dem von zwei Buckskin-Pferden gezogenen Karren folgt, der Francois' Leichnam trägt. Die trappelnden Füße der Trauernden, die keinen Sinn ergeben, aber so beharrlich klingen wie die von Wallfahrern, die fast blattlosen Bäume, die ihre schwarzen Äste in den bewölkten Himmel recken. Gelbe Astern zittern auf dem Sarg des Toten im Herbstwind.

Einen Monat bleibt Nicole zu Hause. Der Dauerregen hält an. Sie geht nicht vor die Türe, kümmert sich um Clementine und um Celeste, das neue Baby von Rachel und Antoine, liest die

Bibel, vertieft sich in Gedichte von Petrarca. Sie schreibt an Louis Bohne, adressiert ihren Brief an sein Postfach in St. Petersburg, um ihn über Francois' Tod zu unterrichten. Sie bittet ihn, so schnell wie möglich nach Reims zu kommen.

Zwei Tage nach Francois' Begräbnis beschließt Philippe Clicquot, die Firma zu liquidieren. Er unterrichtet Nicole, schreibt in ihrer beider Namen einen Brief an die Kunden des Hauses: »Der plötzliche Verlust meines geliebten Sohnes Francois Clicquot, der diese Firma persönlich geleitet hat, lässt seinen Vater und seine Ehefrau in tiefer Trauer zurück. Wir werden den Betrieb des Unternehmens nur noch so lange aufrechterhalten, wie es sich für die Liquidation als notwendig erweist.«

Nicole ist 27 Jahre alt. Sie lebt nun im Status einer Witwe, deren besondere Rechte sie erst nach und nach, während der ersten Monate ihrer Trauerzeit, langsam entdeckt. Ihr Bruder wird ihr wichtigster Gesprächspartner und auch Louis Bohne entwickelt sich zu ihrem eng vertrauten Berater. Als Witwe eröffnen sich einige neue Wege für Nicole, die ihr als Ehefrau verschlossen waren. Witwen haben in Frankreich einen besonderen Status im Erbrecht, anders als verheiratete Frauen dürfen sie erben und vererben, und es ist ihnen gestattet, frei einem eigenständigen Beruf nachzugehen, in dem sie auch rechtlich sichtbar werden. Eine solche Position wäre für eine verheiratete Frau in dieser Zeit undenkbar. Die Ära der getrennten Lebensbereiche in eine öffentliche Sphäre, die den Männern vorbehalten ist, und eine private Lebenssphäre, in der sich ausschließlich die Ehefrauen aufhalten sollen, hat in diesen Jahren bereits begonnen. Diese Trennung führt im Laufe des noch neuen Jahrhunderts zum allmählichen hermetischen Verschluss aller Leistungsbereiche in den gesellschaftlichen Funktionssystemen gerade für die bürgerlichen Frauen.

»Warum lässt du deinen Schwiegervater mit der Firma allein?«, fragt Nicoles Bruder Jean-Baptiste eines Morgens.

Es ist Ende November, Francois ist jetzt fünf Wochen tot. Eine schwache Wintersonne versucht an diesem Tag, die graue Wolkendecke zu durchlöchern. Der 26-jährige Jean-Baptiste Ponsardin hat sich dazu entschieden, nicht in das väterliche Textilunternehmen einzusteigen. Vor drei Jahren hat er seine eigene Garnmanufaktur gegründet. Nicoles Bruder ist die erste Person, die sich traut, ihr eine persönliche Frage nach der Zukunft zu stellen. Alle anderen Familienmitglieder meiden das Thema bisher, auch wenn es mindestens auf der Hand liegt, sich darüber Gedanken zu machen. Niemand in der Familie oder unter den Angestellten hat das Fleckfieber bekommen. Sie sind alle traurig, aber gesund.

»Warum engagierst du dich nicht weiter?«, insistiert Jean-Baptiste. »Du warst doch glücklich damit, solange Francois noch am Leben war.« Er schaut Nicole aufmunternd an, zieht dabei seine Stirn in Falten.

»Du fragst also ... was aus mir wird«, antwortet Nicole. Die Worte kommen langsam aus ihrem Mund, sie versucht sich zu beherrschen. Das Wort »glücklich«, das Jean benutzt hat, sorgt für einen leichten Druck unterhalb ihrer Brust.

Jean-Baptiste lehnt sich zu ihr vor, spricht weiter: »Du hättest die Chance, daraus deine eigene Sache zu machen«, sagt er.

»Ich möchte einen eigenen Garten«, antwortet Nicole rasch.

»Den sollst du auch haben, Schwester. Aber mit einem Garten allein ...«

»Ich schlafe immer noch nicht, Jean. Ich wache auf, mitten in der Nacht, drei, vier Mal«, sagt sie, »und dann muss ich jedes Mal erst wieder begreifen, dass Francois nicht mehr da ist.«

»Das ist normal.« Jean-Baptiste reibt sich die Schläfe. »Aber bald wirst du wieder durchschlafen, und dann wird dir ein Garten als Zeitvertreib nicht mehr ausreichen.« Er nippt jetzt an seiner Tasse und beißt in ein Stück Gebäck.

»Jean, ich dachte sechs Jahre lang … ich dachte, mein Leben sei sicher … wie auf einer Insel habe ich mich mit Francois gefühlt, auch wenn …«, sie stockt und führt den Satz nicht zu Ende.

Nicole Clicqot sitzt da in ihrer Witwenkluft, einem dunklen, hochgeschlossenen Wollkleid, auf einem Lehnstuhl vor dem großen Sonnenfenster. Sie sieht immer noch ermattet aus, hat einige Kilo an Gewicht verloren, ihr Gesicht ist schmal geworden, ihre Nase erscheint länger, als sie es früher gewesen ist. Ihr Bruder sitzt ihr gegenüber. Er trägt eine dunkle lange Hose und einen passenden schlichten Gehrock mit Samtaufschlägen.

Jean-Baptiste kommt sie alle zwei Tage aus St. Brice besuchen, seit Francois gestorben ist. Meist kommt er abends. Auf dem Weg zurück von seiner Fabrik nach Hause in die Rue du Vesle in Reims. Für eine kurze Weile hält er dann bei ihr an, um nach ihr zu sehen. Aber heute ist Sonntag. Sie haben Zeit, es ist später Vormittag und Rachel hat einen Mokka serviert, zusammen mit einem kleinen silbernen Tablett, auf dem ihre speziellen Mini-Karamell-Eclairs im Morgenlicht prangen.

»Nicole, stell dir vor, wie endlos sich ein Tag hinziehen kann«, setzt Jean noch einmal an.

»Das stimmt«, sagt sie, »es ist jetzt schon so.« In ihrem Gespräch entsteht eine kleine Pause. »Und was meinst du, soll ich tun?«, fährt sie fort.

»Als allererstes solltest du mit Philippe sprechen … nein, warte, vorher musst du dich natürlich selbst befragen. Was spürst du, was kommt in dir hoch, wenn du an das Geschäft denkst?«

»Ich weiß es nicht«, sagt Nicole. »Ich sehe Francois. Ich sehe seine Zweifel in der letzten Zeit.«

Sie wird sich darüber im klaren, dass sie sich in einem Labyrinth der Erinnerungen verfangen hat. Es ist, als hätte sich ihr Leben in einer Schlinge verheddert, aus der sie nicht so leicht wieder herauskommt. Theoretisch ist sie frei, neu über ihre Zukunft nachzudenken. Jedoch kommt ihr die Firma ihres Mannes wie der leblose Teil eines Hauses vor, in dem es schwer gebrannt hat. Die Seele wurde diesem Haus aus dem Leib gerissen. Und es stecken zu viele schmerzhafte Erinnerungen in jedem Zimmer dieses Hauses. Jeder Gegenstand, den sie sieht, Francois' Schreibtisch, seinen Stuhl, seine Warenausgangsbücher, selbst der Briefkopf der Firma auf einem leeren Blatt Papier lösen eine Wallung in ihr aus, reißen einen Bilderbogen auf, der weh tut. Ein Stift von Francois – sie muss ihn sofort in eine Schublade legen. Am schlimmsten wird der Schmerz, wenn ihr Schriftstücke in die Hände fallen, die seine Handschrift tragen. Sie dreht diese Papiere sofort um, ist unfähig zu lesen, was Francois darauf geschrieben hat. Ihr ist, als schaue sie sich die brennenden Teile ihres alten Lebens an. Ich muss noch warten denkt sie, während sie die Papierstapel mit Francois' Notizen wegräumt, ich muss Abstand gewinnen. Irgendwann werde ich mir diese Papiere wieder vornehmen, um mich nur noch davon leiten zu lassen, was davon für mich noch wichtig sein könnte und was nicht, beruhigt sie sich.

Unwillkürlich ist sie mit Gerüchten beschäftigt, die in der Stadt kursieren. Es heißt, Francois habe sich aus Schwermut über seine falsche Geschäftsentscheidung das Leben genommen. Todesursache sei sein Misserfolg, nicht das Fleckfieber gewesen. Sie sollen damit aufhören, sollen seine Seele ruhen lassen, denkt Nicole. Seine Schwermut hatte sicherlich einen Anteil an der Wucht, mit der ihn das Fleckfieber überfallen hat, aber sie hat ihn nicht getötet. Er war in einem Gedankengefängnis, seine ewigen Sorgen haben ihn körperlich geschwächt, seine Ernsthaftigkeit bot Angriffsflächen für schweren Kummer, aber daran ist er nicht gestorben.

Sicherlich hatte Francois' Kampf gegen sich selbst mit seinem Vater zu tun, denkt sie. Für die Änderung der Firmenstrategie hatte er sich gegen ihn weit aus dem Fenster gelehnt. Dann spürte er immer deutlicher, dass sein Plan nicht aufgehen würde, weil er sich, was die politische Lage betraf, verschätzt hatte. Ein Kontinent im Krieg trinkt keinen Champagner, und ein besiegter Kontinent wird sich nicht für die Luxuswaren des Angreifers erwärmen, hat er immer wieder gesagt. Aber was hätte sie tun können? Sie hatte seine Nachlässigkeiten ausgeglichen und am Ende sogar die Korrespondenz mit Louis Bohne übernommen, hatte Francois gehegt und gepflegt. Seine Schwermut hat sie unterschätzt, darüber ist sie sich jetzt klar. Und noch etwas anderes sieht sie immer schärfer. Sie hat gespürt, dass sie dabei war, Francois zu verlieren. Schon bevor das Fleckfieber kam, hat sie den Verlust des Kontaktes zwischen ihnen gespürt. Sie konnte keine echte Verbindung mehr zu ihm herstellen. Er war in seinen Gedanken von ihr nicht mehr erreichbar.

Zu Beginn des Dezembers kreisen Nicoles Gedanken schubweise um die Fragen ihres Bruders. Sie spielt mit den Kindern, dabei denkt sie daran, wie es sein würde, wenn sie über viele Jahre nichts anderes täte als das. Sie ordnet ihre Bücher in der kleinen Bibliothek, plötzlich findet sie sich in Gedanken darüber, wie es wäre, wenn sie nur noch das Lesen als Zeitvertreib hätte? Als sie eines der letzten Bücher in die Hand nimmt, die Francois angeschafft hat – Robinson Crusoe von Daniel Defoe -, starrt sie auf das Titelblatt, auf die Zeichnung eines Mannes in zerfetzter Kleidung, mit einer löcherigen Hose aus Fell und einem Gewehr in der Hand.

Reflexartig möchte sie das Buch zurückstellen, ohne einen Blick hineinzuwerfen, dorthin, wo sie es nicht so schnell wieder findet. Sie kann das jetzt nicht lesen. Sie kann sich jetzt nicht damit befassen, wie es einem Mann ergangen ist, der 28 Jahre lang allein auf einer einsamen Insel verbringt. Sie möchte ihre Gedanken weglenken von diesem Buch, aber sie schlägt es dann doch irgendwo auf. Sie liest den Satz: »Wie aber der Missbrauch des Glücks oftmals unser größtes Unglück herbeiführt.« Sie klappt das Buch sofort wieder zu, stellt es an eine unauffällige Stelle in das Bücherregal zurück.

Bilder tauchen auf. Als es langsam gegen Weihnachten geht, beginnen Nicoles Gedanken immer konkreter um ihre eigene Zukunft zu kreisen. Zunächst versucht sie, sie noch abzuwehren. Sie empfindet ein Gefühl von Scham dabei, Francois aus ihrem Zukunftsbild einfach herauszulassen. Doch sie beginnt sich plötzlich in kurze Szenen hineinzuträumen. Eine Collage von neuen Situationen, in denen sie sich selbst eingebaut sieht, entsteht vor ihrem inneren Auge. Noch sind es schwache Umrisse, unzusammenhängende Bilder, doch sie nehmen allmählich Kontur an. In ihrem Unterbewusstsein arbeitet es, die Bilder wiederholen sich in ihren Träumen, und wenn sie nachts aufwacht, macht sie sich kurze Notizen, bevor der nächste Stich in der Herzgegend sie heimsucht, weil sie den leeren Platz an ihrer Seite wahrnimmt. Sie spürt jetzt, wie stark sie aus ihrer Unbeweglichkeit herauskommen will, aus ihrem Zustand des Geschmolzenseins, dem täglichen Einerlei ihres Alltags, der ewig gleichen Schleifen der Erinnerung und Trauer, die er produziert.

Nicoles Gedankenbilder sind klar und deutlich: Sie sieht sich in einem Weinkeller, mit einer Lampe in der Hand den Zustand der Bestände kontrollieren. Sie sieht sich mit den Kellermeistern debattieren. Sie sieht sich an einem neuen Schreibtisch mit einer Schreibfeder in der Hand, mit Menschen im Gespräch. Sie sieht sich auf einer Kutsche zur Weinpresse fahren, hört sich zu den Erntearbeitern sprechen. Francois taucht auf als Figur in einem weißen Mantel, als jemand, der irgendwo sitzt, im Weinkeller, im Haus, aber er ist nicht aktiv, sie ist der aktive Part der Traumgeschichten.

Es könnte sein, denkt sie eines Tages, dass sie ihrem Mann gerade damit ein Andenken setzen würde, wenn sie seine Firma vor der Liquidation rettet. Sie spürt, dass in dieser Idee ein Stück Wahrheit liegt, aber in welcher Rolle sollte sie dabei sein? Wer wird die Firma dann führen? Ihre Blicke kleben noch zu sehr an ihrem Ehebett, an Francois' Nachttisch, auf dem immer noch seine sorgsam gefaltete Augenmaske liegt, die sie noch nicht weggeräumt hat. Ein solcher Schritt könnte auch die dummen Gerüchte der Leute zum Verstummen bringen, denkt sie. Als sie Jean-Baptiste von ihren

Träumen erzählt, ist er hocherfreut. Er rät ihr, direkt mit Philippe Clicquot darüber zu sprechen, der unterdes die Liquidation des Unternehmens vorantreibt. Sie muss sich selbst einen Eindruck verschaffen, denkt Nicole. Francois war nicht mehr in der Lage, die Dinge realistisch zu sehen. Erst dann kann sie entscheiden, wie groß die Hindernisse sind und ob sie mit ihnen fertig werden kann.

In ihrer Ehe hatte Nicole eine moderne Arbeitsaufteilung mit Francois gefunden, aber sie blieb in der Firmenkonstruktion rechtlich unberücksichtigt und ohne feste Funktion, obwohl sie sich in der täglichen Arbeit genauso engagierte wie ihr Mann. Dies fällt ihr jetzt zum ersten Mal überhaupt auf. Philippe Ponsardin entscheidet nach dem Tod seines Sohnes allein, wohin die Firma geht. Er informiert Nicole, aber da sie keine formelle Funktion hat, gibt es für sie keine Eingriffsmöglichkeit. Es lag sicher keine böse Absicht von Francois darin, ihr eine solche Funktion vorzuenthalten, aber nur eine feste, organisatorisch in die Firma integrierte Rolle hätte ihr nach seinem Tod einen Handlungsspielraum gegeben.

Auch Nicole selbst hatte nie darüber nachgedacht. Es war das traditionelle Modell der Arbeitsaufteilung, das sie gewählt hatten, in der noch ein aus der Handwerksorganisation entwickeltes Unternehmensmuster steckte. Ehefrauen hatten darin immer ein Betätigungsfeld, aber dieses lag jeweils im tiefen Schatten des Ehemanns. Ehefrauen waren dem »Chef« besonders wertvolle Assistentinnen, ohne jemals eine offizielle Position im Unternehmen einzunehmen. Die Ehefrau war die Hilfskraft ohne Lohn, das berühmte »Mädchen für alles«, ohne feste Zuständigkeiten. Verglich man diese Ordnung mit einem Schachspiel, dann war nicht einmal die Figur des Bauern für die Position der Frau im Handwerksbetrieb vorgesehen. Für Frauen gab es kein definiertes Feld, sie waren der gute Geist, der fleißige Engel, irgendetwas Undefinierbares und vor allem Unbezahltes im Unternehmen. Je länger Nicole dem Gedankenanstoß ihres Bruders nachgeht, desto weniger kann sie sich vorstellen, für den Rest ihres Lebens ein »Mädchen für alles« zu sein.

Nicolas Ponsardin hat ganz andere Gedanken, wenn er an die Zukunft seiner Tochter denkt. Er sieht für Nicole nur einen einzigen Weg in die Zukunft und verbindet mit ihrem Witwenstatus eine empfindliche Sorge. Für eine früh verwitwete junge Frau ist die Frage der Wiederverheiratung seiner Ansicht nach die wesentliche und dringlichste. Nicole ist nicht mehr allzu jung. Ponsardin hofft, dass er für seine Tochter schnell einen neuen Ehemann finden wird, damit sie in einer neuen Familie ihre Aufgabe erkennt. Zwar hat auch er schon einmal kurz darüber nachgedacht, ob es wirklich notwendig ist, »Clicquot et Fils« zu liquidieren, aber er findet es für Nicole sicherer, sich nach einer angemessenen Trauerzeit in eine neue Ehe zu stürzen. Er will ihr bis nach Weihnachten Zeit geben, dann wird er sie auf ihre Zukunft ansprechen und im Frühjahr damit beginnen, ihr neue Ehekandidaten vorzustellen. Ein Jahr nach Francois' Tod wird er sie neu verheiraten, das wäre dann noch gerade ein Jahr vor ihrem 30. Geburtstag. Ponsardin hält es für den besten Weg, alle schmerzlichen Erinnerungen an ihr altes Leben auf diese Weise rasch und vollständig mit etwas Neuem zu überdecken.

Auch Nicole spukt der Druck einer möglichen neuen Ehe im Kopf herum. Jedoch auf ganz andere Weise. Sie hasst den Gedanken. Ihr wird heiß, wenn sie daran denkt. Ihr schießt das Blut in die Adern und die Tränen in die Augen. Sie muss sich unbedingt innerlich auf die Situation vorbereiten, wenn jemand sie danach fragt. Luft ablassen, ruhig werden, eine Haltung zu diesem Punkt entwickeln, denkt sie. Schließlich ist sie eine gestandene Frau, kein Kohlkopf, den man auf dem Markt feilbieten muss, sagt sie sich. Nicole spürt, dass ihr Vater sich in diesen Wochen ruhig verhält, weil er genau das im Sinn hat: sie baldmöglichst wieder »auf den Markt« zu bringen.

Sie wird solange abwarten, bis ihr Herz wieder in Ordnung gekommen ist, bevor sie mit ihm darüber spricht. Sie wird niemandem Rede und Antwort stehen, während sie innerlich noch wie ein rohes, blutiges Stück Fleisch ist. Nicole lehnt sich mit dem Rücken an eine Wand, während sie nachdenkt. Sie streckt ihren Rücken durch, drückt ihn an die Mauer und schwört sich, auf keine Händel ihres Vaters einzusteigen, nicht in dieser Sache. Sie will innerlich präpariert sein, damit sie nicht harsch wird, wenn sie das verweigert, was er sich für sie ausgedacht hat.

Vor allem Ponsardin möchte am liebsten schon heute ein Gespräch mit seiner Tochter über ihren nächsten Ehemann führen. Wird sie dulden, dass er schon Kinder hat? Kann auch er Witwer sein? Wird sie bereit sein, in eine andere Stadt zu ziehen? Ponsardin weiß, dass Nicoles Energie bald zurückkehren wird. Und er weiß auch, dass ihre Tatkraft und ihre wirtschaftliche Absicherung durch das Erbe, das er ihr vermacht hat, sie für eine Wiederverheiratung zu einem schwierigen Fall machen. Eine wirtschaftlich eigenständige Witwe, noch dazu eine Frau, die ihr eigenes Leben in die Hand nehmen möchte, bezahlt dafür mit dem Verschwinden ihrer Weiblichkeit, fürchtet Ponsardin. Dieses vermutete Verschwinden von bestimmten weiblichen Eigenschaften hat jedoch nichts mit Tatsachen zu tun, mit Eigenheiten, die er jetzt an seiner Tochter feststellt; es ist eine Einbildung, aber sie sitzt fest. Je länger der Witwenstand bei Nicole andauert, davon ist Ponsardin überzeugt, desto weniger wird sie geeignet sein für die dienende Rolle einer Ehefrau. Er muss also zügig handeln.

Die wieder in Mode kommenden Kirchen prägen noch eine dritte Sichtweise, was die Geschicke von Witwen betrifft. Danach wird es Ponsardin schwer haben, überhaupt einen Pfarrer für Nicoles zweite Eheschließung zu finden. Noch schwerer als beim ersten Mal, mitten in der Revolution, im unterirdischen Weinkeller. Für die Kirche sind Witwentugenden höhere Frauentugenden. Witwer sollen sich wieder verheiraten, Witwen auf keinen Fall. Für die Kirche gilt die Wiederverheiratung selbst einer jungen Witwe als postmortaler Ehebruch. Ponsardin sind die Vorstellungen der Kirche vertraut. Er hält sie insoweit für überholt, als er der Meinung ist, dass eine junge Witwe nicht durch ein Eheverbot isoliert werden darf. Positiv ausgelegt, treibt ihn die Sorge um, dass sich Nicole als alleinstehende Witwe unglücklich machen wird, weil sie in der Gesellschaft nur noch eine Randexistenz führen kann. Dazu wird er seiner Tochter niemals raten.

Nach sechs Wochen strengem Rückzug hat Nicole mit der schlimmsten Phase ihrer ersten Trauer abgeschlossen. Es ist kurz vor Weihnachten, die Bäume sind kahl und die Dachschindeln des Morgens überfroren. Sie glitzern in der Wintersonne, alles, was sich draußen in der Luft befindet, bekommt plötzlich eine klare, säuberliche Anmutung. Nicole empfängt eine Depesche von Louis Bohne, der auf dem Weg von St. Petersburg zurück nach Frankreich ist und in Kürze in Reims eintreffen wird. Auch er möchte mit ihr über die Zukunft der Firma sprechen, genau wie Jean-Baptiste. Er schreibt, dass er sich darauf freue, sie zu sehen, und davon überzeugt sei, eine Lösung für Clicquot & Fils zu finden.

Als Nicole seine Zeilen liest, spürt sie, dass auch sie sich auf den Mann aus Mannheim freut. Überhaupt ist sie in diesen Tagen gut aufgelegt. Mittlerweile hat sie sich angewöhnt, Francois imaginär an ihren Überlegungen zu beteiligen. Sie führt tägliche Zwiegespräche mit ihm über eine Weiterführung der Firma. Sie denkt an Francois, ist dabei aber nicht mehr nur melancholisch, sondern fast ein wenig beschwingt. Mit ihrem Schwiegervater Philippe Clicquot hat sie ebenfalls eine erste intensive Unterhaltung über die Firmenliquidation geführt. Sie hat ihn gefragt, wie fest er hinter seiner Ankündigung steht, und ihm mitgeteilt, dass sie darüber noch einmal nachdenken möchte.

Mit ihrem Vater vermeidet Nicole jedes Gespräch über ihre Zukunft. Sie spürt, wohin er sie manövrieren will. Sie trinkt Kaffee mit ihm, erzählt ihm, dass Clementine jetzt lesen lernt, fragt ihn nach Napoleon, drückt die Knöpfe seiner Lieblingsthemen, ohne in gefährliche Gewässer der Unterhaltung zu kommen. Ponsardin zeigt sich ihr von seiner fürsorglichen Seite, er ist ein Mann, der bei aller Beherrschtheit versucht, seiner Tochter ein Stück familiären Beistands zu vermitteln. Neulich hat er ihr eines ihrer alten Spielzeuge mitgebracht – eine Schachtel mit vier hellen Elfenbein-Kreiseln, mit denen sie als Kind gespielt hat. »Du hast es stundenlang mit uns gespielt, früher«, sagt Ponsardin. »Wir mussten dir eine Frage stellen – so etwas wie: Bekommen wir endlich einen Hund? Oder: Wer von uns Geschwistern wird als erster heiraten? Und dann hast du die Kreisel kreiseln lassen.« Als Nicole die Schachtel öffnet, schlägt ihr der dumpfe Geruch des alten, schweren Stoffs entgegen, mit dem sie ausgekleidet ist.

Er ist knallrot, dieser Samt, auf dem die Spielsteine in ihrem Kästchen wie kleine Lämmer auf der Seite liegen. Vier längliche Kreisel mit weichen Kanten, aus hellgelbem Elfenbein, so geformt, dass jedem der Kreisel ein Würfel in seiner Mitte eingefügt ist. Die Seiten der Würfel sind beschriftet, mit hebräischen Schriftzeichen, die Nicole immer noch lesen kann. Auf jeder Seite des Würfels steht ein anderes kurzes Wort. Dreht man einen Kreisel, fällt er irgendwann auf eine Seite nieder, die dann eine bestimmte Anweisung auf der Fläche des Würfels zeigt. Da das Spiel jüdischen Ursprungs ist, sind die Anweisungen in jiddischer Sprache gehalten: »nes« steht für »Nichts geschieht, also 'nein'«; »gadol« steht für »du gewinnst alles, also 'ja'«; »haja« steht für »du gewinnst die Hälfte, also 'vielleicht'«; und »scham« steht für »du musst abgeben, also 'doppelt nein'«. Die Anweisungen sind auslegbar. Immer noch ein gutes Spiel für den Blick in meine Zukunft, denkt sie.

Napoleons Sekretäre haben den Kaiser gebeten, auf seinem Weg nach Bayern so viele gute Nachrichten wie möglich von den neuen Schlachtfeldern nach Paris zu senden. Das Geld für diesen neuerlichen Feldzug konnte gerade noch zusammengekratzt werden. Dazu waren erhebliche Finanztricks der französischen Staatsbank notwendig, denn Napoleons Hof nimmt inzwischen höhere Gelder in Anspruch als der Ludwigs XVI. Die hochtrabenden Bauprojekte, der imperiale Prunk, die gigantischen Kriegsausgaben: Frankreich steht trotz der Einnahmen aus den besetzten Gebieten kurz vor dem Bankrott, und die Franzosen sind beunruhigt über ihre wirtschaftliche Lage. Das Volk soll durch tägliche kleine Siegesbotschaften wieder Zutrauen in die politische Führung gewinnen, so der Plan. Napoleons ältester Bruder Joseph vertritt den Kaiser als eine Art Vize-Regent, wenn Napoleon Krieg führt. Von den Häusermauern um den Palast herum hat Joseph alle Antikriegsparolen entfernen lassen. Napoleon mag es nicht, wenn er davon erzählt, also verschweigt er, was dort zu lesen ist. Die Angst des Kaisers vor Attentätern, selbst in den eigenen Reihen, steigt täglich an. Sei's drum, dass sie ihn zu Hause im Moment nicht sonderlich mögen, eine neue siegreiche Schlacht wird sie besänftigen. Er wird ihnen schöne ausländische Flaggen präsentieren, wenn er zurückkehrt, der Liebe muss man manchmal eben ein wenig nachhelfen.

Am 8. September 1805 ist der österreichische General Mack mit einem Korps von 50 000 Soldaten in das französisch besetzte Bayern eingefallen. Er hat in der Nähe von Ulm Stellung bezogen, um dort auf die russische Verstärkung zu warten. Gemeinsam wollen die beiden Verbündeten von dort aus nach Frankreich starten. In Gegenrichtung ist die Grand Armée schon seit Ende August von der Kanalküste aus mit 180 000 Soldaten in Richtung Bayern unterwegs. Die Einheiten verpflegen sich, wie gewöhnlich, aus den Gebieten, durch die sie ziehen, indem einzelne Soldaten oder

Gruppen sich zurückfallen lassen, um sich bei fremden Menschen einzunisten und die Truppen später irgendwo wieder einzuholen. Den französischen Offizieren macht es nichts aus, wenn Soldaten sich auf dem Weg einer anderen Truppeneinheit anschließen. Keine Einheit hat eine besonders tiefe Spezialisierung, und jeder Soldat ist bereit, sich von einem anderen Offizier neu aufstellen zu lassen.

Napoleon nähert sich seinen Truppen, aus Malmaison kommend, von weiter nördlich und erreicht am 4. Oktober Stuttgart. Vom Kurfürst von Württemberg lässt er sich zu einer Aufführung von Mozarts Don Giovanni in die Oper begleiten. Napoleon schätzt diese informelle Art der Selbstpräsentation – vor allem, wenn er kurz vor einer Schlacht steht. Ein Theaterbesuch wird ihm als besonders gelassene Geste ausgelegt. Vom Kurfürst leiht er sich am nächsten Tag neue Pferde aus, da seine eigenen völlig erschöpft sind. Im strömenden Regen überquert Napoleon drei Tage später die Donau, kreuzt in erheblichem Abstand unbemerkt die Positionen der Österreicher, um ihnen am 11. Oktober bei Augsburg in den Rücken zu fallen.

In diversen kleineren Schlachten besiegt er in den folgenden zehn Tagen mehrere Einheiten der österreichischen Armee und zwingt General Mack am 19. Oktober 1805 bei Ulm in die Kapitulation. Ein bayerischer Artillerieoffizier berichtet über diese Schlachten: »Auf österreichischer Seite gab es wunderschöne Uniformen und prächtige Pferde, auf französischer Seite nicht eine einzige geordnete Einheit, nur eine dichte Masse aus Fußsoldaten, die auf der Straße entlangströmte. Etwas, das wie umherschweifendes Gesindel aussah und sich über Deutschland ergoss, hatte sich plötzlich in eine Streitmacht verwandelt.« Dem besiegten General Mack droht Napoleon umgehend an, dass er Weihnachten in Wien verbringen wird. Er will also weitersiegen, es gibt keinen Frieden. Im Gegenteil, Ulm wird der Auftakt zu einer Serie von Schlachten zwischen Frankreich, Österreich, Preußen und Russland, die sich über mehr als zwei Jahre hinziehen.

Über Napoleons Erfolge wird in den Pariser Bulletins massenweise berichtet. Sie kleben an jeder Straßenecke und werden in den Theatern verlesen. Zwei Tage nach dem glänzenden Sieg in Süddeutschland erleidet die französische Marine jedoch ihre herbe Niederlage durch die Briten bei Trafalgar. Die französische Flotte ist zerstört, zwanzig der größten Schiffe sind untergegangen. Ein Einfall in Großbritannien ist damit für Napoleon erst einmal unmöglich geworden. Umso wichtiger werden für ihn weitere Siege auf dem Kontinent. Obwohl der österreichische Kaiser bei Ulm verloren hat und obwohl er weiß, dass Napoleon seine Truppen zum Weitermarsch nach Wien aufgefordert hat, bleibt er kämpferisch. Eine russisch-österreichische Streitmacht von fast 100 000 Soldaten soll sich nördlich von Wien versammeln und dort auf Napoleon warten. Auch die Preußen erwägen, sich dieser Allianz anzuschließen.

Am 25. Oktober 1805 trifft der russische Zar Alexander I. in Berlin ein. Gemeinsam mit Königin Luise will er den preußischen König Friedrich Wilhelm III. zum Eintritt in sein Bündnis gegen Frankreich und seinen ehrgeizigen Kaiser bewegen. Alexander I. ist ein junger ungestümer Mensch mit hohem Ehrgeiz und geringer militärischer Erfahrung. In Luise hat er eine forsche, geradezu kriegslustige Königin an seiner Seite, die noch dazu eine erbitterte Gegnerin Napoleons ist. Aber der Preußenkönig zögert. Neben seinen Gesprächen mit dem Zaren steht der Deutsche auch in Verhandlungen mit Napoleon über eine preußisch-französische Partnerschaft. Er spielt mit offenen Karten, hat den Russen davon unterrichtet. Zar Alexander und der wankelmütige Friedrich Wilhelm III. debattieren eine Woche lang. Die Nachricht von Trafalgar hebt die Stimmung in Berlin – am 3. November unterzeichnet der Preußenkönig das von Zar Alexander I. vorbereitete Abkommen. Der Abschluss wird des Nachts bei Fackelschein am Grab Friedrichs des Großen besiegelt.

Napoleons Leute in Paris versuchen unterdes, die Niederlage von Trafalgar und das Zusammenrotten der Gegenmächte mit aller Macht herunterzuspielen. Dennoch kommt es im November in der Hauptstadt zu einer leichten Panik. Napoleons Bruder Joseph schreibt dem Kaiser, dass sie die französische Bank stützen oder sofort fallen lassen müssen. Napoleon ist schlecht gelaunt. Was soll er denn noch tun? Er schickt seinem Bruder mehr blumige Bulletins über die Erfolge von Ulm und die Schwächung seiner Gegner. Er weiß, er braucht jetzt einen neuen spektakulären Sieg und vor allem neues besetztes Territorium, um die Staatskasse aufzubessern und den Schein der Kontrolle über die Lage zu wahren. Eine andere Strategie kommt Napoleon nicht in den Sinn.

Ein Sieg mit triumphalem Einzug in Wien wird sein eigenes Volk endlich wieder für ihn einnehmen. Alle werden sie ihre Meinung wieder ändern und ihm zujubeln. Mit seinen Truppen erreicht Napoleon am 20. November 1805 die tschechische Stadt Brünn nördlich von Wien und südlich der mährischen Ortschaft Olmütz. Dort haben seine Gegner, die russisch-österreichische Streitmacht, inzwischen ihre Lager bezogen. Beide Staatsoberhäupter erwarten Napoleons Truppen, ihre Stäbe und Einheiten haben sich im Schloss und den öffentlichen Gebäuden von Olmütz einquartiert. Festsäle sind in Schlafsäle umgebaut worden, es herrscht eine fast heitere Vorfreude auf die Schlacht. Kameraden liegen auf ihren Betten, unterhalten sich, spielen Karten, erzählen und lachen zusammen, jemand spielt etwas auf einem an der Wand stehenden Klavier, ein Soldat singt dazu. Fast alle sind sich ihres Sieges sicher.

Die Österreicher kennen sich im Gelände gut aus, die russische Kavallerie – verstärkt durch Reiterkosaken und Kalmücken – ist in guter Form und das Kartenmaterial exzellent. Darüberhinaus sieht sich die Allianz in Überzahl, denn beim Marsch auf Wien musste der französische Kaiser einen größeren Teil seiner Truppen nach Italien abgeben, wo ihn die gegnerische Allianz ebenfalls bedrängt. Die Preußen werden ihnen bald noch zu Hilfe eilen, nachdem sie der Allianz beigetreten sind. Die große Überlegenheit ihrer Allianz wird endlich zu einem Sieg über Napoleon führen, das ist ihre Sicht der Situation.

Nach langem Marsch – immerhin sind die Soldaten von der Kanalküste bis nach Österreich marschiert – stoppt Napoleon seine Kolonnen auf einem hügeligen Gelände östlich von Brünn und unternimmt einen Ausritt. Genauestens erkundet er das Gelände, vor allem den Boden. Napoleon weiß, dass er sich mit einem Schlachtbeginn beeilen muss, denn er fürchtet den baldigen Kriegseintritt Preußens. Obwohl er die Preußen für keine besonderen Kämpfernaturen hält, wäre dies ungünstig. Im Moment liegt er mit seinen 70000 Mann rund 20000 Soldaten unter der Mannstärke der gegnerischen Allianz. Mit den Preußen wäre die Überzahl erdrückend.

Nach Prüfung des Geländes lässt Napoleon seine Truppen im Freien auf einem Hügel biwakieren, in der Nähe eines schmalen Tals mit zwei Teichen und einem Bach. Seine Soldaten sollen sich einige Tage von den Strapazen des Marschierens erholen. Es ist kalt und nass, die Verpflegung dürftig. Durch Hagel und Regensturm reitet Napoleon in den nächsten Tagen noch ein zweites und drittes Mal aus, um das Gelände und den Boden in der Senke des kleinen Talkessels genauer zu untersuchen. Die Nässe tut dem Boden nicht gut, aber das passt in die Versuchsanordnung, die er sich für die Schlacht ausgedacht hat. Kleinere französische Einheiten werden jetzt in Richtung des Feindes nach Olmütz geschickt, jedoch schnell wieder zurückgezogen, sobald der Gegner angreift. Auf diese Weise locken Napoleon und seine Generäle die gegnerischen Truppen langsam in Richtung des 12 Quadratkilometer großen Geländes, das der Kaiser genau ausgekundschaftet hat. Es liegt in der Nähe der kleinen Stadt Austerlitz.

Von beiden Seiten gehen in den nächsten Tagen Waffenstillstandsersuchen an die feindlichen Truppen. Keiner der Beteiligten geht darauf ein, die Depeschen sind allein taktische Manöver. Napoleon beginnt dieses Spiel mit einem eigenen Waffenstillstandsersuchen, verbunden mit dem Wunsch eines Gesprächs mit dem Zaren; er will damit eigene Schwäche vortäuschen und den Gegner in Sicherheit wiegen. Sein Ersuchen wird von einem Boten des Zaren brüsk abgelehnt. Es regnet, schneit und hagelt. Napoleons Truppen sind hungrig, sie frieren, suchen nach Holz und wärmen sich an Lagerfeuern. Am 1. Dezember, dem Vorabend der Schlacht, räumt Napoleon plötzlich das von ihm sorgfältig geprüfte Gelände und lässt sich eine kleine Hütte südöstlich des Kampfplatzes, in der Nähe eines Bauernhofs, errichten. Am Abend ist er gut gelaunt, seinen Stab unterhält er mit einem improvisierten Vortrag über die Mängel des modernen Dramas im Vergleich zu der Kunst eines Corneille. Er fordert alle Soldaten auf, früh schlafen zu gehen.

Die russisch-österreichische Allianz diskutiert ihren Schlachtplan noch bis tief in die Nacht im gemeinsamen Kriegsrat. Der 60-jährige schwergewichtige russische Generalfeld-marschall Kutusow ist eigentlich gegen einen Angriff, aber bei dem Vortrag der Kriegsräte schläft er in seinem Stuhl tief und fest ein – mit aufgeknöpftem Uniformrock, aus dem sein Unterhemd schneeweiß heraussteht. Die jungen Kaiser – Zar Alexander ist 27 Jahre, Kaiser Franz von Österreich 37 Jahre alt – sind angriffslustig und setzen sich gegen Kutusows Bedenken durch. Alle Anwesenden versichern sich gegenseitig der Schwäche Napoleons. Sie sind sich einig, dass er gegen ihre Übermacht nicht ankommen wird. Österreichische Sorgsamkeit und russische Tapferkeit werde sie unschlagbar machen, versichern sie sich gegenseitig. Ein Späher meldet Geräusche aus Richtung der Franzosen; das wird Napoleons Nervosität sein, sind sich die Herren des Kriegsrates einig. Der russische Zar Alexander soll die Truppen sehr früh am nächsten Morgen auf das Schlachtfeld führen, er ist zwar unerfahren im Kampf, aber niemand schlägt dem stattlichen Mann etwas ab.

Im Morgengrauen des 2. Dezember 1805 hört es plötzlich auf zu regnen. Es ist zwei Grad Celsius, dichter Nebel liegt über dem Land. Die Luft ist so dunstig, dass man kaum ein paar Meter weit sehen kann. Sträucher sehen aus wie riesige Bäume, Ebenen wie Abhänge. Die gegnerische Armee ist für Zar Alexander nicht zu erblicken, als er seine Hand zum Aufbruch hebt. Er beginnt den Angriff von einem Hügel aus und vermutet die französischen Truppen gleich nebenan, wo er sie gestern noch gesehen hat. Doch sie haben ihren Standort verändert – das waren die Geräusche, die der Späher in der Nacht gemeldet hat. Im milchigen Dunst kann Alexander die neuen feindlichen Stellungen nicht mehr ausmachen, so geht er lediglich einigen Geräuschen nach und begibt sich immer weiter in einen Abhang am Rand einer Senke hinein. Der Nebel wird hier immer dichter, er hat sich wie eine Decke über das Bachbett am Grund des Talkessels ausgebreitet, in den hinein er seine Truppen führt.

Napoleon steht seitwärts auf einer mittleren Anhöhe, seine besten Truppen befinden sich weiter unten, der Nebel ist über ihm. Aus seiner Position hat er eine gute Sicht auf den beginnenden Kampf. Durch ein geschicktes Manöver mit wechselnden Angriffen auf der linken und der rechten Seite der gegnerischen Formationen sowie ein den Angriffen folgendes schnelles Zurückfallen, lockt Napoleon die gegnerischen Truppen immer weiter von der Höhe herunter. Er zieht sie langsam auf das matschige Feld mit dem tiefen Boden, das er sich für die Schlacht ausgesucht hat.

Als er die gegnerischen Einheiten weit auseinander gedehnt hat, bricht die Sonne durch den Dunst, und Napoleon eröffnet das Feuer. Die »Grande Batterie« seiner Artillerie richtet er nun auf das freiliegende Zentrum der russischen Armee, während seine linken und rechten Bataillone die gegnerischen Flügel rasch umgehen und ihnen in den Rücken fallen. Das Manöver gelingt, die Truppen der Allianz sind verwirrt, der Rückzug wird ihnen im ansteigenden Gelände versperrt. Am längsten wehrt sich noch eine einzelne russische Einheit, aber auch sie wird am Ende besiegt, und der russische Zar reitet gedemütigt vom Feld.

Die Schlacht bei Austerlitz dauert nur vier Stunden, für die Besiegten nimmt sie ein furchtbares Ausmaß an. Insgesamt fallen rund 20000 Soldaten, die Franzosen zählen davon nur einen Bruchteil. Es werden über 12000 russische und österreichische Kriegsgefangene gemacht. Französische Soldaten legen sich am Abend zwischen die toten und sterbenden Gegner zum Schlafen nieder. Sie versuchen bei den Toten etwas Essen zu finden. An seinen Bruder schreibt Napoleon am nächsten Tag: »Mein Bruder, ich habe die verbündete Armee, die von den zwei Kaisern von Russland und Österreich angeführt war, in die Flucht geschlagen und alle Standarten der kaiserlichen russischen Armee erobert. Eine ganze russische Kolonne stürzte sich in einen See, und der größte Teil davon ertrank. Noch jetzt hört man einige der Unglücklichen schreien. Obgleich ich in den letzten Tagen im Freien biwakiert habe, ist meine Gesundheit gut.«

Einen Tag später schreibt er an seine Frau Josephine: »Die Schlacht von Austerlitz ist die allerschönste von allen meinen Schlachten.« Im »Moniteur Universel«, der von Napoleons Stab bestückten französischen Staatszeitung, wird der Ausgang der Schlacht patriotisch kommentiert: »Ihr Franzosen seid zur beherrschenden Macht geworden, deren die neue Organisation von Europa dringend bedurfte. Ihr seid die Führer des Kontinents! Ihr habt die Sonne, die den Erdball erhellt, den Hauptplatz im Zentrum der politischen Bewegungen eingenommen, um denselben eine leuchtende Bahn zu weisen.«

Man könnte meinen, Francois Clicquot habe mit seinen Sorgen Austerlitz vorausgesehen. Nur sechs Wochen nach seinem Tod erzwingt Napoleon die Unterzeichnung eines für die besiegte Allianz vernichtenden Waffenstillstandsabkommens. Ganz anders als im staatlichen Moniteur beschworen, wird Frankreich Europa ab jetzt gegen sich haben. Über Frankreich hinausgehende Geschäfte sind ab dem folgenden Jahr nur noch schwer zu betreiben. Für fast alle französischen Produzenten, die auf den Export angewiesen sind, beginnt eine Zeit der Not. Auch für die Champagnerindustrie bedeutet Austerlitz den Beginn einer langsamen Abwärtsspirale. Für die Verlierer auf dem Schlachtfeld ist die Schmach von Austerlitz kaum zu verwinden. Der Triumph und die Unerbittlichkeit des Siegers Napoleon setzen den Ton für die nächsten zehn Jahre der europäischen Geschichte.

Der österreichische Kaiser Franz muss in der Folge der Schlacht seine Kaiserkrone über das sogenannte Heilige Römische Reich ablegen; er ist jetzt nur noch Kaiser eines gewaltig geschrumpften und moralisch demontierten Landes Österreich. Neben den 20 000 toten Soldaten und einem verzwergten Heimatland gibt es in Austerlitz noch einen anderen schmachvollen Verlierer: den ehrgeizigen, unsicheren und hitzköpfigen russischen Zar Alexander I. aus dem Hause der Romanows, Enkel der Zarin Katharina II.

Am 16. Dezember 1805 wird Nicole 28 Jahre alt. Es ist eine leise Geburtstagsgesellschaft, die sich bei ihr am Nachmittag in Reims eingefunden hat. Ihre Eltern und ihr Bruder sind gekommen. Philippe Clicquot hat ihr schon am Morgen gratuliert. Er sitzt eine halbe Stunde bei ihr. Philippe ist immer noch nervös, wenn er im Haus seines Sohnes weilt, und fragt sie zum Schluss, ob sie gemeinsam für Francois beten können. Nicole willigt ein und betet dafür, dass es Francois gut gehen möge, da, wo er ist. Sie wartet inständig auf Louis Bohne, der in den nächsten Tagen in Reims eintreffen soll. Eine schwierige Lebensentscheidung steht an; denn sie muss ihre Wahl treffen zwischen einer Existenz in vornehmer Zurückgezogenheit und dem Start in ein riskantes geschäftliches Abenteuer.

Mit wem sie auch spricht, was sie auch liest, die Franzosen sind noch immer wie entrückt von Napoleons Triumph in Austerlitz, und Nicole macht sich Gedanken, was dieser Sieg für ihr Geschäft zu bedeuten hat. Louis hat ihr mehrfach von seiner Rückreise aus Russland geschrieben, zuletzt aus Deutschland. Er ist positiv, bittet sie indirekt, das Unternehmen weiterzuführen. Er schreibt, dass es weiterhin gute Aussichten für sie gibt, trotz der Kriege und obwohl die hohen Abgaben die besiegten Länder in wirtschaftliche Bedrängnis bringen werden. Er schreibt, dass er den russischen Zar Alexander kennt. Er ist überzeugt davon, dass er weiter gegen Napoleon aufstehen wird. Und er weiß, dass die Russen den französischen Wein lieben. Immer, wenn sie an Louis denkt, fühlt sich Nicole lebendig.

Austerlitz hat eine erneute weitgreifende Gebietsneuordnung in Mitteleuropa zur Folge. In dem im Nachgang zum Waffenstillstand verhandelten Friedensschluss ist eine Härte an der Grenze zur Boshaftigkeit enthalten. In vergangenen Schlachten hat Napoleon manchmal seine Ärzte zu den sterbenden gegnerischen Soldaten auf das Schlachtfeld geschickt. In Austerlitz scheint das Mitleid mit seinen Gegnern erloschen. Eine Kunst des verträglichen Siegens würde darin bestehen, den Besiegten so etwas wie Gesichtswahrung zu ermöglichen. Eine solche Geste ist Napoleon fremd. Für einfache Soldaten kann er manchmal Mitleid aufbringen, für die gegnerischen Machthaber, also seinesgleichen, nicht im geringsten. Die Fähigkeit zum unerbittlichen und totalen Triumph hat ihn berühmt gemacht. Aus der restlosen Vernichtung der von ihm Besiegten zieht Napoleon seine Kraft. Genau darin liegt aber auch die Quelle seines späteren Scheiterns.

Eine für die Geschäfte der beiden Familien Ponsardin und Clicquot empfindliche indirekte Nachwirkung von Austerlitz ist die Kontinentalsperre, ein totales Handelsembargo der europäischen

Seewege, das Napoleon aus Ärger über die ausgefallene Schlacht gegen die Briten verhängt. Für den von ihm beherrschten und den mit ihm verbündeten Teil des europäischen Kontinents verbietet er ab 1806 jeden Handel mit Großbritannien und befiehlt die Beschlagnahmung aller Güter, die aus oder nach Britannien gehen oder aus dessen Kolonien kommen. Jeder Briefwechsel mit den britischen Inseln ist untersagt, jeder Engländer, der sich auf dem Kontinent aufhält, wird als Kriegsgefangener betrachtet, allen englischen Schiffen, die versuchen, einen europäischen Hafen anzulaufen, und in der Umkehr allen europäischen Schiffen, die England anzulaufen versuchen, droht Napoleon mit Kaperung und Vernichtung ihrer gesamten Ladung.

Neuanfang

REIMS, Sommer 1806

Ein barockes Musikstück, das den König nicht mehr loslässt. Nur drei Minuten lang. Mysteriös, ergreifend, packend zieht es ihn mit sich fort, schmeichelnd wie ein Ohrwurm, schon nach den ersten Klängen des Cembalos. Ein brillanter Tanzsatz. Sein Name: »Les Barricades Mystérieuses«. Komponiert vom französischen Hofkapellmeister Francois Couperin, »Le Grand« genannt, wahrscheinlich im Jahre 1715. Das Stück besteht aus ineinander fließenden, einfachen Melodien, deren Rhythmen sich überlagern. Die eingängigen Tonfolgen verwischen plötzlich, münden in einen ganz neuen Melodiestrom, so als würde der alte dem neuen zunächst ausweichen, ihn dann plötzlich noch einmal überholen, bevor er wiederum einer anderen, noch schnelleren Strömung einverleibt wird. Zum ersten Mal trägt Couperin sein Stück bei einem der sonntäglichen Nachmittagskonzerte Ludwig XIV., König von Frankreich und Navarra, Prinz aus dem Hause Bourbon, in Versailles vor. Der König ist fasziniert.

Ludwig XIV. verfügt über das absolute Gehör. Als er den jungen Couperin zum ersten Mal hört, stellt er ihn sofort als Hofkomponist ein. Mit leichter Hand sticht der 25jährige Musiker sieben Konkurrenten für die begehrte Stellung aus. 23 Jahre lang, bis zu dessen Tod, erfreut er den beliebten König mit Hunderten neuer Musikstücke. Fast keines der von Couperin für ihn komponierten Stücke will der König ein zweites Mal hören, nicht weil er sie nicht mag, ganz im Gegenteil, er ist unersättlich, ja süchtig nach Couperins musikalischen Einfällen. Das mysteriöse Stück hört er sich mehrfach an.

Wenn Francois Couperin »Les Barricades Mystérieuses« wirklich im Jahre 1715 komponiert hat, gibt er dem Stück nicht ohne Grund diesen seltsamen Titel. Voltaire ist gerade 20, seit drei Jahren wagt er es, satirisch-kritische Pamphlete gegen den Hof von Versailles zu veröffentlichen. Der Dichter ist schwer einzuordnen, verkehrt am Hofe, baut mit seinen Schriften jedoch »Barrikaden« gegen das französische Herrscherhaus auf. Im Mai 1717 wird Voltaire erstmals in der Bastille inhaftiert.

»Les Barricades« von Couperin ist leicht und luftig, die Musik erzeugt eine beschwingte, sorglose Stimmung, so wie sie der König in seiner Freizeit bevorzugte. Ob Ludwig XIV. jemals

entschlüsselt hat, warum Couperin seinem Stück einen so hintergründigen, ja orakelhaften Titel gegeben hat, ist nicht überliefert. Gut möglich allerdings, dass sich Herrscher und Komponist ohne Worte verstanden. Wollte der Komponist seinen König auf etwas aufmerksam machen, tat er es mit seiner Musik. Aus einer anfänglich einfachen Melodie entwickelt Couperin in »Les Barricades« eine verzwickte musikalische Parabel über die Macht. Niemals bleibt Herrschaft frei von Gegenströmungen, deren Sog so gewaltig werden kann, dass er selbst den Mächtigsten von seinem Stuhl reißt.

Die Hofkomponisten Napoleons verschreiben sich dem akustischen Spektakel. Massenaufgebote von Sängern und Musikern, große musikalische Lärmeffekte, symphonische Blasmusik, schmetternde Fanfaren. Versponnene musikalische Warnungen auf dem Cembalo entsprechen nicht dem Geschmack des Kaisers aus Korsika.

Dezember 1805, ein Sonntag: Die kleine Clementine lungert mit ihrem roten Stoffpferd an der Haustür herum. Das tut sie immer, wenn Nicole Besuch erwartet. Sonnenschein liegt heute auf dem Haus, es ist erstaunlich klares Wetter, aber sehr kalt nach den vielen Wochen des Regens.

Nicole sitzt allein auf der Fensterbank und sammelt im Kopf ihre Fragen, die sie dem Besucher stellen will. Sie hat sich ein neues dunkles Kleid nähen lassen aus fester changierender Tussahseide. Der Stoff bekommt in den Sonnenstrahlen etwas Silbriges, als seien winzige Metallstifte eingewebt. Der feste Stand ihres Kleides passt vielleicht nicht ganz zu der vagen, leicht nervösen Stimmung, in der sich Nicole befindet, oder er ist gerade deshalb so von ihr gewählt. Sie hat sich den perlmutternen Kamm in ihr Haar gesteckt, den sie zuletzt zu ihrer Hochzeit trug.

In Reims ist leichter Schnee gefallen. Es hängen Eiszapfen vor dem Fenster, an denen sich jetzt, gegen Mittag, ganz langsam Tropfen bilden. Man sieht den Schnee durch das Fenster auf dem Trottoir liegen. Dieses Stadtviertel von Reims ist schon lange mit Gehsteigen ausgestattet. Dort wo Nicole als Kind eingesperrt war, bei der Schneiderin Elise Le Compes, gibt es auch 16 Jahre nach der Revolution noch immer keine befestigten Wege, die an den Häusern entlang führen. Vor der Tür der Schneiderin vermischt sich der neue Schnee langsam mit dem Dreck, den die Kutschen nach allen Seiten verspritzen, und dem Unrat, der hier des Nachts von den nicht besonders sorgfältig geleerten Latrinen zurückbleibt. Der Schnee mildert den Missstand des Gestanks für kurze Zeit, der sonst übelriechende Schlamm wird für ein paar Tage nachts überfrieren und vorübergehend geruchlos bleiben.

Die Schneiderin hat Nicole einen Brief geschrieben. Sie fragt darin, wie es ihr geht, jetzt, wo Francois gestorben ist. Nicole ist ergriffen. Sie weiß, was es für Elise bedeutet, einen Brief zu schreiben. Sie muss schließlich jemanden finden, der etwas von ihr Diktiertes aufschreiben kann. Nicole denkt an Elises Küche, an das fleckige Geschirr, die wackelige Treppe, die in den Schlafraum hinaufführt, und daran, dass Caiou, der quirlige Hund, immer ausgestreckt auf ihren nackten Füßen lag. Sie sagt sich, ich brauche eine Schneiderin, ich brauche sie, ich brauche Elise.

Nicole will an diesem Sonntag einer Entscheidung näherkommen, die ihr künftiges Leben formen könnte. Wenn sie ihre Augen schließen würde, käme der böse Traum zurück, würde jene Szene plötzlich wieder vor ihr stehen, in der ihr Mann vor nur acht Wochen im Nebenzimmer dieses Salons seinen letzten Atemzug getan hat. Sie wäre dann unfähig, an etwas anderes zu denken. Aber sie schließt ihre Augen nicht. Sie ist mit Louis Bohne verabredet, er sitzt ihr schon gegenüber, wendet ihr sein rundes strahlendes Gesicht zu, nachdem der Handelsreisende von Clicquot & Fils am Vortag aus St. Petersburg in Reims eingetroffen ist.

Ein kleiner ovaler Tisch in der Salonecke. Majestätischer dunkelroter Canvas, eine winterlich gewalkte Tischdecke. Darauf strahlend weiße Teller mit Goldrand, von geschliffenen Portweingläsern umstellt. Rachel, die Köchin, hat salzige Petit Fours und Pastete für den Besuch zubereitet. Dazu gibt es eingelegte, warme Betteraves Rouges (Rote Beete), Rachels Spezialität. Louis Bohne trägt wieder seinen grauen Winteranzug. Er hat einige voll geschriebene Blätter sowie eine Kladde mit Zahlenreihen mitgebracht. Es ist sein Auftragsbuch, in blassblaues Vorsatzpapier eingebunden, an den mit braunem Leder überzogenen Ecken abgescheuert, die Innenseiten sauber liniert. Sein Buch hat er vor sich liegen, den weißen Teller von sich weggeschoben. Er kommt sofort zur Sache.

»Nicole, warum eine solche Firma aufgeben? Ich verstehe es nicht.«

»Es ist der Wunsch Philippe Clicquots«, antwortet Nicole.

»Ich biete Ihnen an zu investieren. Ich habe nicht viel Geld, aber ich würde auf diese Firma setzen, Ihnen mein kleines Vermögen dafür überreichen«, sagt Louis Bohne und schürzt die Lippen. Er fährt fort: »Ich kenne das Geschäft mit Wein seit mehr als zehn

Jahren. Ich bin kein Luftikus, kein windiger Bursche, kein Bruder Leichtfuß. Es ist eine aussichtsreiche Sache, glauben Sie mir.«

»Aber mein Mann ist daran verzweifelt. Er hat nicht mehr daran geglaubt, dass wir es hinbekommen«, erwidert Nicole.

»Nicole, wenn ich Ihnen raten darf, ... diese Angst Ihres verstorbenen Mannes, Sie wissen, ich achte ihn sehr, ein großartiger Mensch. Aber diese Angst, sie war zweifelhaft.«

Sie starren sich an, eine Pause entsteht. »Wie meinen Sie das?«, fragt Nicole und denkt, dass er unverschämt ist mit dem, was er sagt.

Louis Bohne spricht stockend: »Er war nicht ... nicht wie Sie, Madame«, sagt er und belässt es bei dieser Feststellung.

»Ist die Lage denn wirklich anders?«, fragt Nicole weiter. »Die Kriege, das Embargo, dieser Verrückte an der Spitze unseres Landes, das hat sich Francois ja nicht eingebildet«, fügt sie an.

»Bonaparte? Ich sehe ihn wie Sie. Frankreich gewinnt nichts, wenn es Europa weiter in die Enge treibt.«

»Und?« Nicole schaut Louis an. »Was können wir tun?«

»Es gibt unendlich viele Dinge, die in Europa zu tun sind. Das meiste davon ist sinnvoller, als sich auf Schlachtfeldern herumzutreiben«, sagt Bohne.

»Aber hilft denn Champagner? Ist das ein sinnvolles Angebot – in dieser Zeit?«, fragt Nicole.

Louis Bohne lächelt. Er wirkt nicht müde oder erschöpft, denkt sie, nach seiner langen, beschwerlichen Reise. Er ist frisch, ganz bei der Sache. Sie ist beeindruckt von seiner Unerschütterlichkeit. Nicht normal, denkt sie. Will er sie überreden? Es sieht jedenfalls nicht so aus, als verließe er sie wieder ohne eine Entscheidung. Sie will ihn anhören.

Louis Bohne erklärt Nicole, dass es Wege gebe, mit denen man das Embargo unterlaufen könne. Ihm sei nicht bange davor, sagt er. Sie werden Schiffe mit Champagner nach Skandinavien und Russland bekommen, auch während des Embargos, davon ist er überzeugt. Die nächsten Jahre werden hart, das glaubt er auch. Er hat einen Plan gemacht, trägt ihr Zahlen vor, es klingt nach einem zunächst tiefen Tal, gefolgt von einem langsamen Aufstieg. Man brauche Ausdauer, sagt er. Doch die Zukunft spiele für den Champagner von Clicquot. Er könne nichts sehen, was dagegen spreche, die Qualität ihres Weines sei hervorragend, er bekomme ausschließlich gute Rückmeldungen. Nicole solle sich Moskau oder Oslo im Winter vorstellen – Dunkelheit, Kälte, Eisblumen an jedem Fenster –, da helfe ein großartiger Champagner, weil er wie Medizin sei gegen das Wetter dort. Sein feiner Waldmeisterduft erzeuge Frühlingsgefühle, ganz gleich, wie kalt es draußen sei. Auch habe sein Genuss eine euphorisierende und immunisierende Wirkung. Champagner sei das wertvollste Geschenk der Franzosen an die Welt, sagt Louis Bohne.

Nicole ist es warm geworden, sie bekommt langsam das Gefühl, dass sie die Rolle eines Handelsreisenden ebenso übernehmen könnte wie ihr Gast.

»Dass die Russen Ihren Wein mögen, ist das Wichtigste«, fährt er fort. Russland sei der Schlüssel zu anderen Märkten der Region, denn die Finnen, Norweger und Schweden würden trinken, was der Zar liebt. Und noch eine andere Entwicklung bewege ihn, sagt Louis Bohne. Viele Wettbewerber verabschiedeten sich gerade aus dem Markt. Wegen der zu erwartenden Kriege. »Doch wenn wir bleiben, wird unsere Zeit kommen. Clicquot wird dann die einzige Firma vor Ort sein, die noch an die große französische Lebensart erinnert«, ist er überzeugt. Daraus erwachse ein wirtschaftlicher Vorteil. Die Ware werde knapp und die Preise für guten Wein wieder steigen. Genau deshalb müssten sie weiter machen. »Und Clicquot wird zum wichtigsten Champagnerlieferanten für diesen Teil des europäischen Kontinents werden.«

»Sie plädieren also dafür, dass jemand das Geschäft weiterführt?«, fragt ihn Nicole.

»Nicht jemand, sondern Sie, Madame! Genau das wäre mein Wunsch. Haben Sie keine Angst«, insistiert Louis Bohne. »Sie sind eine gestandene Frau, sie können das!«

Für einen kurzen Moment fragt sich Nicole, ob sie diesem Kompliment wirklich trauen kann. Doch sofort verwirft sie ihren Zweifel. Warum sollte Louis Bohne diese Strapaze auf sich nehmen, warum sollte er tausende Kilometer reisen, um ihr dann etwas einzureden, an das er selbst nicht glaubt? Nicole sieht zum Fenster hinaus, wo der Schnee im Licht der Nachmittagssonne auf den kahlen Ästen der Bäume weiße Polster bildet. Die Frage ist, ob sie es sich selbst zutraut. Sie will sich nicht seinem Wunsch fügen, sondern eine eigene, freie Entscheidung treffen. Sie fühlt, dass sich durch seine Anwesenheit etwas in ihr löst. Da ist kein Druck mehr, sondern eine Geschmeidigkeit, die sich in so etwas wie Energie zu verwandeln beginnt. Sie spürt, wie es sie aufrichtet, Bohne zuzuhören, sie wird nicht mehr ihre ganze Kraft dafür aufwenden müssen, um sich gegen Traueranfälle zur Wehr zu setzen, gegen Gerüchte und insinuierende Fragen zu Francois' Tod. Am liebsten möchte sie gleich mit ihm losziehen.

»Ich, ich würde es gerne versuchen. Vielleicht?«, sagt sie.

Nicole ordnet ihren Rock, fährt mit dem Finger über eine Verdickung der Seidenfaser im Stoff. Sie fühlt sich an die Wochen bei der Schneiderin erinnert. Auch damals fühlte sie sich zuerst überfahren, aber schnell hat sie sich in der Situation zurechtgefunden, sie sogar gemocht. Schon damals hat es sie beruhigt, über die Kanten der Stoffkreise zu streichen, die sie aufeinanderzuheften hatte. Die bewusste Berührung eines Stofffetzens als Brücke zur Realität, als Blitzableiter ihrer Emotionen.

Die Schneiderin gab ihr damals eine neue, ungekannte Aufgabe, und sie gewann daraus Sicherheit. Sie konnte schreiben und rechnen, die Schneiderin konnte perfekt nähen. So ähnlich ist es jetzt mit Louis Bohne. Er kennt die Welt und das Metier, sie bekommt hoffentlich das nötige Geld zusammen. Er kennt sich in Russland aus, sie in den Geschäften, die Francois in Reims betrieben hat. Er ist bei den Kunden bekannt, sie bei den Weinbäuerinnen in der Champagne.

»Und Zar Alexander?«, fragt Nicole. »Glauben Sie wirklich, nach Austerlitz wird er französischen Wein überhaupt noch mögen?«

»Der Zar ist ein großartiger Mensch. Er spricht fließend französisch, er ist ja in dieser Sprache erzogen worden. Er ist belesen wie kein anderer Kaiser in Europa, den Verrückten hier in Frankreich eingeschlossen. Er ist ein Mensch der feinsten Sinne und Manieren, dem christlichen Glauben zugetan.«

»Aber haben denn die Russen überhaupt noch Sympathie für uns?«

»Die größte Sympathie in Europa haben sie für Frankreich. Nicht für Monsieur Bonaparte, Madame, aber für die Franzosen – sie lieben und verehren ihre Kultur, ihre Bildung, ihre Architektur und nicht zuletzt ihre Literatur.«

Nicole schaut ihm aus dem Fenster nach, als Louis Bohne in eine herbeigerufene Kutsche steigt. Er steht auf dem Trittbrett, beugt sich in die Kutsche hinein, während seine Mantelschöße von einer Böe erfasst werden. Wie stolze graue Fahnen flattern sie in der Winterluft. Dann fällt die Türe der Fahrgastzelle zu und die Räder des Gefährts beginnen sich auf der schneebedeckten Fahrstraße zu drehen. Es hat ganz leicht zu schneien begonnen. Die sich entfernende Kutsche, die sich drehenden Räder, eine schneebedeckte Stadtkulisse – verzauberte Welt.

Nicole wendet sich vom Fenster ab und setzt sich zurück an den Tisch. Sie nimmt sich ein Petit Four von der Platte und steckt es sich in den Mund. Das Gebäck ist leicht eingetrocknet über die vier Stunden, die sie mit Louis gesessen hat, doch sie isst es mit Appetit. Ein zweites Gebäckstück verschwindet in ihrem Mund, dann noch ein Eclair. Sie ist hungrig, zum ersten Mal seit Wochen. Nicole steht auf, geht zu ihrem Sekretär, nimmt einen Zettel zur Hand und ihren Stift mit Perlmutt-Einlage, den Francois ihr geschenkt hat. Auf den Zettel schreibt sie: VEUVE CLICQUOT PONSARDIN.

Plötzlich hat sie es eilig. Nur eine halbe Stunde später findet sich Nicole in Hut, Mantel und Stiefeln vor ihrer Haustür. Sie läuft hinaus in die kalte Winterluft. Es sind nur wenige Minuten bis zu ihrem Ziel. Ein plötzlicher Windstoß lässt ein paar abgebrochene Zweige und eine Wolke von Neuschnee vom Boden aufwirbeln. Wenige Menschen treiben sich an diesem Winternachmittag auf den Straßen von Reims herum. Nicole nimmt sie nicht wahr, sie hört nur ihre laut knirschenden Schuhsohlen, während sie durch die Schneeluft zum Haus ihres Vaters strebt.

Im Palais Ponsardin öffnet ihr Antoine die Tür. Er ist überrascht, Nicole zu sehen, schließlich gibt es keine Verabredung. Sie hält sich nicht lange bei Antoine auf, wie es sonst ihre Art ist, drückt ihm nur ihren Mantel in den Arm, stürmt an ihm vorbei, eilt die Treppenstufen hinauf und klopft an die Tür des Arbeitszimmers, in dem ihr Vater wie gewöhnlich seinen Sonntagnachmittag verbringt. Noch bevor er geantwortet hat, tritt sie ein, und ohne ein Wort der Begrüßung zu sagen, platzt es aus Nicole heraus.

»Papa, ich brauche deine Hilfe!«

»Sei mir herzlich gegrüßt«, antwortet Ponsardin, über den Rand seines Monokels blickend, während er sich langsam aus seinem Stuhl erhebt. Über sein weißes Hemd hat er einen olivgrünen Hausmantel aus Samt gezogen an diesem kalten Winternachmittag, an dem im Palais kein Besuch mehr zu erwarten ist. Er beugt sich zu Nicole herab, mit seinem jetzt grauweiß gewordenen Haarschopf, der über seinen fleischigen Ohrläppchen in einer Rollmopslocke endet. Ponsardin küsst seine Tochter auf beide Wangen. Mit seinen 58 Jahren hält er sich gut, steht aufrecht vor ihr und blickt sie aufmerksam an. Sein Bauch hat ein stattliches Format angenommen, passend zu seiner beharrlichen Jovialität. Seine Haltung gegenüber Napoleon hat Ponsardin nicht verändert, er ist sein leidenschaftlicher Anhänger geblieben. Inzwischen verkehrt er freundschaftlich mit dem Kaiser.

»Ich muss dir berichten«, bestürmt ihn Nicole. »Louis Bohne war heute bei mir.«

»Nicole, nimm Platz. Ich freue mich, dass du mich aufsuchst«, sagt der Tuchfabrikant. Er freut sich, dass sie so energisch bei ihm vorspricht.

»Also, Louis Bohne war da«, eröffnet ihm Nicole mit strahlenden Augen. »Und er sieht die Aussichten für unsere Firma positiv.«

»Ach ja?«, erwidert Ponsardin. Er rückt sich eine Bergère zurecht und sitzt jetzt seiner Tochter gegenüber, neben sich das Kaminfeuer. Er schaut in die Glut, zögert lange und sagt dann langsam und bedächtig: »Geschäftsprognosen sind das Schwerste in dieser Zeit.«

Nicole legt ihm ihren Zettel auf den kleinen Beistelltisch, auf dem, wie gewohnt, eine Silberschale mit Korianderkonfekt thront. Es ist genau der Zettel, auf den sie vor einer halben Stunde den möglichen Namen der neuen Firma, »Veuve Clicquot Ponsardin«, geschrieben hat.

Ponsardin nimmt den Zettel in seine Hand und liest, was sie geschrieben hat.

»Er ist ein Verkaufstalent, dieser Louis Bohne«, entfährt es ihm.

Langsam legt er den Zettel zurück auf den Tisch, sieht sie an, zieht erwartungsvoll die Augenbrauen hoch.

»Wenn du mich fragst, ein nicht ganz ungefährliches Unterfangen«, kommentiert er.

»Papa, es bringt mir Luft. Ich merke, dass mein Leben wieder in eine Ordnung kommen könnte«, erwidert Nicole.

»Es geht dabei nicht nur um *dein* Leben, Nicole. Es hängen viele Menschen daran. Du musst bei guter Laune bleiben, egal, was auf dich einwirkt. Und nie darfst du dir etwas anmerken lassen, auch wenn du ratlos und verzweifelt bist. Soll das dein Leben sein?«, fragt er.

»Ich scheue das Risiko nicht«, antwortet Nicole und lässt ihren Blick auf der Konfektschale ruhen.

»Sprich erst einmal mit den Mitarbeitern. Höre sie an, schau dir die Konten an, warte, bis du die Sache durchdacht hast, dann reden wir noch einmal darüber«, erwidert Ponsardin.

Nicole sieht ihren Vater nicht an, als er spricht. Sie blickt vor sich hin und schüttelt fast unmerklich den Kopf, während sie hört, was er sagt. Er stelle sich ein anderes Leben für sie vor, frei von Mühsal, inmitten wohlwollender Menschen, erklärt er ihr.

»Wie kommst du eigentlich dazu, mein Leben für mich zu entwerfen«, unterbricht sie ihn. Sie versucht sich zu beherrschen, schaut ihn an und erhebt noch einmal ihre Stimme.

»Ich verstehe, was du mir sagen willst, Papa. Aber ich versuche gerade, mich nach diesem schweren Schlag wieder auf mein Leben zu besinnen. Ich möchte diese Firma weiterführen, und ich verstehe nicht, warum du mir diese Ketten anlegen willst. Es ist eine Chance, die ich kein zweites Mal bekommen werde, und du wirst sie mir nicht mehr ausreden. Die anderen ziehen sich gerade aus Russland zurück. Wir können das Land mit unserem Champagner erobern statt mit unserem Militär, und du wirst mich nicht davon abhalten.«

»Ihr werdet die Ware gar nicht aus Frankreich herausbekommen«, antwortet Ponsardin ruhig und fährt fort: »Es ist ein Traum, Nicole. Doch Träume gehen selten in Erfüllung.« Ponsardins Ton ist leicht geringschätzig jetzt nach diesem Ausbruch seiner Tochter.

»Wir wollen unseren Wein über den Hafen von Amsterdam nach Nord- und Osteuropa verteilen«, fährt Nicole fort.

»Und ihr glaubt, dass Amsterdam frei bleibt?«, zweifelt Ponsardin und fügt hinzu: »Ich traue dir eine Menge zu, aber nicht, dass du das Embargo außer Kraft setzt.«

Er starrt auf den Zettel, der vor ihm liegt, lässt eine weitere Pause entstehen und sagt in die Stille hinein:

»Wenn das Ganze überhaupt eine Aussicht haben soll, muss man einen sehr langen Atem haben. Und, ehrlich gesagt, glaube ich nicht, dass du das durchstehen wirst.«

Nicole ist verblüfft. Sie hat nicht damit gerechnet, dass ihr Vater ihr so wenig zutraut. Und sie glaubt ihm auch nicht, was er sagt. Der Grund für seine Ablehnung liegt nicht in ihrem Unvermögen, es geht mehr um seinen Wunsch, sie weiterhin ganz für sich zu vereinnahmen. Sie spürt, dass er sie nicht gehen lassen will. Er möchte sie an seiner Seite behalten, lebenslang. Er möchte sie nicht als Unternehmerin neben sich haben, die in Konkurrenz zu ihm treten würde. Er traut es mir nicht zu, weil er es sich nicht vorstellen kann und will, denkt Nicole.

Sie sagt: »Ich hatte mir Unterstützung von dir erhofft, Papa. Aber da lag ich wohl falsch. Du verstehst mich nicht, das ist schade, aber ich werde meinen Weg auch ohne dich gehen.«

Sie geht an ihm vorbei, strebt zur Türe. Ohne dass ihr Vater sich noch von ihr verabschieden kann, verschwindet sie so raschen Schrittes, wie sie gekommen ist.

Ponsardin bleibt noch einige Minuten auf seinem Stuhl sitzen. Er hat gemerkt, wie die Energie und der eiserne Wille in seine Tochter zurückgekehrt sind. Er hat damit so schnell nicht gerechnet. Er spürt, wie sich alles in ihm gegen Nicoles Absichten sträubt, weil er fürchtet, dass Louis Bohnes Ideen das Ende seiner Heiratspläne für sie bedeuten. Er wird Bohne aufsuchen müssen.

Es ist Abend, Nicole steht vor dem Spiegel. Sie betrachtet sich, sieht ihr dunkles, hochgeschlossenes Kleid, ihr kastanienbraunes, eng am Kopf anliegendes und zu einer einfachen Frisur hochgestecktes Haar. So sehen Witwen aus, denkt sie. Als Geschäftsfrau wird sie eine Witwe bleiben, genau das fürchtet ihr Vater.

Ab wann beginnt endlich eine Zeit, in der die Strafen für arbeitende Frauen gemildert sein werden, fragt sie sich. Sie wird es wohl nicht mehr erleben. Ihrem Vater hat ihr Wunsch nicht gefallen, er hat sich unter ihren Sätzen gewunden, würde ihr am liebsten verbieten, über eine Weiterführung der Firma auch nur nachzudenken. Soll sie sich also in den Wartestand für eine zweite Ehe begeben? Sich wieder mehr um ihre Frisur kümmern? Um ihre Handarbeiten? Was wird mit ihr geschehen, wenn sie sich feilbieten muss und so tun soll, als wäre ihr Leben damit ausgefüllt? Und was geschieht mit ihr, wenn sie sich für den Falschen entscheidet? In ihrer Umgebung sind Ehefrauen, die jeden Anspruch an ihr Leben verloren haben. Sie denkt an ihre Mutter, die mit 16 Jahren verheiratet wurde, deren Gedanken nur noch um Äußerlichkeiten kreisen, weil ihr eine andere Beschäftigung nie zugetraut wurde, bis sie es sich selbst nicht mehr zutraute.

Grau, braun, schwarz, bestenfalls purpur – als lebenslange Witwe wird ihre Kleidung für immer dunkel bleiben. Aber spielt es eine Rolle in ihrem Leben, welche Farbe ihre Kleider haben? Sie denkt an Louis Bohnes Worte: »Sie sind eine gestandene Frau!« Genauso fühlt sie sich auch. Mode und feine Gesellschaften sind ohnehin nie ihre Sache gewesen. Sie weiß, dass Francois als Ehemann etwas Besonderes war. Sie will nicht ausschließen, dass sie wieder einen solchen Mann kennenlernt. Aber das passiert auch, wenn sie einen Beruf hat. Oder es passiert nicht. Sie glaubt an die Zeichen, die ihr Unterbewusstsein ihr senden. Sie vertraut ihrem Impuls, der sie zieht und drängt. »Eine gestandene Frau«, das trifft ihr Lebensgefühl, jetzt. Als sie ins Bett geht, ist Nicole immer noch aufgeregt. Doch selten hat sie sich entschlossener gefühlt.

Am nächsten Morgen macht sie sich früh ausgehfertig. Der Schnee ist über Nacht liegen geblieben, aber heute ist es trocken. Erneut liegt ein blaues Winterlicht über Reims. In ihren langen Mantel gehüllt, lässt sich Nicole zu ihrem Schwiegervater fahren. Sie sieht die Atemwolken der Pferde in den ersten Sonnenstrahlen aufsteigen, als sie die Kutsche vor dem Haus der Clicquots verlässt. Philippe scheint erfreut, sie zu sehen. Er ist um Jahre gealtert, seit Francois gestorben ist. Sein Haar ist fast ganz ausgefallen, die letzten vereinzelten Strähnen stehen von seinem Kopf ab. Mit seiner rechten Hand streicht er sich ständig darüber, so als wolle er wie früher sein volles Haar in Ordnung bringen. Lebensgesten brauchen länger, um sich an einen anderen Zustand des Körpers zu gewöhnen, denkt Nicole. Philippe hat neue Angewohnheiten entwickelt. Die Liebe zu seiner Taschenuhr beschäftigt ihn, die er jetzt oft streichelt. Um seinen Mund, bis hinunter zum Kinn, hat sich ein kleiner Wald tiefer Kerben eingenistet, die nicht mehr verschwinden wollen. Er fährt oft suchend mit der Hand darüber, als wolle er sie sich merken.

Ihr Schwiegervater reagiert überraschend positiv, als Nicole ihm von ihren Plänen erzählt. Er lächelt sie an. Den Zettel mit dem neuen Namen der Firma zeigt sie ihm noch nicht. Während sie munter plaudert, reibt er immer wieder seine Taschenuhr am Revers seiner Jacke blank. Mit der anderen Hand hält er sich ein Taschentuch vor den Mund, in das er einige Male hineinhustet. Zu ihrer Überraschung sagt er ihr sofort die Summe von 30 000 Francs zu, sollte sie die Firma mit dem gesamten Personal weiterführen. Er scheint aufmerksam zuzuhören, stellt einige Fragen. Doch wenn sie antwortet, kann es passieren, dass er plötzlich in die Luft starrt und gar nicht bemerkt, wenn sie ihre Rede beendet. Er scheint im Kopf jetzt zuweilen völlig klar und sachlich, dann wieder mit ganz anderen Dingen beschäftigt. Nicole mag Philippe jetzt mehr als früher, seine Weichheit und leichte Verwirrtheit haben seinen Charakter verändert. Und was ist schlimm daran, wenn er von seinem Leben einfach erschöpft ist?, denkt sie.

Als sie ihn fragt, was er für die Liquidation bereits unternommen hat, erwähnt nur den ersten Brief an die Kundschaft. Er freue sich, die Firma nicht liquidieren zu müssen, sagt er, spricht die Worte jedoch wie teilnahmslos aus. Am Mittag gehen sie gemeinsam in die Firma, wo Arbeiter auf Philippes Geheiß damit begonnen haben, die Flaschenbestände zu zählen. Nicole ruft alle Mitarbeiter zusammen und verkündet ihnen, was sie vorhat. Der Empfangsraum ist brechend voll. Philippe steht neben ihr, er sagt nichts, aber er lächelt die Menschen freundlich an und nickt zu allem, was Nicole sagt.

»Wir wollen das Unternehmen mit euch zusammen weiterführen«, verkündet sie. »Ihr könnt euch darauf verlassen, dass ich mich genauso intensiv um euch kümmern werde, wie Francois und Philippe es getan haben. Wir produzieren einen sehr guten Wein, er kommt bei unseren Kunden an und wir finden Wege, wie wir ihn zu ihnen bringen, auch in dieser Zeit«, erklärt sie.

Solche Sätze gehen ihr leicht von den Lippen. Sie hat einen festen Ton, ist sich selbst nicht fremd in ihrer Rolle, und sie strahlt Sicherheit aus. Die Angestellten bestürmen sie mit Fragen und teilen ihr ihre Sorgen mit, als sie geendet hat. Eine Traube von Menschen hat sich um sie geschart. Sie wollen sie nicht gehen lassen. Es kämen zwar noch Bestellungen herein, sagen sie, aber der neue Wein werde nicht mit dem vorjährigen zu vergleichen sein. Die Qualität der Ernte sei wirklich schlecht, die Trauben zu nass, der Most wässrig. Und überall Kriege – kein gutes Omen für den zukünftigen Absatz.

Nach einer Stunde macht sich Nicole auf den Nachhauseweg.

»Das haben wir gut gemacht«, sagt Philippe zu ihr, bevor sie ihn vor seinem Haus aussteigen lässt. Als sie mit ihrer Kutsche losfährt, dreht er sich, die Hand schon am Türknauf, noch einmal nach ihr um. Er lächelt.

Einige Zweifel haben sich in ihr aufgetan. Einen Teil der Sorgen ihrer Mitarbeiter versteht sie natürlich. Womit kann man eine schlechte Ernte ausgleichen? Wie soll sie die Kraft aufbringen, diese Menschen jeden Tag bei guter Laune zu halten? Wie soll sie ihre Fragen beantworten, ohne sich wirklich auszukennen? Wann wird es ihnen auffallen, dass sie vom Geschäft so gut wie nichts versteht? Und wie soll sie sie bezahlen, wenn die Verkäufe zurückgehen?

Wieder zu Hause findet sie ein Billet von Louis Bohne vor. Er will sie am nächsten Abend besuchen. Auch ihr Bruder wird kommen. Gut so. Sie muss die Dinge rasch für sich klären. Eine gute Gelegenheit, ihre Pläne noch einmal gründlich durchzugehen. Ordnung muss in ihrem Kopf entstehen. Louis Bohne, Jean-Baptiste und sie selbst sind alle im gleichen Alter, alle drei Mitte bis Ende zwanzig. Die beiden Männer sind die einzigen Menschen in Reims, denen sie ein ausgewogenes Urteil darüber zutraut, ob sie es schaffen kann. Meine Schwester könnte ich auch noch fragen, denkt Nicole und lächelt. Sie wird dagegen sein, ist sie sicher. Auch eine rechtliche Prüfung wird sie noch anstrengen müssen. Bisher konnte ihr niemand die Frage beantworten, ob sie als Frau überhaupt in ein Handelsregister eingetragen werden kann. Wenn nicht, würde sie die Firma nicht führen können. Es wäre niemand haftbar zu machen für Schäden, Lieferausfälle, Mieten, Abzahlungen, Steuern oder Löhne, ein rechtlich unhaltbarer Zustand.

Ihre kleine Tochter Clementine kommt herein und setzt sich neben sie. Das Kind trägt die ihr wohlbekannte Schachtel in der Hand. Sie hat Nicoles altes Würfelspiel gefunden und legt ihr die geöffnete Schachtel auf die Knie. Clementine fragt, was man damit tun kann. Gemeinsam befühlen sie die Würfel mit ihren eingelassenen hebräischen Buchstaben. Nicole lässt sie raten, was sie bedeuten könnten. Clementine sagt, sie bedeuten, dass man nicht mehr stirbt.

Eine Eintragung in das Handelsregister ist für Nicole keine Hürde. Als Witwe untersteht sie keiner ehelichen Vormundschaft mehr – im Unterschied zu allen verheirateten Frauen, die weder als Rechtspersonen gelten, noch Kredite aufnehmen oder eigenständig Verträge eingehen dürfen und denen eigenständiger Besitz oder das

Vererben desselben verboten ist, selbst wenn sie ihn mit in die Ehe gebracht haben.

Reims, im Dezember 1805: Ein einfaches Diner in Nicoles Haus in der Rue de l'Hopital mit Louis Bohne und Jean-Baptiste Ponsardin. Am Vortag hat Rachel, die Köchin, Erzieherin der Kinder und Organisatorin des Hauses, zu Nicole gesagt: »Ich freue mich so sehr, Madame, dass wir wieder Gäste bewirten!« Für die jungen Herren, die Nicole besuchen, hat sie für diesen Abend einen Hasenrücken zubereitet. Sie trinken Rotwein aus den clicquotschen Weinbergen in Bouzy. Nicole berichtet von ihrem Besuch in der Firma und den Schilderungen der Mitarbeiter über die schlechte Qualität des Weins aus der aktuellen Ernte.

»Hast du mit dem Kellermeister darüber gesprochen«, fragt Louis Bohne.

Nicole verneint. Ein etwas ausgemergelter Mann aus der Buchhaltung habe ihr die schlechte Nachricht überbracht, zwei Kollegen hätten ihm beigepflichtet.

Louis Bohne lacht. »Die Sorge ist unbegründet. Ich verabscheue ausgemergelte Buchhalter. Sie lassen am liebsten jedes Geschäft schlecht dastehen.«

Er erklärt es ihr so: Da Champagner, solange keine speziellen Jahrgangsprodukte hergestellt werden, aus verschiedenen Weinjahrgängen verschnitten wird, macht eine einzige schlechte Ernte weder geschmacklich noch qualitativ viel aus. Allenfalls stelle sich ein Mengenproblem ein. Dies sei jedoch aktuell nicht zu erwarten, die Nachfrage für alle Weine gehe in Europa zurück.

Nicole ist erleichtert. Sie ist froh über Louis Bohnes Erklärungen, weil sie sich dadurch wieder sicherer fühlt. Sie prägt sich ein, was er ihr erklärt. Sie spürt jetzt wieder festen Grund unter ihren Füßen. Wenn sie von ihm lernt, kann es einen Weg geben.

»Aber diese unbegründete Sorge zeigt noch etwas anderes, Nicole«, bemerkt Louis Bohne. »Sie zeigt, dass noch nicht alle in unserer Firma wirklich verstanden haben, was es mit der Champagnerproduktion auf sich hat.«

»Und was ist Ihre Meinung zu den zurückgehenden Verkaufszahlen?«, fragt Nicole.

»Es gibt gute und nicht so gute Jahre«, sagt Bohne.

Gerade bei einem nicht lebensnotwendigen Gut wie Champagner, dem Fest- und Feiergetränk, ergäben sich markante Unterschiede in den Jahresverkäufen, fährt er fort, aber er, Louis Bohne, könne damit leben.

»In manchen Jahren wird eben mehr gefeiert als in anderen«, sagt er. Dafür bringe der Verkauf einen deutlich höheren Ertrag als normaler Wein. »Wenn es einmal nicht so gut läuft, kann man einlagern, man kann Spezialitäten produzieren oder sich neue Geschmacksrichtungen überlegen. Champagner wird nicht schlecht oder unmodern, oder alt. Eher wird er besser, wenn er ein paar Jahre liegen bleibt.«

Bei Champagner müsse man als Produzent immer in Bewegung bleiben, könne sich durchaus nach den Geschmacksrichtungen der Kunden richten. Die Russen beispielsweise liebten die süßeren Sorten, die Engländer die herberen.

»Die Sorten entstehen in der Kellerei. Ein süßer Champagner wächst nicht am Rebstock«, erklärt Louis Bohne.

»Wie viele schlechte Jahre muss man denn durchhalten können?«, fragt ihn Nicole.

»Drei, vier schwache Jahre sollten es sein. Dafür braucht man etwa 200 000 Francs Reserve, wenn ich die Kosten richtig einschätze.«

Nicole ist dankbar für diese Zahl. Sie hat versucht, für sich selbst eine Rechnung aufzumachen, aber sie konnte den Finger nicht auf eine Summe legen. Immer dachte sie, dass Positionen in ihrer Kalkulation fehlten, dass ihre Zahl für den Jahreslohn aller Mitarbeiter zu gering veranschlagt sei oder die Summe der Transportausgaben unvollständig. Es kommt ihr seltsam vor, aber so etwas wie ein Jahresbudget hatte Francois nirgendwo aufgeschrieben. Sie braucht einen Buchhalter, eine Person ohne Angst, die ihr eine solide Planung aufstellt und Sicherheit in ihre verbliebenen Vermögenswerte bringt. Auch muss sie die Handelsbücher des letzten Jahres in Ordnung bringen lassen. Francois hat in seinen letzten Monaten die Ausgaben nicht mehr nachgehalten, der Kontostand ist niedriger, als sie gedacht hat. 200 000 Francs zu sammeln, erscheint Nicole schwierig. Aber sie ist guter Stimmung, auch wenn sie nicht weiß, wer ihr das Geld geben wird.

Den Rest des Abends verbringen die jungen Männer damit, sich mit Schilderungen von kritischen Situationen ihres Geschäftslebens gegenseitig zu überbieten. Nicole spitzt die Ohren. Sie weiß nicht, ob sich die beiden das extra so ausgedacht haben, um sie zu beeindrucken, ihr die Angst zu nehmen, oder ob so etwas zu den Ritualen junger Geschäftsleute gehört, wenn sie unter sich sind. Es entspannt sie jedenfalls, ihnen zuzuhören, sie saugt ihre Schilderungen auf. Es geht um plötzlich wegfallende Großaufträge, um ein leeres Konto, um ganze Schiffsladungen mit vergorenem Wein.

»Ich glaube, man kann fast jede Schwierigkeit im Geschäft überwinden, wenn die Ware im Kern gut ist. Man muss dafür improvisieren können, und man braucht Menschen, auf die man sich verlassen kann, die nicht so schnell die Nerven verlieren«, sagt Jean-Baptiste und klingt, als sei er 50 Jahre alt.

»Das Improvisieren macht ihrer Schwester keine allzu große Angst, würde ich meinen«, sagt Louis Bohne und wirft Nicole einen Blick zu. Sie verändert ihren Gesichtsausdruck, zieht ihre Mundwinkel ein wenig höher und sagt: »Aber wie komme ich an Leute mit guten Nerven? Und wie stelle ich fest, wer in der Truppe welche hat?«

Louis seufzt. »Es gibt immer welche, und die kann man erkennen.«

Er prophezeit ihr, dass sie in der Hinsicht bereits nach ein paar Wochen mehr weiß. »Fordern Sie gleich am Anfang ein paar kompliziertere Sachen von jenen, denen Sie etwas zutrauen. Dann wissen Sie es.«

Nicole wünscht sich, in Zukunft öfter solche Unterhaltungen führen zu können. Schweigen oder sich nichts anmerken zu lassen, so wie ihr Vater es ihr geraten hat, hält sie für keine hilfreiche Strategie.

Am nächsten Tag begibt sich Louis Bohne auf eine Reise nach Mannheim. Nicole und er haben jeden Tag miteinander gesprochen, während er in Reims war. Er will seine Eltern in Deutschland zu Weihnachten besuchen und dann im neuen Jahr erneut nach Reims kommen. Die Planung der Verkaufsreisen für die nächsten beiden Firmenjahre steht an. Bis Mitte Januar muss Nicole sich endgültig entschieden und das Start-Budget auf die Beine gestellt haben. Sie sieht Louis ungern wegfahren. Im fahlgelben Mittagslicht bricht er auf.

Nicole hat begonnen, Listen zu schreiben, mit Fragen, die sie sammeln will: eine grüne Kladde mit Fragen zum Wein, eine graue mit Fragen zum Geld, eine rote mit den Punkten, die sie unbedingt erledigen will, bevor er wiederkommt. Sie hat das Gefühl, seit langem nicht mehr so intensiv gesprochen zu haben wie mit Louis Bohne. In ihrem Haushalt ist alles friedlich. Clementine wünscht sich ein weißes Pferd mit einer männlichen Puppe darauf, die Napoleon heißen soll.

Bis kurz vor Neujahr geht Nicole jeden Tag in die Firma. Sie sieht, was an Post hereinkommt und unterhält sich mit den Angestellten. Die beiden Kellermeister, Monsieur Protest und der junge Anton Mueller, teilen Louis' Einschätzung, dass die schlechte Ernte über Reserveweine aufzufangen ist. Anton Mueller ist zart und relativ klein, trägt eine Haartolle, die wie eine dunkle Wolke dramatisch über seiner Stirn schwebt – für einen Kellermeister ist seine äußere Erscheinung ungewöhnlich. Er trägt farbige Strümpfe und eine gestreifte Hose. Seine Spezialinteressen sind Weine und Astrologie.

»In der Natur spielen mehr Aspekte eine Rolle, als wir annehmen oder uns vorstellen können«, sagt Mueller.

Er lässt die neuen Weinfässer zur besten Mondzeit schlagen, so wie die Geigenbauer ihr Holz auch nur dann verarbeiten, wenn es in der richtigen Mondphase geschlagen wird. Sie befürchten, dass es sonst reißt, sagt Mueller. Er hat einen Mondphasenplan für die verschiedenen Schritte der Kelterei erarbeitet.

»Wir Menschen denken dreidimensional, die Natur hat mehr Dimensionen zur Verfügung«, doziert er. »Wir müssen uns mit dem Wein an die Regeln der Natur halten, denn es gibt beim Wein nichts, das ohne Einfluss der Schöpfung ist.« Es sei unmöglich, eine Geschmacksentwicklung vorherzusagen, gerade weil der Wein so abhängig von zahllosen biologischen, chemischen und anderen naturbehafteten Vorgängen sei.

»Selbst wenn sie einmal restlos erforscht ist, werden wir die Weinproduktion nicht ausrechnen, nicht steuern können«, sagt Mueller, »wegen der Vielzahl der Reaktionen in einem einzigen Fass, in einer einzigen dunklen Flasche.« Er ist davon überzeugt, dass die Launen des Mondes und der Sterne einen wichtigen Einfluss auf die Güte der Trauben und des Weines nehmen. »Ein schönes Metier, die Weinkellerei«, findet er, »inklusive einer ganzen Reihe von Überraschungen, die das für einen produzierenden Betrieb mit sich bringt«. Man wisse nie, was aus einem Jahrgang einmal werde. Jedes Jahr setze man sich einem Risiko aus, denn die Produktion müsse schon im Vorhinein verkauft sein, um den Betrieb am Laufen zu halten. Dabei wisse man noch gar nicht, welchen Wein man am Ende in Händen halte. Um dieses Risiko zu beherrschen, gebe es ihn, den Kellermeister. Ihm würde immer noch etwas einfallen. Er könne einem toten Wein wieder auf die Beine helfen oder einem schon exzellenten Wein zu einem noch freieren Lauf verhelfen, damit er großartig werde.

»Meine Tochter ist in einer schlimmen Lage«, eröffnet Ponsardin das Gespräch mit Louis Bohne.

Bevor der Handelsreisende sich auf seine Reise von Reims nach Mainz machen kann, wird er aufgehalten und in das Palais zu einem Gespräch mit Nicolas Ponsardin gebeten.

»Man hätte Ihrer Tochter von Herzen gewünscht, dass Francois am Leben bleibt«, erwidert Bohne auf die Gesprächseröffnung des Hausherrn. »Aber sie ist eine starke Frau, sie wird ihren Weg gehen«, ergänzt er.

»Woher wollen Sie das wissen?«, fragt Ponsardin.

»Sie ist Ihre Tochter«, erwidert Bohne, »sie kann ein Pferd beschlagen, wenn es sein muss.«

»Sie übertreiben, Monsieur Bohne. Und genau aus diesem Grund habe ich Sie zu mir gebeten.« Ponsardin schaut sein Gegenüber an, er lächelt nicht. »Monsieur Bohne, wir kennen uns nicht näher. Ich weiß, Sie haben sich mit meinem Schwiegersohn gut verstanden. Aber ich bitte Sie, damit aufzuhören, meine Tochter weiter in diese Firma hineinzutreiben.« Er packt Vehemenz in das Wort »hineinzutreiben«, nimmt einen tiefen Atemzug, schaut an Bohne vorbei.

Louis Bohne schüttelt den Kopf und richtet seine aufgeweckten kleinen Augen auf Ponsardin: »Verehrter Monsieur Ponsardin, ich würde es nie wagen, Ihrer Tochter Entscheidungen nahezulegen, die sie nicht will. Ich antworte lediglich auf Fragen, die sie mir stellt.«

»Ich respektiere das, was Sie für Clicquot & Fils getan haben«, erwidert Ponsardin unbeirrt. »Aber Sie werden sich nicht mehr in die Angelegenheiten unserer Familie einmischen, nicht in dieser Situation. Ich möchte Sie bitten, meiner Tochter diese seltsame Idee, sie könnte eine Firma führen, wieder auszureden«, schließt Ponsardin.

Louis Bohne lächelt den Hausherrn an.

»Ich darf Sie an den Charakter Ihrer Tochter erinnern, verehrter Ponsardin«, beginnt er. »Ihr etwas auszureden, wird mir nicht gelingen. Und Ihnen wird es auch nicht gelingen, ich glaube, Sie wissen das. Die Revolution, Monsieur, hat dafür gesorgt, dass wir alle frei sind in unserem Willen und in dem, was wir tun. Ihre Tochter hat eine Vorstellung von ihrem Leben. Sie können ihr nicht mehr vorschreiben, wie sie sich jetzt, nach Francois' Tod, zu verhalten hat.«

Ponsardin ist aus seinem Sitz hochgefahren und wandert jetzt durch den Salon. Er wendet Bohne seinen Rücken zu, eine längere Gesprächspause entsteht. Dann kommt der Alte zurück, hebt noch einmal an. Seine Wut hat er in dieser stillen Minute unter Kontrolle bekommen. Er wechselt die Strategie:

»Monsieur Bohne, Nicole ist mein liebstes Kind. Sie ist jetzt allein. Wissen Sie, was das heißt? Meinen Sie wirklich, ich könnte sie sich selbst überlassen? In dieser Lage?«

Ponsardin breitet seine Theorie der Isolierung von Witwen aus, Louis Bohne hört ihm ruhig zu. Ponsardin spielt jetzt den besorgten Vater. Als er zu Ende gekommen ist, sagt Bohne zu ihm: »Ihre Tochter ist traurig, ja. Aber wie vergeht Trauer? Nicht, indem sie auf etwas wartet, nicht, indem sie sich passiv verhält, nicht, indem sie ihren Impulsen ausweicht und sie unterdrückt. Sie sollten sie in ihren Plänen unterstützen, Monsieur. Wenn Sie sie zu einer Heirat zwingen, wird sie sich von Ihnen zurückziehen. Im Übrigen ist sie nicht allein. Sie lebt in einem Haus mit Menschen, die Sie verehren.«

Ponsardin hat Louis Bohne reden lassen. Jetzt setzt er sich wieder und verschränkt seine Arme vor der Brust: »Dann sagen Sie mir bitte, was Sie an meiner Stelle tun würden.«

Louis Bohne hat mit Ponsardins Protest gerechnet. Er lobt Nicole, lässt sich anerkennend über ihr Führungstalent aus. Er bittet Ponsardin, sie ihre Energie ausleben zu lassen. »Sonst wird sie verkümmern, Monsieur, sonst werden Sie ihren Mut zerstören. Und ihre Schönheit ebenfalls«, ruft er ihm zu. Er erinnert ihn daran, wie Philippe Clicquot seinen Sohn drangsaliert hat. Ponsardin hört ihm jetzt aufmerksam zu, obwohl er skeptisch über die Distanz des Tisches hinweg blickt.

»Wo soll sie denn mit ihrem Ehrgeiz hin, mit ihrer Energie, mit ihren Ideen?«, fragt Bohne. »Sie wollen das Beste für Nicole, dann können Sie ihr jetzt nicht das Innerste, das Wertvollste nehmen, das sie hat, ihre Kraft und Lebensfreude, die sie gerade zurückgewinnt!«

Ponsardin schaut kaum auf, als Bohne das sagt. Sein Kopf bewegt sich ganz leicht von links nach rechts, als wollte er sich durch diese Bewegung selbst beruhigen. Dann richtet er seinen Blick auf Bohne und sagt: »Sagen Sie mir, was nehme ich ihr, wenn ich sie mir als glückliche Ehefrau eines weiteren freundlichen jungen Mannes vorstelle?«

Louis Bohne lacht: »Ich respektiere ihre Wünsche, Monsieur Ponsardin, obwohl der Mann in dieser glücklichen Vorstellung noch eine Leerstelle ist. Aber Ihre Tochter hat besondere Gaben, dessen bin ich mir sicher. Sie will das Glück der großen Dinge, sie will ihr Leben selbst in die Hand nehmen.«

Nachdem Bohne sich verabschiedet hat, sitzt Ponsardin noch eine Weile allein am großen Tisch in seinem Salon. Die zwei kleinen, geschliffenen Gläser, aus denen sie eben noch getrunken haben, stehen vor ihm, dazwischen die Flasche mit dem alten portugiesischen Portwein. Er denkt nach und schaut auf das nach oben hin verspiegelte Buffet am anderen Ende des Raumes. Im Spiegel tritt sein weißes Haar stark hervor, sein Antlitz hat etwas Greisenhaftes, denkt er. Bohne hat ihm prophezeit, dass Nicole andere Geldgeber findet, wenn er ihr nicht hilft. Mit Jean-Remy Moet könne er sofort über eine Beteiligung sprechen, hat er gesagt. Und er, Ponsardin, sei doch selbst Unternehmer, er müsse doch wahrnehmen, dass sich hier ein attraktives Fenster auftue.

Ponsardin wendet seinen Blick von seinem Spiegelbild ab, schaut auf die gelb und gold durchwirkten Tapeten neben den Fenstern seines Salons. Das Schlimmste ist, sich Nicole als seine gescheiterte Tochter vorzustellen. Direkt danach besorgt ihn, in ihr keine Gesprächspartnerin mehr zur freien Verfügung zu haben, da sie mit ihrer Firma so intensiv beschäftigt sein wird. Bohne hat ihn gebeten, Nicole die 200 000 Francs zu besorgen, die sie benötigt. Dieser Bohne, dieser kleine, nicht besonders ansehnliche junge Mann, denkt Ponsardin. Er lenkt seine Tochter dorthin, wo er sie nicht haben will, und er kann nichts daran ändern. Aber immerhin scheint er zu wissen, was ihr im Moment gut tut. Er weiß es wohl besser als ich, sagt sich Ponsardin. Bohne hat ihm erzählt, dass Philippe Clicquot ihr die Firma schenken will und 30 000 Francs noch dazu. Er ist sehr überrascht über diese Nachricht. Daran hätte er als letztes gedacht.

Nach der Schlacht von Austerlitz ist Napoleon zunächst rasch nach Wien geeilt und dann weiter nach Preßburg, um die Friedensverhandlungen zu führen. Er zwingt den österreichischen Kaiser Franz, seine russischen Alliierten sofort des Landes zu verweisen und ihnen das Bündnis harsch aufzukündigen. Sein erfahrener, schon damals berühmter und im europäischen Ausland anerkannter Außenminister Charles-Maurice de Talleyrand hatte Napoleon jedoch etwas ganz anderes geraten. Er hat ihm empfohlen, gegenüber dem Verlierer Österreich nicht aufzutrumpfen, sondern sich großzügig zu verhalten und es zu seinem wichtigsten Verbündeten in Europa zu machen. Damit wäre dann eine wesentliche Entspannung in Italien verbunden, die Frankreich guttun würde. Außerdem könne Österreich eine Art Puffer gegenüber Russland bilden und ein Gegengewicht zu Preußen darstellen. Napoleon kann mit so komplexen diplomatischen Überlegungen, die ihm zukünftige Auseinandersetzungen ersparen könnten, jedoch nichts anfangen. Er schlägt Talleyrands Ideen in den Wind. Der französische Kaiser verachtet die Österreicher inzwischen so sehr, dass er sie eines jeden Bündnisses für unwürdig erachtet.

Seiner Leibgarde fällt auf, dass Napoleon, als er sich im Dezember 1805 in Wien aufhält, keinerlei Vorsichtsmaßnahmen ergreift, wenn er sich durch die Stadt bewegt. Man scheint ihn in den Straßen nicht erkennen zu wollen, man erweist ihm keine Ehre, vielleicht hält man ihn auch für einen Touristen, eine Tatsache, die Napoleons Verachtung noch steigert. Vor den österreichischen Generälen hält er eine Woche vor Weihnachten eine zweistündige Rede, die von dem aus Brüssel stammenden österreichischen Offizier und Intellektuellen Charles-Joseph de Ligne wie folgt beschrieben wird: »Ein wenig Größe, ein wenig Adel, ein wenig Erhabenheit, ein wenig Mittelmäßigkeit, ein wenig Trivialität, ein wenig Karl der Große, ein wenig Mohammed und ein wenig vom sizilianischen Hochstapler Cagliostro.« In seinen Memoiren hält Napoleon fest: »Man kann mir den Vorwurf machen, dass ich den Besiegten so sehr misshandelt habe, dass er sich mir gar nicht mehr aufrichtig unterwerfen kann. Meine Aufgabe ist es daher, dafür zu sorgen, dass Österreich gänzlich ohne Mittel und Hoffnung bleibt, die dazu dienen könnten, sich gegen mich aufzulehnen.«

Das Weihnachtsfest 1805 verbringt Napoleon in Wien. In den bis zum 27. Dezember andauernden Friedensverhandlungen presst er dem österreichischen Kaiser Franz nicht nur weitreichende Gebiete ab, die zu seiner Abdankung als Kaiser des Heiligen Römischen Reiches führen, sondern er erzwingt auch die Zahlung einer hohen Entschädigung an Frankreich, mit der alle Kosten des Feldzugs für die Franzosen ausgeglichen werden sollen. Am 28. Dezember verlässt Napoleon Wien, am 6. Januar 1806 wohnt er in München einer Aufführung von »La clemenza di Tito« bei, auch bei seiner Durchreise durch Stuttgart besucht er noch einmal die Oper. Napoleon muss sich beeilen, nach Paris zu kommen, denn sein Kanzler Jean-Jacques Cambacérès wie auch sein Bruder Joseph senden ihm verzweifelt klingende Nachrichten über den Stand der Finanzkrise. Cambacérès spricht von einer »Sturzflut von Insolvenzen«, die das Vertrauen in die Regierung untergraben. Die Menschen würden inzwischen unruhig, und Napoleon solle bis zu seiner Rückkehr in die Hauptstadt nicht mehr viel Zeit vergehen lassen. Als Vorhut seiner Rückkunft hat der Kaiser schon die in den Schlachten von Ulm und Austerlitz erbeuteten über 100 gegnerischen Fahnen nach Paris bringen lassen. Sie werden in einem Triumphzug durch die Stadt getragen.

Napoleons Privatleben ähnelt in diesen Jahren dem eines Mönchs. Er teilt seine Schlafgemächer nicht mehr mit Josephine, er geht um zehn Uhr abends zu Bett. Gegen zwei Uhr morgens steht er auf, um mit seinem Sekretär einige Stunden zu arbeiten. Seine beiden Arbeitszimmer liegen neben seinem Schlafraum. Das innere Arbeitszimmer benutzt er nachts, im Morgenmantel bekleidet, nur sein Sekretär hat hier außer ihm Zutritt. Das äußere Arbeitszimmer ist das offizielle Regierungszimmer. Er betritt es morgens um acht Uhr, in Uniform, nach einem Bad und wenigen Stunden Schlaf. Hier trifft er sich mit seinen engsten Beratern. Zwei Diener arbeiten in Wechselschichten, um die Arbeitszimmer aufzuräumen und die Kamine zu unterhalten. Sie empfangen über eine Sicherheitsluke alle Schriftstücke, die Tag und Nacht eintreffen.

Die Angst vor einem Attentat auf den Kaiser ist gestiegen. Zwischen Napoleons Schlafzimmer und seinem inneren Arbeitszimmer befindet sich ein Kartenraum mit einem breiten Tisch, auf dem Karten ausgebreitet und studiert werden können. In seinem Arbeitszimmer steht ebenfalls ein großer Tisch mit zwei Einbuchtungen, damit ihm sein Sekretär gegenübersitzen kann und dazwischen noch ausreichend Platz für Papiere ist. Napoleons tägliches Arbeitspensum hindert ihn nicht daran, ins Theater oder auf die Jagd zu gehen und sich der einen oder anderen Liaison zu widmen. Er ist ein täppischer, nicht besonders rasanter, geschickter oder einfühlsamer Liebhaber, wie es seine Briefe an die von ihm Verehrten verraten. Leicht entflammbar, in der Liebe jedoch wenig einfallsreich.

Am Sonntag, dem 26. Januar 1806, erreicht der Kaiser am späten Abend Paris. Direkt nach seiner Ankunft beruft er für den nächsten Morgen eine Versammlung mit seinen wichtigsten Ministern und Räten ein. Sie dauert neun Stunden. Napoleon schreitet im Sitzungsraum auf und ab. Es geht um den drohenden Staatsbankrott durch die überbordende Verschuldung des französischen Staates und um die bevorstehenden Insolvenzen aller Pariser Banken sowie einiger wichtiger Lieferanten für die Armee. Die betroffenen Lieferanten werden seit Jahren gezwungen, fast ohne Bezahlung für den Staat zu arbeiten. Die Armee wird von ihnen ausgerüstet, ernährt und bezahlt. Die Banken haben den Lieferunternehmern auf Geheiß der Regierung immer neue Kredite gegeben, hinter denen kaum noch Sicherheiten stehen.

Die ins Extreme gekippte finanzielle Schieflage des Staates, die mittlerweile zum Zusammenbruch selbst der französischen Staatsbank geführt hat, ist durch eine Anordnung Napoleons aus dem vorigen Sommer ausgelöst worden. Bevor er sich Richtung Ulm und Austerlitz aufmachte, hat er seinen Finanzminister Marbois gezwungen, für die schon überschuldete Staatskasse erneut Geld aufzutreiben, um seine neuen Feldzüge gegen die Österreicher zu finanzieren. Das Geld lässt sich jedoch nur noch über hochriskante Wege besorgen. Marbois stimmt einer dubiosen Finanzspekulation der Lieferanten auf mexikanische Gold- und Silbermünzen zu, die sich ein skrupelloser Bankier mit Namen Ouvrard ausgedacht hat. Die ganze Aktion scheitert jedoch, da die Schiffe mit dem Schatz an Münzen von der britischen Armee gekapert werden. Da auch die französische Staatsbank mit Sicherheiten für die Spekulation beigesprungen ist, droht nun, im Januar 1806, der Zusammenbruch aller Pariser Finanzhäuser.

Ein liebenswürdiger, seit vielen Jahren für die Armee arbeitender Lieferant ist der Getreidehändler Joseph Vanlenberghe. Durch die immer schlechter werdende Zahlungs-moral des französischen Staates ist er seit einiger Zeit in finanzielle Not geraten. Bei ihm steht das Finanzministerium seit vier Jahren mit über 30 Millionen Francs für Lieferungen an die Armee in der Kreide. Schon für die Verpflegung der glücklosen Englandarmee hatte er Napoleon 26 Millionen Francs vorgestreckt und bisher nichts zurückbekommen. Der Kaiser schiebt ihm jetzt jedoch die Hauptschuld an der misslungenen Spekulation in die Schuhe, obwohl er genau weiß, dass er nicht der Drahtzieher der Aktion gewesen ist. Vanlenberghe erscheint ihm wohl als der schwächste Kandidat in der Runde, er wird von Napoleon als Betrüger diffamiert.

In der für alle Ministerialen sehr unangenehmen Sitzung fällt Napoleon weitere gnadenlose Entscheidungen. Er entlässt seinen Finanzminister Marbois, den er selbst in die glücklosen Finanzmanöver hineingetrieben hat. Die Schuldenlast aus dem Spekulationsgeschäft drückt er allein dem schon am Boden liegenden Vanlenberghe auf; es sind 143 Millionen Francs, die den Kaufmann endgültig in die Knie zwingen. Er zittert von Kopf bis Fuß, er weint, er kann nicht fassen, was ihm widerfährt. Vanlenberghe muss sein gesamtes restliches Vermögen an den Staat abtreten und wird auf der Stelle verhaftet. Auch der Bankier Ouvrard muss sein Vermögen abtreten, auch er wird verhaftet, kommt jedoch drei Monate später durch die Zahlung einer Kaution wieder frei. Vanlenberghe wird das Gefängnis nicht mehr verlassen.

Dem Staat und seiner Bank ist durch die Belastung des Getreidehändlers ein wenig Luft verschafft worden. Seinem Hof verordnet Napoleon nach den dramatischen Stunden dieses Tages einen strikten Sparkurs, der groteske Züge trägt, aber dennoch unerbittlich verfolgt wird. Eigenständig lässt der Kaiser nachforschen, wie viele Mitglieder seines Haushalts Zucker verwenden und wie oft. Er lässt ausrechnen, wieviel Kilogramm davon in einem Monat verbraucht werden, und dann eine Gesamtsumme kalkulieren, die in Zukunft am Hof noch für Zucker anfallen darf. Er führt Essensgutscheine ein, die rationiert an die Hofmitglieder verteilt werden, um Geld zu sparen. Der Kaiser erlässt Regelungen bezüglich der Verwendung von Kerzenstümpfen. Wenn ein Stumpf noch mehr als acht Zoll hat, soll er in den Korridoren weiter verwendet werden, wenn er sechs bis acht Zoll hat, soll er in die Privatgemächer der Höflinge gegeben werden. Napoleon lässt ein Wäscheinventar anlegen, in dem 500 Putzlumpen des Hofes aufgeführt werden.

Als Nicole am frühen Morgen des 10. Februar 1806 aus ihrem Bett aufsteht, ist ihr leicht schwindelig zumute. Sie ist aufmerksam und nervös zugleich. Rachel hat für den Mittag ein moderates Festessen geplant, und es duftet im Haus bereits nach geschmorten Zwiebeln und allerhand Gemüsesorten für ihre Demiglace, in der das Boeuf Bourguignon später schmoren wird. Rachel ist wieder schwanger und Nicole freut sich mit ihr auf das neue Kind. Ein neues Baby, noch mehr Leben im Haus, sie brauchen neues, anderes Spielzeug, es gibt jetzt bunt bemalte Schaukelpferde, sie kommen aus Thüringen.

Rachels Geheimtip für die leuchtende, sirupartige Konsistenz, die ihre Sauce erhalten soll, sind mehrere Reihen eisgekühlter Butterwürfel, die schon seit dem Vortag auf einem Eisblock im Küchenschrank ruhen und an diesem Morgen die Konsistenz von Steinen erlangt haben. Sie werden bald nach und nach langsam unter den Fond gerührt, da die Butter wirklich ganz langsam schmelzen soll, bis die entstehende Emulsion aus weich gekochten und passierten Stücken von Sellerie, Möhren, Kalbsknochenmark, glasierten Zwiebeln und Butter so untrennbar miteinander vereint ist, dass sie am Rücken des großen Saucenlöffels wie ein glänzender Lack klebenbleibt.

An diesem Vormittag um zehn Uhr will Nicole, nach Monaten des Nachdenkens und intensiver Verhandlungen, bei einem Notar den neuen Gesellschaftsvertrag unterschreiben. Sie wird das ihr von Francois und ihrem Vater vorzeitig vererbte Geld in einer neuen

Firma festlegen, die sie, zusammen mit einem ihr noch kaum bekannten Geschäftspartner, leiten wird. Für dieses geschäftliche Unterfangen setzt sie ihre finanzielle Unabhängigkeit aufs Spiel, denn sie investiert den gesamten Baranteil ihrer Erbschaft, der ihr als Witwe zusteht. Ihr Vater hat sich schließlich geschlagen gegeben, aber darauf bestanden, dass sie einen Partner in die Firma holt, jemanden, der wirklich etwas vom Weingeschäft versteht, wie er sagt. Ein Faktor für Nicoles leichte Unruhe am Morgen ist auch dieser Partner, ein gewisser Jerôme Fourneaux, denn sie kennt ihn kaum, und von seinem Alter passt er überhaupt nicht zu ihnen, zu Louis Bohne und zu ihr. Aber sie wollte den Disput mit ihrem Vater nicht auf die Spitze treiben, vielleicht hilft der neue Mann ja wirklich.

Ponsardins Wahl ist auf Jérôme Alexandre Fourneaux gefallen, einen Textilfabrikanten-Kollegen, der zudem ein erfahrener Weinhändler ist. Fourneaux soll für einen Zeitraum von mindestens vier Jahren zum zweiten Geschäftsführer des neuen Champagnerhauses ernannt werden. Er ist in Ponsardins Alter, also über die Mitte der fünfzig hinweg, dreißig Jahre älter als Nicole. Fourneaux sagt, er sehe das Champagnerhaus »durchaus als eine Chance«. Auch über diesen Satz ärgert sich Nicole. »Durchaus als eine Chance«, das heißt, er sieht den Champagner als Nebengeschäft, als Beiwerk, als Posse. Sie sieht es nicht so. Sei's drum, auch Fourneaux bringt, wie sie, 300 000 Francs in das Unternehmen ein, und sie braucht dieses Geld. Philippe Clicquot zahlt neben den Sacheinlagen in Form von Lagerinhalten und Ausrüstungsgegenständen noch die versprochene Bareinlage in Höhe von 30 000 Francs, und Louis Bohne verzichtet für einen Minderheitsanteil über einen Zeitraum von vier Jahren komplett auf sein Gehalt. Umgerechnet auf spätere Zeiten wird damit ein niedriger Millionenbetrag an Kapital in das neue Unternehmen eingelegt.

Mit Zustimmung ihrer drei Teilhaber soll der Name »Veuve Clicquot Fourneaux« an diesem Morgen in die notariellen Unterlagen für die Anmeldung im Handelsregister eingetragen werden. Nicole hat auf dem Wort »Veuve« im Firmennamen bestanden, auch um die Erinnerung an Francois wachzuhalten. Sie kennt diesen Brauch von einigen Weinbäuerinnen, die ihre Unternehmen ebenfalls von den verstorbenen Ehemännern übernommen haben und mit dem Vorsatz »Veuve« vor ihrem Namen auffallen. Ihr Vater hat bis zum Vortag der notariellen Unterzeichnung dafür gekämpft, dass sie das Wort »Witwe« aus dem Namen der Firma wieder streicht. Er sagt, es mache sie zu einer Art Handwerksunternehmen, schrumpfe sie auf ein eher kleines Format, lege sie für immer auf eine überschaubare Größe fest. Auch fürchtet er, dass Nicole den Witwenstand erst recht nicht mehr loswerden wird, wenn sie ihren bedauernswerten Familienstand auch noch in ihrem Firmennamen festschreibt.

Die Tage sind kurz in diesem Februar, das Licht bleibt den ganzen Tag über trüb. Am Morgen des Notartermins ist Nicole früh in der Küche und bringt Wachslichter in den Salon. Sie hilft Rachel beim Installieren der Tafel und hält die Kinder in Schach. Rachels Kinder sind jetzt vier und fünf Jahre alt, Clementine ist die älteste, sie wird in einem Monat sieben. Sie spielen jeden Tag zusammen, zwei Mädchen, ein Junge. An diesem Morgen sind es Schattenspiele, mit denen sie sich im Licht der Wachsschalen amüsieren.

Nicole ist mit ihren Gedanken bei den Vertragsunterlagen. Sie schreibt den Firmennamen »Veuve Clicquot Fourneaux« noch einmal auf einen Zettel und steckt ihn in die Tasche ihres Kleids. Hat ihr Vater recht damit, dass das Wort »Veuve« bestimmte Kunden abschrecken wird? Sie geht zurück in die Küche, es fehlen noch die Messerbänkchen, auch Gläser müssen poliert werden. Nicole zieht wieder den Zettel heraus. Nein, sie lässt sich jetzt nicht mehr irritieren. Es liest sich gut, der Zusatz »Veuve« verschafft dem Ganzen einen gewissen Erfahrungswert, der doch auch zutreffend ist. Schließlich ist sie nach sechs Jahren an der Seite ihres Mannes keine blutige Anfängerin mehr im Geschäft. »Veuve« steht als Firmenname für Reife und Glaubwürdigkeit. Es klingt voller als das einfache »Clicquot Fourneaux«, für das ihr Vater plädiert. »Veuve Clicquot Fourneaux« fühlt sich etwas streng an, ja, aber doch auch erwachsen und seriös. Und damit, mit dieser jetzt auch äußerlich sehr festen Verankerung ihres Familienstandes, fühlt sie sich auf einmal sehr wohl.

Zum Mittagessen hat Nicole neben den vier Teilhabern von »Veuve Clicquot Fourneaux« auch den Rest der Familie eingeladen: ihre Mutter Clementine, ihre Schwiegermutter Francoise und ihren Bruder Jean-Baptiste mit Ehefrau. Ihre Schwester weilt wieder einmal in Paris, ist also nicht da. Als die vier Gesellschafter vom Haus des Notars in die Rue de l'Hopital zurückfahren, regnet es und der Wind hat so stark aufgefrischt, dass der Aufbau ihrer Kutsche ein wenig ins Wanken gerät. Nicole ist guter Dinge, fühlt sich erleichtert. Es ist zu keinerlei letzten Diskussionen gekommen, und ihre Entscheidung ist jetzt nicht mehr rückgängig zu machen. Ihr Schwindel vom Morgen ist verschwunden. Der Notar hat ihr aus vollem Herzen gratuliert, als er sie verabschiedet hat, und sogar ihr Vater hat sie angelächelt und ihr Glück gewünscht.

Als Nicole nach Hause kommt, unterhalten sich die beiden Großmütter im Salon bereits angeregt miteinander. Rachel hat ihnen ein Glas Champagner kredenzt, und sie befinden sich im fröhlichem Wettstreit der Anekdoten über die Fortschritte ihrer Enkelin in Sachen Handarbeiten, aber auch im Singen, die sie unter ihrer strengen Beobachtung gemacht hat. Nicole ist von den Lernfortschritten ihrer Tochter nicht sehr beeindruckt. Clementine ist jetzt schon fast sieben. Aber sie lernt langsam, braucht viele Wiederholungen, ehe sie etwas Abstrakteres wie Zahlen, räumliche Vorstellungen oder einfache mechanische Vorgänge erfassen kann. Nicole bemerkt das, wenn sie mit ihr bastelt. Eine Kutsche aus vorgefertigten Holzstücken zusammenzufügen, fällt Clementine unendlich schwer.

Madame Clicquot senior trägt wieder ihre ausladende Frisur von vor der Revolution, die sie riesig erscheinen lässt, da sie ohnehin eine groß gewachsene Frau ist. Kein Stäubchen ist an ihr, kein Härchen ragt aus ihrem Frisurenturm heraus, kein Detail an ihrer Garderobe ist derangiert, obwohl auch sie durch den Sturm hierher gewankt sein muss. Sie trägt ein bis zum Hals durchgeknöpftes, langes dunkelgrünes Mantelkleid, das ihre füllige Gestalt streckt und ihre Körpergröße zur Geltung bringt. Dazu auf ihrer Brust ein wogendes Rüschenjabot aus beigefarbenem Crèpe Chinois. Im Gegensatz zu seiner perfekt herausgeputzten Frau macht Philippe Clicquot in seinem zu großen Gehrock einen insgesamt leicht verlorenen, durch seine schlechte Rasur auch etwas vernachlässigten Eindruck. Ponsardin trägt eine goldgelb durchwirkte Weste über seinem Hemd, darüber schwebt ein kurzer, schneeweiß gestärkter, leicht gerüschter Jabot Kragen. Der ganze Mann blinkt und glänzt aus jedem Knopfloch. Nicoles Mutter hinterlässt wie immer einen ätherischen Eindruck mit ihrem Gazetuch über großem Decolletée. Sie trägt mittlerweile bereits am Mittag eine Art Abendgarderobe. Sie liebt diese Auftritte, manchmal hält sie sogar noch eine Rose in der Hand, verhält sich ansonsten aber still, nach ein paar schrillen Begrüßungssätzen wie: »Ich habe heute wieder so schlecht geschlafen, dass Rachel mir schon eine ganze Kanne Mokka einflößen musste, damit ich überhaupt hier sitzen kann.«

Gott sei Dank ist es in der vergangenen Woche in der Nachbarschaft der Clicquots zu einem Wohnungsbrand gekommen, so haben die älteren Herrschaften am Tisch schnell ihr Gesprächsthema gefunden. Eine ganze Salonetage ist bei den Rousseneus ausgebrannt, welche Tragödie. Aber kein Mensch kam zu Schaden, obwohl das Feuer in der Nacht ausbrach, von einem noch glimmenden Holzscheit im Kamin ausgehend. Louis Bohne erzählt, wie er einmal in Moskau aus einem Gasthof evakuiert wurde, der lichterloh brannte, ohne dass er es im Schlaf bemerkt hatte. Nicoles Mutter erklärt allen Gästen, dass sie es ist, die jeden Abend alle Kamine im Haus auf Glutreste überprüft. Man kann es sich sofort vorstellen, wie sie mit ausgestrecktem Arm in der Glut herumstochert und die Bediensteten mit vorwurfsvoller Miene auf die übersehenen Feuernester hinweist.

Bei Tisch erhebt Ponsardin das Glas und spricht einen Toast auf die Firmengründung aus. »Ich wünsche dir, Nicole, und allen Anteilseignern von Clicquot Fourneaux alles erdenklich Gute für die Zukunft«, sagt er. Er kann es nicht lassen, denkt Nicole. Er kann das Wort »Veuve« nicht laut aussprechen. Jerôme Fourneaux ergänzt: »Selbst der Teufel wird uns nicht aufhalten können«, und Louis Bohne unterstreicht: »Ich schließe mich dem entschiedenen Willen des Kollegen Fourneaux an.« Nicole muss Trinksprüche noch lernen. Sie bedankt sich bei allen dafür, dass sie diesen Weg mit ihr gehen. Fourneaux und Bohne unterhalten sich bereits über eine erste gemeinsame Verschiffung von Champagner nach Amsterdam und den Weg von dort ins Baltikum und nach Skandinavien. Der alte Philippe Clicquot hört ihnen lächelnd zu. Am Revers seines Rocks reibt er immer wieder seine Taschenuhr blank.

Einstürzende Märkte

AMSTERDAM – REIMS – ERFURT 1806–1810

Charles Hartmann
Handelsvertreter Westeuropa für Veuve Clicquot & Fourneaux
Amsterdam, 24. August 1806
»Verehrte Madame Nicole Clicquot, ich hatte unseren Herrgott gebeten, er möge mich unsere Weine so vorfinden lassen, wie wir sie im März in Reims sorgfältig eingepackt und auf die Reise geschickt haben. Aber meine Gebete sind nicht erhört worden. Mit zitternden Händen öffnete ich die erste Kiste, ich nahm eine Flasche heraus, ich entfernte aufgeregt das Stroh und das Einwickelpapier. Doch statt klaren und brillanten Champagner-Weins, auf den ich so gehofft hatte, sah ich fingerbreiten Bodensatz, der sich erst löste, nachdem ich die Flasche eine volle Minute lang kräftig geschüttelt hatte. Unsere 50 000 Flaschen, die wir im Lagerhaus am Amsterdamer Hafen untergebracht haben, und für das wir eine horrende Miete zahlen, sind in einem schrecklichen Zustand. Die Temperaturen sind in diesen Häusern an die 35 Grad Celsius und darüber hinaus, dies hat unseren Wein zerstört. In den Flaschen treiben trübe, ölige Fäden, die wie Algen aussehen, was allein damit zu tun hat, dass unser Champagner zu schnell einer warmen Temperatur ausgesetzt wurde und insgesamt viel zu heiß geworden ist. Er ist im Umfang der allergrößten Teile der Ladung nicht mehr zu retten.«

Dieser Brief von Charles Hartmann zerstört ihre Hoffnungen. Nicole vertraut bis weit in den August 1806 hinein darauf, dass sie das Amsterdamer Desaster, das sich schon im März des Jahres, also bereits vier Wochen nach ihrer Firmengründung, angedeutet hat, mit einem blauen Auge überstehen wird. Die heiße Witterung des Frühsommers bereitet ihr Sorgen und sie weiß nicht, in welcher Art von Lagerhaus ihre Ware in Amsterdam untergebracht ist. Ihr Kompagnon Jérôme Fourneaux hat sich darum gekümmert. Er ist eigens dafür im März mit der Ladung nach Amsterdam gereist. Sie kann ihm keinen Vorwurf machen, denn es herrschen chaotische Zustände, als er die Kisten für die Umladung auf ein Schiff abliefern will, das Richtung Memel auslaufen soll. Zunächst hatte sich alles gut angehört in diesem Frühjahr: Fourneaux kann die 500 Kisten à 100 Flaschen sicher aus Frankreich herausschaffen und kommt wohlbehalten in Amsterdam an. Doch als er am Kai steht und beobachtet, wie die schweren Kisten zu dem von ihm und Nicole gecharterten Schiff transportiert werden, verbreitet sich unter den Hafenarbeitern eine bittere Nachricht. Der Hafen von Amsterdam ist für jegliche Warenausfuhr gesperrt worden, zusammen mit elf anderen Häfen entlang der Nordseeküste. Alle Arbeiter lassen nach und nach ihre Beschäftigung ruhen. Mit ihrer Ladung sind Jérôme Fourneaux und Nicole 24 Stunden zu spät in Amsterdam eingetroffen.

Die Sperrung der Häfen geht von Großbritannien aus. Als beherrschende Seemacht, nicht nur der Nordsee, sind die Briten entschlossen, die Isolation Frankreichs noch einmal zu verschärfen. Auch sie wollen ihren Gegner wirtschaftlich erdrücken, wie es Napoleon umgekehrt bei ihnen versucht. Das Schiff, das Nicole und Jérôme für den Transport an die Ostseeküste vorgesehen haben, darf auf absehbare Zeit nicht mehr in See stechen. Verzweifelt schreibt Fourneaux an Nicole: »Der Seehandel ist völlig zum Erliegen gekommen und damit der gesamte Handel auf dem Kontinent.« Sein einziger Ausweg: den Wein in Amsterdam lagern und warten, bis die Blockade aufgehoben wird. Doch alle Exporteure, die ihre Ware jetzt nicht mehr verladen können, reißen sich um die Lagerflächen am Hafen.

Soll Jérôme weiter in die Stadt fahren und dort nach Lagerkellern suchen? Soll er ganz aus Amsterdam heraus gehen, wo bessere Lagerflächen vielleicht billiger zu bekommen sind? Es ist schwer, 500 große und sehr schwere Kisten mit Champagner durch eine enge Stadt zu bewegen. Und außerhalb des Hafens gibt es vermutlich nur wenige leerstehende Lager. Soll er die ganze Ladung über die gerade erst zurückgelegten 500 Kilometer nach Reims zurück transportieren? Jede der Flaschen ist Kunden im Norden und Osten Europas versprochen, das heißt, er müsste sie dann auch wieder hierher nach Amsterdam bringen, also 1000 Kilometer zusätzliche Frachtkosten begleichen. Fourneaux versucht alles, um die Katastrophe abzuwenden. Dank eines üppigen Handgelds erwischt er noch eine der letzten Flächen am Hafen, aber die Bedingungen in den Lagerschuppen sind schlecht. Fourneaux hofft darauf, dass der Sommer nicht zu heiß und der Ausfuhrstopp nicht zu lange aufrecht erhalten wird.

Zunächst rechnen Nicole und Jérôme für den Monat Mai mit dem Ende der Blockade. Als es immer länger dauert, schicken sie Charles Hartmann, den für den Westen zuständigen Handelsreisenden, nach Holland. In Amsterdam nimmt Hartmann sofort nach seiner Ankunft im August 1806 zwei Wochen lang jede der 50000 Flaschen mit Clicquot-Champagner in die Hand, die in den schwül-heißen Lagerhallen verrotten. Es bleiben weniger als 1000 brauchbare Flaschen übrig. Und es besteht auch im Monat August keine Aussicht auf die Aufhebung der britischen Blockade. Der größte Teil der 40000 Liter des in ihren Kellern über drei Jahre sorgfältig gehegten und gepflegten Champagners hat sich in den stickigen Schuppen zu einer trüben, nach Sauerkraut riechenden Brühe verwandelt. Die heiße Witterung hat die Milchsäurebakterien zum Kippen gebracht, die bis zu ihrer Endreifung in den Flaschen noch einige Wochen kühler Witterung gebraucht hätten. Nur der Champagner hat überlebt, der zufällig in Kisten lag, die aus Platzgründen in ein kühles Kellerloch verschoben wurden.

Nicole spürt einen Stoß in ihrer Körpermitte. Nachdem sie Charles Hartmanns Brief geöffnet und seinen Inhalt nach und nach erfasst hat. Ihre Schultern sacken ein, ihre Knie werden weich, der Stoß weitet sich zu einem dumpfen Druck aus, während sie noch zu begreifen sucht, was passiert ist. Ihr Hals ist plötzlich staubtrocken. Nicht einmal mehr seufzen kann sie, ihr wird leicht schwindelig. Sie steht an ihrem Schreibtisch im Büro, das sie mit Jérôme Fourneaux teilt, während sie den Brief liest, einmal, zweimal. Sie weiß es sofort: Mit dieser Nachricht sind mehr als 40 Prozent, also fast die Hälfte ihres Jahresumsatzes, vernichtet. Er werde die kümmerlichen Reste der Ladung auf den Landweg nach Kopenhagen geben, zu dem Kunden, den er im letzten Jahr neu unter Vertrag genommen hat, schreibt Hartmann zum Schluss. Nicole ist innerlich wie betäubt. Dann spürt sie ihr Herz rasen. Mit einer Hand hält sie sich am Tisch fest, mit der anderen schlägt sie den Brief an ihre Brust. Nichts ist mehr zu ändern an diesem Verlust. Und sie wird das Desaster jedem enttäuschten Kunden einzeln erklären müssen.

Nach ein paar Minuten hat sie sich gefangen. Sie legt das Blatt Papier auf den Tisch und nimmt wieder an ihrem Schreibtisch Platz. Sie denkt an Francois. Was würde er jetzt sagen? Was würde er tun? Nicole nimmt den Stift mit Perlmutteinlage in die Hand, den Francois ihr geschenkt hat, und küsst ihn flüchtig. Es gibt nichts zu beschönigen, eine Katastrophe hat sich ereignet und das Problem ist offensichtlich, denkt sie. Dieser Handelskrieg stürzt Unternehmer in eine Ohnmacht, die sie sich bisher nicht hat vorstellen können. Nicole hebt ihren Kopf, schaut aus dem Fenster in den Hof. Arbeiter sind mit Verladungen beschäftigt. Heißt das Missgeschick von Amsterdam, dass ihr Geschäft jetzt ruiniert ist? Wird sich das endlos wiederholen? Wird die Blockade sie besonders hart treffen, weil sie ein Geschäft betreibt, das von Exporten kreuz und quer über den Kontinent lebt? Weil sie eine schwierig zu transportierende und temperatursensible Ware verkauft?

Eine Stunde später hat Nicole die Situation für sich sortiert und zu ihrer Courage zurückgefunden. Sie ist nicht bereit aufzugeben. Sie spürt sogar eine Art Widerstand dagegen und will sich nicht in finstere Szenarien über ihre Zukunft vertiefen. Beim nächsten Mal werden sie sich genauer überlegen, was sie mit ihrem Wein tun, wenn eine solche Situation einzutreffen droht. Ohnehin werden Jérôme und sie die politische Lage weiter beobachten, aber dennoch mit unverminderter Kraft weitermachen. Genau das hätte Francois auch von ihr verlangt. Entschlossen schlägt Nicole ihr Warenausgangsbuch auf und zieht die 49 000 Flaschen, die in Amsterdam vernichtet worden sind, von ihrem Jahresumsatz ab.

Sie will sich schnell an die neue, viel niedrigere Zahl gewöhnen. Noch drei Jahre können sie mit der Hälfte des geplanten Umsatzes durchhalten. Dann muss es besser werden. Und solange darf sie den Angestellten gegenüber keine Zweifel an der Zukunft spürbar werden lassen. Sie wird aus dieser Katastrophe lernen. Ihren Champagner dürfen sie niemals mehr über Monate oberirdisch lagern; sie hätten die Kisten zurück nach Reims bringen müssen. Nicole klappt ihr Handelsbuch zu. Sie haben andere Kunden in anderen Märkten. Sie können Norddeutschland, Skandinavien, das Baltikum und sogar Russland auch über den Landweg erreichen.

Gerade aus den deutschen Provinzen kommen jedoch schlechte Nachrichten. Louis Bohne ist im April nach Württemberg aufgebrochen und hat sich mit Kundenbesuchen langsam nach Norden, bis nach Hamburg, vorgearbeitet. Von dort will er weiter nach Lübeck, Stralsund und dann nach Russland. Ende August schreibt er: »Diesem Deutschland fehlt sogar das Geld für den allerschlechtesten Wein, der in Europa aufzutreiben ist. Nach eineinhalb Jahrzehnten Krieg ist hier niemand mehr in der Lage, sich unser Luxusgetränk zu leisten.«

Nicole weiß, dass die deutsche Landkarte seit dem Frieden von 1801, der die linksrheinischen Gebiete zu Frankreich geschlagen hat, in unablässiger Bewegung ist. Da sie sich aus Reims kaum fortbewegt, erlebt sie die Unruhe in allen französischen Nachbarstaaten nicht aus eigener Anschauung. Sie erfährt darüber dennoch hautnah aus den Erzählungen ihrer Handelsreisenden. Angefangen bei den kurfürstlichen und fürstlichen Höfen über die alten Reichsstädte bis hin zu Kaufleuten, Handwerkern und Bauern haben Millionen Menschen neue Herrscher und neue Gesetze bekommen. Viele kirchliche Güter sind weltlichen Herren zugeschlagen worden, einige sind zerstört, viele Städte und Gemeinden gehören plötzlich zu weit entfernten Fürstentümern, die hohe Abgaben verlangen, sich aber nicht mehr für ihr Wohl interessieren. Ständige Durchmärsche der Heere, erzwungene Einquartierungen, das Stellen von Truppenteilen, Verpflegungspflichten, Lazarettdienste und Abgabenzahlungen in vernichtender Höhe – das sind die Begleitumstände des Lebens unter französischer Herrschaft.

Wenigstens in Bezug auf Russland sendet Bohne optimistische Signale: »Zarin Elisabeth Alexejewna ist schwanger. Was für ein Segen für uns«, schreibt er an Nicole. »Wenn sie einen Prinzen zur Welt bringt, wird in diesem riesigen Land der Champagner in Strömen fließen. Aber sprechen Sie nicht darüber. Sonst sind gleich alle Konkurrenten hier.« Bohne hofft auf Feiern und Feste in Russland, daher macht er sich auf den gefährlichen Weg durch die deutschen Länder, die durch immer neu aufbrechende Konflikte mürbe geworden sind. Auch den elterlichen Weinhandel in Mannheim besucht Louis Bohne. Er ist der Meinung, dass man ihn wegen Absatzmangel schließen sollte. Die Chancen auf eine lukrative Champagnerproduktion liegen in Deutschland bei Null, sagt Bohne. Dafür sind die Winzerbetriebe viel zu traditionell aufgestellt. Bevor er bei Königsberg die Grenze überquert, schreibt er an Nicole: »Sie müssen unbedingt vermeiden, sich in Briefen an mich über Politik zu äußern. Ich bin jetzt ein annektierter Franzose und es wird auch in diesem Land langsam gefährlich, ein Franzose zu sein.«

Der permanente Kriegszustand Deutschlands, von dem Louis Bohne in seinen Briefen berichtet, macht die Menschen im Sommer 1806 nervös. Der Handelsreisende Bohne durchkämmt sein Heimatland, er besucht seine treuesten Kunden, aber an Verkäufe ist in diesem Jahr kaum noch zu denken. Allerorten herrschen Enttäuschung, Anspannung und Misstrauen gegenüber Frankreich. Nicht nur Österreich, sondern auch Preußen ist durch die Niederlage seiner beiden Partner in Austerlitz schwer geschwächt und gekränkt. Der Preußenkönig fühlt sich immer mehr an den östlichen Rand seines Reiches zurückgedrängt. Ein letztes Faustpfand bedeutet ihm sein Abkommen mit Napoleon über das Kurfürstentum Hannover. Im Jahre 1803 ist es widerstandslos von den Franzosen besetzt worden. Zwei Jahre später kauft es der Preußenkönig dem französischen Kaiser auf dessen forsches Angebot hin ab. Napoleon erhofft sich von diesem Handel Beruhigung und eine Wiederannäherung an Preußen. Im Juli 1806 jedoch hört der preußische König, dass sich Frankreich mit dem Gedanken trägt, Hannover wieder an die Briten zu geben. Für ein Friedenszeichen nach London will Napoleon die erneute Kränkung Preußens in Kauf nehmen.

Der Verlust Hannovers ist nicht hinzunehmen, darin sind sich die Berater des preußischen Hofes einig. Schließlich hat Napoleon sie erst im Februar gezwungen, das Herzogtum Cleve an Frankreich abzugeben. Ende Juli berichtet der preußische General Blücher plötzlich über französische Truppenkonzentrationen in der Nähe von Hannover. Es sind eher Gerüchte, auf die sich Blücher beruft, aber der sonst so umsichtige Preußenkönig Friedrich Wilhelm III. mobilisiert sofort sein Heer. Nur einige Wochen später erscheint in Bayern ein antifranzösisches, anonym verfasstes Pamphlet unter dem Titel: »Deutschland in seiner tiefen Erniedrigung«. Es fasst die schlechte Stimmung unter den französisch besetzten deutschen Ländereien gut zusammen. Als Napoleon davon erfährt, ist er außer sich. Er lässt den Verleger der Schrift, Johann Philipp Palm, vor ein Kriegsgericht stellen und zum Tode verurteilen. Palm wird einige Tage später hingerichtet. Nach diesem Vorfall erreicht die antifranzösische Stimmung in Preußen ein explosives Stadium. In den Zeitungen wird berichtet, dass preußische Offiziere auf die Ermordung des Verlegers hin an den Steinstufen der französischen Gesandtschaft in Berlin demonstrativ ihre Säbel schärfen.

Es fällt auf, dass der bisher eher zur Deeskalation neigende preußische König jetzt so scharf reagiert. Friedrich Wilhelm ist 38 Jahre alt und steht in seinem eigenen Land unter Druck. Dazu sieht es so aus, als ließe er sich von der Angst einiger deutscher Intellektueller anstecken, die die Gefahr eines Weltbürgerkriegs auf Europa zukommen sehen, verbunden mit ständig neuen, von Frankreich ausgehenden willkürlichen Landesaufteilungen in der Mitte des Kontinents. In den Berliner Salons beklagt man die Unentschlossenheit des preußischen Hofes angesichts fortgesetzter französischer Erniedrigungen. Friedrich Wilhelm lässt sich schließlich zu einem Angriff drängen. Er vertraut darauf, dass ihn der russische Zar, das britische Königreich und auch Österreich mit ihren Truppen unterstützen. Auch fühlt er sich durch die Zuversicht seines Außenministers Karl August von Hardenberg ermutigt. Ein klarer Kriegskurs gegen Frankreich sei das Gebot der Stunde, meint Hardenberg, die preußische Armee sei immer noch die beste in Europa.

Dem ist jedoch nicht so. Das preußische Heer zehrt noch von seinem Ruhm unter Friedrich dem Großen. Seine Truppen sind umständlich organisiert, sie sind weiterhin auf Drill und eine übertrieben hierarchische Führung ausgerichtet. Die preußische Generalität ist zudem hoffnungslos überaltert.

Am 2. Oktober tritt der erste Teil von Napoleons Truppen dem preußischen Heer in Sachsen entgegen. Im Laufe eines drei Wochen andauernden Feldzuges erleiden die preußisch-sächsischen

Truppen bei Jena und Auerstedt im Oktober 1806 eine empfindliche, sie über Jahre traumatisierende Niederlage. Friedrich Wilhelm III. flüchtet am Ende Richtung Ostpreußen bis nach Königsberg. Napoleon nimmt einige Tage später die Stadt Berlin ein. Die Verluste des preußischen Heeres an Toten, Verwundeten und Gefangenen liegen bei 140 000 Mann, die der Franzosen bei 14 000 Mann. Friedrich Wilhelm bittet Napoleon in einer pathetischen Bittschrift um ein Ende der Feindseligkeiten, aber Napoleon ist ungnädig und rasend vor Zorn.

Preußen sei keine Nation, lässt er seinen engsten Vertrauten, General Caulaincourt, wissen. Die preußische Armee habe keinerlei Opferbereitschaft oder Mut für ihr Land gezeigt, sie habe sich der französischen Kavallerie fast kampflos ergeben, ihre Spitze sei vorschnell geflohen. Nach dem Ende der Schlachten macht Napoleon es sich im Schloss Sanssouci gemütlich, das er als wenig prachtvoll empfindet. Er vergleicht den Schreibtisch Friedrichs des Großen mit dem eines französischen Provinznotars. Zu Caulaincourt sagt er, er habe mit dem Gedanken gespielt, die Quadriga in Berlin abzumontieren und mit nach Paris zu nehmen, dann aber voller Abscheu festgestellt, dass sie nur aus Blech sei. Einige Tage später lässt er sie dennoch abmontieren. Preußen und seine Monarchie seien wie ein »Rauschgoldtheater« und wenig erhaltenswert, sagt Napoleon. Er beginnt, über verschiedene Möglichkeiten einer ganz neuen Aufteilung des preußischen Territoriums nachzudenken.

Die Kämpfe in und um Jena haben sich auf die nahegelegene Stadt Weimar ausgedehnt und der Moment der verlorenen Schlacht ist für das Mini-Herzogtum Weimar-Eisenach besonders bedrohlich. Einer der ersten Bürger dieses Stadtstaates ist Johann Wolfgang von Goethe. Auch Nicole hat seinen »Werther« gelesen, den schon über viele Jahre meistverkauften Roman Europas. Für eine große Zahl junger Menschen ist die in alle europäischen Sprachen übersetzte Geschichte des an Liebeskrankheit leidenden Werthers zum Stoff der Stunde geworden. Vor allem in Frankreich ist »Werther-

Fieber« ausgebrochen. Es gibt Jugendliche, die sich genauso kleiden wie die Hauptfigur im Roman. Über Napoleon ist bekannt, dass er Goethes Werk verehrt und seinen »Werther« für die modernste Prosa der Zeit hält. Er soll den Roman sieben Mal gelesen haben.

In seinem Tagebuch hält Goethe über den 14. Oktober 1806 stichworthaft fest: »Deroute der Preußen Abends um 5 Uhr flogen die Cannonenkugeln durch die Dächer um ½ 6 Einzug der Chasseurs. 7 Uhr Brand Plünderung schreckliche Nacht. Erhaltung unseres Hauses nur durch Standhaftigkeit und Glück.« Goethe muss in diesen Tagen und Nächten bis zu 40 französische Soldaten und mehrere Generäle mit ihren Stäben in seinem Haus unterbringen. Marodeure bedrohen und bestehlen ihn, aber er verliert darüber kein Wort in seinem Tagebuch. Freunden verrät er, dass seine größte Sorge in diesen Tagen seinen noch unveröffentlichten Manuskripten und Skizzen gegolten habe, da die angetrunkenen Soldaten in anderen Häusern ein Unheil angerichtet hätten.

Weimar leidet unter Bränden, Plünderungen, gewaltsamen Überfällen, Vergewaltigungen und Diebstählen der französischen Truppen. Die junge Frau von Goethes Schwager, dem Schriftsteller und Bibliothekar August Vulpius, wird in ihrer Wohnung vergewaltigt. Der siebzigjährige Maler Georg Kraus wird misshandelt. Soldaten vernichten den Bestand seiner filigranen Zeichnungen. Sein Haus fällt den Flammen zum Opfer und er rettet sich mit Mühe zu einem Freund. Drei Wochen später stirbt er an den Folgen der Misshandlungen. Goethe bleibt zwar unverletzt, sein Haus wird nicht angezündet, allenfalls leicht verwüstet. Aber es steht zu befürchten, dass Napoleon die Unabhängigkeit des Zwergstaates Weimar-Eisenach aufheben wird, sobald der Krieg beendet ist. Der Schriftsteller ist darüber extrem besorgt, denn seine Existenz hängt am Erhalt dieser Unabhängigkeit. Im Jahr des Angriffs auf Weimar ist er 57 Jahre alt.

Seit seiner Jugend verbindet Goethe eine tiefe Freundschaft mit dem Oberhaupt des Stadtstaates, dem verschwenderischen Tausendsassa Herzog Carl-August von Sachsen-Weimar-Eisenach und seiner Frau. Als Geheimrat bekleidet Goethe eine gut dotierte ministeriale Stellung für die Themen Kunst und Wissenschaft in Carl-Augusts Kabinett. Um sich herum hat er über die Jahre ein gut gepflegtes Unterstützungssystem aufgebaut, das auch die Stadt Jena umfasst. Dort geht Goethe an der Universität seinen natur-wissenschaftlichen Studien nach. Sollte der Herzog fallen, ist er ohne sein großzügiges Wohnhaus am Weimarer Frauenplan, ohne Position, ohne Lohn, ohne Studienort, vielleicht auch ohne Zukunft. Goethe ist diskret, er ist politischen Streitereien gegenüber extrem abgeneigt, aber er ist der Politik nah. Und er ist nicht zuversichtlich.

Die Lage ist prekär, denn der Herzog von Weimar hat sich als Mitglied der Rheinbund-staaten kurz vor Kriegsausbruch dem Preußenkönig angeschlossen. Goethe weiß, dass dies einen schweren Affront gegenüber dem französischen Kaiser bedeutet. Darüber hinaus hat Carl-August selbst die Vorhut der Preußen geleitet, die sich zu Beginn der Schlacht den Franzosen entgegenstellen sollte. Napoleons Truppen kommen ihnen jedoch zuvor. Geschickt entzieht sich der Weimarer Herzog dem nun folgenden Chaos der Preußen-Armee und entkommt ohne direkte Feindberührung und ohne Verluste mit seinem Bataillon nach Nordosten. Auch er landet schließlich in Königsberg und kehrt monatelang nicht mehr nach Weimar zurück.

Seine Ehefrau, Herzogin Luise, vertritt in seiner Abwesenheit den Kleinstaat Weimar, im Hintergrund unterstützt durch Goethe und zwei weitere Berater ihres Mannes. Am Nachmittag des 15. Oktober 1806 trifft Napoleon, direkt nach der letzten siegreichen Schlacht, in der Auffahrt des Weimarer Schlosses ein, um dort die Nacht zu verbringen. Wie so oft sucht sich der Kaiser zu seiner Beherbergung die Schlösser der von ihm besiegten Fürstentümer aus, wenn er im Feld ist. Er weiß bereits, dass er den Herzog in seinem Schloss nicht antreffen wird. Die Herzogin hat Zimmer für den Kaiser präpariert und wartet an der Schlosstreppe auf ihn. Napoleon begrüßt sie jedoch nicht, sondern wirft ihr nur die Sätze entgegen: »Je vous plains, Madame. J'écraiserai votre mari.« (»Ich bedauere Sie, Madame. Ich werde Ihren Gemahl vernichten.«) Daraufhin lässt er Luise an der Treppe stehen und zieht sich in seine Gemächer zurück. In einem Gespräch am nächsten Morgen überzieht er die Herzogin mit weiteren Drohungen und behandelt sie besonders unhöflich.

Goethe beginnt unterdessen, mit den französischen Belagerern freundliche Kontakte zu knüpfen, beispielsweise mit dem durchreisenden Kunstkommissar Vivant Denon. Denon hat den Auftrag, die Kunstsammlungen der besiegten Deutschen für das geplante Pariser Napoleon-Museum zu plündern, findet in Weimar aber nichts mitzunehmen und lässt auch die Jenaer Sammlungen unangerührt. Goethe beeilt sich, im Gegenzug eine deutsch-patriotische Zeitschrift verbieten zu lassen, ebenso redet er einem literarischen Freund eine Brandschrift gegen die Franzosen aus. Jeden Tag hält sich der Dichter in seiner offiziellen Hofkleidung, mit gepudertem Haar, besticktem Rock und weißseidenen Strümpfen sowie Galanteriedegen am Weimarer Hof auf. Nachdem er von Napoleons harschem Auftreten gegenüber Luise erfahren hat, vermeidet er es unter allen Umständen, dem Kaiser selbst zu begegnen.

Nicole schließt das Geschäftsjahr 1806 mit einem deutlichen Rückgang zum Vorjahr ab, aber ihre Ergebnisse sehen trotz des Amsterdamer Desasters noch etwas besser als befürchtet aus. In diesem turbulenten Kriegsjahr hat »Veuve Clicquot Fourneaux« immerhin noch 80 000 Flaschen absetzen können, und sie haben es geschafft, ihre Ware äußerst umständlich auf dem Land- und Flussweg an den Barrikaden vorbei nach Russland zu bringen. Louis Bohne übersteht in St. Petersburg einen Extremwinter, sendet jedoch im Frühjahr 1807 panische Signale nach Reims. Er befürchtet, als Spion verhaftet zu werden, nachdem er bemerkt hat, dass sein

Hotelzimmer regelmäßig durchsucht wird und jeder seiner Briefe geöffnet worden ist.

Nachrichten an Nicole lässt er nur noch durch befreundete Reisende aus Russland herausschmuggeln. Und auch seine Hoffnung, das Land würde über die Geburt eines Thronfolgers in Feierlichkeiten ausbrechen, hat sich zerschlagen. Die Zarin hat im Herbst eine Tochter zur Welt gebracht. Aber auch dieses Kind stirbt, wie schon ihr erstes, nach wenigen Monaten. Dennoch hat Bohne in St. Petersburg einige Bestellungen für das nächste Jahr aufnehmen können. Aber er weiß noch nicht, wie er den Champagner von Reims nach Russland bekommen soll.

Zum 1. Juli 1807 stellt Nicole einen hoffnungsvollen jungen Deutschen aus Mainz als neuen Buchhalter ein. Er wird ihr auf Empfehlung eines Kollegen vorgestellt, der bereits für »Veuve Clicquot Fourneaux« arbeitet. Sein Name ist Georg Christian Kessler. Georg ist ein schnellsprechender Träumer mit gutem Französisch, kühnen Ideen und einer enormen Vitalität. Mit seiner zierlichen, drahtigen Gestalt, seinen langen Wimpern und seinem langen dunklen Haar erinnert er auf den ersten Blick entfernt an Nicoles verstorbenen Ehemann Francois. Er scheint jedoch ein deutlich forscherer Mensch zu sein. Mit 20 Jahren hat er schon eine große Sammlung von Anekdoten auf Lager, mit denen er seine Zuhörer unterhalten und für sich einnehmen kann. Nicole hat ihn als Vertreter ihres Hauptbuchhalters Carl Brenner eingestellt, der ebenfalls aus Mainz stammt und der Kessler empfohlen hat. Der junge Georg Kessler fällt ihr in seinen ersten Wochen in Reims nicht besonders auf.

Eines Vormittags klopft Kessler an die Tür ihres Büros.

»Madame. Entschuldigen Sie bitte die Störung. Ich hoffe, ich komme Ihnen nicht ungelegen«, beginnt Kessler. Die beiden sprechen zunächst kurz über die Art und Weise der Buchführung im Hause »Clicquot Fourneaux«. Kessler schlägt Nicole vor, ihr in

Zukunft eine monatliche Übersicht über wesentliche Zahlen des Unternehmens anzufertigen. Beispielsweise über die Summe der ausstehenden Rechnungen, den Wert des Lagerbestands zum Ende des abgelaufenen Monats oder den jeweils aktuellen Wert aller Bestellungen für den Rest des Jahres. Er hat ihr ein Muster dieser Übersicht mitgebracht. Nicole ist überrascht. Und begeistert. Genau diese Zahlen würden ihr helfen. Sie hätte ein besseres Gefühl darüber, wo die Firma mit ihrem Jahresbudget steht. Sie beobachtet Kessler. Er ist geschmackvoll, aber unauffällig gekleidet. Sein Kopf gleicht dem eines Fuchses. Wendig und geschmeidig bewegt sich der junge Mann in seinem Stuhl, während er temperamentvoll argumentiert. Er gefällt ihr. Von seiner Idee des regelmäßigen Berichtens ist sie angetan.

»Wie beurteilen sie die Situation der Handelsblockaden?«, fragt sie Kessler.

»Der Kaiser wird uns damit noch eine Zeit lang ärgern«, antwortet er.

»Ist es nicht unerhört, was er angezettelt hat?«, fragt ihn Nicole leicht erregt. »Er behindert unsere Geschäfte. Er nimmt uns die Atemluft.«

»Aber der 'Code Napoleon', Madame. Man muss den Mann doch verehren«, antwortet Kessler.

»Ich kenne dieses Argument gut«, erwidert Nicole leicht resigniert.

»Er riskiert viel, Ihr Kaiser. Aber das, was er tut, ist verdammt kühn. Er ist modern und er ist unbequem«, sagt Kessler. »Was würden Sie sich denn von ihm wünschen?«

»Ich wünsche mir Einsicht in das, was uns diese Kriege kosten. Und ich wünsche mir, dass er damit aufhört«, antwortet Nicole.

Kessler zögert: »Verehrenswert, unheilvoll? Beides stimmt irgendwie, für Bonaparte«, erwidert er.

»Was hat er nur aus unserem Land gemacht?«, sagt Nicole. »Einen riesigen egoistischen Staat, der bald für nichts mehr bewundert werden wird. Das finden Sie modern? Ich wünschte, er wäre nie unser Kaiser geworden«, sagt Nicole. Dann lacht sie und schaut Kessler unvermittelt an: »Haben Sie noch andere Neuigkeiten für mich?«

»Ich bewundere Frankreich, Madame. Und die Franzosen! Sie kennen Deutschland nicht.«

Nicole antwortet ihm darauf nicht. Sie lächelt ihn nur weiter aufmunternd an.

»Wir können doch nicht zurück,« sagt Kessler. »Das Alte, das Langsame und Gesetzte ist vorbei. Die gepuderten Frisuren, das alte Tempo. Die Beschleunigung der neuen Zeit, sie gefällt mir. Wir sind jung, wir können uns doch im Neuen einrichten, finden Sie nicht?«

Nicole und Georg Kessler unterhalten sich noch eine Weile. Dann verabschiedet sie den jungen Mann – ihre Mittagsstunde mit Clementine ist ihr heilig.

Georg Kessler ist in Heilbronn geboren. Er ist gut sechs Jahre jünger als Nicole, gerade erst 23 Jahre alt geworden. Sein Vater ist Organist, seine Mutter Schneiderin. Obwohl ihm seine Eltern eine akademische Laufbahn ans Herz legen, verlässt Georg das Gymnasium früh und beginnt eine Kaufmannslehre. Die Schule langweilt ihn, und sein Zuhause, wo die Mutter für andere Leute näht und die Motten aus ihren Stoffen herausfliegen, um Löcher in die Tapeten zu fressen, möchte er so schnell wie möglich verlassen. Parallel zu seiner Lehre lässt er sich von einem während der Revolution emigrierten katholischen Geistlichen in Französisch unterrichten. Georg hat ein unerschrockenes Naturell und eine schnelle Auffassungsgabe. Aufgrund seiner Sprachkenntnisse wechselt er nach einer Lehre als Comptorist in eine bekannte Lederfabrik nach Mainz, die pfälzische Stadt gehört inzwischen zu Frankreich. Seine Firma kauft Rohhäute von Kälbern, Kühen und Pferden, produziert Schaftleder für Stiefel, für Futter- und Sohlenleder, gegerbte Häute für Schürzen und Sättel. Sie liefern an Kunden bis nach Köln und Münster im Norden, Namur und Lüttich im Westen sowie Mannheim und Nürnberg im Süden.

Sommer in Reims. Nicole fährt im offenen Wagen durch die blühende Stadt. Ihr dunkles Wollkleid wird ihr allmählich zu warm. Als sie in ihrem Wohnhaus ankommt, sitzt ihre Tochter Clementine schon auf einer Bank im Flur und wartet auf sie. Ihre Beine baumeln in der Luft, sie ist noch nicht so groß, dass ihre Füße auf den Boden reichen. Die neuen Gegebenheiten, weshalb sie ihre Mutter nur noch mittags und abends sieht, verwirren das Kind. Auch früher hat Nicole sich aus dem Haus entfernt, ist mit Francois ins Kontor gegangen, aber das geschah nicht Tag für Tag. Clementine ist umsorgt, die Köchin und das Kindermädchen kümmern sich, sie spielt zusammen mit Henri und Joceline, den beiden Kindern von Rachel. Aber Clementine ist ängstlich darauf bedacht, ihre Mutter für sich in Beschlag zu nehmen, sobald sie erscheint.

»Rachel sagt, ich kann Henri nicht heiraten, Mama. Ich will aber. Warum geht das nicht?«, fragt Clementine.

»Sagt Rachel das?«, fragt Nicole zurück. »Vielleicht hat Rachel Recht. Du bist noch sehr jung, Clementine. Man heiratet vielleicht mit siebzehn, aber nicht mit sieben Jahren.«

»Vielleicht geht es, wenn ich neun bin«, sagt Clementine. Sie nimmt ihren Haarzopf von hinten nach vorne und springt von der Bank herunter.

»Komm, wir gehen zusammen essen«, sagt Nicole. Sie zieht ihre Tochter am Arm und drückt ihr einen Kuss auf die Stirn. Zusammen gehen sie in den Salon. Clementine reißt sich noch einmal von der Hand ihrer Mutter los. Sie hat ihr altes Stoffpferd auf der Bank vergessen, das sie immer noch auf jedem Weg mit sich führt.

Nicole denkt wieder einmal darüber nach, wie sie Clementine weiter erziehen soll. Sie möchte ihr regelmäßige kleine Pflichten übertragen, vielleicht ein Haustier oder eine Tätigkeit in der Küche.

Auch braucht sie eine neue Hauslehrerin. Sie hatte im Frühjahr schon einmal eine ältere Dame für die Kinderschar engagiert, aber sie war zu streng und zu streitsüchtig, vor allem für Clementine. Sie will eine neue junge Hauslehrerin suchen, vielleicht auch noch ein viertes Kind dazu, ein Mädchen in Clementines Alter.

Der junge Kessler hat bei Nicole Eindruck hinterlassen. Während sie im Salon für sich und ihre Tochter die eiskalte Gurkensuppe aus der Terrine in ihre beiden Teller schöpft, freut sie sich noch immer über den Zahlenbericht, den er nun regelmäßig zusammenstellen will. Heute ist ein heißer, schwüler Tag in Reims. Nicole ist hungrig und freut sich auf die kühlende Speise. Der junge Deutsche trug über seinem weißen Hemd eine dunkelrote Weste, die ihm wie auf den Leib geschneidert am Körper saß, denkt sie.

»Mentine, wir werden eine neue Lehrerin für euch suchen«, sagt Nicole zu ihrer Tochter.

Clementine bleibt erst einmal stumm. Sie sieht ihre Mutter mit großen Augen an, während sie ihre Suppe löffelt.

»Dieses Mal wird es eine junge Frau sein, mit der du besser klar kommst«, fährt Nicole fort.

»Mama, ich will keine Lehrerin mehr«, antwortet Clementine nach einer kurzen Weile. Es hat keinen Sinn, mit ihr jetzt weiter darüber zu reden, denkt Nicole. Sie wird es ein anderes Mal versuchen.

Zurück im Kontor brennt sie darauf, mit Fourneaux zusammenzutreffen. Louis Bohne hat aus St. Petersburg geschrieben. Er hat sie gebeten, ihm 20000 Flaschen Champagner zu schicken, doch nicht auf dem üblichen Weg. Es sei notwendig, alle Warensendungen künftig unter einem falschen Namen aufzugeben. Champagner weiterhin unter französischem Absender und mit einem französischen Firmennamen auf die lange Reise nach Russland zu schicken, werde dafür sorgen, dass die Ware nie ankomme, schreibt Bohne. Für alle Güter mit Absender Frankreich bestehe die Gefahr, beschlagnahmt zu werden. Er bittet sie, die Kisten von einer deutschen Postadresse in Lübeck aus, mit dem Absender »Louis Bohne & Cie.«, nach St. Petersburg auf die Reise zu geben. Die Adresse sei die eines Freundes, der sie ihm zur Verfügung gestellt habe.

Mit Fourneaux, der in der Firma für die Transportlogistik zuständig ist, will Nicole an diesem Nachmittag besprechen, wie man die Lieferung über zwei Etappen organisieren kann und welche verräterischen französischen Details an den Flaschen zu vermeiden sind. Etiketts gibt es auf den dunkelbraunen Champagnerflaschen noch nicht. Allein auf der Unterseite des Korkens ist das Emblem der Firma, ein Anker mit den Initialen VCF, eingebrannt. Auch alle Rechnungen nach Russland müssen künftig »Louis Bohne Inc.« als Absender, mit Adresse in Lübeck, auf dem Briefkopf tragen. Buchhalterisch muss also eine Art Kommissionshandelsgeschäft mit Louis' Freund in Lübeck aufgesetzt werden.

Napoleon will sich noch nicht von seiner Frau Josephine scheiden lassen. Er bittet seinen Geheimdienstchef Fouché um Zeit. Dabei beschwören ihn vor allem sein Außenminister Talleyrand und eben jener Polizeiminister Joseph Fouché gerade jetzt, sehr schnell eine adelige Frau ersten Ranges im gebärfähigen Alter zu heiraten, um dem Land einen echten Thronfolger zu liefern und damit Kontinuität zu sichern. Napoleon ist 38 Jahre alt. Die Frage seiner Thronfolge flammt in diesen Monaten wieder auf, weil sein Neffe und Adoptivsohn Anfang Mai 1807 im Alter von fünf Jahren am Krupp-Husten stirbt. Der Junge mit Namen Napoleon-Charles ist der älteste Sohn seines Bruders Louis Bonaparte und war bisher als Thronfolger des französischen Kaisers vorgesehen. Nun ist Charles tot. Die auf die Scheidung des Kaisers drängenden Minister sind auch noch durch eine andere Nachricht wie elektrisiert und auf einmal geradezu besessen von der Idee einer Neu-Vermählung des Kaisers. Josephine Bonaparte, Napoleons Ehefrau und Mutter zweier erwachsener Kinder aus erster Ehe, verficht schon seit Jahren die These, dass der Kaiser unfruchtbar sei, es also gar keinen natürlichen Thronfolger mehr geben könne.

Diese Behauptung löst sich am 31. Dezember 1806 in Luft auf. An diesem Tag erreicht den Kaiser die Nachricht, dass seine französische Geliebte Éléonore de la Plaigne ihm einen Sohn geboren hat. Damit wäre der Weg frei für eine neue, dynastisch hochstehende Vermählung des Kaisers – nicht mit Éléonore, sondern mit einer deutlich höher gestellten adeligen Dame möglichst wunderbaren Aussehens –, mit dem Ziel der Geburt eines gesunden Thronfolgers von angemessener Herkunft. Napoleon signalisiert grundsätzliches Einverständnis mit einer Neuvermählung, doch er zögert die Entscheidung über eine offizielle Trennung von Josephine weiter hinaus. Er hat Angst, ihr gegenüberzutreten. Und er hat andere Sorgen. Nach den Schlachten von Jena/Weimar und Auerstedt ist es immer noch nicht zum Abschluss der Verhandlungen mit Preußen gekommen. Die Gefechtslage ist ungeklärt. Sowohl der preußische König als auch Herzog Carl-August von Weimar befinden sich weiterhin in Königsberg. Sie warten auf Unterstützung und siegreiche Befreiung durch die russische Armee. Napoleon hat daher beschlossen, sich dem russischen Rettungscorps auf seinem Weg entgegenzustellen.

Zum Zeitpunkt der beglückenden Nachricht über seine Fruchtbarkeit weilt der Kaiser daher auch nicht in Paris, sondern im 1 600 Kilometer entfernten Warschau. Dorthin ist er nach glücklosem Marsch in Richtung der feindlichen russischen Armee entnervt zurückgekehrt. Es ist wahrlich keine gute Idee gewesen, in einem nasskalten Winter nach Polen zu ziehen. Auf den schlammigen Wegen durch das kaum besiedelte Ostpreußen sind zahlreiche Pferde seiner Truppen bis zum Bauch im Sumpf stecken geblieben und vor den Augen ihrer Mannschaften verendet. Auch 18 französische Soldaten sind während eines Nachtmarsches im Schlamm ertrunken. Ein gravierendes Problem stellt außerdem die Versorgungslage in den menschenlosen Landstrichen dar. Napoleon bekommt sie nicht in den Griff. Männer sterben an den Witterungsbedingungen oder sie verhungern. Es gibt immer wütendere Kritik an diesem Marsch des Kaisers. Schließlich ordnet er die Rückkehr nach Warschau an, um hier auf besseres Wetter zu warten.

Den gesamten Januar verbringt Napoleon mit seinem Heer in der Umgebung von Warschau. Der Kaiser weiß, dass er an seinen Soldaten etwas gut machen muss. Es gibt jetzt winterliche Schlittenfahrten, Bälle, Paraden, Konzerte und gute Verpflegung. Auch der Kaiser selbst lässt es sich gut gehen. Er gewinnt eine neue polnische Geliebte, die zwanzigjährige Maria Walewska, die er nach heftigem Werben schließlich auch erobert. Ende Januar verlässt der Kaiser mit seinen Truppen die polnische Hauptstadt und begegnet einer ersten Einheit der russischen Truppen in der Nähe von Preußisch Eylau. Die russischen Soldaten stehen unter dem Befehl des erfahrenen deutsch-russischen Generals Levin von Bennigsen. Es ist jetzt eisig kalt, es schneit heftig, und die französischen Truppen sind seit einer Woche erneut ohne Verpflegungsnachschub unterwegs. Nach einem kurzen Schlagabtausch am 7. Februar unternimmt Bennigsen am Morgen danach einen massiven Angriff auf das im Freien biwakierende napoleonische Heer. Es folgt ein chaotischer Kampf im Schnee, beide Seiten kämpfen mit großer Entschlossenheit, und obwohl Bennigsens Verluste erheblicher sind, geht diese Schlacht unentschieden aus, denn Napoleon hat seine Armee am Ende nicht mehr im Griff.

Ein weiterer Teil der russischen Armee lauert unter Geleit des Zaren bereits in der Gegend um Königsberg. Alle französischen Einheiten sind erschöpft, viele ihrer Soldaten sind mittlerweile erkrankt, leiden an Durchfall, sind schwach, hungrig und mutlos. Das Marschtempo der vergangenen Jahre ist mörderisch gewesen, die Zahl der Desertionen alarmierend. Erneut bezieht Napoleon Winterquartier, dieses Mal im nahe gelegenen Osterode in Pommern. Er selbst siedelt in das in der Nähe befindliche Barockschloss Finckenstein um und lässt seine Geliebte, Maria Walewska, dorthin nachkommen. Mit Maria verbringt er sechs Wochen in ehelicher Zweisamkeit – samt gemeinsamer Frühstücke in einem aufgepolsterten, dank viel roten Damasts auffällig strahlenden Bett.

Unterdessen ist Napoleon weiterhin mit der Staatsführung beschäftigt. Immer noch steht er jede Nacht auf, wälzt Karten, schmiedet neue Verteidigungs- und Eroberungspläne. Aus Paris erhält er alle paar Tage eine Stafette mit Nachrichten, Protokollen und Dokumenten zur Unterzeichnung nach Schloss Finckenstein geschickt. Selbst um seine Pariser Baumaßnahmen kümmert er sich vom nächtlichen Kamin des Schlosses aus. Er prüft Bilanzen und nervt seinen Pariser Stab mit Korrekturen kleinster Ausgabenpositionen.

Die militärische Entscheidung kommt schneller als gedacht. Anfang Juni greift von Bennigsen erneut ein französisches Korps bei Osterode an, und es gelingt ihm zunächst, Verwirrung zu stiften. Napoleon bringt seine Truppen jedoch wieder zusammen und treibt Bennigsen in die kleine Stadt Friedland hinein, die an der Krümmung eines Flusses liegt. Die Brücken der Stadt hat er vorher sprengen lassen. Damit sitzt Bennigsen in der Falle. Er muss sich dem Angriff stellen, hat keinen Platz zu manövrieren oder auszuweichen und verliert die Schlacht mit hohen Verlusten. Rasch erfährt Zar Alexander von diesem Drama, und ohne seinen preußischen Partner vorher zu konsultieren, bittet er Napoleon um einen Waffenstillstand sowie Friedensverhandlungen mit Russland und Preußen. In einem Schreiben ersucht er den Kaiser um ein Treffen und beteuert, sich in den letzten Jahren nach einem Bündnis mit Frankreich gesehnt zu haben. Nur eine neue Partnerschaft zwischen Russland und Frankreich könne Europa jetzt noch befrieden, schreibt der russische Zar.

Alexander I. scheint inzwischen aufgegeben zu haben. Er glaubt nicht mehr an eine erfolgreiche europäische Allianz gegen den französischen Kaiser. Alle denkbaren Partner scheinen ihm zu schwach, Preußen an erster Stelle. Schon für den nächsten Tag lädt Napoleon Zar Alexander zu einem Treffen ein. Preußen bleibt ausgeladen. Die 10-tägigen Friedensverhandlungen in der Nähe von Tilsit hält der Kaiser auf einem von seinen Soldaten erbauten Floß in der Mitte der Memel ab, genau auf der Linie zwischen den militärischen Fronten. Auf dem Floß ist ein Zelt errichtet worden, darauf sind die Wappen Frankreichs und Russlands aufgebracht, dazu die Initialen der beiden Monarchen. Als der Zar am Ufer der Memel ankommt, wird er von Soldaten in Empfang genommen und zum Floß im Wasser gerudert, wo ihn Napoleon mit einer Umarmung empfängt. Den preußischen König Friedrich-Wilhelm lässt der Kaiser unbeachtet am Ufer stehen.

Die Vereinbarungen von Tilsit sind bitter für Preußen, während Russland praktisch ohne Verluste davonkommt. Der Zar erhält Finnland als Geschenk. Er akzeptiert den Rheinbund endgültig als französischen Besitz und segnet nach großem Zögern ein ebenfalls dem Rheinbund zugeschlagenes, neu gegründetes Herzogtum Warschau ab, das der König von Sachsen mitregieren soll. Sachsen ist damit gerettet und Goethes Status im Herzogtum Weimar vorerst gesichert. Das Land muss sich allerdings endgültig von Preußen lossagen, ein schwerer innerdeutscher Bruch. Der russische Zar stimmt der territorialen Halbierung von Preußen zu, verhindert aber die von Napoleon vorgeschlagene Gesamtauflösung des Staates. Ostpreußen geht an Warschau, die westlichen preußischen Provinzen werden dem Königreich Westphalen zugeschlagen. Auch eine Unterredung mit der preußischen Königin Luise kann Napoleon nicht mehr erweichen.

Tagebucheintrag Nicole Clicquot-Ponsardin vom 5. Juli 1807: Wir sind gerade zurück vom Kaffee mit Papa. Ein Sohn von Monsieur Laroux ist in Ostpreußen umgekommen. Sie wissen nicht, wie es passiert ist. Ein Sohn der Merciers ist schwer verletzt und in ein Lazarett verlegt worden. Laroux ist erschüttert, sie haben nur ein Kind. Ich fühle mich nicht Fisch, nicht Fleisch, denn diese furchtbaren Nachrichten aus dem Krieg und die Aussicht auf Frieden mit Russland kreuzen sich in mir. Die Unterhaltung mit Papa war ernüchternd. Er ist kratzbürstig, da er nicht verstehen will, was ich an Napoleon auszusetzen habe, wo er doch Preußen endlich vernichtet habe. Papa erinnert mich an einen Hahn, der immer wieder nach derselben Melodie kräht.

Als im Sommer 1807 die Nachricht vom kurz bevorstehenden Tilsiter Frieden in Reims bekannt wird, stehen Nicole und Fourneaux vor einer schwierigen Aufgabe, deren Lösung einen erfreulichen Absatzschub verspricht. Eine Auswirkung des Friedensvertrags wird eine hohe Nachfrage nach den lange vermissten französischen Handelsgütern in Russland sein, davon gehen alle aus. Wer nun als erster seine Weine in eine gute Ausgangsstellung Richtung St. Petersburg bringen kann, so vermuten die beiden, hat die besten Aussichten auf hervorragende Verkäufe. Schlecht wäre es für sie, wenn der erste Lieferant hinter der Grenze Moet heißen sollte. Dann würden sie diesen Wettlauf verlieren und die jahrelange Arbeit Louis Bohnes vor Ort in St. Petersburg wäre umsonst gewesen. Mit Fourneaux zusammen überlegt Nicole, wie sie ihre Ware rasch in die Nähe der Grenze bringen können, um zur Stelle zu sein, sobald sich die Schranken öffnen.

»Unsere einzige Option ist, es wieder einmal mit Amsterdam zu versuchen«, sagt Fourneaux.

»Das ist mein Trauma«, antwortet Nicole. »Ich traue dieser Stadt nicht.«

»Dann sagen Sie mir, wie es sonst zu bewerkstelligen wäre.«

»Wir haben Bestellungen aus Russland, Österreich, Polen und Preußen. Können wir nicht den Landweg versuchen?«, fragt Nicole. »Erst Österreich, dann Preußen und Polen, dann Russland?«

»Das dauert viel zu lange, dann müssen wir Petersburg ganz streichen«, antwortet Fourneaux in strengem Ton.

In den vergangenen Monaten haben sich die beiden des Öfteren in Diskussionen über die Ausrichtung ihres Unternehmens verstrickt. Nicole hängt an der internationalen Ausrichtung und vor allem am russischen Markt, während Fourneaux meint, sie sollten ihren Radius deutlich einschränken und nur noch Frankreich sowie die angrenzenden französisch-sprechenden Provinzen beliefern. Sie könnten dadurch das Netz von Handelsreisenden reduzieren, so Fourneaux. Er will deutlich weniger Champagner und umso mehr Hausweine für den französischen Heimatmarkt produzieren.

Die Ausarbeitung des Tilsiter Vertrags dauert länger als gedacht. Und wie beim ersten Transport nach Holland stecken die Flaschen des Hauses Clicquot bei sommerlichen Temperaturen in einem Lagerhaus in Amsterdam fest. Gottlob ist es nicht so heiß wie ein Jahr zuvor. Jedoch will Nicole ein zweites Amsterdamer Desaster unbedingt vermeiden. Sie beschäftigt sich intensiv mit Transportmöglichkeiten per Schiff unter neutraler Flagge, um die von Napoleon verordneten Barrieren zu umgehen. Dafür muss sie einen britischen Kapitän finden, der ihre Ware mitnimmt und die Transportangaben fälscht. Der Handel wäre zwar kein direkter Betrug, denn das Gut würde zum rechtmäßigen Preis an die Käufer weitergegeben. Wenn der Schwindel allerdings auffliegen sollte, wäre die Ware erneut verloren.

Nicole bespricht den Fall mit ihren beiden Buchhaltern. Wie sie schon vermutet hat, ist der junge Kessler für den Transport unter neutraler Flagge. Er schätzt die Gefahren nicht so hoch ein, wie überall erzählt wird. Die französische Überwachung der Häfen und Meere sei nicht so konsequent, wie Napoleon das wünsche, die französische Flotte für solche Kontrollen weder personell noch technisch ausgestattet. Nicole bittet Kessler daraufhin, nach Amsterdam zu reisen und den Schmuggel durchzuziehen, was sie zwei fast schlaflose Wochen kostet. Sie erzählt niemandem von ihrem Plan, sitzt bis spät abends allein in ihrem Salon und denkt an die Gefahren, falls das Schiff aufgebracht und kontrolliert wird. Auf dem Tisch steht eine Schüssel mit Wasser, in der Rosenblätter schwimmen. Ein lauer Wind weht durch den Raum, die Fenster sind weit geöffnet. Das Ordnen von Clementines Spielzeug – ihre kleinen Töpfe und Pfannen, die hölzernen Möhren ihres Miniatur-Marktstandes – bringen Nicole etwas Entspannung.

Tagebucheintrag Nicole Clicquot-Ponsardin vom 17. September 1807:

Heute, Dienstag, harre ich immer noch der Nachricht über den Erfolg unserer Warensendung. Die Zahlen werden in diesem Jahr sehr schlecht sein, aber der nächste Wein wird gut. Wir haben seit Frühjahr viel Sonne und Regen in guten Abständen, was erfreulich ist. Georg hat mir einen langen Brief geschrieben. Er rechnet mir vor, was er für seine Verpflegung in Holland am Tag ausgeben muss, mit einer Bemerkung, wie schlecht das Essen dort in Amsterdam ist, trotz der schönen Häuser. Was er mir mitbringen will, ist ein Bottich Nussbutter, die man auf Brote streichen soll. Er will in drei Wochen wieder hier sein. Ich vermisse ihn in Reims, mir fehlt jemand mit seiner Entschiedenheit. Fourneaux ist kritisch, obwohl der Wein des Jahres gut werden wird.

Ich hätte nicht gedacht, dass mir Clementines Unfähigkeit zu lesen so wenig ausmacht. Sie wird ihre zögerliche Art nicht mehr ablegen und ihre konzentrierte Langsamkeit, mit der sie sich selbst beim Lesen quält, rührt mich sehr. Zuneigung wird durch die erstaunlichsten persönlichen Eigenschaften ausgelöst, merke ich.

Nicoles Wagemut wird dieses Mal belohnt. Es gelingt Kessler tatsächlich, einen britischen Kapitän anzuheuern, der ihre Ware unter neutraler Flagge und anderen Warenbezeichnungen aus Amsterdam heraus und über die Nord- und Ostsee nach Memel schmuggelt. Seine Gebühr ist erheblich, aber dies ist angesichts der drohenden Vernichtung des Weins hinzunehmen. Der Kapitän kommt ohne Störung durch die bewachten Gewässer, und der Champagner erreicht nach einigen Wochen heil und noch rechtzeitig vor dem Winter sein Ziel. Diese Lieferung ist der einzige größere Eintrag in Nicoles Warenausgangsbuch des Jahres 1807. Sie ist über ihre Aktion so glücklich, dass sie Clementine einen kleinen scheckigen Hund besorgt, den sie »Pie« nennen.

Trotz der nur geringen Lieferungen, die aus Reims ins Land gelangen, gilt der Champagner der Witwe in Russland inzwischen als Geheimtipp. Die Vorliebe der Russen für extrem süße Weine wird von Nicole genau getroffen, und die mutige Geschichte einer Witwe, die hinter ihrem Namen vermutet wird, sorgt dafür, dass ihr Champagner in Russland rasch bekannt wird. Als sie Louis Bohne 1807 ein einziges Mal in Reims trifft, fragt Nicole ihn, wie er die zukünftige Entwicklung einschätzt. »Wir haben mit dem Namen Clicquot einen ungewöhnlichen Vorsprung erreicht, der uns unter unseren Konkurrenten zu einem Markennamen von wachsendem Renommee verholfen hat«, sagt Bohne. »Um diesen Vorsprung zu nutzen, brauchen wir einen allgemeinen Frieden meines Erachtens nicht abzuwarten.«

Auch Georg Kessler ist der Meinung, dass sich ihr Champagner trotz der europäischen Unruhen und Kriege durchsetzen wird. Es werde viel Geduld nötig sein, sagt er, aber es bestehe kein Anlass, an ihrer Ausrichtung etwas zu verändern. Nicoles Kompagnon Fourneaux ist ganz anderer Ansicht. Er rät weiterhin dazu, sich mit mehr Weinproduktion für den Heimatmarkt zu befassen, und schlägt sogar vor, sich von der Strategie eines international agierenden Champagnerhauses ganz zu verabschieden. Die Champagnermengen, die in absehbarer Zeit in Europa getrunken würden, hält er für viel zu gering, um mehr als eine Handvoll Häuser, die inzwischen mit Champagner am Start sind, zu ernähren. Nicole will ihre Vision eines internationalen Hauses jedoch nicht aufgeben. Spezialhäuser für Champagner gibt es ihrer Meinung nach immer noch wenige, Weinlieferanten für den französischen Markt dagegen unzählige. Auch ist sie strikt dagegen, das Champagner-Experiment schon nach zwei Jahren wieder abzubrechen.

Dieser Zwiespalt nagt an ihr. Es kostet sie Kraft, die andauernde Spannung zwischen sich und ihrem Geschäftspartner auszuhalten. Sie fragt Fourneaux zwar oft nach seiner Meinung, und er hat vielfach einen guten Rat für sie, aber sobald sie über ihre Strategie sprechen, liegt Frost in der Luft. Nicole ist darüber besorgt. Ihr Gesichtsausdruck ist streng geworden in diesen Wochen und sie sehnt sich nach Zuspruch. Nach einem Arm, einer Schulter, einer Hand, auf die sie ihren Kopf am Abend legen kann.

Zwei Jahre nach Francois' Tod sehnt sie sich zum ersten Mal wieder nach einem Lebenspartner, der ihr den Rücken stärkt. Mit einem Mann an meiner Seite wäre es leichter, mein Leben zu leben, denkt sie jetzt. Doch trotz der vielen Stunden, die sie im Büro, in Lagern und Kellern verbringt, fühlt sie sich noch immer wohl mit ihrer Entscheidung. Ihr Interesse am Metier, am Geschäftlichen steigt sogar von Tag zu Tag. Auch wenn die Geschäfte nicht so laufen, wie sie es sich erträumt hat, schätzt sie die vielen Begegnungen, die sie immer wieder erlebt. Sie mag die Probleme, die vielen kleinen Fragen und Schwierigkeiten, die es immerzu zu lösen gilt.

Es ist neun Uhr morgens, ein Sonntag im Herbst 1807. Nicole ist mit Clementine bei ihren Eltern zum Frühstück verabredet. Sie will ihren Vater fragen, was er unter den gegebenen politischen Bedingungen von ihrer internationalen Strategie hält. Clementine besucht ihren Opa gerne. Ihre Großeltern sitzen schon im Salon, als die beiden im Palais eintreffen. Nicolas Ponsardin sieht ein bisschen müde aus, aber er ist bester Laune. Sein Geschäft floriert, trotz Handelsembargo, da er über Land liefert und im Heimatmarkt genügend Absatz findet. Während Nicole Kaffee eingeschenkt bekommt und Clementine eine heiße Schokolade, tauschen sie am Tisch Neuigkeiten über Rachels drittes Baby aus, das gerade ein Jahr geworden ist.

Ponsardin fragt Nicole, ob sie schon eine neue Lehrerin gefunden hat. Nicole verneint, aber erzählt, dass man ihr eine aussichtsreiche Kandidatin empfohlen habe. Eine junge Frau, die bereits einige Jahre in einer anderen Familie unterrichtet habe. In diesem Moment fängt Clementine bitterlich zu weinen an. Ihrem erstaunten Vater erklärt Nicole, dass Clementine keine Lehrerin mehr haben wolle, nachdem sie eine schlechte Erfahrung gemacht habe.

»Du musst dich nicht ängstigen, Mentine«, sagt Ponsardin zu seiner Enkelin. »Eine Lehrerin muss man haben, und die nächste wird gut für dich sein. Sie wird dir beibringen, wie du neue Spiele spielen kannst.«

Clementine beruhigt sich langsam. Ihre Großmutter steht auf, geht zu ihr und sagt ihr, sie könne sich in der Küche eine Frucht aussuchen. Die beiden verschwinden.

»Papa, sie ist so ängstlich, mich bekümmert das nicht wenig«, sagt Nicole.

»Hab Geduld mit ihr«, sagt Ponsardin. »Sie hatte viel zu verkraften in den letzten beiden Jahren.«

»Meinst du nicht, dass sie immer noch zu scheu ist?«, fragt Nicole.

»Vielleicht ist sie ein scheuerer Mensch, als du es bist«, sagt er. »Aber das ist schließlich kein allzu großes Problem – aufs ganze Leben hin gesehen.«

»Wie läuft es denn mit Jérôme Fourneaux?«, schneidet Ponsardin ein anderes Thema an.

»Wir sind uns nicht ganz einig über die Entwicklung der Firma«, erklärt Nicole.

Ihr Vater ist bei der Frage der Ausrichtung ihrer Firma ganz auf der Seite seiner Tochter. Er wundert sich über Fourneaux. Schließlich habe er vor zwei Jahren noch sehr enthusiastisch über die Idee eines Champagnerhauses gesprochen habe. »Man gibt eine neue Geschäftsidee nicht nach so kurzer Zeit auf«, sagt Ponsardin. »Schon gar nicht in diesen Zeiten.« Er sieht Napoleons Politik weiterhin rosig, auch wenn er sich um die immer maroder werdenden Staatsfinanzen sorgt. Ponsardin findet, dass Napoleon zu viel Geld ausgibt, aber ansonsten vieles richtig macht. Er traut dem Kaiser zu, auch noch England zu besiegen. Erst dann wäre Europa befriedet. Und alle Aussichten für Waren aus dem Kernland Frankreich seien danach glänzend.

Sollen weitere Kriege wirklich eine gute Aussicht für unseren Absatz sein?, fragt sich Nicole nach diesem Frühstück. Sie ist einmal mehr erschrocken, wie emphatisch ihr Vater noch immer über Napoleons Schlachtfieber spricht. Einen Krieg gegen Großbritannien hält sie nach wie vor für das Schlimmste, was Frankreich passieren könnte.

Das Jahr 1807 schließt Veuve Clicquot Fourneaux mit einem Absatz von nur 40000 verkauften Flaschen ab, was der Hälfte des Vorjahres entspricht und weniger als einem Drittel des Absatzes in Francois' Todesjahr 1805. In Francois' letztem Jahr erreichten sie mit 150000 Flaschen ihren bisher höchsten Absatz. Seither sind die Verkaufszahlen stetig gefallen. Doch die Geschäfte in Russland nehmen zu Beginn des Jahres 1808 tatsächlich wieder kurz Fahrt auf. Alle Blockaden Richtung Osten sind jetzt aufgehoben, und bei Veuve Clicquot sputen sich die Mitarbeiter, tausende Weinflaschen zu verpacken und zu verschicken. Ein Schiff mit 50000 Flaschen erreicht im Sommer 1808 wohlbehalten St. Petersburg, und weitere Bestellungen laufen ein. Für ein paar Monate scheint das Gröbste überstanden. Auch Jerôme Fourneaux hat sich ein wenig gefangen und ist wieder besser aufgelegt.

Während Napoleon im November 1807 eine Rundreise durch seine italienischen Herrschaftsgebiete unternimmt, besucht sein Polizeiminister Fouché Josephine Bonaparte im Palast. Er legt ihr unverblümt nahe, die Scheidung von Napoleon zu beantragen. Er hat sogar einen vorbereiteten Text für sie dabei, mit dem sie die Trennung bekannt machen könnte. Josephine fragt ihn, ob ihr Mann ihn geschickt habe, was er verneint. Daraufhin weist sie ihm die Tür. Sie werde nur das tun, was ihr Mann sich wünsche, sagt Josephine. Wieder scheut sich Napoleon, seiner Frau die Wahrheit zu sagen, denn natürlich hat er Fouché geschickt. Als Josephine ihrem Mann von Fouchés Besuch berichtet, bestreitet er, etwas damit zu tun zu haben.

Doch die Kaiserin ahnt, was passieren wird. Sie kennt Napoleon seit dreizehn Jahren. Ihren hervorragenden Kontakten zu ranghohen Politikern hat er es zu verdanken, dass er General der Italien-Armee geworden ist. Er hat sie gewiss einmal geliebt, aber ob von seiner Liebe noch etwas übrig geblieben ist, darüber ist sie sich nicht mehr im klaren. Auch sie hat Napoleon einmal geliebt. Doch nun treibt ihre Ehe offensichtlich dem Ende zu. Als erfahrene, vom Glanz verwöhnte, nicht gerade bescheidene Frau von 44 Jahren weiß Josephine, was ihr bevorsteht. Das kürzlich eingeführte französische Scheidungsrecht sieht vor, dass für jede Scheidung, auch die des Kaisers, ein triftiger Grund anzugeben ist. Über diesen Grund hat zwischen den Eheleuten Einigkeit zu herrschen. Josephine Bonaparte wird daher öffentlich erklären müssen, dass es für sie keine Hoffnung gibt, in ihrem Leben noch Kinder zu bekommen. Sie wird der Auflösung ihrer Ehe zustimmen, da sie als mittlerweile unfruchtbare Frau ein Hindernis für das Wohl Frankreichs darstellt.

Im Januar 1808 ist Napoleon zurück in Paris. Tagsüber kümmert er sich um seine Baumaßnahmen, sitzt dem Rat der Universität vor, schickt seinem Bruder in Italien Anweisungen für die Invasion von Sizilien oder inspiziert in Jacques-Louis Davids Atelier den Fortschritt seines monumentalen Krönungsgemäldes. Drei Jahre nach dem Ereignis ist es immer noch nicht fertiggestellt, da der Kaiser zahlreiche Änderungen vornehmen lässt. Am Abend besucht er Theatervorstellungen oder findet Zeit, seine polnische Geliebte Maria Walewska, die er mittlerweile nach Paris umgesiedelt hat, zu besuchen. Zu seiner Ehefrau Joséphine verhält sich Napoleon weiterhin freundlich, sogar fürsorglich.

Es scheint ein ruhiges Jahr zu werden, bis sich der französische Kaiser im Frühjahr 1808 in eine Intrige des spanischen Königshauses einmischt. Die extrem konservativen spanischen Monarchen sind seit der Revolution frankreichkritisch gestimmt. Zwar hat Napoleon einige Monate zuvor mit dem spanischen König Karl IV. ein Abkommen zur gemeinsamen Besetzung Portugals unterzeichnet, aber die spanischen Bürger wollen die Handelsblockade gegen England nicht mittragen, und der König kann sich nicht durchsetzen. Napoleon hält Karl IV. schon seit langem für einen äußerst schwachen Regenten. Um die südliche Flanke der Kontinentalsperre gegen England endlich zu schließen, greift er kurzerhand selbst militärisch in Spanien ein. Französische Truppen besetzen mehr und mehr spanische Städte, sie agieren aggressiv und gewalttätig gegen aufständische spanische Bürger. Es kommt zu großen Bürgerunruhen im Land. Schließlich lässt Napoleon die spanische Königsfamilie gefangennehmen und nach Frankreich bringen. Er zwingt König Karl, im französischen Exil auf den Thron zu verzichten, und ernennt seinen eigenen Bruder, Joseph Bonaparte, zum König von Spanien.

Die Vorgänge in Spanien schockieren den gesamten Kontinent. Jeder Monarch in Europa fürchtet, dass es ihm bald genauso ergehen könnte wie dem spanischen König. Bis nach Paris spricht sich die vehemente Kritik an seinem Vorgehen in Madrid herum. Um in dieser verzwickten Lage ein Zeichen des Friedens und der Einheit in Europa zu setzen, sinnt Napoleon auf eine Möglichkeit, sein einziges funktionierendes Bündnis mit dem russischen Zaren wieder zu beleben und so eindrucksvoll wie möglich in Szene zu setzen. Er verfällt auf die Idee, einen Kongress zu veranstalten, der aller Welt das Bild eines sich in Freundschaft zugeneigten großfranzösischen Reiches vorspielen soll.

Tagebucheintrag Nicole Clicquot-Ponsardin vom 10. Oktober 1808: Ich vermisse schmerzlich die jährliche Bestellung unseres Freundes, Don Caarmano, dem spanischen Botschafter in Bern. Jedes Jahr hat er zu dieser Zeit 50 Flaschen Champagner bei uns in Reims bestellt, für die Auslieferung im Mai des nächsten Jahres. Noch im Mai hat er mir überschwänglich für die Qualität seiner Lieferung gedankt. Ich habe dafür nur eine Erklärung. Seit diesem Jahr schweigen die Spanier uns Franzosen gegenüber.

Jeder Zweite weissagt Frankreich dunkle Jahre voraus, und ich empfange jetzt mehr Flüche über unseren Teufel als ich jemals gehört habe. Ich werde wohl bald kein Geld mehr haben, um mir eine neue Kladde für die Bestellungen machen zu lassen. Was vielleicht kein großes Malheur sein wird, da niemand mehr Geschäfte mit uns machen will, solange der Satan an der Spitze unseres Staates steht.

Georg Kessler hat mir gesagt, wir sollten uns einrichten in dieser Notzeit. Sie werde vorbei gehen. Aber was heißt das? Werde ich Clementine keine Lehrerin mehr zahlen können und mir kein neues Paar Handschuhe? Ich komme einfacher mit der Not zurecht, wenn ich mir das Schlimmste schon einmal vorstelle. Das Schlimmste wäre der Krieg in unserer Stadt, das Anzünden unserer Häuser, das Plündern unserer Lager, also das, was französische Soldaten schon seit Jahren überall außerhalb Frankreichs anrichten. Warum sollten sie es uns nicht eines Tages heimzahlen?

Elise hat mir eine Stola gebracht, weil wir ihre junge Nachbarin Bernadette in die Firma aufgenommen haben. Es ist ein Schal, wie ich ihn mir gewünscht habe. Aus flaschengrüner, schwerer Seide, mit den dekorativs-

ten Fransen und den winzigsten Glasperlen an den Rändern bestickt, die ich je gesehen habe. Elise ist für mich eine Person, die allen Stürmen widersteht. Sie hat nie das Menschliche verloren, ganz gleich, was sie erlitten hat.
Morgen fahre ich nach Bouzy und werde mir ansehen, wie die letzten Pressungen vonstatten gegangen sind.

Die beiden Kaiser – Napoleon und Zar Alexander -, dazu vier deutsche Könige aus Sachsen, Bayern, Württemberg und Westphalen, der Großherzog von Hessen, die Herzöge von Gotha und Weimar, Prinz Wilhelm aus Preußen, Baron Vincent, der Abgesandte des österreichischen Kaisers, sowie ein Dutzend napoleonische Marschälle samt Gefolge, sie alle sind nach Erfurt gekommen. Der junge Zar Alexander, 31 Jahre alt, soll der Freundschaft versichert, zu einem neuen Bündnis überredet, durch den aufgefahrenen Prunk aber auch eingeschüchtert werden. Ein privates Ziel Napoleons und seiner Stäbe steht nur auf der inoffiziellen Tagesordnung des Kongresses. Auf der Suche nach einer neuen Ehefrau für den Kaiser, die den hohen Ansprüchen an dynastischer Herkunft genügt, ist der Blick von Joseph Fouché auf die beiden jungen Schwestern des Zaren gefallen. Auch in diesem Punkt soll der Kongress einen Erfolg bringen.

Der sogenannte Fürstenkongress findet in den zweieinhalb Wochen zwischen dem 27. September und dem 14. Oktober 1808 im französisch-thüringischen Herzogtum Erfurt statt. Teppiche, Silber, Kandelaber, Wandbehänge, Porzellan und Mobiliar werden aus Paris in die 800 Kilometer entfernte französische Enklave geschafft. Köche und Kellner reisen aus der französischen Hauptstadt an. Rund 60 000 Soldaten und Marschälle, nach Aussehen und Körpergröße sorgfältig ausgewählt, sollen die Feierlichkeiten mit Paraden untermalen. Ein Bühnenensemble mit dem theatralischsten Schauspieler aus Paris, Francois-Joseph Talma, wird nach Erfurt geschickt, um die Abendunterhaltung zu übernehmen.

Das abendliche Theaterprogramm im Kaisersaal ist mit Bedacht ausgewählt. Im Mittelpunkt stehen die Aufführungen von Heldenszenen französischer Dramen, vorzugsweise von Corneille und Voltaire. Es werden Männerfiguren dargestellt, die durch ihre Taten groß und außergewöhnlich geworden sind. Unsterblichkeit und Ruhm durch Mut und Tapferkeit sollen im Mittelpunkt der Gespräche nach den Aufführungen stehen. Tagsüber werden Paraden abgehalten, es gibt Reitausflüge, Jagden, Besichtigungen und Empfänge.

Seinem Hauptehrengast Zar Alexander I. gegenüber, verhält sich Napoleon ambivalent. Zu einer Demonstration einfacher, herzlicher Zuneigung scheint er nicht in der Lage, auch wenn das vielleicht seine Absicht war. Er hofiert den Zaren, eilt ihm voraus, um ihm den Weg zu zeigen, oder läuft ihm entgegen, um ihn am Morgen zu empfangen. Aber er kann sich einfach nicht zurückhalten, ihn auch über die richtigen Methoden der Schlachtenführung zu belehren. Er demütigt ihn sogar, indem er ihn zu einer Ordensverleihung einlädt, bei der französische Soldaten, die in der Schlacht bei Friedland besonders erfolgreich gegen die russischen Truppen vorgegangen sind, geehrt werden.

Es gibt einen Moment, da Napoleon allein mit dem Zaren zusammen sitzt und ihn mit magnetischem Blick ansieht während er dem Zaren seinen Heiratswunsch vorträgt. Der Zar zeigt sich nach außen hin hocherfreut über den Antrag. Doch er erklärt seinem Gastgeber glaubhaft, dass er eine solche Angelegenheit selbstverständlich mit seiner Mutter besprechen müsse. Dass diese Napoleon verachtet, ist allseits bekannt. Sie hat Alexander vor seiner Abreise sogar eindringlich vor einem Besuch in Erfurt gewarnt. Einerseits, weil sie befürchtet, Napoleon werde ihrem Sohn weitere für Russland ungünstige Feldzüge aufschwatzen, andererseits, weil sie aufgrund der

Vorgänge in Spanien Angst davor hat, dass er nicht mehr zurückkehren könnte. »Beuge deine Stirn nicht freiwillig vor dem Götzen des Erfolgs«, hat sie ihm geschrieben, »einem Götzen, der von heutigen und zukünftigen Generationen verflucht werden wird«.

Ähnlich geht der Gastgeber mit den verschiedenen geladenen Herrschern des Rheinbundes um. Auch diese werden von Napoleon abwechselnd hofiert, dann wieder vor den Kopf gestoßen. Bei Tisch kommandiert er sie herum, weist ihnen ihren Platz an der Tafel zu. Er erteilt ihnen während des Essens das Wort oder aber herrscht sie an. »Schweigen Sie, König von Bayern«, befiehlt er während eines Beisammenseins seinem Gegenüber. Wenn es ein konkretes Ziel dieses Kongresses gibt, dann ist es das einer Machtdemonstration, mit der Napoleon den Zaren beeindrucken und an sich binden will. Die Idee einer freiwilligen europäischen Universalmonarchie unter Leitung Napoleons steht für die Kongressteilnehmer vielleicht zu Beginn einmal im Raum, doch der französische Kaiser kann oder will diesen Gedanken nicht mit Leben füllen.

Zar Alexander unterzeichnet am vorletzten Tag noch die sogenannte »Erfurter Konvention«, welche die französisch-russische Allianz noch einmal bestätigt. Während der Dauer des Kongresses legt der Russe jedoch eine immer stärkere Distanziertheit seinem Gastgeber gegenüber an den Tag. Über die Kontinentalsperre hinaus will er sich auf keinerlei konkrete Zusage für Napoleons Kampf gegen die Briten einlassen. Sollte Napoleon geglaubt haben, Alexander mit seiner Mischung aus Charme und unterschwelliger Drohung zu einem aggressiveren Vorgehen überreden zu können, hat er sich verschätzt. Selbst einen Wutausbruch des Kaisers, bei dem dieser auf seinem Hut herumtrampelt, kommentiert der Zar kühl: »Sie sind gewalttätig, ich bin bockig: Mit Wutanfällen erreicht man bei mir also nichts. Reden wir, diskutieren wir, oder ich gehe.«

Diese immer distanziertere Haltung des russischen Zaren hat mit einer diplomatischen Entwicklung zu tun, die von Napoleons

Berater Talleyrand hinter dem Rücken des französischen Kaisers betrieben wird. Sie vollzieht sich während der achtzehn Tage des Kongresses hinter den Kulissen der offiziellen Termine und hat eine persönliche Vorgeschichte. Der hocherfahrene 55-jährige Diplomat Charles-Maurice de Talleyrand-Périgord hat Napoleon ein Jahr zuvor um seine Entlassung gebeten, da er Napoleons Vorgehen in Europa mittlerweile verachtet. Bereits die französischen Kriege gegen Preußen waren nicht mehr mit seinem Verständnis einer Politik des Ausgleichs der Mächte vereinbar. Napoleons Vorgehen in Spanien, sein Übermut und die großsprecherische Art des Kaisers missfallen ihm auf das Äußerste.

Der Kaiser entlässt Talleyrand in ein unwichtigeres diplomatisches Amt, bittet ihn aber dennoch, den Kongress als außenpolitischer Experte zu begleiten. Talleyrand sagt nach einigem Zögern schließlich zu. Längst hat er jedoch beschlossen, den Kongress für andere Pläne zu nutzen. Er will »Europa vor Napoleon retten«, wie er es seinen engsten Freunden erzählt. Bei klandestinen Treffen nach dem Ende der offiziellen Feierlichkeiten im Salon der Fürstin von Thurn und Taxis können der Zar und Talleyrand unbeobachtet miteinander sprechen. Der Diplomat macht dem Zaren klar, dass er nicht das geringste Interesse daran haben kann, den französischen Kaiser zu stärken. Am Ende werde Napoleon auch vor Russland nicht halt machen. Talleyrand schafft es schließlich, Zar Alexander jedes neue Bündnis mit Frankreich auszureden.

Der wichtigste kulturelle Besucher des Kongresses ist Johann Wolfgang von Goethe. In Erfurt und Weimar hat er ausgiebige Gespräche mit Napoleon geführt und ist seinem Charme in Gänze erlegen. Der Dichter ist tief beeindruckt von Napoleons unermüdlicher Energie. Er lässt sich von dem Gepränge der zweieinhalbwöchigen Veranstaltung mitreißen und entwickelt sogar selbst die Idee, einen ähnlich prachtvollen Kulturkongress für Weimar zu planen. Napoleon überwältigt ihn auch mit seinem Interesse an der Literatur. Goethe scheint in Napoleon etwas Größeres und Grandioseres zu erkennen, als Weimar ihm je geben kann. In einer Nachricht an seinen Mitarbeiter Friedrich Wilhelm Riemer heißt es: »Außerordentliche Menschen wie Napoleon treten aus der Moralität heraus. Sie wirken zuletzt wie physische Ursachen, wie Feuer und Wasser. Ja schon jeder, der aus der Subordination heraustritt – denn die ist das Moralische – ist insofern unmoralisch.«

Am Rand der Pleite

REIMS – PARIS – WIEN 1809–1811

Für Louis Bohne, der sich weiterhin in St. Petersburg aufhält, gibt es Ende 1808 einen empfindlichen finanziellen Rückschlag. Da sich Banken überall in Europa aufgrund von Handelsblockaden und den daraus folgenden verheerenden Einschränkungen in einem bedrohlichen Kippzustand befinden, ist Bohne in Absprache mit Nicole dazu übergegangen, von seinen Kunden Barzahlungen in Form von Silbermünzen für die gelieferte Ware zu verlangen. Inzwischen hat er einen Wert von mehreren zehntausend Francs in Silbermünzen in seinem Hotelzimmer gehortet und überlegt, wie er diese außer Landes und nach Reims schaffen kann.

Transporte an die Adresse »Reims« sind, wenn überhaupt, nur noch über einen Boten möglich, aber Louis Bohne findet keinen Boten mehr, dem er in dieser Situation vertraut. Der Schuldige für die Notlage unter den russischen Bürgern, die vor allem am rapide fallenden Wert des Rubels leiden, ist allen klar. Es ist Frankreich. Wegen Frankreich können sie sich keinen Zucker mehr leisten, überhaupt keinerlei Extravaganzen, zu denen Tee, Tabak, Wein oder Kaffee für die meisten Menschen im Land gehören. Zum ersten Mal fühlt sich Bohne unsicher in Russland, das mittlerweile neben Deutschland und Frankreich zu seiner dritten Heimat geworden ist. Er kennt jede Straße und jedes Haus in St. Petersburg, er hat viele Freunde dort, doch niemanden, dem er das Geld in Verwahrung geben möchte, zumal er auch nicht weiß, wie lange er sich noch unbehelligt in Russland aufhalten kann.

Jedoch ist der Silberschatz auch in seinem Hotelzimmer nicht sicher, selbst wenn er die Verstecke täglich wechselt. Einmal schiebt er den Beutel unter den Kleiderschrank. Jedoch muss er sich dafür auf den Boden vor den Schrank legen und den Beutel mit langem Arm an die Tapetenwand schieben, ein ihm so unangenehmer wie unvornehmer Vorgang. Ein anderes Mal verschwindet der Silberbeutel hinter seiner Reisebibliothek. Am nächsten Tag in dem gepolsterten, nach altem Staub riechenden Kopfteil seines Bettes. Mit klopfendem Herzen kontrolliert Louis Bohne sein Tagesversteck, sobald er abends in sein Zimmer zurückgekehrt ist. Bisher ist noch keine einzige Münze entwendet worden. Fest steht jedoch: Er möchte nicht mehr warten, sich keine neuen Verstecke mehr ausdenken müssen. Mittlerweile steckt er in einer Falle. Weder will er jemandem in seiner Umgebung das Geld anvertrauen, noch möchte er weiter jedem Menschen mit Misstrauen begegnen, noch es länger hinnehmen, dass die Münzen in seinem Zimmer liegen und keinen einzigen Francs Zins erbringen.

Schließlich wäre etwas Kapital in Reims sehr willkommen. Am Ende entscheidet sich Bohne für eine Spekulation auf Leinengeschäfte. Der Leinenpreis ist in den vergangenen Monaten stetig gestiegen – doch seine Wette auf einen weiter steigenden Preis scheitert. Es ist wie verhext. Nachdem er seine gesamten Silbermünzen in Leinenaktien investiert hat, stürzt kurz danach der Kurs ins Bodenlose. Nicole braucht das Geld. Nach zwei Monaten der Hoffnung und einer leichten Steigerung der Kurse bekommt sie weniger als ein Drittel von Louis' eingesetztem Geld aus dem Aktienverkauf zurück.

Anfang 1809 zieht sich die wirtschaftliche Situation auf dem europäischen Kontinent überall weiter zu. Der Export erstickt weitestgehend, die Währungen verfallen. Nicole befindet sich in ihrem vierten Geschäftsjahr. Ein gefährlicher Punkt ist erreicht, denn wirtschaftlicher Erfolg ist in naher Zukunft unwahrscheinlich.

Den letzten guten Abschluss brachte das Jahr 1806. Damals dachte sie noch, ihr Weg ginge weiter bergan, Jahresverkäufe von um die 150 000 Flaschen schienen planbar.

Hat das Glück der Anfängerin sie verlassen? Die heiteren Gedanken, die Francois und sie sich einmal in der Hoffnung auf blühende Geschäfte gemacht haben, erscheinen ihr inzwischen naiv. Nicole begreift langsam, dass sie den völlig falschen Zeitpunkt für den Start ihres Geschäftes erwischt hat. Sie hat das Gefühl, allein auf einem Floß inmitten eines schnell dahinfließenden Flusses zu sein, der geradewegs auf eine Stromschnelle zuführt. Der weitere Verlauf des Wassers ist für sie nicht einsehbar. Vielleicht befindet sich hinter der Stromschnelle ein Wasserfall. Muss sie mit ihrem Floß stehen bleiben? Soll sie ins Wasser springen, an Land schwimmen und es mit einem ganz anderen Geschäft versuchen? Macht das, was sie tut, überhaupt noch Sinn?

Nicole folgt erst einmal Fourneaux' Rat und konzentriert sich stärker auf den Gewinn neuer Kunden in Frankreich. Weiterhin belaufen sich die Bestellungen mit Mühe und Not auf 40 000 Flaschen für das angebrochene Jahr. Nur noch weniger als die Hälfte davon ist Champagner. Damit sie die Investition in den Traubenmost für die nächstjährige Produktion nicht allein aus ihren schon weit geschrumpften Rücklagen bestreiten muss, braucht Nicole eine Zahl von mindestens 80 000 verkauften Flaschen Champagner pro Jahr. Der Blick auf ihre Bestelllisten der nächsten beiden Jahre löst Beklemmungen in ihr aus. Die Linie geht von 40 000 Flaschen nicht hinauf, sondern immer steiler hinab.

Nicole schläft schlecht. In der Nacht kalkuliert sie im Kopf, wann sie die ersten Angestellten entlassen muss. Sie bemerkt, wie sie bei jeder neuen Ausgabe, die ansteht, fahrig zu werden beginnt und entschließt sich, mit ihren Kollegen offen über die Lage zu sprechen. Zu einer abendlichen Krisensitzung lädt sie Christian Kessler und den jungen Kellermeister Anton Mueller ein. Louis Bohne fehlt in der Runde. Nicole hat lange nichts mehr von ihm gehört.

Auch darüber zerbricht sie sich den Kopf. Fourneaux ist ebenfalls nicht dabei, weil sie seine Antwort auf die Frage nach der Zukunft ihrer Firma kennt: Rückschritt auf den Weinhandel.

Da es draußen entsetzlich warm geworden ist, bereitet Nicole ihr gemeinsames Krisen-Diner in einem der von ihr angemieteten kühlen Keller ihres Vaters unter dem Palais Ponsardin vor. Über einen langen unterirdischen Gang sind diese Keller mit denen ihres eigenen Hauses verbunden. Ponsardin hat nichts dagegen, dass Nicole große Teile seiner Gewölbe als erweitertes Lager für ihre Weinbestände nutzt. Sie liebt die hohen Steinwände aus jahrtausendealter Kreide, mit denen weite Teile der Stadt Reims seit der Römerzeit unterhöhlt sind. Der leicht poröse Kreidefels strahlt eine besonders weiche Kühle aus, weil er viel Feuchtigkeit speichern kann. Nicht zuletzt ist es dieses Gestein, das verantwortlich ist für den exzellenten Wein der Champagne. Schon als Kind hat Nicole an heißen Sommertagen in den Gewölben unter ihrem Elternhaus mit ihren Geschwistern gespielt.

Antoine, der Hausdiener, hat Kandelaber im Raum verteilt. Ein Eisentisch und Stühle stehen ohnehin immer hier unten im großen Steinsaal. Die hellgrauen Felswände haben eine beschützende Wirkung, denkt Nicole. Sie vermitteln uns eine gute Atmosphäre: Roh, ungeschliffen, mächtig und vielfach in sich gebrochen ist dieses Gestein zugleich aufregend und entspannend. Es ist, als säße man mitten in der Natur, aber durch die höhlenartige Atmosphäre des Raumes ist man vollends geschützt.

Rachel hat für die Gäste etwas Einfaches zubereitet. Eine Hasenpastete. Dazu gibt es frischen Salat und passendes Salzgebäck. Ein Weinkühler mit Roséwein aus Bouzy steht auf dem Tisch, drei Gläser sind mit kaltem Wein gefüllt und schwitzen vor Feuchtigkeit.

Damit Nicole ihren beiden Gästen direkt in die Augen schauen kann, hat sie sich ihnen gegenüber platziert. Zwischen ihr und den Gästen liegt die lange metallene Tischplatte, die heute wie ein grüner See schimmert und feierliche Nachdenklichkeit verbreitet. Nicole hat sich vorgenommen, sehr offen zu sein und auch den schmerzhaften Schritt der Schließung des Unternehmens anzusprechen.

Ohne Umschweife kommt sie zum Thema: »Ich habe Sie heute eingeladen, weil ich mich sorge, wie ich mich noch nie um unser Unternehmen gesorgt habe. Wir befinden uns am Beginn einer krisenhaften Situation, und ich habe nicht das Gefühl, dass wir sie bestehen werden.« Nicole beißt sich auf die eine Seite ihrer Lippe, nachdem sie die Sätze zu Ende gesprochen hat.

Sie fährt fort: »Sie beide haben die besten Einblicke in unsere Produktion, unsere Absätze und unsere Bilanz. Ich kann Ihnen sagen, dass sich unser Geschäft aus meiner Sicht noch genau ein weiteres Jahr finanzieren lässt, wenn die Bestellungen so zögerlich weitergehen wie in den letzten beiden Jahren. Wenn wir in dieser Zeit keine Besserung erzielen, muss ich das Unternehmen wegen Zahlungsunfähigkeit schließen.« Sie macht eine kurze Pause, schaut auf die Oberfläche der Tischplatte, in der sich flackernder Kerzenschein spiegelt. Dann blickt sie wieder auf und fragt: »Wie sehen Sie die Situation? Sie haben dasselbe Wissen über die Lage wie ich. Haben Sie Ideen, was wir ändern können, um eine Pleite zu verhindern?«

Es entsteht eine längere Pause. Niemand beginnt zu essen oder zu trinken.

»Und nebenbei wünsche ich ihnen jetzt einen guten Appetit«, sagt Nicole und lacht. Sie ist froh, dass sie das Wort »Zahlungsunfähigkeit«, das sie seit einigen Wochen verfolgt, einmal laut ausgesprochen hat. Schon das nimmt Last von ihren Schultern. Sie will nicht überdramatisch klingen, die Kollegen nicht sofort in die Defensive zwingen, doch die Situation ist ihren Berechnungen nach wirklich ernst, und sie will wissen, wie die anderen darüber denken.

»Die Frage ist, ob Sie kämpfen wollen«, sagt Georg Kessler in die Stille hinein. Er trägt einen hellgrauen Rock aus hochmodernem, von kleinen Rauten übersäten Jacquard-Stoff, den Nicoles Vater neuerdings an alle Schneider der Republik verkauft. Changierende Seide, silbrig im Ton. Der Rock passt zum Stein um uns herum, denkt Nicole. Ob Kessler sich das wohl vorher überlegt hat?

»Unsere Ware wird ja nicht schlecht«, sagt Anton Mueller, »und der Kaiser ist angeschlagen«, plädiert er sofort für die Fortsetzung.

»Ich hoffe bereits seit drei Jahren darauf, dass Napoleon müde wird oder sich von seiner Idee, ganz Europa zu beherrschen, entfernt«, erwidert Nicole. »Bisher ist das Gegenteil eingetreten. Keiner kann ihn bremsen. Es wird immer schlimmer.«

Nicole würde Anton gerne mehr Spielraum geben. Er ist ein erfindungsreicher Träumer, seine Weinverschnitte sind originell, wenn nicht kühn. Damit verblüfft er sie ein ums andere Mal. Ihm schweben Motto-Weine nach bestimmten Sternenkonstellationen vor, die sie bisher abgelehnt hat, weil Clicquot für so etwas noch nicht bekannt genug ist. Gleichzeitig ärgert sie sich manchmal darüber, dass Anton nie an die Kosten denkt. Und dann geißelt sie sich gleich wieder selbst dafür, dass sie die Zahlen kaum noch aus ihrem Kopf vertreiben kann.

»Ich plädiere für Ausdauer – und für das kühle Durchrechnen«, sagt Kessler und fixiert Nicole mit seinen Augen. »Nach meiner Kalkulation können wir zwei weitere schwache Jahre mit den Finanzen durchhalten. Wir sollten konsequent weitermachen, ohne uns irgendwo zu verausgaben«, ergänzt er.

»Und das heißt?«, fragt Nicole verwundert.

»Wenn wir unsere Ware weniger weit transportieren und wieder etwas mehr Champagner als Stillwein absetzen, sparen wir Geld und erhöhen unsere Gewinnspanne«, erklärt Kessler. »Und wenn es hart auf hart kommt, könnten wir fünf der sieben Handelsreisenden einsparen. Das wäre in fiskalischer Hinsicht ein Befreiungsschlag.«

»Dann sagen wir dem internationalen Markt adieu«, erwidert Nicole zögerlich und nimmt einen Schluck aus ihrem Weinglas. »Genau das ist es, was ich nicht will: einen Tod auf Raten«, fügt sie an.

Georg berührt sanft ihren Unterarm: »Ich versichere Ihnen, so etwas will ich auch nicht, Madame. Wir werden das verhindern!« Wieder schaut er ihr fest in die Augen, als könne er ihr eine Art Wahrhaftigkeitsbotschaft über den Tisch schicken und sagt: »Wir brauchen einen Winterschlaf mit reduzierter Aktivität für unser Unternehmen, solange die Situation so ist, wie sie ist. Unsere Reisenden könnten andere Dinge mitverkaufen, nicht nur unseren Wein. Wir würden sie dann nur noch für die Ware bezahlen, die sie auch wirklich für unser Haus absetzen.« Georg beobachtet sorgfältig Nicoles Reaktion, während er spricht. Er sieht, dass er jetzt ihre ganze Aufmerksamkeit hat und fährt fort: »Wenn das Geschäft wieder anspringt, haben wir unsere Reisenden immer noch und können sie wieder ganz für uns auslasten«, schließt er.

Georg Kessler wendet sein Gesicht nach unten, um seinen Rock in Form zu bringen, dann fährt er fort: »Ich weiß, dass Sie das nicht mögen, so einen Winterschlaf, Madame. Aber ich möchte Ihnen versichern: Ich glaube weiterhin fest an die Idee ihres Champagnerhauses. Es entsteht gerade überall in Europa ein wohlhabendes Bürgertum. Die Dinge verändern sich, trotz der Kriege. Jeder möchte gerne so leben wie die Könige und Fürsten hier in Frankreich. Und dazu gehört auf jeden Fall unser Champagner. Wir müssen jetzt nur eine gewisse Zeit überbrücken.«

Nicole missfällt die Idee, die Handelsreisenden ein Stück weit aufzugeben. Wer weiß, ob sie dann treu bleiben? Wie kann man sicher sein, dass sie so überhaupt überleben können?

Das Wort »Winterschlaf«, das von Georg aufgebracht wird, hat allerdings nun doch eine gewisse Beruhigung in ihr ausgelöst. Es ist eine interessante Idee, denkt sie nach einer Weile, ein guter Einfall, der ihr wie eine plausible Alternative zu einer Schließung erscheint. Vielleicht liegt darin ja wirklich eine Lösung. Sie beginnt sofort zu überlegen, was man noch alles zurückfahren könnte, ohne ihr Haus nach außen hin nicht mehr aktiv erscheinen zu lassen.

»Unserem Champagner würde es rein gar nichts ausmachen, wenn er ein paar Jahre länger hier unten reift«, wirft der Kellermeister ein. Jeden Tag besteht er auf mehr angemieteter Lagerfläche, weil er sicher ist, aus einem Gemisch älterer Champagner eine noch bessere Qualität hervorbringen zu können.

»Ich würde gerne einige Geschmacksexperimente versuchen. Wir könnten einen spritzigen Sommer-Champagner herstellen oder einen Rosé-Champagner, an den sich noch niemand herangetraut hat«, sagt er.

»Die zentrale Frage ist, wie lange diese korrupte Notsituation, die unsere Regierung uns aufgedrückt hat, noch dauern wird«, sagt Kessler, »aber das werden wir heute Abend nicht herausbekommen.«

Die Kreidewände erscheinen jetzt plötzlich in leicht grünlichem Licht, denkt Nicole, es muss draußen dunkel geworden sein. Sie hört Georg gerne zu, und er fährt auch schon fort: »Die Handelsblockaden können morgen wieder vorbei sein, oder diese alberne Streiterei auf dem Rücken aller normal arbeitenden Menschen geht noch jahrelang so weiter. Ich hoffe allerdings, dass sich die verdammten Großfabrikanten allmählich dagegen erheben. Die Schiffe verfaulen in unseren Häfen, der Staatskasse fehlen die Zolleinnahmen, auch ein Napoleon kann das nicht ewig durchhalten. Nach ein, zwei Jahren wird der Spuk vorbei sein und wir werden sehen, dass unser Champagner den Weltmarkt erobert«, schließt Kessler.

Vereinbart wird an diesem Abend das Folgende: Investitionen in eine neue Weinpresse, neue Fässer, neue Kellereiausrüstungen werden verschoben. Nicole wird die Handelsreisenden dazu auffordern, weit entfernte oder logistisch kompliziert zu erreichende Märkte auszusparen. Ein Preisnachlass für treue Kunden wird vereinbart, ein entsprechend werbendes Anschreiben soll kurzfristig ausgesendet werden. Vorerst wird es noch keine Erntekürzungen oder Kellerei-Einschränkungen geben, die nicht verkauften Flaschen werden einfach weiter eingelagert. Auch von den Handelsreisenden wird vorläufig niemand entlassen. Nicole wird ihren Vater bitten, seinen Tuchlieferungen an wohlhabende Kunden eine Probierflasche Champagner beizupacken, um neue Menschen auf den Geschmack von Clicquot zu bringen.

Nachdem das Diner vorbei ist, sitzen Nicole und Georg noch länger am Tisch. Das Geschirr ist bis auf die Weingläser abgeräumt. Anton Mueller hat sich schon zum Schlafen zurückgezogen.

Nicole fragt Georg noch einmal, was genau er unter einem »Winterschlaf« der Firma versteht, während sie mit dem Zeigefinger die Maserung der Farbe auf der Tischplatte nachfährt. Sie müssen weiteren billigen Lagerplatz in Reims finden, das steht fest. Nicole erklärt sich bereit, bis an die Grenzen ihrer Rücklagen zu gehen, um die prognostizierten zwei weiteren schlechten Jahre zu überstehen. Schließlich wandern die beiden noch einmal die unterirdischen Lagerflächen ab, um zu prüfen, wo sie Regale noch enger aneinander stellen können, um mehr Flaschen hier einzulagern.

Plötzlich knallt es direkt hinter ihnen, als hätte sich ein Pistolenschuss gelöst. Erschrocken dreht Nicole sich in die Richtung um, aus der der erste Knall gekommen ist. Eine Kettenexplosion von Champagnerflaschen ereignet sich vor ihren Augen, Glasscherben wirbeln durch die Luft, landen auf ihrem Kleid und fallen von da auf den Boden. Nicole ist kreidebleich. Georg steht jetzt direkt hinter ihr. Er hat seine Tellerkerze neben sich auf den Boden gestellt und legt plötzlich schützend seinen Arm um ihre Schultern. Unwillkürlich legt sie ihren Kopf an seine Brust.

»Ängstige dich nicht, Nicole. Es ist nichts Schlimmes, nur ein paar Flaschen sind geplatzt«, sagt er ihr leise ins Ohr. »Kein großes Unglück. Wir werden die anderen Flaschen jetzt gleich mit kühlem

Wasser bespritzen, dann kann nichts weiter geschehen.« Auch als es aufgehört hat zu scheppern, lässt er Nicole nicht aus seinen Armen.

»Du brauchst keine Angst mehr zu haben«, sagt er, »die Explosion ist beendet.«

»Woher weißt du das?«, fragt sie.

»Wir werden Wasser holen, dann kannst du sicher sein, dass es nicht weitergeht.« Georg streichelt über Nicoles Haar, hält sie fest und drückt ihr schließlich einen Kuss auf den Hals.

»Komm, wir gehen zur Wasserstelle«, sagt er, nimmt ihre Hand und zieht sie in Richtung der alten Pumpe im Hauptkeller.

»Meine Güte, war das ein Schreck«, sagt Nicole erleichtert.

»Es waren zehn oder zwölf Flaschen, die explodiert sind. Aber das Feuerwerk ist vorerst beendet. Etwas kaltes Wasser noch, und es wird sich nicht weiterfressen«, beruhigt Georg sie.

»Hier, nimm meinen Rock, ich werde ein paar Eimer Wasser auspumpen«, sagt er, während er sich seinen Gehrock auszieht und ihn, zu einem Knäuel zusammengerollt, ihr direkt in die Hand drückt. Sein Hemd ist eng, er hat die Halsbinde gelöst. Als Georg mit zwei gefüllten Eimern zur Explosionsstelle zurückgeht, sieht Nicole ihm nach, mustert ihn kurz. Schließlich steht sie erneut fassungslos vor den Scherben. Georg setzt die beiden Eimer ab, streichelt ihre Wange und sagt: »Wenn das alles ist, wird es gehen.« Schon eilt er wieder zurück, holt einen Schemel, auf den er sie hinsetzt, indem er mit beiden Händen ihre Taille umfasst und ihren Körper auf die Sitzfläche drängt.

Mit der Umsichtigkeit eines Apothekers, der in seinem Labor arbeitet, beginnt Georg, einige Eimer Wasser behutsam über die noch nicht geborstenen Flaschen im Regal zu entleeren. Nachdem alle Flaschen ordentlich abgekühlt sind, kehrt er die Glasscherben zusammen.

»Du scheinst das schon öfter gemacht zu haben«, sagt Nicole.

»Sagen wir mal, ich habe schon oft davon gehört«, meint Georg. »Das ist dann fast so, als hätte man es selbst schon einmal erlebt.«

»Alles hier unten hat sein Eigenleben,« sagt Nicole nachdenklich, ohne zu wissen, warum.

»Die Flaschen lieben keine schnellen Temperaturveränderungen«, sagt Georg zu ihr. »Wahrscheinlich waren die paar Kerzen heute Abend schon zu viel. Man muss die Flaschen dann langsam wieder herunterkühlen.«

Inzwischen ist es weit nach Mitternacht. Nach dem Aufräumen nimmt Georg Nicole bei ihren Händen und zieht sie vom Schemel hoch.

»Du bist müde, Nicole, nicht wahr? Es war ein langer Tag, und ich bringe dich jetzt nach Hause«, sagt Georg. Er nimmt sie wieder bei der Hand und geleitet sie durch den Gang zu ihrem Haus. Aus einem Impuls heraus entzieht ihm Nicole plötzlich ihre Hand, hakt sich bei ihm unter und mustert ihn mit skeptischem Blick von der Seite. Im Vestibül ihres Hauses angekommen, nimmt Georg sie noch einmal bei den Schultern und zieht sie fest an sich.

»Du bist verdammt gut darin, eine Explosion zu löschen«, sagt Nicole, wendet sich von ihm ab und will plötzlich schnell die Treppe hoch zu ihren Schlafgemächern.

Doch Pie, Clementines Hund, kommt von oben herunter und vollführt einen Freudentanz vor Nicole. Sie gibt ihm ein Zeichen, ruhig zu sein. Der Hund gehorcht. Dann fällt Nicole Georg um den Hals, gibt ihm einen flüchtigen Kuss auf die Schläfe und flüstert: »Für was ein paar Scherben alles gut sein können. Adieu!«

Nicole kann eine ganze Zeit lang nicht einschlafen. Sie versucht sich an verschiedenen Deutungen der gerade erlebten Nähe zu Georg Kessler. Vermutlich war es nur eine kleine emotionale Vergesslichkeit, die im Moment der Glasexplosion nahelag. Umarmungen, die folgenlos bleiben werden. Eine Annäherung, die sie beide in der Arbeit längst vollzogen haben. Sie geht die verschiedenen Stadien des Abends noch einmal durch. War sie zu leutselig gewesen, ihre

Not vor den beiden Kollegen zu offenbaren? Hat sie den vorwitzigen Georg damit zu Übergriffen geradezu eingeladen? Kann es überhaupt angehen, dass sie beide weiter miteinander arbeiten? Im Keller kam es ihr vollkommen passend vor, dass er sie plötzlich umarmte, küsste, hochhob, streichelte. Als sie nach der Explosion in ihrem Haus ankamen, ist es plötzlich anders gewesen. Sie hat Angst bekommen, sich nicht mehr frei bewegen zu können.

Kann man Champagnerflaschen geplant explodieren lassen?, fragt sie sich, während sie mit offenen Augen in ihrem Bett liegt. Hat es sich nicht alles so angefühlt, als habe Georg so eine Eroberung schon ziemlich oft gemacht? Immer auf die gleiche Weise? Seine Gesten und Handgriffe, so geübt und exakt, aber wäre das schlimm? Doch im Ernst: Hat Georg vorher irgendetwas arrangiert, damit so etwas passiert? Ausgerechnet am Tag ihres Krisengesprächs? Unsinn. Die Explosion war ein Zufall. Und seine Stimme, der Duft seines Halses, der Druck seiner schönen Hände, alles das gefiel ihr doch. Vor allem seine Art, ihr Haar zu streicheln, erschien ihr raffiniert – vorsichtig, aber nicht zu zögerlich, zärtlich und so geschickt, dass sie schon im ersten Moment hoffte, mehr davon zu bekommen.

Unterstützt von Georg Kessler prüft Nicole in den folgenden Wochen, wie ihre vereinbarten Maßnahmen wirken. Immer wieder rechnet sie aus, wie lange sie die Misere der europäischen Wirtschaft noch durchhalten kann. Es brodelt an allen Ecken des napoleonischen Reiches.

In ganz Spanien setzen sich Widerstandstruppen hartnäckig gegen die französischen Besatzer zur Wehr. Die Aufständischen sind keine Revolutionäre, sie sind eher eine kämpferische Gemeinschaft für den Erhalt von Kirche und König. Ihre Vertreter in Stadt und Land sind fromm, traditionsbewusst und seit Jahrhunderten dem bourbonischen Herrscherhaus treu ergeben. Das begründet ihren besonderen Kampfgeist und ihre Unnachgiebigkeit. Napoleon muss immer mehr Soldaten nach Spanien senden, um seine lokalen Gegner in Schach zu halten, und sein Bruder Joseph hat längst die Lust am spanischen Königsthron verloren. Joseph wird von den spanischen Aufständischen bedroht. Er bittet seinen Bruder inständig, Spanien verlassen zu dürfen. Doch Napoleon besteht darauf, dass er bleibt.

Im französisch-bayerisch besetzten Tirol, ehemals zu Österreich gehörend, mehren sich ebenfalls die Aufstände. Ein gewisser Andreas Hofer treibt die Einheimischen an, sich zu wehren. In Russland schließlich, dem seit den Verträgen von Tilsit wichtigsten französischen Verbündeten, finden sich Adelige und Großgrundbesitzer nicht mehr damit ab, dass Zar Alexander der Handelsblockade gegen England zugestimmt hat. Weil ihnen der einträgliche Holzhandel mit den britischen Inseln verboten ist, leiden sie inzwischen unter ruinösen Rückgängen ihrer Erträge und üben Druck auf den Zaren aus, das Abkommen mit Napoleon zu brechen. Zudem hat der Rubel so kräftig an Wert verloren, dass die Preise für alle Importprodukte, nicht mehr nur für Zucker, Kaffee, Wein oder Champagner, binnen eines Jahres um mehr als das Vierfache gestiegen sind. Auch in Russland zerbröselt das ohnehin schwierige Bündnis mit Frankreich.

Am Abend des 30. November 1809 trägt Napoleon Josephine offen die Scheidung an. Dies fällt ihm extrem schwer. Josephine weint, sinkt zu Boden. Zusammen mit einem Diener trägt der Kaiser sie in ihr Schlafzimmer. Napoleon hat einen seiner besten Juristen beauftragt, die Formalitäten vorzubereiten. Er denkt, der formelle Akt werde der einfachste Teil der Sache sein. Doch sein Jurist informiert ihn noch in der Nacht darüber, dass der »Code Napoleon« Scheidungen selbst unter Einwilligung beider Partner nur bis zum 45. Lebensjahr zulässt. Dieses Alter hat Josephine gerade überschritten.

Napoleon ist beunruhigt. Jetzt, da er sich durchgerungen hat und unbedingt bereit ist, einen Nachfolger zu zeugen, muss die Sache klappen. Der Jurist wird eine Lösung finden.

Am Morgen nach ihrem Zusammenbruch muss Josephine einen Empfang für die Könige der Rheinbundstaaten ausrichten. Sie ist noch derartig gefühlstaub und übermüdet, dass sie die Zeremonie halb bewusst, halb verwirrt über sich ergehen lässt. Bei einem weiteren offiziellen Bankett, am 3. Dezember, sitzt sie dem Kaiser in vollem Krönungsornat gegenüber und hat sichtlich Mühe, nicht in Ohnmacht zu fallen. Beide Eheleute vermeiden es krampfhaft, sich Blicke zuzuwerfen. In Josephines Trauer über ihre Demütigung mischt sich jetzt Wut. Sie hat das Gefühl, irgendetwas herausbrüllen zu müssen, um ihren Mann zu entlarven. Aber was sollte das sein? Sollte sie ihn einen Verräter nennen? Dagegen spricht, dass sie damit noch kolossaler an Ansehen verlieren würde und auch, dass sie selbst während der langen Abwesenheiten ihres Mannes kein treuer Engel gewesen ist.

Am 8. Dezember trifft Josephines Sohn Eugène in Paris ein, den Napoleon zusammen mit seiner jüngeren Schwester Hortense adoptiert hat. Eugène ist 28 Jahre alt und Offizier der kaiserlichen Armee. Er hat Napoleon, seinen Stiefvater, bei mehreren Feldzügen als Befehlshaber einer Einheit der Grande Armée begleitet. Die beiden schätzen sich, halten viel voneinander. Napoleon teilt Eugène mit, dass er sich von seiner Mutter trennen wird, und bespricht die Details der nun folgenden formellen Prozeduren mit ihm und Josephine. Die Scheidung müsse zur Sicherung ihrer aller Zukunft an der Spitze der französischen Nation geschehen, es bedürfe unbedingt eines leiblichen Thronfolgers. Eugène trägt die Nachricht mit Fassung.

Josephine folgt der Unterhaltung mit aufgerissenen Augen, aber geistig wie abwesend. Am Ende des Gesprächs ist ihr Gefühlschaos in tiefe Trauer umgeschlagen. Sie wischt sich ein paar Tränen aus den Augen. Ihren Kaiserinnen-Titel darf sie behalten, verkündet

Napoleon. Sie erhält eine jährliche Apanage von zwei Millionen Francs und bekommt Schloss Malmaison geschenkt. Verbissen konzentriert Napoleon seine Blicke auf Eugène und behandelt Josephine wie eine leblose Puppe, die jemand zufällig mit an den Tisch gesetzt hat. Seine eigene Trauer und Unbeholfenheit versucht er mit einer geschäftsmäßigen Gesprächsführung zu überdecken.

Am 15. Dezember erreichen alle übrigen Familienmitglieder Paris. Bei einem offiziellen Termin der Familie, bei dem auch wesentliche Minister als Zeugen anwesend sind, verlesen der Kaiser und Josephine jeweils ihre offiziellen Erklärungen über den Scheidungswunsch. Die Kaiserin schafft es, den sie demütigenden Text über ihre Unfruchtbarkeit tonlos und wie unbeteiligt vorzutragen. Sie übersteht diese Stunde in großer Anspannung, jedoch ohne weiteren Schwächeanfall an der Seite ihres Sohnes. Alles Gesagte wird protokolliert.

Am Folgetag muss die Scheidungserklärung samt ihrer Begründung nochmals von Eugène vor dem Senat verlesen werden. Die Abstimmung der Senatsmitglieder ergibt 67 Ja-Stimmen, 7 Nein-Stimmen und 4 Enthaltungen. Die Kaiserin verlässt noch am Abend den Palast. Am 24. Dezember besucht Napoleon sie abends in Malmaison, zwei Tage später isst er mit ihr in Schloß Trianon im Park von Versailles zu Abend. Er weint, beklagt sich über den leerstehenden Palast und seine Einsamkeit.

Noch ein anderes Thema ist in jener Nacht von Nicoles Krisengespräch mit anschließender Champagner-Explosion zur Sprache gekommen: Jerôme Fourneauxs Vertrag als zweiter Geschäftsführer der Firma wird im nächsten Sommer auslaufen. Georg Kessler und Anton Mueller sind beide überzeugt, dass Fourneaux seinen Vertrag nicht verlängern wird. Sie plädieren dafür, dass Nicole ohne Fourneaux weitermacht. Fourneaux sei kein Kämpfer, er wolle das Geschäft eher zurückentwickeln und sei ein Gegner neuer Ansätze in der Kellerei, meint Mueller.

Auch Georg Kessler ist der Meinung, dass das Ausscheiden von Fourneaux ein Befreiungsschlag sein werde, selbst in diesen schwierigen Zeiten. »Es stimmt, Fourneaux könnte lebhafter sein«, sagt Nicole beschwichtigend. Es beruhigt sie, dass die beiden jungen Kollegen sie ermutigen, alleine weiter zu machen, allerdings käme ihr mit Fourneaux auch der einzige Zweifler unter den Lotsen an Bord abhanden. Jemand, der sich den Jungen das eine oder andere Mal mit guten Argumenten trotzig in den Weg gestellt hat.

Georg betont immer wieder, Fourneaux fehle der Kampfgeist, den es für das Geschäft brauche, er sei ein Weinbauer durch und durch und sei es geblieben, also nie ein Geschäftsmann geworden. Nicole fragt sich: In einer aussichtslosen Situation einfach weiter zu machen, nennt man das »Kampfgeist« haben oder »kämpferisch sein«? Sie versteht nicht, was Anton und Georg ihr damit sagen wollen. Für Nicole gehört »das Kämpferische« zu den traurigsten Dingen, die sie sich vorstellen kann. Sie verbindet vor allem vergebliche Tätigkeiten damit, so etwas wie Wiederbelebungsversuche an jemandem, der schon tot ist. In nichts, was ihre Arbeit bei Clicquot bisher ausmacht, hat sie sich als kämpferisch empfunden. Doch das Wort macht sie neugierig.

Warum habe ich denn mit meiner Arbeit immer weiter gemacht, fragt sie sich. Was sie mochte, war die Spannung, die sie täglich bei ihrer Tätigkeit empfand. Ob ein Kunde ihr schrieb, den sie gefragt hatte, ob ihm ihr Champagner zusagte. Die Zufriedenheit über gemeinsame Lösungen, die sie mit den Handelsreisenden gefunden hatte, beispielsweise beim schwierigen Thema der Preisgestaltung. Das Knobeln an der richtigen Mischung aus nationalem und internationalem Geschäft. Das Glück, wenn an der Weinpresse eine Hand in die andere griff und sich ein Rhythmus einstellte. Sogar das Verpacken von 50 000 Flaschen Wein oder das Zusammenziehen der Zahlen nach einer Woche des Bestelleinlaufs hatte diese spannende Qualität für sie. Alles das waren die erbaulichen, verwundernden und überraschenden Augenblicke ihrer Tätigkeit. Und genau diese Momente schien ihr Partner Jerôme Fourneaux nicht mehr zu finden.

Nicole schreibt sich rasch einige Notizen untereinander auf einen Zettel:

»Kämpfen ist krampfhaft«

»Kindische Begeisterung entfalten«

»Knisternde Attraktion erleben«

»Sich nicht so schnell aus dem Gleichgewicht bringen lassen«

»Ein gustatorisches und olfaktorisches Meisterwerk schaffen«

»Einem exzellenten Wein ein attraktives neues Gewand geben«

»Ungekannte Überraschungen für die Geschmackssinne schaffen.«

Fourneauxs Meinung, Champagner sei so teuer in Herstellung und im Versand, dass sich seine Produktion nie rechnen werde, wog am schwersten. Sie teilt sein Urteil nicht. Sie hat von neuen Postkutschen und Pferden gehört, die die alten Pferdebahnen ablösen, durch die ihre Güter schneller und kostengünstiger auch in entlegene Gebiete gebracht werden. Dazu soll es bald stabilere Flaschen mit stärkeren Glasböden geben, die besser zu lagern sind und nicht mehr so leicht explodieren. In England probiert man sie schon aus, hat sie gelesen. Sie setzt außerdem auf Georgs Einschätzung eines aufstrebenden Bürgertums, das bereit ist, mehr für ihre Arbeit zu bezahlen. Selbst wenn sie den letzten Teil ihres Geldes damit verschwenden sollte – sie hat keine Lust, in ihrem Haus zu hocken wie eine nervöse junge Frau, die auf etwas wartet. Wenn andere das »Kämpfen« nennen, sei's drum.

Der kleine, weiß und braun gescheckte Hund »Pie«, den sie Clementine zwei Jahre zuvor geschenkt hat, ermuntert Nicole in diesen so herausfordernden Zeiten. Er trägt ihr ihren Schal hinterher, wenn sie ihn im Haus irgendwo hat liegen lassen. Er legt sich auf ihre Füße, sobald sie irgendwo sitzt. Und er führt jedes Mal einen Freudentanz auf, wenn sie das Haus betritt, ganz gleich, um welche Uhrzeit. Auch für Clementine hat Pie entscheidend an Bedeutung gewonnen. Sie nimmt ihn abends mit in ihr Schlafzimmer und schläft mit ihm ein. Sie hat gelernt, ihm klare Befehle zu geben, die ihre Stimme und Artikulation geschult haben. Nicole denkt zuweilen, dass niemand anderer als dieser Hund Clementine hätte beibringen können, so deutlich zu einem anderen Wesen zu sprechen.

Im Herbst 1809 verlässt Louis Bohne nach drei Jahren ununterbrochenen Aufenthaltes sein geliebtes Russland, weil die Geschäftslage aussichtslos geworden ist. »Meine Verkaufsversuche sind samt und sonders vergeblich geworden«, schreibt er an Nicole. »Ich erhalte nur noch Beschwerden über die furchtbaren ökonomischen Verhältnisse. Türen werden mir vor der Nase zugeschlagen, ich habe seit mehr als 12 Wochen keine einzige Bestellung mehr erhalten. Das Geschäft ist absolut tot. Die Städte sind ruiniert, die Straßen voller Handelsreisender, die nichts mehr verkaufen. Ich beginne mich mit dem Gedanken zu befassen, mir eine andere Arbeit zu suchen, bevor diese mich umbringt.«

Umgehend lädt Nicole Louis Bohne nach Reims ein und kommt mit ihm überein, dass er eine einjährige Pause seiner Aktivitäten einlegt. Er berichtet ihr, dass in Russland die Hassgefühle Napoleon und jedem Franzosen gegenüber mittlerweile gefährliche Ausmaße angenommen haben. Da er in St. Petersburg viele Freundschaften pflegt, sei er dort nicht in Lebensgefahr gewesen, allerdings hätten sich seine Freunde um sein Leben gesorgt und seine Reisen über Land seien alles andere als vergnüglich gewesen. Sobald nachhaltige Zeichen des Friedens wahrnehmbar werden, will er seine Reisetätigkeit wieder aufnehmen, ist er sich mit Nicole einig. Louis Bohne will die Pause nutzen, um sich in Deutschland eine Ehefrau zu suchen. Nicole hofft, dass sie ihn wiedersehen wird.

Vierzehn Tage später entscheidet sie nach einem ausführlichen Gespräch mit ihrem Vater und Georg Kessler, jetzt die besprochene Winterschlafperiode für die Firma Clicquot-Fourneaux einzulegen. Sie hat nun doch ihre Ernteverträge mit den Weinbauern um mehr als die Hälfte gekürzt und will ihre Handelsreisenden bitten, ihre Exklusivanstellungen bei Clicquot in Kommissionsverträge umzuwandeln. Dadurch werden sie nur noch über Verkaufsprovisionen vergütet, dürfen jedoch auch Waren anderer Produzenten mit verkaufen, wie Georg es vorgeschlagen hatte. Mit Anton Mueller, dem Kellermeister vereinbart sie, dass er in der Winterschlafzeit mit Rosé-Champagner experimentieren soll. Dazu hat ihr Vater Nicole einen Kredit angeboten für den Fall, dass die Ruheperiode länger andauert und sie ihre Rücklagen endgültig aufgebraucht hat.

Nicole möchte dieses Angebot auf keinen Fall annehmen, sie sträubt sich innerlich dagegen, lehnt es aber nicht ganz ab: »Wenn wir es am Ende nach fünf, sechs Jahren nicht mehr durchhalten, hat es keinen Sinn, das Geschäft künstlich am Leben zu halten«, sagt sie ihrem Vater. »Wir schauen, Papa. Und ich danke dir erst einmal für das Angebot.« Georg hat sie davon abgehalten, ihrem Vater sofort eine Absage zu erteilen. Man solle sich alle Chancen offen halten, findet er. Nicole allerdings hat nicht vor, sich bei ihrem Vater Geld zu leihen, wenn sie mit ihrem Geschäft in zwei Jahren keine Aussicht auf Erfolg sieht.

Als Nicole an diesem Tag der Entscheidung nach Hause kommt, umarmt sie erst einmal ihre Tochter. Zur Feier des Tages werden sie heute ihr Lieblingsgericht essen: Cassoulet mit Bressehuhn. Clementine ist jetzt 10, Nicole 33 Jahre alt. Clementine hat für ihre Mama ein Bild gemalt und zeigt es ihr stolz. Es ist ein Portrait von Nicole in einer schwarzen, mit strengen Kanten versehenen Mönchskutte. Ich in meinem Witwenkleid, denkt Nicole, nicht besonders schmeichelhaft. Ihre Tochter hat ihr zum Ausgleich für die strenge Montur einen verheißungsvoll aussehenden roten Vogel über den Kopf gezeichnet; der Hund Pie sitzt auf dem Bild wie eine gefleckte Vase zu ihren Füßen. Deutlich am meisten Zeit hat Clementine bei der Zeichnung für ihr blaues Halstuch verwendet. Es umschwebt ihren Kopf wie ein Heiligenschein.

Die Tage sind voller Sorgen und die Nächte lang in diesem Herbst und Winter. Der Plan des sogenannten Winterschlafs soll Nicole weitere zwei Jahre Zeit für die Firma geben. Er heißt jedoch auch, starke Einsparungen vorzunehmen und die Stimmung unter den Kollegen dabei nicht sinken zu lassen. Nicole will unbedingt weiterhin Zuversicht verströmen. Auch der Kontakt zu ihren Kunden soll nicht abreißen. Keiner darf verlorengehen, die Korrespondenz darf nicht abreißen. Die Herbstwinde pfeifen durch die fast leeren Äste der Bäume. Nicole glaubt inzwischen fest an das Ende von Napoleons Ära, die Frage ist nur, wie lange sie noch dauern wird. Sie ist jetzt sogar zu waghalsigen Unternehmungen bereit, um ihre Verkaufseinbußen irgendwie auszugleichen. Einige ihrer Kollegen haben damit begonnen, auf Schiffe zu spekulieren, die Alltagswaren in die französischen Kolonien bringen, beispielsweise nach Guadeloupe. Sie nimmt sich vor, so etwas auch auszuprobieren.

Nicoles langer Atem hat einerseits mit ihrem Metier zu tun. Eine Frau, deren Ware ein über Jahre reifender, immer wertvoller werdender Champagnerwein ist, braucht sich von den Überheblichkeitskämpfen eines Despoten nicht aus dem Sessel blasen zu lassen. Andererseits stützt sich ihre Durchhaltebereitschaft seit der Nacht im Weinkeller auch auf die aufflammende Liebesbeziehung zu Georg Kessler. Man kann langsam nicht mehr behaupten, sie seien kein Liebespaar, auch wenn sie ihre Zugewandtheit weiterhin geheim halten, sich über den Tag zueinander wie Fremde verhalten und an getrennten Orten der Stadt leben.

Regelmäßig verbringen sie Zeit miteinander, schlafen seit dem Frühjahr nicht mehr jeden Tag in leeren Betten. Über Tag ist Georg Nicoles engster Berater. Aber er ist nicht der Einzige, mit dem sie sich über das Geschäft unterhält. Sie schätzt Georgs Urteilsvermögen, sein waches Naturell und seinen Übermut, von dem sie sich gelegentlich anstecken lässt. Sie achtet jedoch darauf, sich immer auch mit anderen Personen zu besprechen, bevor sie eine Entscheidung trifft wie die der Spekulation auf ein Schiff nach Guadeloupe. Dennoch geht die Unternehmung schief – das Schiff wird als verloren gemeldet. Georg bietet ihr an, auf einen Teil seines Gehalts zu verzichten, um den Schaden wenigstens teilweise wieder auszu-gleichen. Nicole lehnt ab. Sie hat die Entscheidung schließlich selbst getroffen.

Oft treffen sich Nicole und Georg zu einem abendlichen Rundgang durch die Weinkeller. Immer noch sieht sie ihn überrascht an, wenn er ihr mit einer einzigen Bewegung das Band aus dem Haar und das Kleid von den Armen streift. Georg ist galant und überaus zärtlich. Und Nicole gelingt es, in diesen Stunden mit ihrem Geliebten herumzualbern, ihm mit Zweigen von Lavendel über Schultern und Rücken zu fahren. Über Tag, wenn Nicole im raschelnden Witwenkleid durch die Räume und Keller eilt, halten sie ihre übliche Distanziertheit bei.

In Paris kommt es mittlerweile zu Befürchtungen, Napoleon könnte ob des kaum kontrollierbaren Kriegsverlaufs in Spanien eines Tages ermordet werden. Für diesen Fall hat der weiterhin mächtige Talleyrand vorgesorgt. Zusammen mit dem kaiserlichen Polizeiminister Fouché hat er für den Attentatsfall eine Absprache mit dem schillernden Kavallerieoffizier Joachim Murat getroffen. Murat ist der Sohn eines Gastwirts aus der Provence und mit Napoleons Schwester Caroline Bonaparte verheiratet. Im Falle eines Attentats auf den Kaiser soll er sofort als Thronfolger installiert werden, damit in dieser gefährlichen Situation kein Machtvakuum entsteht. Joachim Murat ist ein begabter und ehrgeiziger Militär, der Napoleon seit seiner Ernennung zum Konsul bei allen Feldzügen begleitet – aber er fühlt sich auch Talleyrand verpflichtet.

Nur durch die frühe Förderung des Diplomaten, der ihn auf gute Schulen schickt, ist der aus kleinen Verhältnissen stammende Murat das geworden, was er ist. Von ihrem Naturell her betrachtet, könnten Talleyrand und sein Zögling jedoch verschiedener nicht sein. Der eine ein durch und durch strategischer Kopf, der andere ein Heißsporn, ein furchtloser Draufgänger und erfolgreicher Schürzenjäger. Mit 20 Jahren tritt Murat in eine Kavallerieeinheit der französischen Armee ein, die er jedoch bald wegen Insubordination wieder verlassen muss. Bis in die Kleidung hinein will er sich den Usancen des Militärs nicht unterwerfen, lässt sich von seinem persönlichen Schneider eigenwillige und prächtige Kostüme entwerfen, die oft an den Trachten fremder Länder ausgerichtet sind.

Unter den Jakobinern arbeitet sich Murat in der Armee wieder nach oben, Napoleon ist die Kleidung seiner Soldaten lange Zeit gleich. Er schätzt an Murat vor allem sein Durchhaltevermögen. Beim Feldzug von Ägypten ist Murat einer der wenigen Offiziere, die nicht verzagen, obwohl ihm der Unterkiefer durchschossen wird. Die Kugel tritt unterhalb seines rechten Ohrs in seinen Schädel ein und unterhalb des linken Ohrs wieder heraus. Doch Murat hat Glück. Dank seiner üppigen dunklen Locken ist sein Gesicht später nicht sonderlich entstellt. Besonders wegen dieser Geschichte ist er in der Armee überaus bekannt und beliebt.

Von einem Spitzel erfährt der Kaiser eines Tages von der für ihn geplanten Ersatzlösung durch Murat, sollte ihm etwas zustoßen. Niemand hat ihn bisher in dieses Geheimnis eingeweiht. Der Kaiser ist darüber extrem aufgebracht. Sofort beruft er den Kronrat ein, und augenblicklich verdächtigt er Talleyrand als Drahtzieher hinter der Sache. In der Sitzung geht er ihn hart an: »Sie sind ein Dieb, ein Feigling, ein Mensch, dem nichts heilig ist«, weist er ihn zurecht. »Sie haben die ganze Welt verraten und hintergangen«, echauffiert sich Napoleon, im Zimmer auf und ab laufend. »Sie sind nichts anderes als ein Stück Scheiße im Seidenstrumpf«, entfährt es ihm. Die wüste Beschimpfung erträgt Talleyrand augenscheinlich ungerührt, in lässiger Haltung still an eine Wand gelehnt. Als er den Raum verlässt, flüstert er in Richtung des Zeremonienmeisters: »Es gibt Dinge, die man nie verzeiht; wie schade, dass ein so bedeutender Mann so schlecht erzogen ist.«

Talleyrand geht mittlerweile soweit, in seinem Salon und unter Freunden eine klare Trennlinie zwischen den Interessen Frankreichs und den Zielen Napoleons zu ziehen. »Die Sache Napoleons ist nicht mehr die Sache Frankreichs«, hat Talleyrand nicht nur gegenüber Zar Alexander von Russland in Erfurt betont. Für ihn hat Frankreich mit der Ausdehnung seines Territoriums auf die Rheinlinie genug erreicht. Alle weiteren Eroberungen hält er für fehlgeleitet, da sie die Balance der europäischen Staaten im Gleichgewicht der Macht gefährden. Talleyrand hasst die Machtexzesse Napoleons. Der durch eine Behinderung am Fuß seit Kindesbeinen humpelnde Diplomat ist durch seine langen Jahre als Außenminister, aber auch durch seine hochadelige Herkunft in ganz Europa exzellent vernetzt. In Paris unterhält er eine der wichtigsten »Tafeln« – eine Art von Männern geführter Salon -, zu der Diplomaten und Intellektuelle aus ganz Europa geladen werden.

Mit dem Verdacht der Intrige, die er seinem ersten Diplomaten und langjährigen Gefolgsmann zuschreibt, hat Napoleon Recht, aber er erfasst die Dimension nicht. Das Ausmaß der Arglist geht über die heimliche Wahl eines Stellvertreters weit hinaus. Das Ziel Talleyrands ist der vollständige Niedergang Napoleons, was der Kaiser nicht erkennt. Napoleon kann sich einen Feind wie die Briten vorstellen, aber keinen Franzosen mit scharfem Verstand, heißt es in Paris.

»Louis hat vorerst ein melancholisches Fazit gezogen«, antwortet Nicole auf die Frage ihres Vaters nach den Umständen der Rückkehr von Louis Bohne aus St. Peterburg.

Bei einem Besuch ihres Vaters bemerkt Nicole zum ersten Mal ein leises Verständnis für ihre Kritik an Napoleon. Sie erzählt ihm von dem Hass, der Louis Bohne nicht nur in Russland, sondern auf seinem gesamten Weg zurück aus St. Petersburg entgegengeschlagen ist, nur weil er Champagner vertreibt, der aus einem französischen Unternehmen stammt. Sie glaubt nicht daran, dass sich Russland noch lange still und duldsam zum Handelsembargo verhalten wird. Und sie fragt ihren Vater, wie er selbst die Lage inzwischen einschätzt. Ponsardin kommt gerade aus Paris zurück, er hat Talleyrand und auch den aus Österreich zurückgekehrten Napoleon kurz getroffen. Talleyrand wirke nachdenklich, sagt Ponsardin. Er sei besorgt um die Wirtschaftskrise, den materiellen Pomp, den Napoleon weiterhin walten lasse, die kostspieligen Baumaßnahmen, die er immer noch ausweite.

Napoleon selbst sei ihm dagegen ganz anders begegnet. Er sei beschwingt und gut aufgelegt gewesen, sagt Ponsardin. Der Kaiser habe ihn sogar gebeten, ein paar schöne Geschichten aus der Champagne zu erzählen.

»Der König ist beschwingt, alle anderen gehen am Stock. Ich kann mir kaum noch anhören, was du erzählst!«, sagt Nicole. »Es ist alles viel schlimmer als vor der Revolution. Und, was hast du ihm über die Champagne erzählt?«

Nicole schüttelt sich innerlich. Ihr kommen diese Gespräche unter den wichtigsten Männern des Landes so abwegig vor, so aus längst vergangener Zeit, so misstönend wie ein seit vielen Jahren nicht mehr gestimmtes Klavier, das dennoch immer wieder laut und vor Publikum gespielt wird. Sie möchte ihm gar nicht mehr weiter zuhören, dabei ist ihr Vater heute zugänglich gestimmt.

»Ich habe dem Kaiser gesagt, dass es uns persönlich nicht schlecht geht, da wir niemanden aus der Familie an die Armee abgeben mussten.«

»Das hat ihn doch sicher nicht gerade gefreut«, antwortet Nicole.

»Er sprach davon, dass er eine neue Massenrekrutierung starten will.«

»Ach, schon wieder. Und was hat Talleyrand denn genau gesagt?«, insistiert Nicole.

»Er sagte mir nicht klar, was er denkt. Aber ich habe das Gefühl, er plädiert für den Rückzug, mindestens aus Spanien, aus Österreich und aus Preußen«, sagt Ponsardin.

»Hältst du das für möglich?«

»Ich habe das Gefühl, Talleyrand will seinem Kaiser eine Lektion erteilen.«

»Ein taktischer Rückzug. Vielleicht gerade noch zur rechten Zeit«, sagt Nicole.

»Ich weiß nicht, ob eine Person wie Napoleon einen Rückzug überhaupt denken kann. Er lässt sich von ganz anderen Dingen leiten«, antwortet Ponsardin.

An einem Sonntagnachmittag im Spätherbst 1809 empfängt Nicole die Schneiderin Elise Le Compes. Elise überwacht inzwischen die Gewebeplanung der ersten mechanischen Webstühle, die in der Fabrik ihres Vaters aufgestellt worden sind. Die Maschinen sind für jedes neue Gewebe extra einzurichten und können hochkomplizierte Muster in jeden Stoff einarbeiten. Nicole bewundert Elise dafür, dass sie sich diese anspruchsvolle Tätigkeit selbst beigebracht hat. Sie wollte sie für ihr eigenes Haus gewinnen, ist aber wegen der schlechten Geschäftslage erst einmal davon abgerückt. Heute hat sie die Schneiderin eingeladen, weil Elises Bruder Laurent drei Wochen zuvor gestorben ist.

»Nicole, du siehst so wohl aus. Aber warum trägst du denn noch immer dein Witwenkleid?«, fragt Elise, als sie in der Fensternische im Salon Platz genommen haben.

»Ich frage mich das manchmal selbst. Sogar Clementine macht sich schon lustig über mich. Vielleicht eine Gewohnheit«, antwortet Nicole. »Ich betrachte dieses Kleid als meine Arbeitsuniform. Abends ziehe ich mich manchmal um, aber über Tag, im Büro, fühle ich mich darin besser. Erklären kann ich dir das auch nicht.«

»Du wirkst darin viel älter, als du bist«, sagt Elise. »Obwohl du heute so frisch aussiehst.«

Nicoles Blick wandert von der hellgrünen Limoges-Tasse mit Tee vor ihr zu Elises müden Augen.

»Und wie geht es dir mit Laurents Tod?«, fragt Nicole.

Elise fasst sich an die Schläfe. »Ich habe mir in den vergangenen zwei Jahren nur noch Sorgen um meinen Bruder gemacht.« Ihr sind Tränen in die Augen gestiegen und sie muss ein paar Sekunden warten, bis sie sich wieder im Griff hat: »Er hat mich ein ums andere Mal enttäuscht, er hat immer wieder versagt, du weißt es ja. Aber ich vermisse ihn dennoch furchtbar. Es ist viel schlimmer für mich als damals, als mein Mann gegangen ist.«

»Du hast alles getan, um ihm zu helfen, Elise«, sagt Nicole und nimmt ihre Hand.

»Niemand hat Laurent unterstützt, außer mir«, erwidert Elise. »Er hatte nichts als dieses vergammelte Dreckloch von einem Stall, in dem er gehaust hat. Dort hat er sich auch die Seuche geholt. Sicher kam sie von dort her.«

Nicole nickt. »Es ist eine furchtbare Krankheit, das Fleckfieber.«

»Kein Arzt, keinerlei Hilfe für jemanden wie Laurent in diesem verdammten Frankreich«, sagt Elise.

Die beiden Frauen umarmen sich. Elise weint. Laurent habe ihr einen Auftrag hinterlassen, sagt sie, sie solle sich um seinen Sohn Emmanuel kümmern. Sie wolle ihn Ponsardin für die Weberei vorstellen. Er sei ein guter Junge.

Tagebuchaufzeichnung Nicole Clicquot-Ponsardin, 1. Dezember 1809
Ich habe Elise von Georg erzählt. Sie freut sich für mich, rät mir jedoch, unsere Verbindung strikt für mich zu behalten. Sie sagt, es untergrabe meine Autorität, wenn jemand davon erführe. Männer dürften Affären haben, Frauen nicht. Frauen an der Spitze einer Firma schon gar nicht. Sie hat Georg einmal gesehen, fand ihn ein bisschen eingebildet. Auch meine sie, er sei zu jung für mich.
Ich widerspreche ihr in diesem Punkt. Georg ist reifer als manch anderer Mann höheren Alters. Einverstanden, er ist manchmal ein bisschen forsch. Aber ich vermisse ihn gerade schmerzlich, denn er ist nach Heilbronn in seine Heimat gereist. Ich kann mir selbst nicht mehr verhehlen, dass ich ihn brauche. Er ist sogar fürsorglich, was ich gar nicht kenne und auch niemals von ihm gedacht hätte.
Die Weinernte wird miserabel sein in diesem Jahr. Niemals hat es in einem Sommer so viel geregnet.

Von dem außerordentlich mächtigen Gespann der beiden französischen Ministerialen Talleyrand und Fouché gibt es feine Verbindungsdrähte sowohl zum österreichischen Hof als auch in das russische Zarenreich. Talleyrand kommuniziert direkt mit Zar Alexander I., beide Minister pflegen eine Freundschaft mit Clemens, Fürst von Metternich, dem österreichischen Außenminister und vorherigen Botschafter in Paris. Der in Koblenz geborene Metternich ist in Straßburg zum Staatswissenschaftler ausgebildet worden, an derselben Diplomatenschule wie Talleyrand. Metternich ist ein großer, gutaussehender und gebildeter Mann, der in allen Pariser Salons auftaucht. Sie nennen ihn dort liebevoll »Le beau Clement«. Gerade erst hat er eine Affäre mit Napoleons Schwester freundschaftlich beendet, jener Schwester, die mit Joachim Murat verheiratet ist. Im Vergleich zu seinen zahlreichen Affären mit sogenannten Frauen der Gesellschaft, die er gerne zur Nachrichtenbeschaffung nutzt, ist Metternich in der Diplomatie vorsichtig und konservativ. Genau wie sein Freund Talleyrand sieht er sich dem Frieden und einer Politik des Machtgleichgewichts für Europa verpflichtet.

Nach Metternichs Plan und mit Talleyrands Segen tritt Österreich im Frühling 1809 in einen Krieg gegen Frankreich ein. Metternich hat in Paris den Eindruck gewonnen, dass Napoleon wegen seiner Probleme in Spanien enorm unter Druck steht und seine eigene Armee gegen ihn meutert. Napoleon scheint besiegbar. In einem überraschenden Angriff besteht Aussicht auf Rückgewinne ehemals österreichischer Landstriche, findet Metternich. Ein Krieg gegen die »korsische Bestie« wird in Österreich auch von einer neuen patriotischen Heimatfront herbeigesehnt, deren Wut sich aus den Demütigungen Napoleons speist. Monatelang hat der jüngere Bruder von Kaiser Franz I., ein begabter Militärstratege mit Namen Erzherzog Karl von Österreich-Teschen, die Armee der Österreicher organisatorisch neu aufgestellt und personell deutlich verjüngt. Am 10. April 1809 marschiert er in das unter französischer Herrschaft stehende Bayern ein. Rasch besetzt er die Stadt München.

Mit einer einzigen, ihm in Paris verbliebenen Einheit von etwa 90 000 Mann bricht Napoleon sofort Richtung Österreich auf und besetzt Wien. Erzherzog Karl hat sich inzwischen an einem nur schwer erreichbaren Ufer der Donau verschanzt, wo er Napoleon erwartet, der sich ihm von der gegenüberliegenden Seite nähert. In drei Gefechten am 21. und 22. Mai besiegt er den ihn angreifenden französischen Kaiser bei Aspern, östlich von Wien. Napoleon hofft inständig auf Truppennachschub, kann sich jedoch schließlich unter dem starken Beschuss der Österreicher nicht mehr halten. In der Nacht vom 22. Mai zieht er seine Truppen zurück.

Neben fast 30 000 toten Soldaten verliert Napoleon zwei Generäle und seinen engsten Freund, den langjährigen Marschall der Grande Armée, Jean Lannes. In einem der letzten Gefechte werden ihm seine Beine von einer Kanonenkugel zertrümmert. Ein Bein wird ihm noch notdürftig amputiert, aber er stirbt zehn Tage später am Wundbrand. Napoleon ist untröstlich. Es ist, als beginne er erst am Tod seines Freundes für einen Moment zu erkennen, in welche Tragik und Verlorenheit seine Kriege münden. Die Schlacht von Aspern registrieren alle europäischen Feinde Napoleons als dessen erste bedeutende Niederlage auf dem Schlachtfeld.

Aber Erzherzog Karl setzt nicht direkt nach. Er bleibt mit seinem Heer in der Nähe der Donau liegen, während Napoleon in Wien eine Erholungspause einlegt. In den nächsten vier Wochen holt die »korsische Bestie« militärische Verstärkung aus Italien, Bayern und Sachsen heran. Erst Anfang Juli greift er Erzherzog Karl noch einmal an; nun ist der französische Kaiser mit seinem Heer in der Überzahl. Nach einer zermürbend langen Reihe von Schlachttagen in der Nähe der Stadt Wagram bietet Erzherzog Karl dem französischen Kaiser seinen Waffenstillstand an. Im nachfolgenden Friedensvertrag von Schönbrunn kann Napoleon den Österreichern seine Konditionen diktieren. Metternich hat sich in seiner Einschätzung der Schwäche Napoleons schwer getäuscht. Österreich verliert erneut große Gebiete. Selbst die Stadt Salzburg fällt an Bayern. Metternich kann gerade noch verhindern, dass Napoleon Österreich ganz auflöst und das Land zwischen dem Rheinbund und Russland aufteilt.

Ständig putzt Georg seine Schuhe. Mit seiner Garderobe ist er betulicher, als ich es bin, denkt Nicole. Ob das wohl eine deutsche Eigenart ist? Und er macht sich oft darüber lustig, dass ich so wenig Wert darauf lege. Es ist früh am Morgen, sie will ins Kontor, Georg putzt seine Schuhe, sie will gehen. Sie küsst ihn auf die Stirn, gibt ihm einen Klaps, macht sich aus dem Haus. Ihr Kutscher ist da. »Was für ein Wetter heute! Wie Hochsommer, nur angenehmer«, sagt der Kutscher, während Nicole in den Wagen steigt. Sie wird heute kalkulieren, bis wohin ihr Geld noch reicht, sollten sie weiterhin so wenig Ware absetzen. Sie muss sich ein neues Datum setzen, denkt sie. Und sie muss ihren alten Kunden schreiben, ihnen reinen Wein einschenken. Seit Tagen will sie das. Im besten Sinne des Wortes »reinen Wein« einschenken, sie aufklären über ihre Lage. Sie sollen kaufen, sie kann ihnen Sonderpreise vorschlagen für ihren Spitzenchampagner, mit denen sie auch Bohne und Boldeman schon eine Zeit lang auf die Reise geschickt hat. Sie fährt an der Kathedrale vorbei, blickt hinaus in Richtung der Fensterrosette, die in der vollen Morgensonne liegt. Was für ein wundervolles Bild. Gut, dass sie in Reims ist, gut, dass sie ihr Leben hat und jetzt, trotz der bedrückenden wirtschaftlichen Lage, besonders gerne hier ist.

Die Frage, mit wem sich Napoleon verehelichen soll, ist weiterhin ungelöst. Und sie eilt. Auch Napoleon ist schließlich nicht ewig jung. Die ältere Schwester des Zaren, Katharina Pawlowna, ist von ihrer Mutter rasch mit dem Prinzen von Holstein-Oldenburg verheiratet worden. Des Zaren jüngere Schwester, Anna Pawlowna, steht gerade zwei Monate vor ihrem fünfzehnten Geburtstag, als Napoleon Ende November 1809 einen Gesandten nach St. Petersburg schickt, um offiziell um ihre Hand anzuhalten. Zar Alexander bittet noch einmal um Bedenkzeit. Er müsse die Sache erst endgültig mit seiner Mutter klären, da Anna erst 15 Jahre alt sei. Da der Zar auch nach weiteren Wochen nicht antwortet, entscheidet Napoleon sich auf Drängen Metternichs und Talleyrands für die 18jährige Tochter des österreichischen Kaisers, Marie-Louise von Österreich aus dem Hause Habsburg.

Marie-Louise von Österreich ist eine mittelmäßig intelligente, liebenswürdige, fromm erzogene, sanftmütige junge Frau mit großen schönen blauen Augen und der berühmten, stark ausgeprägten Habsburger Unterlippe. Da Napoleon, wenig charmant, nach seiner Scheidung verkündet hat, er müsse jetzt »einen Bauch heiraten«, und Marie-Louise aus einer äußerst gebärfreudigen Familie kommt – ihre Großmutter hatte 18, ihre Urgroßmutter 16 Kinder –, kann der französische Kaiser darauf hoffen, seine dynastischen Ziele mit ihr rasch zu erfüllen. Marie-Louise ist jedoch mit Napoleon als dem schlimmsten Feindbild der Familie aufgewachsen. Zunächst ist da ihre Großtante Marie-Antoinette, Ehefrau des letzten französischen Königs Ludwig XVI., die in der von Napoleon unterstützten Revolution auf dem Schafott hingerichtet wurde. Darüber hinaus muss Marie-Louise selbst zwei Mal vor den in Wien einmarschierenden französischen Truppen überstürzt aus dem Palast fliehen. Vier Mal hat Napoleon Österreich in den letzten zehn Jahren besiegt und das Land jeweils zu verheerenden Reparationszahlungen verpflichtet. Österreich ist darüber verarmt und um mehr als die Hälfte verkleinert worden. Als Kind und Heranwachsende war Marie-Louise im Besitz einer Holzpuppe namens Napoleon, an der sie jahrelang ihre Wut über ihn ausgelassen hat. Auf Befehl ihres Vaters muss sie Napoleon jetzt heiraten, um die Habsburger Monarchie zu retten.

Für die österreichische Heirat spricht aus Sicht von Napoleon, dass er damit in eine der ältesten Herrscherdynastien Europas einheiratet, und auch, dass in den Adern seines Thronfolgers, sollte denn ein solcher dieser Ehe entspringen, hochadeliges Blut fließen wird. Die beiden Diplomaten, die die Eheschließung eingefädelt haben, zählen dagegen im Geheimen darauf, dass diese Heirat Österreich wieder stärken wird und dass die junge Marie-Louise den 40jährigen Napoleon von seiner Kriegslust in Europa abzubringen weiß. Ohne den russischen Zaren vorher darüber zu informieren, kündigt der französische Kaiser seine Heirat mit der Habsburgerin öffentlich an.

Das Kennenlernen und die Hochzeit der beiden Eheleute finden in drei Etappen statt. Zunächst kommt es Anfang März 1810, ob der Eilbedürftigkeit des Vorgangs, zu einer Stellvertreter-Hochzeit in der Augustinerkirche in Wien, bei der Napoleon nicht anwesend ist. Er lässt sich durch den österreichischen Erzherzog Karl vertreten. Da die Fingerstärke Napoleons nicht bekannt ist, müssen in der Kirche zwölf verschiedene Eheringe geweiht werden. Mit den Ringen im Gepäck wird Marie-Louise zwei Tage später auf die lange Reise nach Paris geschickt, begleitet von der österreichischen Kavallerie und 83 Kutschen.

Napoleon hat eine prunkvolle Übergabe seiner österreichischen Braut an die französische Delegation angeordnet – tatsächlich will er die Brautfahrt von Königin Marie-Antoinette, Marie-Louises hingerichteter Großtante, nachstellen. Das österreichische Herrscherhaus schweigt dazu und lässt die Fahrt, wie aus Paris erwünscht, geschehen. Dafür muss die Braut in Braunau am Inn, der Grenze zwischen Österreich und dem französisch besetzten Bayern, in einem eigens für die Zeremonie errichteten riesigen Holzpavillon feierlich in eine Französin verwandelt werden. Auch bei dieser geisterhaften Zeremonie ist der Kaiser nicht anwesend.

Der erste Saal, den Marie-Louise in Braunau betritt, repräsentiert Österreich. Hier verabschiedet sie sich von ihrem österreichischen Hofstaat. Von dort aus geht sie in den neutralen Saal, in dem sie an einen französischen Diplomaten übergeben wird, um auf einem in der Mitte des Raumes postierten Thron Platz zu nehmen. Sitzend wird ihr der Hochzeitsvertrag vorgelesen, den sie zu unterzeichnen hat. Jetzt erscheint ihr neuer französischer Hofstaat, nimmt ihr die österreichische Reisekleidung ab und stattet sie in einer zweistündigen Prozedur komplett französisch aus. Französischer Puder, französisches Parfum, eine neue Frisur, neue Kleider, Strumpfwerk und Schuhe. Die Verwandlung zur Französin ist damit symbolisch vollzogen. Durch den letzten, den französischen Saal, verlässt die Verwandelte schließlich den Pavillon.

Nach 14tägiger Reise findet endlich die erste Begegnung zwischen Marie-Louise und ihrem Ehemann statt. Sie treffen sich in Compiègne, kurz hinter der Grenze zu Frankreich. Napoleon ist bereits einen Tag zuvor im dortigen Schloss angekommen und hat noch letzte Änderungen an den Räumlichkeiten vornehmen lassen.

Inkognito reitet er am Tag ihrer Ankunft dem Konvoi seiner Braut entgegen, besteigt ihre Kutsche und küsst Marie-Louise sofort auf den Mund. In den nächsten 48 Stunden weicht sich das Paar nicht mehr von der Seite. Die beiden scheinen sich auf Anhieb gut zu verstehen. In einem Brief an ihren Vater gesteht Marie-Louise, dass »das korsische Scheusal sehr einnehmend und eifrig, geradezu unwiderstehlich« sei. Drei Tage später zieht das Paar weiter nach Paris und wird dort zivil und kirchlich getraut. Im Pariser Louvre wird Marie-Louise zur französischen Kaiserin gekrönt. Den Triumphzug durch die Stadt verfolgen nur wenige Zuschauer. Napoleons Armee hat sich festgelegt – sie hält weiter zu Josephine.

Im Frühsommer 1810 scheidet Jerôme Fourneaux auf eigenen Wunsch aus dem gemeinsam mit Nicole geführten Unternehmen aus. Sie muss es ihm nicht sagen: Atmosphäre und Ziele passen zwischen ihnen beiden nicht mehr. Nicole verabschiedet ihren Kompagnon leise und dankbar aus der Leitung von Veuve Clicquot Fourneaux.

Am 21. Juli eröffnet Nicole ein neues, mit graugrünem Umschlagpapier eingebundenes Kassenbuch unter dem Namen »Veuve Clicquot Ponsardin«. Der Eröffnungswarenbestand der Firma mit neuem Namen besteht aus 79 986 Flaschen Champagner-Wein, 92 Fässern Wein, 40 365 leeren Weinflaschen und 144 500 Korken. Im laufenden Jahr liegen die Bestellungen bei 45 000 Flaschen. Leider ist wieder zu wenig Champagner dabei. Für das kommende Jahr 1811 sind bisher nur Bestellungen über 5 000 Flaschen eingegangen.

Nicole bittet ihren Handelsreisenden Boldeman, bei geeigneten Kaufkandidaten in Mitteleuropa ihren persönlichen Schmuck mit anzubieten. Georg ist dagegen, dass sie ihre privaten Wertgegenstände so offen zum Verkauf anbietet. Er hält das für ein Zeichen mangelnder Seriosität. Aber Nicole lässt sich davon nicht abhalten. Sie trägt ohnehin kaum mehr Schmuck. Eine alarmierende Zahl von Banken geht in Europa bankrott. Louis Bohne hat in Mannheim eine Frau von Rheinwald geheiratet und kehrt im Spätsommer überglücklich nach Reims zurück. Nicoles Vater, der inzwischen von Napoleon zum Baron »Nicolas de Ponsardin« ernannt worden ist, wird Bürgermeister von Reims.

Tagebuchaufzeichnung Nicole Clicquot-Ponsardin, 12. September 1810: Es wird ein sehr gutes Weinjahr. Ich frage mich nur, wer unseren Wein trinken wird. Gestern war ich allein in Bouzy und haben mir Zeit genommen, mit den Erntehelfern zu feiern. Die Trauben sind voll und satt, wir werden viel und guten Wein daraus bekommen. Abends hat es kurz geregnet, aber wir saßen alle drinnen an der Presse. Vortreffliche Stimmung. Und ich konnte mich dennoch nicht von dem Gedanken lösen, dass wir es vielleicht nicht schaffen werden, weil niemand mehr unseren Wein zahlen kann. Meine Stimmung ist wechselhafter als das Wetter in diesen Monaten. Ganz gleich, was aus uns wird, diesen hervorragenden Wein möchte ich noch verkaufen. Die Qualität wird die beste sein, die wir je produziert haben.
Bei der gestrigen Ausfahrt am frühen Abend aus dem Hof heraus haben mir die Pferde gescheut. Ich hoffe, kein böses Omen. Ein großer Dachs lief aus dem Weinfeld geradewegs in meine Pferde hinein. Nach 400 Metern habe ich die Gäule beruhigen können, mir aber den Arm verrenkt. Ich stand mit dem Wagen schon im Feld – gut, dass wir nicht umgekippt sind. Ich darf es niemandem sagen, weil sie so schädlich sind für die Weinfelder, aber ich liebe Dachse. Sie haben die Köpfe gepflegter älterer Herren. Unser Dachs hat es überlebt. Er lief einfach auf der anderen Straßenseite wieder ins Feld hinein.

Seit dem Frühsommer 1810 hat Louis Bohne seine Handelsreisen wieder aufgenommen. Russland ist nicht zugänglich, Zentraleuropa im Krieg. So macht er sich von Mainz aus nach Österreich und Polen auf. Nicole schreibt ihm: »All meine Hoffnungen setze ich auf Sie, auf Ihren Enthusiasmus und Ihren Fleiß. Ich bin überzeugt, wenn Sie es nicht schaffen, unseren Wein zu verkaufen, dann schafft es niemand.« Louis Bohne schreibt ihr aus Österreich zurück: »Sie machen sich kein Bild über das Elend und die Not, die hier überall herrschen. In Tirol haben mir die Menschen gesagt, ich verdiene es, gehenkt zu werden, weil ich mich traue, ihnen einen Luxusartikel wie Champagner anzubieten, nach all dem Leid und der bitteren Not, die Frankreich über das Land gebracht habe.« Wegen seiner Misserfolge im Osten wendet sich Bohne im Herbst Richtung Westen und bereist Holland und Belgien. Nicole hat ihm empfohlen, die Preise noch einmal zu senken, um wenigstens ein paar Verkaufserfolge zu erringen.

Aus Brüssel schreibt Louis Bohne: »Ich treffe mich mit Weinhändlern, Gastwirten, privaten Käufern und Rechtsanwälten. Ich biete an, mache Scherze, gehe mit den Preisen gefährlich weit nach unten. Ich bestehe förmlich darauf, dass sie etwas kaufen, aber niemand nimmt mir etwas ab. Es ist so, als wäre ich gar nicht da, und ich kann froh sein, wenn sie mich mit einiger Höflichkeit wieder nach Hause schicken.« Ähnliches berichtet der Handelsreisende Boldemann aus Italien: »Sie können sich nicht vorstellen, welche Menge an Komplimenten, witzigen Anekdoten und Lügen ich aufbringen muss, um diese Menschen hier in eine Unterhaltung zu bringen. Überall finde ich hundert Mal mehr Händler als Kunden vor. Die französische Sprache vermeide ich. Zu meinem eigenen Schutze.«

Das Jahr des Kometen

REIMS-PARIS 1810–1812

Napoleon ist sehr zufrieden mit seiner neuen Frau, denn Marie-Louise wird schnell schwanger und die kaiserlichen Ärzte tippen auf einen Jungen. Seine Vermählung führt jedoch zu einem erheblichen Missklang mit Zar Alexander I. von Russland. Denn die Ankündigung von Napoleons Heirat mit der Österreicherin hat sich mit einem verhalten positiven Antwortbrief auf den *russischen* Heiratsantrag des französischen Kaisers überschnitten. Der Zar bittet ihn darin um zwei Jahre Geduld, bis seine Schwester Anna das 17. Lebensjahr erreicht habe, dann könne er sie heiraten.

Für diese Zusage hat sich Zar Alexander bei seiner Mutter und den führenden Adeligen Russlands erheblich ins Zeug legen müssen. Der russische Hof, der noch nie etwas vom Bündnis Alexanders mit Frankreich gehalten hat, ist regelrecht entsetzt, als er von dem Heiratsgesuch des Franzosen hört. Unter den russischen Fürsten gilt Napoleon als Parvenü, den allein der Strudel der Revolution an die Macht gespült hat. Zar Alexander will sein Friedensbündnis mit Napoleon jedoch nicht an der Heiratsthematik scheitern lassen. Deshalb setzt er sich für eine gesichtswahrende Lösung ein – um einige Wochen später festzustellen, dass sich Napoleon kurzfristig anders entschieden hat. Ohne ihn, seinen wichtigsten politischen Verbündeten, darüber vorher zu informieren.

Der französische Kaiser wird seine Verbindung mit Marie-Louise später als »einen mit Blumen überdeckten Abgrund« bezeichnen und sie für sein spektakuläres Scheitern in Russland, Leipzig und bei Waterloo verantwortlich machen. Dabei war sie bei keinem der Feldzüge dabei. Zunächst zeigt sich der Kaiser jedoch regelrecht vernarrt in die stille, folgsam-sinnliche Natur seiner neuen Frau. Mit Marie-Louise wird er plötzlich häuslich, legt deutlich an Gewicht zu und schränkt seine Reisetätigkeit erheblich ein. Viele Franzosen bewerten diese Entwicklung positiv. Als bekannt wird, dass die Kaiserin schwanger ist, glauben viele, die Familiengründung werde dem Land endlich einen langen Frieden bescheren. Napoleon werde zur Ruhe kommen, er werde mit der jungen Marie-Louise noch viele weitere Kinder bekommen. Seine Stellung als Vater eines Thronfolgers werde gefestigt sein und die Zeit im Sattel und auf den Schlachtfeldern Europas werde ihn weniger interessieren als das Bemühen, seinen Kindern ein gefestigtes Reich zu hinterlassen.

Vielleicht ist es normal, dass man sich zankt, auch wenn man verliebt ist, denkt Nicole, als sie sich anzieht an diesem Frühsommermorgen des Jahres 1810. Draußen weht ein starker Wind. Sie knöpft sich ihr Kleid zu, streicht sich den Stoff ihres Oberteils über ihrer Büste in Form, bindet sich die Haare zurück, legt sich ihr Halstuch locker um das Dekolleté. Sie wird sich einfach damit abfinden müssen, einen impulsiven Liebhaber zu haben, sagt sie sich. Besser als einen, der immer nur gefasst ist. Und sie mag es ja, wenn Georg sie mitreißt, mit seiner Meinung nicht hinter dem Berg hält.

Sie hat ihn gestern Morgen gefragt, ob er eine dringende Lieferung an die Spedition für sie erledigen könne. Ein Ausnahmefall. Ihr Kutscher hatte einen Unfall, war die Treppe hinuntergefallen. Also bittet sie Georg, die fünfzig Kisten Champagner mit ihrem Wagen zur Spedition zu bringen. Und gerade als sie sich an diesem Morgen in ihrem Schlafzimmer die Situation noch einmal wachruft, erinnert sie sich, dass sie gestern früh, als Georg von seinen Papieren aufgestanden ist, seinen Stuhl scharrend zurückgeschoben hat, plötzlich bemerkt, dass seine Jugend von ihm gefallen ist. Sein

Teint müde, eine Linie auf seiner Stirn, ein Schatten um seinen Mund. Er arbeitet zu viel. Die Fahrt werde zwei Stunden dauern, zwei Stunden hin und zurück, hatte sie ihm erklärt. Georg lehnte ab, Anton hatte die Fahrt schließlich übernommen.

Er war wütend mit ihr geworden, noch im Stehen, in seinem flaschengrünen Rock mit den Brokataufschlägen. Sie meint heute immer noch, dass er ganz leicht zitterte, sie mit düsterem Blick anstarrte und sagte, er sei schließlich nicht ihr Laufbursche und wolle keinesfalls jetzt damit anfangen, einer zu werden. Damit hatte er irgendwie Recht, dachte sie sofort, aber es handelte sich doch um einen Notfall. Es war wichtig für sie, mit der Lieferung noch die Nachmittagspostkutsche zu erreichen. Und einen Burschen konnte sie nicht schicken, denn es mussten Zollpapiere ausgetauscht und unterschrieben werden.

Für einen kurzen Augenblick hatte sie Verlegenheit gepackt, als Georg ihr den Laufburschen vorwarf. Er war für solche Dinge nicht mehr zuständig, es lag eine Nachlässigkeit darin, daran nicht gedacht zu haben. Sie hätte ihre Bitte anders einführen müssen, einen längeren Anlauf dazu nehmen sollen, gerade bei ihm. Aber konnte man aus einer solchen Lappalie einen solchen Vorwurf fabrizieren? Georg fehlt Nüchternheit, denkt sie. Er sprüht rasch Funken und Feuer, wenn ihm etwas nicht passt. Aber würde sie sich je in jemand Nüchternen verliebt haben?

Im Grunde war es Georgs Herabstufung von sich selbst gewesen, sich durch einen einzigen Dienstbotenauftrag als Laufbursche zu fühlen, denkt Nicole jetzt, am Morgen danach, während sie ihre Flasche mit Rosenparfum umdreht, damit der Glasstöpsel in der Flasche von unten mit dem Duftwasser benetzt wird. So kann und muss man es sehen, nicht etwa als Erniedrigung durch sie. Er war es selbst, der die harmlose Bitte dazu gemacht hatte, sagt sie sich, während sie den Glasstöpsel langsam aus dem Flacon herauszieht und sich etwas Rosenwasser auf Hals und Dekolleté tupft.

Für den russischen Zaren ist Napoleons Heirat mit der Österreicherin ein erheblicher Vertrauensbruch, zumal aus Paris offensichtlich mehrere parallele Brautzusagen verhandelt worden sind. Noch mehr beunruhigt ihn das in letzter Zeit enge, fast freundschaftliche Verhältnis des Kaisers zu Polen. Er wird darüber immer misstrauischer. Die Gründung des Herzogtums Warschau, direkt nach dem Friedensschluss von Tilsit, ist von Alexander lediglich als vorübergehende Regelung verstanden worden. Er wünscht sich schon länger, dass das vormals unter Russen, Preußen und Österreichern aufgeteilte Polen wieder stärker im Sinne Russlands ausgerichtet wird. Ein erstarktes, vielleicht bald unabhängiges Polen von Frankreichs Gnaden würde für Russland endgültig versiegelt bleiben. Es könnte sogar gefährlich werden.

Napoleon hat jedoch mit Warschau von Anfang an anderes im Sinn. Er sieht das Herzogtum als französischen Satellitenstaat mit Potential. Ein nützlicher Puffer zwischen Ost und West, ein Horchposten zwischen Russland und Preußen, ein Ort zur Stationierung von Truppen, allein für ihn.

Die Düpierung in der Hochzeitsangelegenheit macht Zar Alexander den Wert seines Bündnisses mit Frankreich klarer als je zuvor. Es ist nichts mehr wert. Napoleon verhält sich nicht wie ein Partner, Russland ist ihm gleichgültig. In Rage schreibt er ihm im Frühsommer 1810 einen Brief mit einigen Beschwerdepunkten. Das wichtigste Thema sei ihm die Bitte um eine gemeinsame Vereinbarung zum Herzogtum Warschau, schreibt der Zar. Unter keinen Umständen dürfe aus Polen ein unabhängiger Staat werden. Alexanders Brief enthält eine kaum versteckte Drohung. Sollte er von Napoleon keine Unterschrift unter die gewünschte Vereinbarung erhalten, werde es ihm schwerfallen, die Handelsblockade gegenüber England weiter aufrecht zu erhalten.

Napoleon schäumt, nachdem er den Brief gelesen hat. Selbst sein engster Vertrauter Armand de Caulaincourt kann ihm nicht begreiflich machen, dass Zar Alexander nicht mehr der leicht zu beeindruckende junge Mann von Tilsit ist, sondern ein Partner mit eigenen Interessen und vor allem kein Untergebener. Caulaincourt weiß, dass die Russen Angst vor einem von Frankreich aufgerüsteten Polen haben, das am Ende einem durch die Kontinentalsperre ruinierten russischen Reich als Angreifer direkt gegenüberstehen könnte.

Caulaincourt empfiehlt Napoleon, die von den Russen gewünschte Vereinbarung zu unterschreiben. Für Frankreich sei sie kein schwerwiegendes Zugeständnis, sie würde jedoch für stabile Verhältnisse mit Russland sorgen. Doch Napoleon lässt sich nicht erweichen. »Was will Russland durch eine solche Sprache erreichen?«, will er vom vorgeladenen russischen Botschafter wissen. »Warum dieser beleidigende Argwohn?«, stellt er ihn zur Rede. Ein scharfer Brief geht schließlich zurück nach Sankt Petersburg. Er werde sich nie mit der polnischen Frage erpressen lassen, nur damit Russland sich an Großbritannien annähern könne, erklärt Napoleon. Sollte sich der russische Zar wahrhaftig England zuwenden wollen, werde es Krieg geben. Damit ist das bedrohliche Wort Krieg in der Welt.

Ein Krieg mit Russland ist jedoch überhaupt nichts, was Frankreich in seiner immer schwieriger werdenden wirtschaftlichen Situation gebrauchen kann. Dennoch verfolgt Napoleon seit dem Sommer 1810 von Paris aus eine immer penetrantere Nadelstichpolitik gegenüber Russland. Er ist seinerseits beleidigt durch die verzögerte Heiratszusage Alexanders. Denn lieber als Marie-Louise hätte Napoleon die blutjunge Anna geheiratet. Auch ist ihm der zuletzt fühlbare Widerstand des Zaren ein Dorn im Auge. Er will ihn sich unbedingt wieder gefügig machen. Während des Sommers 1810 stellt Napoleon vermehrt Truppen an der polnischen Grenze zu Russland auf. Im Oktober 1810 lässt er die Zolltarife für lizensierte britische Waren deutlich erhöhen. Er verlangt von Zar Alexander, dass selbst neutrale Schiffe, die einen russischen Hafen anlaufen, beschlagnahmt werden, wenn sie Waren britischen Ursprungs geladen haben. Damit sind jetzt alle Kolonialwaren für die Russen unerreichbar geworden. Die Aktion bedeutet für Russland eine erhebliche Verschärfung der Kontinentalsperre, während die Bestimmungen für Frankreich gelockert werden.

Im Dezember 1810 beschließt der französische Senat aus heiterem Himmel, das Herzogtum Oldenburg zu annektieren, auch dies eine Stichelei gegenüber Russland. Zar Alexander ist mit dem oldenburgischen Staatsoberhaupt, Herzog Peter, entfernt verwandt; zudem ist seine Schwester Katharina mit dem Sohn des Herzogs verheiratet. Unter Protest gegen die französische Annektierung emigriert der Herzog mit seiner Familie aus Oldenburg nach Russland. Spätestens jetzt muss Alexander, dermaßen in die Enge getrieben, reagieren. Sonst sähe es so aus, als ließe er sich von Napoleon alles gefallen. Vierzehn Tage später, am 31. Dezember 1810, öffnet er alle russischen Häfen für britische Schiffe. Importe aus Frankreich, vor allem Wein und Champagner, belegt er mit aberwitzig hohen Zöllen. Die von Napoleon verhängte Kontinentalsperre ist damit Geschichte.

Nicole Clicquot Ponsardin bekommt in diesen Monaten zu spüren, dass dem Kaiser ihre Unternehmung gleichgültig ist. Da Napoleon mit Nicoles Vater befreundet ist, überrascht sie das. Napoleon ist nicht nur ein Kenner, sondern auch ein Liebhaber und eifriger Trinker von Champagner. Aber er hat dabei seine feste Präferenz. Da ist zum einen Nicoles Kollege Jean Remy Moet, um dessen langjährige freundschaftliche Beziehung zu Napoleon Nicole weiß. Moet-Champagner wird seit langem am französischen Hof bevorzugt. Fair findet Nicole dies nicht. Als Staatsoberhaupt stünde es Napoleon gut an, sich neutral gegenüber den Weinproduzenten seines Landes zu verhalten und regelmäßig neue Erzeugnisse auszuprobieren. Dass er die Keller von Moet im benachbarten Épernay immer wieder besucht und über seinen Champagner öffentlich ins Schwärmen gerät, macht Nicole viel aus. Als mittlerweile stolze Unternehmerin nimmt sie für sich in Anspruch, dass ein Herrscher, der die Champagnerhäuser als wichtigen Faktor der zukünftigen Exportindustrie seines Landes erkannt hat, ihr als junger und entschiedener Vertreterin dieser Branche Respekt zollt.

Dazu kommt eine andere Begebenheit, von der sie erfahren hat. Ihrem Konkurrenten Memmie Jacquesson, dem Besitzer von Jacquesson et Fils, ebenfalls einem Neuling unter den Champagnerhäusern, hat Napoleon wenige Monate zuvor eine kaiserliche Goldmedaille für die »Schönheit und Reichhaltigkeit seiner Kellerei« verliehen. Damit nicht genug, hat er Jacquesson im Vorfeld dieser Verleihung auch noch den Champagner für seine Hochzeit mit Marie-Louise liefern lassen. Neben dem alten Haus Moet hat sich Napoleon scheinbar noch einen der jungen Produzenten als Liebling herausgesucht. Nicole ist keine um Aufmerksamkeit heischende Person, sie verachtet die teilweise peinlichen Verrenkungen ihrer Wettbewerber um die Gunst des Kaisers. Dennoch hat sie ein Gespür für Zurücksetzung, vor allem, wenn diese mit Geringschätzung verbunden ist. Ein gelegentlicher Freundesdienst an Moet oder Jacquesson ist für sie akzeptabel, die permanente Nichtbeachtung einer jungen Produzentin ist es nicht.

Gibt sich so etwas irgendwann von selbst?, fragt sie sich. Wird sie ihm irgendwann auffallen? Liegt das schmerzliche Gefühl, das sich bei ihr einstellt, am Ende an ihrer eigenen Selbstüberschätzung? Eigentlich mag Napoleon Unternehmer, er verehrt sie sogar. Jedenfalls sagt man das von ihm. Und sie ist sich sicher, dass ihr Vater dem Kaiser gegenüber nicht unerwähnt gelassen hat, dass sie ein Champagnerhaus führt. Er weiß also von ihrer Existenz.

Seine Nichtbeachtung ihrer Person muss in etwas anderem begründet liegen, darin, dass sie in ihrer Rolle als Geschäftsfrau irgendeinen Makel mit sich herumträgt. Ein Mauerblümchen ist sie sicherlich nicht. Aber sie spürt das Stigma der unberührbaren Außenseiterin inzwischen bei einer Reihe anderer Gelegenheiten. Nicole ist eine offene, spontane und unkomplizierte Person. Ihre Kontakte zu den Weinbäuerinnen sind glänzend, ihre Verbindungen zu männlichen Kollegen im Champagnerfach dagegen nicht vorhanden. Sie wird ausgespart, wenn sich die Männer »unter sich« treffen. Darüber hat sie schon einige Male mit ihrem Bruder Jean-Baptiste gesprochen, der davon in ganz anderer Weise betroffen ist. Seine gelegentliche Niedergeschlagenheit rührt daher, dass es ihm schwerfällt, es seinem Vater gleich zu tun und überall bei diesen Männertreffen mitzumischen. Sie könne sich doch darüber freuen, von diesen Pflichten so gänzlich frei zu sein, meint Jean-Baptiste. Seien es die Handelskammer, verschiedene politische Gruppen und Vereine oder der Hof von Versailles, Ponsardin tauche überall auf und erwarte dabei seine Begleitung. Er komme sich dabei wie sein Diener vor. Zu viel Verstellung, zu viel Posieren, so Jean-Baptiste.

Doch Nicole ist überhaupt nicht froh darüber. »Du profitierst doch auch davon, im Schlepptau unseres Vaters bei all diesen Versammlungen sichtbar zu sein«, sagt sie zu ihm. »Schließlich kennt man dich inzwischen und weiß, was du tust.« Aber ihr Vater hat sie noch nie darum gebeten, ihn zu solchen Anlässen zu begleiten. Der Grund scheint offensichtlich: Das Erscheinen von Frauen, die geschäftlich eine Rolle spielen, sich also auf Augenhöhe der anderen Männer in den Kreisen ihres Vaters bewegen, ist schlicht undenkbar. Es ist zwar nicht verboten, aber keineswegs vorstellbar, dass sie ihren Vater bei diesen Gelegenheiten begleitet.

Das Schlimme an Sitten und Gewohnheiten ist, dass man sie schwerer ändern kann als ein Gesetz, sagt Nicole in einem der Gespräche zu ihrem Bruder, der ihr berichtet, dass er inzwischen innerlich immer wütender werde, wenn er den Worten seines Vaters lauschen muss. Immer dieselben Phrasen: »Frankreich zuerst«, »Napoleon, der größte Herrscher der Welt«, »Reims und die Champagne als Teil der Grande Nation«. Vielleicht ist Jean-Baptistes kritische Wahrnehmung übertrieben, denkt sie. Ihr Vater sagt ihr, es sei auch ihm manches Mal langweilig, einem Deppen zuhören zu müssen, aber es sei immens wichtig, ständig einen Fluss von Informationen mit Kollegen auszutauschen, um dann im rechten Augenblick den richtigen Mann persönlich mit etwas wirklich Wichtigem ansprechen zu können. Nicole stellt sich das Ganze wie Angeln in einem riesigen Teich mit sehr wenigen Fischen vor. Daran sei jedoch nichts zu ändern, sagt Ponsardin. Nur so funktioniere sein Geschäft. Kein einziger Auftrag für eine größere Textillieferung in Frankreich liefe an ihm vorbei.

Die Unsichtbarkeit ihrer Unternehmung im eigenen Land und die seltsame Aussparung ihrer Person im Wirtschaftsleben wird Nicole in diesen Monaten immer bewusster. Sie erkennt, dass Bekanntheit auf einem Markt für Güter, die über die Produktion von Alltagswaren hinausgehen, sehr viel bedeutet. Sie sieht, dass sich immer mehr Champagnerhäuser gründen, und denkt darüber nach, dass für sie als Geschäftsfrau dieser Defekt der Unsichtbarkeit eine immer kritischere Rolle spielen wird. »Das Ansehen unserer Weine wird darunter leiden«, sagt sie sich. Die in der Wirtschaft aktiven Männer treffen den Kaiser wohl permanent. »Wir, die aktiven Frauen, ich selbst und die vielen Weinbäuerinnen in der Champagne und im Burgund, wir sehen Napoleon, wie selbstverständlich, nie.«

Nicole wird es später noch erleben, dass nicht nur ihr Vater, sondern auch Édouard Werlé, ihr auserwählter Nachfolger bei Veuve Clicquot, sowohl zum Bürgermeister von Reims, als auch zum Präsidenten der örtlichen Handelskammer ernannt wird. Ein öffentliches Ehrenamt bleibt ihr selbst lebenslang verschlossen. Daraus folgt in der Konsequenz eine weitere Form der Unsichtbarkeit, die eine bemerkenswerte historische Wirkung nach sich zieht. Obwohl Nicole diejenige ist, die als Gründerin des Hauses »Veuve Clicquot« industrielle Weltgeschichte schreibt, obwohl der Name ihres Vaters nur durch *ihren* Namenszusatz überhaupt noch Erwähnung findet, wird nach ihr weder eine Straße, noch ein Platz, noch eine Gasse in Reims benannt. Eine »Rue Ponsardin« wie auch eine »Rue Werlé« gibt es dagegen schon. Der Grund: Sie hat nie ein öffentliches Amt bekleidet. Daher hat sie auch kein Recht auf ein öffentliches Andenken.

Wie so oft sucht Nicole Rat bei ihren beiden Vertrauten, Louis Bohne und Georg Kessler. Louis ist der Meinung, sie dürfe das Ganze nicht zu ernst nehmen. Die Nähe von Moet zu Napoleon habe eine lange Tradition und nichts mit der Qualität oder der Durchsetzungs-fähigkeit ihres Champagners zu tun. Er gehe davon aus, dass, wenn der Verkauf wieder anziehe, sie sich von ihrem Frauen- und Witwenstatus, der sich auch im Firmennamen widerspiegele, sogar einen Vorteil erhoffen könne. Auch Georg sagt, dass ihre Stückzahlen im Verkauf aktuell einfach nicht hoch genug seien, um ihre Bekanntheit zu steigern. Nicole entgegnet, dass Moet in diesen Jahren auch nicht mehr Flaschen verkaufe als sie und Jacquesson sogar noch weniger, wenn sie ihren befreundeten Weinbäuerinnen glauben könne.

»Meinst du, ich werde mich eines Tages dem Teufel Napoleon an den Hals werfen müssen, um bekannt zu werden?«, fragt sie Georg mit einem Stirnrunzeln.

»Das wäre natürlich eine Methode«, meint er.

»Wir sollten uns an Russland und Zar Alexander halten«, wirft Louis Bohne ein. »Er ist eine treuere Seele und er liebt unseren Champagner.«

»Das könnte allerdings zu einer Fahrt in die Hölle werden«, entgegnet Georg. »Wenn ich die Lage richtig deute, befinden wir uns schneller in einem Krieg mit Russland, als sich das viele je vorgestellt haben.«

Tagebuchaufzeichnung Nicole Clicquot-Ponsardin vom 1. August 1811: Vater verliert sein Haar. Er hat mich gestern gefragt, ob ich keinerlei Patriotismus für mein Land und Napoleon empfinde. Ich habe ihm geantwortet, dass ich dieses Gefühl gerade jetzt, in der Zeit der erneuten Kriegsvorbereitung, nicht spüre. Nein, ich bin nicht stolz auf das, was Frankreich gerade tut. Vielleicht liegt es daran, dass so viele junge Deutsche bei uns beschäftigt sind. Oder daran, dass ich in meinem Geschäft den Kontakt zu vielen Menschen außerhalb Frankreichs brauche und ich daher aus sehr eigenen Motiven gar nicht will, dass wir uns gegen sie wenden.

Gestern war ein schöner klarer Tag. Am Abend bin ich in der Gegend der Kathedrale herumgestromert, ohne festes Ziel, was man als Frau alleine gar nicht darf. Ich habe mich gefragt, ob ich mit Georg offen sein und bei ihm ansprechen kann, wie es mir gerade geht. Um es ganz klar zu sagen: Ich bin unschlüssig über das, was ich mit ihm erlebe. Wenn er mir fern ist, sehne ich mich nach seinen weichen Händen, seinem schönen Hals, seinen mühelosen Gedankenspielen. Wenn wir uns sehen, fühle ich mich plötzlich vorsichtig, weil ich mich vor Fehltritten in Anbetracht seines großen Bedürfnisses nach Anerkennung fürchte und auch vor seiner verdrehten Lust, ein Problem vom Zaun zu brechen. Aber all das löse ja ich anscheinend in ihm aus.

Georg sagte mir tatsächlich, dass ich mich als Frau zurücknehmen solle in meinen Urteilen über Napoleon, da ich von der Staats- und Kriegsführung nun wirklich nichts verstünde. Zur Hölle mit seinen Urteilen.

Heute ist wieder ein derartig schöner, angenehmer Tag, wolkenlos und sonnig, dass ich überlege, gegen Abend nach Bouzy zu fahren und mir den großen Kometen anzusehen, von dem seit Wochen alle sprechen.

Nicole hat Clementine einige Monate zuvor auf ein bekanntes kirchliches Mädchenpensionat nahe Paris gegeben. Ihre Tochter ist jetzt elf Jahre alt und soll dort mehr lernen, als Nicole an ihrer kleinen Klosterschule in Reims gelernt hat. Dass ihre Tochter nicht mehr täglich um sie ist, fällt der Mutter schwer. Und sie ist auch nicht sicher, ob Clementine die Zeit in der Fremde wirklich gut tut. Wird sie Heimweh bekommen? Wenigstens weiß sie ihre Tochter bei ihrer Cousine Marie-Ange gut untergebracht, die unweit der Schule wohnt. Sie hat versprochen, Clementine für zwei Jahre aufzunehmen.

Alle sechs Wochen schickt Nicole eine Kutsche Richtung Paris und holt ihre Tochter in Begleitung ihrer Cousine für ein verlängertes Wochenende nach Reims. Vor einigen Wochen geschah Folgendes: Die Kutsche hatte auf der Fahrt eine Panne, nichts Besonderes, ein Rad war gebrochen und musste repariert werden. Clementine war darüber in eine solche Panik geraten, dass sie über zwei Stunden laut weinend am Wegesrand gesessen hatte. Weder Marie-Ange noch die beiden Kutscher konnten sie beruhigen. Nicole ärgert das. Clementine hat vor allem Unbekannten erst einmal übergroße Angst, und sie weiß nicht, wie sie ihrer Tochter diese Anfälle nehmen soll.

Wenn Clementine zu Hause in Reims ist, kann sie sich immer noch stundenlang allein mit ihren Spielzeugen beschäftigen. Sie zieht sich oft zurück, und sie liest auch nichts, egal, was Nicole ihr hinlegt. Sie sagt, sie habe Angst vor dem Lesen. Es könnten grausame Geschichten in den Büchern stehen. Mein Gott, denkt Nicole. Die Lebensbangigkeit ihrer Tochter beschäftigt sie sehr. Seit einiger Zeit versucht sie, Clementine ein paar Kartenspiele beizubringen. Sie denkt, dass es ihr helfen könnte, in der Schule Kontakte zu knüpfen. Es stellt sich jedoch als eine verstörend schwere Übung für das zarte Mädchen heraus. Jedes Mal, wenn sie beim Kartenspiel verliert, weint Mentine bitterlich.

Mentine, wie Nicole sie nennt, hat eine ganz andere Statur als ihre Mutter. Sie ist immer sehr mager gewesen, inzwischen lang aufgeschossen und recht groß für ihr Alter, jedoch unbeholfen in ihren Bewegungen. Äußerlich kommt Mentine nach ihrem Vater Francois. Sogar den Schwung seines Haaransatzes hat sie von ihm geerbt. Jedoch ist bisher nichts von der Willensstärke ihrer beiden Eltern bei ihr zu bemerken, sie ist ein bemitleidenswert zurückhaltendes, ja gehemmtes Geschöpf. Wie kann ich meiner Tochter nur eine größere Robustheit beibringen?, fragt sich Nicole. Sie ertappt sich dabei, Mentine immer öfter mit ihrer eigenen Mutter zu vergleichen. Vielleicht stört sie sich deshalb so sehr an ihrer Weinerlichkeit.

Mit solchen Gedanken beginnen alle schweren Vorurteile in der Familie, ermahnt sich Nicole. Sie darf erst gar nicht damit anfangen, Clementine mit anderen zu vergleichen.

»Man kann nicht immer gewinnen«, sagt Nicole zu ihrer Tochter, wenn sie sie trösten will, nachdem sie wieder einmal ein Kartenspiel verloren hat. Doch es kommt ihr bald schal und unpassend vor, einem weinenden heranwachsenden Mädchen so beizukommen. Dann nimmt sie Mentine in den Arm und lässt sie weinen. Oder sie gibt ihr ihren Schal, damit sie sich damit einwickeln kann wie früher, als sie noch klein war und sich am Geruch der Mutter am besten zu trösten wusste. Die Stärken ihrer Tochter sind ihre Ehrlichkeit und Loyalität. Ich liebe Mentine dafür so tief, wie man nur sein eigenes Kind lieben kann, denkt Nicole. Sie ist sich jedoch darüber im Klaren, dass ihre Tochter niemals die Intelligenz einiger Frauen um sie herum erreichen wird.

Im Frühsommer 1811 verkündet Louis Bohne glücklich die Schwangerschaft seiner Frau. Sie erwartet ihr Kind im folgenden Frühling. Da Louis nicht damit rechnet, in den nächsten zwölf Monaten wieder nach Sankt Petersburg zurückreisen zu können, verlegt er sein Vertriebsgebiet kurzerhand in den Norden Frankreichs, was sowohl für seine schwangere Frau, als auch für Nicole viele willkommene Besuche mit sich bringt. Beraten von Louis Bohne und Georg Kessler, erweitert Nicole ihr Geschäft. Da ihre Vorräte überquellen, sucht sie dringend ein Weinprodukt für den schnellen Abverkauf. Ihre Champagner-Linie ergänzt sie jetzt mit rotem Stillwein aus eigenem Anbau. Bouzy ist nach wie vor eine begehrte Pinot-Noir-Lage, daher besteht durch diesen Strategieschwenk die Chance, ihr Liquiditätsloch ein wenig zu stopfen. Sie ist derzeit äußerst knapp bei Kasse, und Fass-Rotweine kann sie schneller und in größeren Mengen abverkaufen als ihren Champagner. Die Fässer lagern lediglich ein paar Monate in den Kellern, dann sind sie reif, und Rotwein gehört schließlich zu den Alltagsprodukten. Man muss ihn einfach im Haus haben. Auch spart Nicole erheblich an Kosten durch die einfachere Lagerung und den ungefährlichen Transport der Fässer.

Es wäre schön, wenn sich Louis Bohne und Georg Kessler besser verstünden, denkt Nicole. Seit einiger Zeit bemerkt sie eine Art Rivalität zwischen den beiden Männern, die wohl von Georg ausgeht und wahrscheinlich allein damit zusammenhängt, dass sie ein so enges und vertrauensvolles Verhältnis zu Louis pflegt.

»Warum hast du ihn eigentlich nicht geheiratet?«, fragt Georg sie eines Abends.

»Aber ich habe doch dich«, erwidert sie. Mit dieser Antwort gibt Georg sich nicht zufrieden.

»Ihr kennt euch viel länger als ich dich kenne, warum habt ihr euch dann nicht geheiratet?«, fragt Georg weiter.

»Ich arbeite seit langem auf eine überaus angenehme Art und Weise mit Louis zusammen«, erwidert Nicole. »Mehr ist daraus nicht entstanden. Es ist und bleibt eine reine Arbeitsbeziehung!«

Georg ist nicht zufrieden mit dieser Erklärung. An diesem Abend will er sie in allem, was sie sagt, missverstehen.

»Sag mir die Wahrheit, sag mir die Wahrheit«, wiederholt er.

»Aber da ist nicht mehr«, antwortet sie.

An der mangelnden Bekanntheit ihrer Champagnermarke wird der steigende Rotwein-verkauf, den Nicole nun eingeleitet hat, nichts ändern. Jedoch leidet Veuve Clicquot mittlerweile an einem so erheblichen Bargeldschwund, dass sie dringend etwas unternehmen muss. Der Verkauf ihres privaten Schmucks hat sich als Fehlschlag erwiesen. Nicole hatte fest damit gerechnet, dass es ihren Händlern gelingen würde, wenigstens ihren wertvollen Diamanten in Bargeld einzutauschen. Boldeman war sich sicher, dass er den Stein in Osteuropa absetzen würde. Doch selbst dieser Verkauf gelingt nicht.

Inmitten der explosiven Streitigkeiten zwischen Frankreich und Russland wird ganz Nordeuropa zu Beginn des Jahres 1811 von einer schweren wirtschaftlichen Krise getroffen. Und dieses Mal trifft es auch Frankreich massiv. Massenarbeitslosigkeit, Insolvenzen, Streiks und Proteste gegen die Wehrpflicht sind an der Tagesordnung. Häuserwände mit Antikriegsparolen gehören inzwischen zum alltäglichen Straßenbild in den Städten. Die meisten Menschen spüren den herannahenden großen Krieg mit Russland, der sich immer deutlicher abzeichnet. »Arrêter la guerre!« steht eines Morgens in weißer Farbe und riesigen Lettern auf der langen Außenmauer von Nicoles Kontorhaus geschrieben. Sie freut sich darüber und lässt die Schmiererei, zum Ärger ihres Vaters und ihres Liebhabers, eine Zeit lang stehen.

Seltsamerweise erlöst auch die von so vielen Hoffnungen begleitete Geburt des Thronfolgers im März 1811 Frankreich nicht aus seiner krisenhaften Lage. Diejenigen, die in Napoleon einen erfolgreichen Herrscher und ein Idol sehen, verstärken noch die aggressive Stimmung gegenüber Russland nach der Geburt des zum »König von Rom« ernannten Säuglings Napoleon II. Jene Vertreter, die Napoleon argwöhnisch betrachten, erschauern angesichts der Existenz des neuen männlichen Thronfolgers. Vor allem die europäischen

Königs- und Fürstenhäuser sind entsetzt. Schon die Tatsache, dass der österreichische Kaiser Franz zum Schwiegervater des Schreckgespenstes der Revolution geworden ist, stellt eine Katastrophe für sie dar; nun ist er auch noch der Großvater des französischen Thronfolgers. Damit wird sich die napoleonische Herrscherzeit auf unbestimmte Zeit verlängern.

Zu der immer schärfer agierenden Kritikergruppe in Europa gehören vor allem führende deutsche Intellektuelle wie Heinrich von Kleist, Johann Gottlieb Fichte oder Friedrich Schlegel. Sie sind extrem besorgt und klagen vehement über den Kaiser der Franzosen. »Töten Sie ihn. Der Weltgerichtshof bittet darum«, agitiert beispielsweise Heinrich von Kleist. Er hatte Napoleon schon 1807 als »bösen Geist der Welt« bezeichnet. Auch Fichte richtet in seinen »Reden an die deutsche Nation« einen flammenden Appell zum Widerstand gegen Napoleon.

Die Hoffnung, der französische Kaiser werde mit Einheirat in eine Adelsdynastie und Geburt eines Thronerben sein Wesen wie von selbst ändern, erfüllt sich selbstverständlich nicht. Ganz im Gegenteil, gerade die Auseinandersetzung mit seinem mächtigen Bündnispartner Russland belebt seinen imperialen Drang. Seine Einbildung, Russland habe sich England zugewandt, befeuert sein autokratisches Herz stärker als je zuvor. Er bezeichnet die Russen als vom »englischen Geist« besetzt und steigert sich in die wahnhafte Vorstellung hinein, er müsse Europa vor den Russen retten.

Die Erwartung einer Abkühlung seiner impulsiven Neigung durch eine Art Reifungsprozess aufgrund der Geburt seines Sohnes war offensichtlich naiv. Hingegen scheint das Baby dem kaiserlichen Alltag eine Form von Schlichtheit und Monotonie hinzugefügt zu haben, die nur auf den ersten Blick wie eine Beruhigung wirkt. Die Gespräche in den Räumlichkeiten der kaiserlichen Familie verflachen. Marie-Louise ist mit Dekor beschäftigt. Einige intelligente Berater wenden sich von Napoleon ab, da er kaum noch zuhört. Der schimmernde Luxus hat unter Marie-Louise zugenommen, die Zahl der Bediensteten wurde deutlich erhöht. Die Bagatellen bestimmen jetzt den Alltag des Kaisers, vieles dreht sich um Äußerlichkeiten sowie um Bedeutungsprojekte wie das Bauen. Hatte er früher nicht interessantere Gespräche geführt? Bemerkenswert interessante Unterhaltungen waren das gewesen. Und überhaupt: Ein Maler für den Thronfolger muss unbedingt gefunden werden.

Es ist jetzt etwas Steifes in Napoleons Auftreten. Der Pomp, mit dem er sich umgibt, schafft Distanz und strahlt kaum mehr Vitalität aus. Seine Kampfbereitschaft ist auf der Oberfläche ungebrochen, er spricht weiterhin fest und voller Entschiedenheit, allerdings sind seine Formulierungen geprägt von einer Art behäbigem, floskelhaftem, erloschen wirkendem Eifer. Blendend leuchtet dagegen weiterhin der gewaltige Strahl seines Ruhms.

Napoleon ist nicht in der Lage, die tiefe Betroffenheit des russischen Zaren anzuerkennen. Alexanders an einigen Stellen persönlich gehaltenen Klagebrief und die darin geäußerte Enttäuschung tut er ab. Nach erster Aufregung findet er den Brief jetzt unwichtig. Als am 16. August 1811 zur Feier seines 42. Geburtstags der russische Botschafter in den Tuilerien erscheint, läuft der Kaiser bei übergroßer Hitze im Saal eine Weile zeternd, schimpfend und außer sich vor Wut vor ihm hin und her. Er lässt den schwitzenden Botschafter, der in prunkvollem Ornat und mit offenem Mund vor ihm steht, partout nicht zu Wort kommen. Dabei bezichtigt er den Zaren vor allen anderen Besuchern zahlreicher dummer und feindseliger Akte gegenüber Frankreich. Seinen Gast, der nicht ein einziges Mal zu einer Erwiderung gekommen ist, lässt er schließlich einfach im Saal stehen.

Es ist jedoch nicht so, dass Napoleon überhaupt nicht bemerkt, was ihn gefangen hält. Tatsächlich muss er sich schon länger selbst als Getriebenen empfinden, denn er wird nach der russischen Niederlage zu Clemens von Metternich sagen: »Ich bin nur ein Sohn des Glücks. Ich würde an jenem Tag aufhören zu regieren, an dem ich aufhörte, stark und kämpferisch zu sein.« Obwohl ihn die Geburt seines Sohnes kurzfristig in einen wahren Rausch versetzt hat, ist Napoleon weiterhin von dem nervösen Grundgefühl beherrscht, kein legitimer Herrscher zu sein. Sein zentrales Handlungsmotiv ist der Drang, jede auch nur scheinbar neben ihm aufscheinende Macht unbedingt zerstören zu müssen, damit seine tiefe Unsicherheit wenigstens für einen Moment von ihm weicht. Wer seinen Thron geerbt habe, »dürfe faulenzen und ein Lotterleben führen«, sagt er zu Caulaincourt, er dagegen könne sich das nicht leisten. Denn es gäbe »nicht eine einzige Person unter seinen Generälen, die nicht der Meinung sei, sie habe das gleiche Anrecht auf den Thron, wie er selbst«.

Am Abend, wenn man den Hügel hinauffährt, riecht es nach Weinreben. Über dem Hang hängt eine unsichtbare Wolke, erfüllt von dem schweren süßsauren Duft reifer, dunkler Trauben. Nicole legt ihre Fingerspitzen unter die Nase. Weiter unten hat sie sich eine der fast schwarzen Weinreben geschnappt und die Trauben während der Fahrt gierig gegessen. Sie sind süßherb und kräftig. So, wie sie sein sollen. Nun möchte sie den Duft aufnehmen, den die Schalen an ihren Fingern hinterlassen haben. Plötzlich weiß sie wieder, warum sie ihre Firma unbedingt durch den tiefen wirtschaftlichen Mahlstrom hindurchbringen will, in dem sie sich befindet. Sie fühlt sich ausgelassen, verspürt eine wilde Freude und Lust, sich noch tiefer mit ihrem Metier zu beschäftigen. Nicole ist froh um jeden Tag, an dem sie mehr über ihre Sache lernt und weiß. Sie liebt ihre Arbeit und hütet sie wie einen Schatz.

In der ersten Abenddämmerung ist sie mit ihrer Kutsche den schmalen Kreideweg unweit von Bouzy hinaufgefahren. Ihre beiden Kollegen sitzen rechts und links neben ihr auf dem Kutschbock. Rechts neben dem Fahrweg erstrecken sich Weinfelder mit

Pinot-Noir-Trauben in das langsam dunkler werdende Zwielicht. Die Rebfelder reichen den gesamten Hang hinab, soweit das Auge reicht. Ein Picknickkoffer samt Fernrohr ist hinter dem Kutschbock festgeschnallt. Es ist der Abend des 17. August 1811 und die Luft ist so sommerlich warm wie in den ganzen sechs Wochen zuvor.

Georg Kessler und Anton Müller, der junge Kellermeister, begleiten Nicole auf ihrer wilden nächtlichen Fahrt. Die drei haben heute ein besonderes Rendezvous. Anton ist schon ganz nervös. Er freut sich und redet unablässig, je näher sie an ihr Ziel gelangen. Wird man den Stern sehen? Ist das Gerede übertrieben? Und wenn man ihn sieht, wird er wirklich so eindrucksvoll sein, wie die Leute sich erzählen? Viel heller als die kleinen Sterne sonst? Heller als das Licht der Leuchttürme? Natürlich wird der Komet heller sein, denkt Anton. Wenn er tatsächlich so seltsam am Himmel über den Weinfeldern steht, wie ein Freund beschrieben hat, dann wird er einen entscheidenden Einfluss auf die Qualität ihres Weins haben. Weiße Nächte in der Champagne, es ist kaum vorstellbar. Sie werden einen Jahrhundertwein produzieren. Die monatelange nächtliche Lichtbestrahlung wird eine enorme Wirkung auf die Fülle und den Geschmack der Trauben haben. Denn jedes Lebewesen spricht auf helles Nachtlicht an. Und wie anders als mit gesteigerter Vitalität kann man darauf reagieren? Mit Nicole hat Anton vereinbart, dass sie ihren Champagner nach dem Kometen benennen werden.

Oben auf dem plateauartigen Gipfel des Hügels angekommen, der ihr Ziel ist, hat Anton, noch bevor sie ihre Reisedecke auf dem trockenen, spärlichen Gras ausgebreitet haben, den Stern mit bloßem Auge erspäht. Es wird gerade erst richtig dunkel, aber die Ausmaße des Kometen zeigen sich schon jetzt deutlich am Himmel. Ein veritabler Schweifstern. Von Minute zu Minute wird er in seiner eindrucksvollen Größe sichtbarer. Der große Komet von 1811 steht an diesem Abend noch nicht sehr hoch über dem Horizont. Aber von ihrer Position auf der Spitze des Hügels, einige Meilen außerhalb von Bouzy, ist er für die kleine Gruppe hervorragend zu sehen. An seinem tiefsten Punkt trägt der Komet einen blendend hellen, kristallklaren Lichtkern, wie ein weißglühender Ball. Ein lang gezogener, milchig-weißer, ebenfalls blendend heller Schweif weitet sich, von diesem Feuerball ausgehend, zu einer erstaunlichen Größe am Firmament aus. Der Schweif bildet einen ganz leicht gebogenen, riesigen Trichter, wie ein gigantischer, erleuchteter Pinselstrich, der sich schräg über den dunklen Nachthimmel zieht. Das Innere des Trichters scheint immer heller und größer zu werden, je dunkler der Himmel wird. Die Größe des leuchtenden Kometen ist eindrucksvoll. Sein Lichtstrahl ist erbarmungslos, fesselnd, hypnotisierend.

Anton ist aufgewühlt, kann seine Euphorie kaum bremsen. »Seht doch, es gibt ihn wirklich. Und er ist von solcher Schönheit!«, sagt er.

»Verdammt, ist der groß«, findet Georg. »Kein gutes Zeichen«, fügt er an, sich die Hand schützend über die Stirn haltend, während er nach oben in den Himmel starrt und von dem Stern geblendet scheint.

»Unsinn. Kometen scheren sich nicht um Kriege«, antwortet Anton. »So schau doch, schau'ihn dir doch an. Wie eine riesige fremde Sonne in der Nacht. Ganz und gar unwirklich.«

Anton hat jetzt das Fernrohr, hält es gegen den Himmel und blickt hindurch. »Ein Quatsch, was du uns erzählst, Georg«, murmelt er vor sich hin. »Wie silbernes Haar, schaut doch, wie eine riesige Mähne, die der Stern hinter sich herzieht.« Anton gibt das Rohr weiter an Nicole.

»Ein Zeichen des Guten, der Verbindung mit der Natur«, sagt Nicole, »ein Himmelszeichen eben.«

»Warte nur, bis du die Ernte siehst, Georg«, schwärmt Anton. »Es wird einen Zauberwein geben, ich sage es euch. Und schaut! Schaut doch, wie eindrucksvoll er ist!«

Nicole starrt jetzt schon eine Weile in den Himmel. Ein freudiger Schauer läuft ihr über den Rücken. Ein magischer Moment, diesen riesigen Stern direkt über sich zu sehen und das helle bläuliche

Licht, in dem alles erstrahlt, zu erfassen. Sie hat ihn sich nicht so vorgestellt, nicht so groß, nicht so ehrwürdig und bedeutungsvoll. Sie schaut an sich herab, das Licht des Kometen scheint ihren Körper zu streicheln. Rasch eilt sie zu ihrer Kutsche zurück und holt die vorbereitete Eis-Tasche mit Champagner. Sie öffnet die Flasche und gießt den Champagner in die Gläser.

»Ich wünsche uns jetzt ein herrliches neues Jahr 1812«, sagt sie. »Dieser Komet ist einmalig, so wie unser nächstes Jahr sein wird. Ein neuer Anfang.«

»Wenn ihr euch damit mal nicht vertut«, meint Georg.

»Aber bitte! Ein herrlich leuchtender Komet liegt vor uns, und du siehst nichts als Böses darin«, mahnt Nicole. »Überzeuge ihn bitte, Anton«, ergänzt sie.

»Kometen waren immer Wunderzeichen«, sagt Anton. »Sie erinnern uns an die Entstehung der Erde und ihrer Wunder.«

Nicole fröstelt vor Aufregung. Sie kann ihre Augen nicht mehr von dem Stern und seinem Schweif abwenden. Ohne ihren Blick sinken zu lassen, zieht sie sich eine Jacke über und legt sich mit dem Rücken auf die Decke.

»Auf das Schöne ist achtzugeben«, sagt Anton, der sich ebenfalls auf den Rücken gelegt hat. »Mit unserem Wein werden wir den Kometen hüten und pflegen, selbst wenn er vom Himmel längst verschwunden ist.«

»Stimmt es eigentlich, dass Kometen die Menschen verwirren?«, sagt Georg und lacht. Auch er liegt mittlerweile auf dem Rücken, hält seine Augen aber geschlossen.

Nicole streckt ihren Arm nach ihm aus und stößt ihn an. »Du schaust ihn dir ja gar nicht richtig an, Georg. Schau hinauf. Dieser Komet ist unser Auftakt zu etwas Neuem.«

»Sieht man ihn denn auch in Russland? Sonst geht euer Friedensplan ja nicht auf«, spöttelt Georg.

»Selbst wenn ihn in Russland niemand sehen sollte, wird der Komet seine Wirkung tun«, erwidert Nicole.

»Klar! Die Russen werden erstarren und ihre Waffen auf die Erde legen. Und in einem Jahr werden wir unerträglich reich sein, nicht wahr?«, sagt er.

»Wie kann man sich nur diesem wunderschönen Stern derart verweigern«, erwidert Nicole.

Die drei haben Proviant mitgebracht. Es ist so hell in dieser Nacht, dass sie ihre Paté, den Käse und das Brot auf ihrer Decke unter dem strahlenden Licht des Kometen verspeisen.

Louis Bohne
Handelsvertreter für Zentraleuropa Veuve Clicquot Ponsardin Inc.
Wien, am 18. Oktober 1811

»Verehrte Madame Clicquot, auf meiner Reise nach Wien habe ich nun den sicheren Eindruck gewonnen, dass beide Seiten begonnen haben, sich für den Krieg zu bewaffnen. Die heimlichen Heeresbewegungen, die man entlang der gesamten Länge des Rheins beobachten kann, werden keinen anderen Grund haben. Auf der anderen Seite haben die Russen gerade in großer Eile Teile der Walachei evakuiert, obgleich nichts in der Welt sie dazu gezwungen hätte. Die Polen hören nicht damit auf, sich zu bewaffnen, die Österreicher sammeln ihre Truppen im Banat, Schweden zieht die Bevölkerung zum Wehrdienst ein, und die Türken wollen den relativen Friedenszustand um jeden Preis verlassen. Die Zahl der französischen Truppenverbände rund um das baltische Meer hat sich enorm erhöht, auch wenn Kaiser Napoleon dies nicht ein einziges Mal in seiner Rede an die gesetzgebende Versammlung erwähnt hat. Ganz im Gegenteil, er behauptet, den Frieden auf dem Kontinent weiterhin gewährleisten zu können.«

Louis Bohne ist wieder auf Reisen. Er bewegt sich nicht mehr so weit vom Rhein weg, da er schnell bei seiner Frau sein will, wenn ihr gemeinsames Kind auf die Welt kommt. Aber er will dennoch nicht aufhören, die Märkte in Zentraleuropa zu erkunden. Auch wenn er kaum noch etwas verkauft, lässt ihm das Geschäft keine Ruhe. Er hat Angst, seine alten Kontakte zu verlieren, und wartet ungeduldig darauf, dass das Kind da ist und er wieder nach Russland aufbrechen kann. Doch die Umstände könnten nicht ungünstiger sein. Jeder Export einer Champagnerkiste aus Frankreich heraus kostet jetzt enorm hohe Zölle, wenn er nicht ganz verboten ist. Bohne muss den Champagner, den er noch verkauft, praktisch verschenken. Er tut es dennoch, damit der Name Veuve Clicquot nicht vergessen wird. Bei einem Besuch in Reims diskutiert er die Lage mit Nicole und Georg. Die Situation der Firma wird noch dadurch erschwert, dass die Weinernte 1811 tatsächlich so hervorragend ist, dass man von einem kommenden Jahrhundertwein sprechen kann. Dies wäre an sich kein Problem, sondern ein außerordentlicher Glücksfall, wenn man aus der Ernte wenigstens in Teilen Fasswein produzieren und verkaufen könnte.

Allerdings geht Bohne mittlerweile davon aus, dass er in der gegenwärtigen, von akuter Kriegsangst geprägten Stimmung auch Fassweine nicht mehr zu akzeptablen Preisen verkaufen kann. Ein gutes Jahr können die Fässer in den Kellern schadlos überstehen. Danach werden sie unvermeidlich schlechter, weil durch das Holz Sauerstoff eindringt. Rasch ist klar: Ohne zügigen Abverkauf wird der Wein des Kometen bald verloren sein. Es sei denn, er wird in luftdichten Flaschen eingeschlossen. Nach einer kurzen Debatte kommen Nicole und ihre Kollegen zu dem einzig möglichen Schluss: Der gesamte Wein des Kometenjahrgangs ist auf Flaschen zu ziehen und in Champagner zu verwandeln. Sie richten sich auf mehr als ein Jahr des Wartens ein. Nicoles Bargeldproblem bleibt damit weiterhin ungelöst. Und es wird von Monat zu Monat enger. Löhne sind zu zahlen, Flaschenlager zu erweitern, Korken, Draht und neue Lagerhölzer einzukaufen. Sie wird ihren Leuten erklären, dass sie noch mehr sparen müssen.

Tagebuchaufzeichnung Nicole Clicquot-Ponsardin vom 22. November 1811:

Wir sind per Requirierungsbefehl angewiesen worden, Ausrüstung, Pferde und Fuhrwerke für die Soldaten abzugeben. Besonders gesucht werden große Fuhrwerke, gleich mit den Pferden dazu. Wir haben viele kleine, einspännige, jedoch kein großes Fahrzeug übrig. Meine beiden einzigen großen Fuhrwerke kann ich schließlich nicht abgeben, sonst werden wir nichts mehr Größeres transportieren können. Ich habe sie untergestellt, damit man sie nicht auf der Straße herumstehen sieht. Mit Georg musste ich mich deswegen einem Streitgespräch unterziehen. Er meint, ich würde sie Napoleon vorenthalten, eines davon könne ich sicher an die Armee abgeben. Ich verzweifele langsam an seiner Kritik. Ich kann mich nicht mehr dazu überwinden, ihm das Haar aus dem Gesicht zu streichen, ihm einen Kuss mitten auf die Stirn zu geben, wenn er mich mit seinen Rechthabereien traktiert.

Ich habe mir nun doch Geld von Papa geliehen. So sehr ich darunter leide, es ist für uns nicht abzusehen, wie lange der Kriegszustand dauern wird, nur, dass ich so lange keinen Sou verdienen werde. Wir müssen eben sehen, was die Zukunft bringt.

Im Frühjahr 1812 entscheidet Nicole, allen Handelsreisenden, bis auf Louis Bohne und Charles Hartmann, zu kündigen. Es geht nicht anders, sie hat keine Arbeit mehr für sie. Louis Bohne pflichtet ihr bei dieser Entscheidung bei. Er sagt: »Der Herrgott ist ein Spaßvogel: Iss, und du wirst sterben, iss nicht, und du wirst auch sterben – deshalb Geduld und Ausdauer.« Nicht eine Minute hat Nicole den Gedanken, ihr Unternehmen zu schließen, ihre Idee hinzuwerfen oder still ad acta zu legen. Genauso erzählt sie es auch ihren Mitarbeitern. Sie hat etwas Land verkauft, auch das erzählt sie ihnen, damit der Betrieb weiterlaufen kann. Die Keller von Veuve Clicquot sollen ruhig voller Champagner liegen. Sie wird sparen und warten, Geduld und Ausdauer zeigen. So groß ihre Verachtung gegenüber Napoleon ist, so sehr er sie bei allem behindert, sie will ihr Unternehmen »einmotten«, bis der Krieg vorüber ist. Danach werden die Menschen in Feierlaune sein, und sie wird ihnen mit ihrem Jahrhundert-Champagner beim Feiern helfen. Nicole ist fest entschlossen, ihre Handelsreisenden wieder loszuschicken, sobald die Kämpfe vorüber sind. Napoleon werde nicht länger als zwei, drei Monate benötigen, um den Zaren zum Einlenken zu zwingen, sagt ihr Vater.

Eine Zeit lang besteht der Eindruck, dass der Zar Frankreich angreifen will. Aber dies geschieht nicht. Über das hinaus, was an Truppenverschiebungen sichtbar wird, führt Alexander eine Reihe geheimer diplomatischer, den Krieg vorbereitender Gespräche. Mit Schweden schließt er im April 1812 ein Bündnis. Er verständigt sich mit Preußen, spricht mit den Österreichern, nimmt sogar Kontakt zu Polen auf. Er vereinbart sich mit den Engländern und ist in Kontakt mit Talleyrand. Alexander rechnet spätestens seit Ende 1810 mit einem Angriff der Franzosen auf Russland. Er will sich ihm auf seine Art stellen.

Ein komplizierter Mensch ist dieser groß gewachsene, hellhäutige Zar Alexander I. Einerseits extrem empfindsam, in Gesellschaft vollendet liebenswürdig, in Gesprächen aufmerksam und selbstkritisch, andererseits wankelmütig und, wenn es darauf ankommt, knallhart. Er bewundert Frankreich für seine Bildung und Kultur, aber nicht Napoleon. Er hält ihn für ungebildet. Er sei jemand, der so etwas wie Bildung nur zur Schau stelle, sagt Alexander zu seiner Schwester Katharina. Der Zar spricht französisch »besser als Napoleon«, wie er selbst von sich sagt. Er hält dem französischen Kaiser nicht seine Herkunft vor wie der Rest des russischen Hochadels, sondern das Prahlerische, Menschenverachtende, Herablassende, das er nach Alexanders Meinung aus jeder Pore ausstrahle. Napoleon provoziere ihn regelmäßig damit, dass in Russland weiterhin die Leibeigenschaft herrsche und die Bauern extrem arm seien. Dabei sei Russland ein dynamisches, sozial extrem mobiles und schnell wachsendes Land, das junge intelligente Menschen aus vielen Ländern anziehe.

Alexander ist bestrebt, die Versklavung der russischen Bauern zu beenden, er hat damit begonnen, Pläne für deren Aufhebung zu entwickeln. Es soll jedoch eine friedliche Revolution von oben werden. In der französisch-russischen Auseinandersetzung geht es ihm schon lange nicht mehr nur um die Kontinentalsperre, sondern um den Beginn einer Neuordnung Europas ohne Napoleon. Alexander hat sich entschieden: Er will alles dafür tun, damit Napoleon in Russland geschlagen vom Feld zieht. Zu Caulaincourt sagt er im Sommer 1811 bei dessen letzten Besuch in St. Petersburg: »Sollte das Waffenglück gegen mich sein, zöge ich mich lieber nach Kamtschatka zurück, als dass ich in meiner Hauptstadt einen Vertrag mit Frankreich abschlösse, der wieder nur ein Waffensillstand wäre. Der Franzose ist tapfer, aber lange Entbehrungen und ein hartes Klima entmutigen ihn. Unser Klima, unser Winter werden für uns kämpfen. Wunder entstehen für Frankreich nur dort, wo der Kaiser steht, aber er kann nicht überall sein. Die ganze russische Nation wird einer französischen Invasion Widerstand leisten.«

Nicole Cliquots Keller sind bis auf den letzten Meter mit dem edelsten Wein gefüllt, der auf der Hefe zu Champagner reift. Ein kleines Stück des Lagers hat sie ihrem Vater abgegeben, als erste Rückzahlung für ihren Kredit – in Naturalien. Anton experimentiert in der Kellerei, und Nicole staunt, dass er in diesen Monaten der allgemeinen Kriegsvorbereitung so voller Ruhe bei seiner Arbeit ist. Anton begeistert Nicole. Sie haben beide gute Ideen. Für den Kometenwein ist bereits ein spezieller Verkaufskorken entwickelt worden. Er wird die Umrisse eines Sterns auf der Unterseite eingebrannt bekommen. Auch haben sie zusammen einen alten Küchentisch mit schräg eingesägten Löchern versehen. Anton hatte den Einfall, durch Schräglagerung der Flaschen, kopfüber in den Löchern der Tischplatte, die störenden Hefereste aus den Champagnerweinen Richtung Korken sacken zu lassen und sie dann, beim Öffnen der Flasche unter Mithilfe der Kohlensäure einfach aus dem Flaschenhals herausschießen zu lassen. Bei einigen Probeflaschen hat es schon gut geklappt: kristallklarer Champagner, ganz ohne Hefegriesel. Es wäre eine echte Neuigkeit, wenn wir den Kometenchampagner so verkaufen könnten, denkt Nicole.

Ganz anders ergeht es Georg Kessler in dieser Zeit. Er ist voller Nervosität, die sich Nicole nur so erklären kann, dass er sich, ganz im Gegensatz zu seiner so häufig geäußerten Zustimmung zu Napoleons Plänen, in Wirklichkeit die schlimmsten Sorgen wegen des beginnenden Krieges macht. Dauernd denkt er über andere Geschäfte nach, die er trotz der Spannungen im Land aufbauen könnte, um neue Einkommensquellen zu erschließen. Er schlägt so den Aufbau einer Spinnerei, Weberei oder Näherei vor, weil Textilien auch im Krieg gebraucht werden. Nicole möchte nicht noch weiteres Geld aufnehmen, das Risiko neuer Unternehmungen in dieser Zeit erscheint ihr hoch. Zu hoch. Als sie es ihm erklärt, ist er maßlos enttäuscht, wird unwirsch. Georg verteidigt seine Ideen mit einer Gereiztheit, die sie bisher noch nicht an ihm kennt. Es ist schrecklich. Er lässt sie nicht mehr aussprechen, bezichtigt sie schließlich der Feigheit und Hasenfüßigkeit. Sie kann es sich nur so erklären, dass die massiven geschäftlichen Einschränkungen bei ihm einen immer rigoroseren Behauptungswillen bewirkt haben.

Nicole ist traurig über ihre häufigen Auseinandersetzungen mit Georg. Sie denkt darüber nach, ob sie ihm bei seinen Unternehmensideen nicht einfach nachgeben sollte, will aber bei ihrem eigenen Plan bleiben. Ein Champagnerhaus Clicquot, das ist es, was sie bauen will. Alles andere wird sie von diesem Plan abbringen, ihn sogar gefährden. Wo soll man schließlich Arbeiter und Wissende herbekommen für neue Unternehmungen in Zeiten des Krieges, ganz abgesehen davon, dass niemand weiß, ob überhaupt mehr Ware abgenommen wird, als schon am Markt ist, selbst wenn es Textilien sind. Sie hat versucht, Georg einige Tage nach ihrem letzten heftigen Streit aufzuheitern. »Lass uns ein paar Monate abwarten. Ich will dich nicht bremsen, und es tut mir weh, wenn du es so empfindest«, hat sie ihm gesagt. Es fühle sich genauso für ihn an, hat er ihr geantwortet. So als würde sie ihm jede Idee, die er ihr offeriere, gleich wieder aus den Händen schlagen. Nicole hat ihn um Zeit gebeten. Gerade würde Frankreich in den Krieg ziehen. Sie sollten sich beide ein paar Monate der Ruhe geben.

Bei aller Entschiedenheit, einen Krieg gegen Frankreich führen zu wollen, weiß Zar Alexander, dass er selbst kein begabter Militärstratege oder Feldherr ist. Auch fühlt er sich dem militärischen Genie und Charisma Napoleons hoffnungslos unterlegen. Lange Zeit sucht er nach dem richtigen russischen Befehlshaber für diesen Krieg. Schließlich ernennt er den 51-jährigen Michael Andreas Barclay de Tolly zum Oberbefehlshaber seiner Armee. Er wählt damit einen überlegt agierenden russischen Offizier mit deutsch-schottischer Herkunft als Chef der Truppen aus. Barclay hat es nicht leicht. Da er kein gebürtiger Russe ist, trauen ihm einige der alten Militärs nicht über den Weg. Mit Zar Alexander versteht er sich jedoch hervorragend.

Als Napoleon am 24. Juni 1812 die russische Grenze überquert, folgen ihm angeblich mehr als 500000 Mann. In jedem Fall ist es die größte Armee, die Europa je gesehen hat. Sie besteht nur zu etwa der Hälfte aus Franzosen, der andere Teil ist aus jungen Männern des französischen Großreiches requiriert. Die Soldaten der Grande Armée kommen aus 20 verschiedenen Nationen. Sie stammen aus Süd-, Mittel-, Nord- und Osteuropa, sprechen die verschiedensten Sprachen; man nennt sie auch »die Armee der zwanzig Zungen«. Viele der jungen Rekruten sind noch unerfahren in den Entbehrungen des Krieges. Was sie zusammenhält, ist die glanzvolle Ausstrahlung Napoleons, der sie in seiner sechsspännigen Kutsche in diesen Krieg führt.

Zar Alexander hat für seine zwei Armeen insgesamt lediglich 280000 russische Frontsoldaten zusammengebracht, darüber hinaus 100000 Landsoldaten, deren Einsatzfähigkeit unsicher ist. Die russische Armee ist durch strenge Hierarchien und eine lange gemeinsame Dienstzeit vieler Soldaten geprägt. Ihre Kameradschaft ist stark ausgeprägt. Vor allem unter dem Führungspersonal gibt es einige begabte ausländische Militärs, beispielsweise den preußischen Major Carl von Clausewitz, der unbedingt gegen Napoleon kämpfen will. Nach der preußischen Niederlage bei Jena hat er ein Jahr in französischer Kriegsgefangenschaft verbracht. Zar Alexanders Strategen sind sich mit dem jungen Clausewitz einig: Napoleon wird in Russland nach großen Schlachten und raschen Siegen streben. Die Russen sollten sich darauf keinesfalls einlassen.

Nach eineinhalb Jahren hat Nicole ihre Tochter wieder aus der Schule genommen. Sie in Kriegszeiten in Paris zu wissen, ist ihr zu gefährlich, auch wenn es noch keine Anweisungen dafür gibt, die Kinder nach Hause zu holen. Einstweilen wird Mentine wieder von ihrer alten Hauslehrerin unterrichtet. Nicole freut sich, Clementine wieder um sich zu haben.

Nach Napoleons Einmarsch in Russland hat Zar Alexander postwendend jede Einfuhr von Champagnerflaschen in sein Land verboten. Dieses infernalische Genie Napoleon wird uns noch alle in den Ruin treiben, denkt Nicole. Wenn es nicht mein eigenes Geschäft wäre, würde es mich amüsieren, dass der Zar diesen kleinen Racheakt an Napoleon, dem Champagnerliebhaber, vollzogen hat. Aber natürlich darf sie sich in dieser Weise höchstens Louis Bohne gegenüber äußern. Wer nicht an Napoleons Sieg glaubt, ist nicht im Vollbesitz seiner geistigen Kräfte, heißt es überall um sie herum. Ihr Bruder Jean-Baptiste hat sie wieder einmal besucht. Er hat über die Maßen zu tun, ist jedoch verzweifelt, weil er mit seinen 29 Jahren jetzt vielleicht doch noch eingezogen wird. Nicole ist ganz verstört, seit sie das weiß. Er wird es nicht durchstehen, ist sie sich sicher. Eine kleine Freude gibt es dennoch in diesen Wochen: Louis hat sie gebeten, Patin seines kleinen Jungen zu werden. Er heißt Frédéric.

Der französische Tross unter Napoleon ist monumental. Zu den über 500 000 Soldaten kommen noch 200 000 Pferde, mehr als 10 000 Fuhrwerke und einige tausend Stück Schlachtvieh hinzu, sodass die Gesamtlänge der napoleonischen Entourage rund 100 Kilometer beträgt. Für eine eigene Versorgung ist dieses Mal zwar vorgesorgt, Nachschubdepots sind in Ostpreußen und Polen installiert, doch der Tross ist sehr lang und die Nachschublinie unorganisiert. Napoleon brüstet sich damit, nur einen achtwöchigen Kampf einzuplanen. Danach werde er schnell wieder nach Paris zurückkehren. Es brauche nur eine einzige große Schlacht, dann werde Alexander reuevoll einlenken. Der Kaiser verliert sich in keinerlei Grübeleien über lange Marschstrecken oder die riesigen Weiten des russischen Reiches. Die fehlende Folgelogistik zwischen den vorstürmenden Truppen und den ihnen nachfolgenden Versorgungseinheiten der Grande Armée führt während des langen Feldzuges jedoch zu einer katastrophalen Unterversorgung der Soldaten. Seine große Armee von 1812 richtet Napoleon vor allem durch diesen eklatanten logistischen Fehler zugrunde.

Sein Anspruch, immer schneller zu marschieren als andere Heere, sorgt von Anfang an dafür, dass die Versorgungstrupps mit ihren vielen Karren und reichlich Vieh den eigenen Kampfeinheiten nicht mehr nachkommen. Es ist sehr heiß in diesem Sommer 1812. Viele Soldaten an der Spitze des französischen Trosses suchen bereits nach einigen Tagen des Marschierens verzweifelt nach etwas Ess- und Trinkbarem. Der Hunger setzt schon ein, bevor die Soldaten die russische Grenze erreichen. In den ersten sechs Wochen ihres Marsches verliert das französische Heer rund 50 000 hungernde Männer durch Desertionen. Bis die litauische Hauptstadt Vilnius erreicht ist, gehen 10 000 Pferde wegen Futtermangels ein. Soldaten versuchen, ihre Pferde altem Stroh von Hausdächern zu füttern, was ihnen nicht bekommt und sie verenden lässt. Auch das Grasen auf noch unreifen Getreidefeldern führt zum Tod vieler Pferde.

Weichenstellungen

REIMS – MOSKAU 1812–1813

Ich bin in einem Zweikampf, denkt Nicole, als sie am Abend ihre Kleider zusammenlegt. Ich zerreibe mich an etwas, was starr und hart ist, nicht nachgibt, egal, wie ich mich verbiege, um eine Erleichterung der Positionen zu erreichen. Es hat keinen Sinn, Georg zerkrümelt mich mit den Ausschweifungen seiner unerschöpflichen Abenteuerlust. Tag für Tag überfällt er mich mit neuen Plänen oder den alten, die immer detaillierter werden, während ich versuche, ihm zu folgen, ihm praktisch stumm gegenübersitze, wie eingefroren, wie aus Holz geschnitzt, solange er auf mich einspricht und lange über blühende Gewinne ausholt, die ich in meinem Kopf sofort in Frage stelle.

Woher sollen sie auch kommen in einem europäischen Krieg, dessen Ende niemand vorhersehen kann? Sollte Napoleon nicht eigentlich schon wieder hier sein? Georg will, dass ich ihm Geld leihe für seinen Plan, er werde es mir bald zurückgeben, sagt er. Ich habe meinen Arm um seinen Hals gelegt, bin mit ihm spazieren gegangen, aber alles, was ich tue, bleibt erfolglos, ich kann ihn nicht mehr von seinen riesigen Träumen des Erfolghabens abhalten.

Die Entfernung zwischen Paris und Vilnius beträgt rund 2000 Kilometer. Insoweit hat Napoleon schon einen weiten Weg zurückgelegt, als er sich Ende Juni 1812 seinem ersten Zusammentreffen mit Alexander in der russisch besetzten litauischen Hauptstadt nähert. Er sieht ihm mit Freude entgegen. Endlich ist es soweit. Der Kampf wird in den nächsten Stunden beginnen. Er hat bereits in der Nähe der russischen Stellungen übernachtet. Schon während der Kaiser am Morgen seine prachtvolle Uniform anlegt, hört er angeregt die pompöse Musik seiner Militärkapelle. Der Kampf wird nicht lange dauern. Alexander wird schnell einsehen, dass er ihm nicht gewachsen ist. Napoleons Späher haben ihm berichtet, dass sich der Zar schon seit einiger Zeit in Vilnius aufhält, sicher ein Zeichen von Nervosität, denkt der Kaiser. Die von den Russen »Wilna« getaufte Stadt beherbergt das Hauptquartier der russischen Westarmee, deren Truppenstärke liegt bei nur 130 000 Mann.

Alexander und sein Truppenchef Barclay haben sich in diesen Wochen in Vilnius noch einmal intensiv über ihre Strategie gegenüber Napoleons massiver Streitmacht ausgetauscht. Aber als sich die Franzosen, kampfbereit an jenem Morgen der Stadt nähern, traut Napoleon seinen Augen nicht. Kein einziger russischer Vorposten ist zu erblicken. Die russischen Stellungen sind plötzlich geräumt. Alexander und sein Kommandant Barclay müssen Vilnius kurz vor Napoleons Ankunft verlassen haben. Alle russischen Truppen und große Teile der Bevölkerung sind wie vom Erdboden verschwunden. Die Stadt muss in der Nacht evakuiert worden sein, sie ist praktisch leer. Keine Spur von Alexanders Soldaten – keine Waffe, kein Wagen, keine Uniformweste, einfach nichts. Am Abend des 28. Juni übernachtet Napoleon im erzbischöflichen Palast. Sein Bett ist dasselbe, in dem Zar Alexander noch in der Nacht zuvor geschlafen hat. Es ist seltsam ruhig, doch es wird eine unheimliche Nacht.

Die an Hunger leidenden, erschöpften französischen Soldaten kampieren in dieser Nacht zusammen mit ihren Pferden auf den Feldern vor der Stadt. Sie schlafen schnell ein und lassen ihre Tiere auf den erst langsam reif werdenden Getreidefeldern grasen. Kurz nachdem es dunkel geworden ist, bricht über Vilnius ein Sturm mit heftigen Gewittern herein. Gewaltige Sturmböen und eiskalte Regenfälle begleiten das Gewitter. Der schwere Regen hört die ganze Nacht über nicht mehr auf. Wassermassen überschwemmen in Windeseile den ausgetrockneten Boden des gesamten Lagers. Orkanartiger Wind bläst Pferde und ganze Fuhrwerke wie Spielzeug umher. Mensch und Vieh sind den Wettern dieser Nacht schutzlos ausgeliefert.

Mit den ersten Sonnenstrahlen am Morgen wird das katastrophale Ausmaß des Sturms sichtbar. 40 000 Pferde sind innerhalb von 24 Stunden verendet, die Landschaft ist übersät von ihren noch voll angeschirrten Kadavern. Dazwischen liegen erschöpfte, zitternde, vom Blitz erschlagene oder an Entkräftung verstorbene Soldaten. Wer noch am Leben ist, versucht verzweifelt, die im Schlamm feststeckenden Fuhrwerke und Kanonen wieder frei zu bekommen.

Napoleon kann nicht verstehen, dass Alexander die Stadt kampflos hat räumen lassen. Der Massentod der Pferde erschwert die Lage der Grande Armée. Er wiegt für den Feldherrn schwerer als der Verlust an »menschlichem Material«. Da der Kaiser jede Stunde mit einem Gegenangriff rechnet, hält er sich dennoch kampfbereit. Doch sein Feind bleibt über Tage unsichtbar. Barclay hat vor dem Abzug der russischen Truppen aus Vilnius noch sämtliche Vorräte in Brand stecken lassen. Die Franzosen finden nur noch verkohlte Säcke mit Nahrung vor.

Napoleon ist konsterniert. Dieser Verlauf des Feldzugs entspricht überhaupt nicht seinen Erwartungen. Einige Tage später erreicht ihn in Vilnius ein Schreiben Alexanders. Er schlägt Verhandlungen unter der Bedingung des Rückzugs der französischen Truppen vor. »Alexander will sich wohl über mich lustig machen«, entgegnet Napoleon dem Überbringer der Nachricht, einem russischen General. Er habe den weiten Weg doch nicht zurückgelegt, um zu verhandeln, sagt er zu Caulaincourt, der für ein Einlenken und den Rückzug der französischen Armee plädiert. Der Kaiser hat dafür kein Gehör. Die Zeit sei gekommen, »die Barbaren des Nordens in ihre Eiswüsten zurückzutreiben«, antwortet er, »damit es ihnen in fünfundzwanzig Jahren nicht mehr in den Sinn komme, sich in europäische Angelegenheiten einzumischen«. Napoleon ist sichtlich stolz auf seine entschiedenen Worte. Nur ein klares und mutiges »Nein« wird den Zaren zum Einlenken bewegen.

Weil nicht gekämpft wird, sehen viele Soldaten den Sinn ihres qualvollen Marsches nicht mehr ein. Nach der Gewitternacht in Vilnius desertieren sie erneut zu Tausenden, marodieren durch die Umgebung, überfallen Bauern, plündern, vergewaltigen. Napoleon bekommt den barbarischen Umgang seiner Truppen mit der ansässigen Landbevölkerung nicht mehr in den Griff. Es kommt zu Gewaltexzessen. Er erlässt daraufhin harte Strafen, die gegen Deserteure jedoch keine Wirkung entfalten. Einige Tage später hört der Kaiser, dass sich der russische Oberbefehlshaber Barclay in ein befestigtes Lager am Fluss Drissa in Weißrussland begeben hat. Sofort gibt er Befehl, dorthin aufzubrechen. Die Russen seien dort zu stellen und endlich zu besiegen, befiehlt er.

Als das französische Heer nach ein paar Tagen harten Marschierens am russischen Lager anlangt, ist Barclay mit seiner Armee bereits weitergezogen. Erneut setzt der Kaiser ohne Pause einen Marschbefehl ab. Es kann nicht sein, dass sie die russische Armee nicht stellen können. Bei der unerträglichen Hitze dehydrieren die auf den schlechten Straßen und Wegen entlanghetzenden französischen Soldaten schnell. Die Versorgungszüge sind weit abgeschlagen, die Männer trinken Brackwasser, manche von ihnen in ihrer Verzweiflung auch Pferdeurin. Viele werden krank und sterben an der Ruhr, oder sie desertieren. Nach dem Abmarsch aus Vilnius verliert Napoleon erneut 35 000 Soldaten. Und bisher ist noch keine einzige Schlacht geschlagen.

Georgs Lachen schallt durch die laue Abendluft. In der letzten Juliwoche sitzen er und Nicole mit Mentine am Spieltisch beim Whist.

»Verdammt, jetzt habe ich falsch ausgespielt«, entfährt es Nicole.

»Komm Mentine, das nutzt du jetzt gleich aus«, ermuntert Georg das Mädchen. »Deiner Mutter erlauben wir jetzt keine Korrektur.«

»Ich weiß aber wieder nicht, welche Karte ich jetzt einsetzen soll«, jammert Mentine.

»Es gibt nur wenige Fragen, die du dir stellen musst«, erklärt Georg. »Hast du die Farbe, die aufliegt? Dann musst du sie legen! Ist der Stich wertvoll genug, um ihn abzutrumpfen? Dann musst du es tun! Aber nur, wenn du dafür keine zu hohe Trumpfkarte einsetzt.«

Es ist immer noch schwül, auch am Abend, wenn die Sonne untergegangen ist. Sie sitzen im Salon. Georg sieht zufrieden aus, auch Nicole lächelt. Mentine weint heute nicht. Georg hat ihr erklärt, dass auch er als Kind lange kein Kartenspiel mit den Erwachsenen durchstehen konnte, ohne in Wut zu geraten. Dabei fasst der Begriff »Wut« eigentlich nicht das Gefühl, das Mentine das Spielen so schwer macht. Aber ihrer Tochter scheint Georgs Erklärung dennoch zu helfen. Zur Wut fehlt Mentine das Temperament, es ist eher die Angst, etwas falsch zu machen, und vor allem die Scham, sich zu blamieren, die sie plagen.

Nicole hat schließlich nachgegeben. Georg sitzt seit etwa drei Wochen über Tag und die halbe Nacht an konkreten Plänen für den Aufbau einer neuen Spinnerei in der Nähe von Reims. Er hat bereits eine Immobilie für sein neues Unternehmen gefunden, bemüht sich gerade um einen Überlassungsvertrag, den er in nächster Zeit unterschreiben will. Aus der Firma von Nicoles Bruder kann er einige ausrangierte Maschinen übernehmen, auch einige Arbeiter will er für den Start ausleihen. Nicole hat ihre eigene Immobilie beliehen und ist Georg mit Startkapital beigesprungen.

Seit sie ihren Widerstand gegen seine neue Unternehmensidee aufgegeben hat, erleben sie beide eine seltsame Entwicklung ihrer Beziehung. Seither ist es jeden Abend zu Zärtlichkeiten gekommen. Direkt nachdem Nicole ihr »ja« gegeben hatte, nahm Georg ihre Hand, legte sie um seinen Hals, trug sie auf die Chaiselongue und knöpfte ihr Kleid auf. Und dann ist etwas noch Seltsameres mit ihr passiert. Sie gibt sich ihm jeden Abend in einer Art hin, wie sie es noch nie getan hat. Gleichzeitig aber hat diese Liebe etwas Unpersönliches. Es ist so, als habe sie sich plötzlich selbst beweisen müssen, dass sie von ihrer eigenen Wahrheit auch ein Stück weit zurücktreten kann. Sie lebt in einer nie gekannten Ambivalenz. Sie liebt ihn – und sie liebt ihn nicht mehr.

Am Morgen nach dem Whist-Abend steht Nicole am Fenster und schaut in den Garten ihres Hauses hinaus. Bunte Blumen, trockene Erde, verdorrtes Gras. Die Sonne steht hoch, und die Schornsteine der umliegenden Häuser setzen sich gegen den dunstig-blauen Himmel ab. Von Ferne hört sie den gedämpften Glockenschlag der Kathedrale von Reims. Sie dreht sich vom Fenster weg, schiebt die Vorhänge ganz zurück und sammelt einige Wäschestücke vom Boden auf. Georg hat seine Taschenuhr liegen lassen. Sie nimmt sie von seinem Nachttisch und lässt die Uhrkette zwischen ihren Fingern durch gleiten. Er ist schon unterwegs an diesem Morgen. So eine Unordnung überall, denkt Nicole, als sie sich im Zimmer umblickt. Seit Tagen hat sie Rachel nicht mehr in ihr Schlafzimmer gelassen. Heute soll sie es aufräumen. Nicole richtet sich auf, gähnt und streckt sich, überlegt, was sie heute zu tun hat. Sie streicht sich ihre Haare zurück, läuft zu ihrem Frisiertisch mit dem Wasserkrug und benetzt ihr Gesicht.

Vollkommen erschöpft erreichen die französischen Truppen am 28. Juli das erneut kurz vorher von der russischen Armee verlassene Witebsk in Weissrussland. Wieder wird es zu keinem Kampf kommen. Napoleon hat seine Männer nun seit drei Monaten zu einem Vormarsch in aberwitziger Geschwindigkeit angetrieben. Manche Einheiten lässt er 32 Stunden am Stück marschieren. Sie sind alle am Ende ihrer Kräfte. Schon seit Mitte Juli laufen die meisten Fußsoldaten barfuß herum, weil ihre Stiefel zerrissen sind. Sie schlafen in den kalten Nächten unter freiem Himmel, oft ohne Essen, ihre Körper voller Staub, bei Kälte, Schlamm und Nässe. Der feine Staub, der von Pferden und Fuhrwerken direkt in die Gesichter der Soldaten geweht wird, setzt sich in ihre Augen, die sich oft schlimm entzünden. »Am 26. Juli verhungerten in unserem Regiment sechs Mann«, schreibt ein italienischer Rekrut in sein Tagebuch. »Ihr, die ihr Hunger nie gekannt habt, wisst nicht, was wahre Not ist«, schreibt ein anderer, »eine Not, die keinen Augenblick nachlässt, und die, wenn sie nur zur Hälfte gestillt wird, umso drängender und heftiger wird.«

Napoleon überlegt, was er als nächstes tun soll. Er spielt mit dem Gedanken, in Witebsk Winterquartier zu nehmen und zu warten, bis sich seine Soldaten erholt haben. Einstweilen verbringt er die nächsten beiden Wochen am Ort. Seine Marschälle plädieren dafür, jetzt zurückzukehren. Die hohen Verluste, die Versorgungsprobleme, die langen Wege seien Grund genug. Doch Napoleon widerspricht. Gerade in diesem Moment sei es falsch, den weiten Rückzug anzutreten. Viel besser sei es, die Armee rasch weiter nach Moskau zu treiben, wo es eine gute Versorgung und auch bessere Lazarette gäbe.

Beklemmung und Niedergeschlagenheit nehmen in seinen Stäben zu. In der Sonne nimmt Napoleon nun Tag für Tag Militärparaden ab, ein Zeremoniell, das ihm erhebliche Genugtuung verschafft. Vor seinen Soldaten entlässt er mit großem Geschrei die für den Nachschub und die medizinische Versorgung verantwortlichen Kommissare. Den Ärzten droht er, sie nach Hause zu schicken, »wo sie die Huren vom Palais Royale behandeln könnten«. Die militärischen Tagesabläufe sind einzuhalten, von den Angsthasen hat Napoleon die Nase voll.

Was auf russischer Seite wie ein lange ausgeklügeltes und bis zum Ende durchdachtes kriegerisches Hase-und-Igel-Spiel aussieht, ist es nur in Teilen. Unter den russischen Militärs gibt es niemanden, der sicher ist, dass die »Strategie des unsichtbaren Feindes« schließlich erfolgreich sein wird. Zar Alexander hat sich inzwischen nach Moskau aufgemacht. Zuvor sah er sich mit einer Uneinigkeit konfrontiert, ob man nicht doch einen Kampf brauche, allein aus Gründen der Vergewisserung über den eigenen Mut. Auch die russischen Soldaten und Offiziere leiden inzwischen unter dem ständigen Ausweichen, das von den älteren Militärs unterschwellig als Feigheit ausgelegt wird. Noch ein anderer Schwachpunkt besorgt Alexander: das dauernde Zurückweichen der russischen Truppen gibt den Franzosen die Möglichkeit, tief in das russische Reich vorzudringen. Persönlich hat Alexander das einkalkuliert. Aber er weiß nicht, wie das russische Volk darauf reagieren wird. Ohne sein Ziel preiszugeben, will er sich in Moskau um eine gute patriotische Stimmung bemühen.

Tagebuchaufzeichnung Nicole Clicquot-Ponsardin, 15. August 1812: Georg ist heute Morgen wieder so früh aufgebrochen, dass ich ihn nur im Halbschlaf in der frühesten Dämmerung aus dem Bett steigen sah. Er sagt mir, er habe so viel zu tun. Aber er hat noch keinen einzigen Auftrag ergattert. Und selbst wenn es ein paar Aufträge gäbe, dann bräuchte er doch nicht alle Tage in dieser Weise aufgedreht und angespannt zu sein. Ich frage mich, wie es mir geht, seit ich keinen Abend und keine Nacht mehr ohne ihn bin. Seit wir zwar körperlich miteinander verschmolzen sind, aber kaum mehr miteinander sprechen, kann ich mir diese Frage nicht mehr beantworten. Wir fordern uns beide in einer besonderen Art und Weise heraus, ist mein Gefühl. Aber was erwarte ich eigentlich? Wenn es sein muss, dass eine Witwe ihr Alleinsein und ihren unzähmbaren Egoismus mit einem Liebhaber beantwortet, dann geht es mir doch gut. Davon abgesehen, dass ich Georg nicht mehr so liebe wie vorher. Es ist weniger geworden, das muss ich mir eingestehen. Zum Teufel, mein Liebhaber ist leichtgläubig, er ist jung und voller kurzer Leidenschaften. Es ist Sommer, wir haben jeden Tag Sonnenschein. Woraus entspringt denn meine Trauer und Enttäuschung? Und worüber eigentlich?

Das zentralrussische Smolensk, an der von Birken gesäumten Straße nach Moskau gelegen, besitzt in einer seiner Kirchen die berühmteste russische Ikone der Jungfrau Maria. Im Zentrum ist Smolensk durch burgartige Festungsanlagen aus dem Mittelalter geschützt. Hinter diesen mächtigen Mauern aus Backsteinen haben sich am Morgen des 17. August 1812 Teile der russischen Armee unter ihrem Kommandanten Barclay verschanzt. Dieses Mal haben sie es nicht mehr geschafft, ihre Stellungen in der Stadt vollständig zu räumen, bevor das französische Heer sie erreicht. Barclay hat einen Befehl von Zar Alexander erhalten, die Stadt so lange es geht zu verteidigen.

Ein rätselhafter Vorgang ereignet sich in den nächsten 24 Stunden. Mit Leichtigkeit hätte Napoleon die Russen aus Smolensk vertreiben können, wäre er ihnen mittels seiner berühmten Zangenbewegung von hinten über die Brücken des Dnjepr in den Rücken gefallen. Doch das tut er nicht. Der nach einer Schlacht hungernde französische Kaiser sieht die massive Verschanzung der russischen Armee und wählt die Strategie des Frontalangriffs.

Nach zwei Tagen heftiger Gefechte bleibt der Kampf ohne Entscheidung. Am Abend des zweiten Tages befiehlt Barclay den Rückzug der russischen Armee im Laufe der Nacht. Den Franzosen ist es bis dahin nicht gelungen, in die Stadt einzudringen. Ihre Geschütze sind wirkungslos gegen die vier Meter dicken Mauern der Festungsanlage; jede ihrer Kanonenkugeln wird von den Steinen einfach verschluckt. Mit dem Rückzugsbefehl an seine Armee leitet Kommandant Barclay in der Nacht auch eine rasche Evakuierung der Bevölkerung ein – als erstes wird die berühmte Ikone der Jungfrau Maria in Sicherheit gebracht.

Was dann geschieht, erschüttert selbst Napoleon für einen Moment. Einige Gebäude von Smolensk sind durch französische Geschosse in Brand gesetzt worden. Das Feuer verbreitet sich langsam, doch jetzt, nach der Evakuierung der meisten Bewohner, setzen die russischen Truppen die Stadt mithilfe von Fackeln massiv unter

Feuer. Damit vernichten sie mit Absicht und in großer Geschwindigkeit das größtenteils aus Holzhäusern bestehende Stadtzentrum. Auch alle Brücken in die Stadt werden verbrannt. Erst im Morgengrauen gelingt es einer französischen Einheit endlich, eine Bresche in die hohen Mauern der Festungsanlage zu schlagen. Doch zu spät: Die Russen sind enteilt und die Franzosen sehen sich einem brennenden Inferno gegenüber. Die Einnahme von Smolensk bringt Napoleon den Verlust von 7 000 Soldaten und keinen Gewinn. Innerhalb wie außerhalb der Stadtmauern gibt es für ihn nur Tod und Schrecken. Straßen und Felder sind übersät mit Toten.

Die kommenden Tage verbringen die französischen Streitkräfte in den schwelenden Ruinen der Stadt. Napoleon überspielt sein Unbehagen, indem er sich lautstark über den russischen Rückzug lustig macht. Zuletzt hatte er Smolensk noch zu seinem festen Winterlager machen wollen, um von dort aus im nächsten Jahr entweder Moskau oder St. Petersburg anzugreifen. Doch die niedergebrannten Gebäude haben für ihn keinen Wert mehr, sie sind ihm unangenehm. Sein Adjutant Caulaincourt fasst die unheilvolle Stimmung im französischen Lager so zusammen: »Der Kaiser suchte mittels seiner Scherze jenen durch den grausamen Anblick hervorgerufenen Besorgnissen vorzubeugen, die ein jeder über die Folgen und die Dauer eines Krieges hegen musste, in dem der Gegner von Anfang an derartige Opfer erbrachte.«

Auf ihrem Vormarsch Richtung Moskau gehen die russischen Truppen jetzt überall zur »Strategie der verbrannten Erde« über. Sie evakuieren alle Dörfer und Höfe entlang der Straße und setzen sie in Brand. Auf der gesamten Strecke, auf der ihnen das französische Heer weiterhin dicht auf den Fersen ist, hinterlassen sie ihren Verfolgern nur noch niedergebrannte Enklaven und Grundstücke. Bäume werden gefällt und mitten auf die Straße gelegt, umgekippte Wagen auf den Wegen zurückgelassen, Brunnen vergiftet, ja sogar erntereife Felder, die am Wegesrand liegen, lässt Barclay anzünden, damit die Franzosen keinen Halm an Getreide und keine Möhre mehr auf ihrem Marsch vorfinden. Doch bald gelingt es der russischen Armee nicht mehr, die Verfolger abzuschütteln.

Für die erste offene Kampfhandlung wählen die Russen das bewaldete und unübersichtliche Gelände in der Nähe des Örtchens Borodino, rund 100 Kilometer vor Moskau, aus. In einem hügeligen Gebiet bauen sie eine Schanze und einige Erdwälle auf. Napoleon, der das Gebiet zwei Tage später erreicht, beschließt, die russischen Truppen von hinten über die Schanzen hinweg anzugreifen. Die Soldaten der Grande Armée sollen die Russen rückseitig überrennen und dann von der Hauptschanze aus ihr großes Feuerwerk der Artillerie auf sie abfeuern. Der Kampf wird dadurch endlich eine theatralische Note erhalten.

Am frühen Morgen des 7. September lässt Napoleon die Schlacht eröffnen. Die über Stunden sich hinziehende Kampfhandlung wird von Caulaincourt als wildes Gemetzel beschrieben. Die russischen Truppen stehen fest wie eine Wand. Beide Seiten beanspruchen den Sieg schließlich für sich. Allerdings sind auf dem Schlachtfeld mehr russische als französische Soldaten gefallen. Die Verluste sind für beide Seiten immens. Leichen von fast 75 000 oft entsetzlich verstümmelten Soldaten übersäen das Schlachtfeld, zusammen mit 40 000 toten Pferden. Am Abend des zweiten Schlachttages ziehen sich die Russen abrupt zurück. Da das Leichenfeld in französischer Hand bleibt, wertet Napoleon den Kampf als seinen Sieg. Nach Paris lässt er einen grandiosen Erfolg berichten.

Ein französischer General bezeichnet den Kampfplatz von Borodino als den ekelhaftesten Anblick, dessen er je ansichtig wurde. Da die französische Artillerie den größten und längsten Angriff durchgeführt hatte, sind viele der auf dem Feld liegenden Körper grausam zugerichtet. »Heraushängende menschliche Gedärme, abgetrennte Gliedmaßen, entsetzlich ausgeweidete Pferde, die stehend ausharren, ihren Kopf hängen lassen oder qualvoll dahinhumpeln, ihre heraushängenden Gedärme oder ein gebrochenes Körperteil hinter sich herschleifend. Manches Pferd auf der Seite liegend und auf seine klaffenden Wunden starrend.« Die Verwundungen der Soldaten sind ebenfalls gravierend. Die meisten Verletzten werden in ein Kloster und in behelfsmäßige Lazarette in umliegenden Dörfern gebracht. Feldchirurgen arbeiten bei flackernden Kerzen die Nächte durch. Da das Stroh von der Kavallerie aufgebraucht ist, liegen Wartende auf dem nackten Boden der Häuser, werden über Tage nicht versorgt.

Am Tag nach der Schlacht bei Borodino macht sich Napoleon mit seinen verbliebenen Truppen nach Moskau auf. Er peitscht die nur leicht verletzten oder unversehrten Soldaten ohne Pause bis vor die Tore der russischen Hauptstadt. Zehntausende, meist schwer verwundete Soldaten der Grande Armée hinterlässt er unversorgt im Feindesland. Zu den scheppernden Klängen seiner Militärkapelle zieht er in die russische Hauptstadt ein und schlägt sein Quartier im verlassenen Kreml auf.

Nicole ist entsetzt, als sie von der erfolgreichen Einnahme Moskaus durch Napoleon hört. Der Teufel hat es wieder einmal geschafft, denkt sie, wie auch immer das geschehen sein mag. Überall in Reims wird auf Napoleons Einmarsch in Moskau angestoßen,von allen Seiten ertönen die »Bravo à la victoire«-Rufe. Und sind sie nicht auch vollkommen angebracht? Der Kaiser ist in Moskau, er wohnt im Kreml, die Russen sind aus ihrer eigenen Hauptstadt verjagt. Was soll sie dazu noch sagen? Sie will dem »Bravo« entschieden widersprechen, doch dann sagt sie gar nichts mehr, um sich nicht erklären zu müssen.

Dabei tobt es in ihr. Louis Bohne hat ihr eine ganz andere Geschichte über die Lage der Dinge erzählt. Er weiß, dass die Grande Armée unter entsetzlichen Versorgungsproblemen leidet, dass die Mehrheit ihrer Soldaten inzwischen geflohen oder tot ist. Auch ist er überzeugt, dass ein Sieg noch lange nicht entschieden ist. Die Briefe seiner russischen und polnischen Freunde könnten in dieser Hinsicht nicht deutlicher sein. Schlechte Nachrichten über die Grande Armée sind bisher jedoch nie bis nach Paris gedrungen. Wahrgenommen wird, dass Napoleon mit der Einnahme der russischen Hauptstadt viel mehr erreicht hat, als die meisten Franzosen es sich ausgemalt haben.

Nicole überlegt, was wohl passieren wird, wenn es stimmt, dass Frankreich über das russische Reich gesiegt hat. Steht jetzt zu erwarten, dass sie als Napoleon-Hasserin nie mehr ein Bein auf den Boden der Geschäftswelt bekommt? Ihr wird warm, als sie sich das klar macht, unangenehm warm. Ihren Unmut über den selbstsüchtigen Kaiser wird sie in Zukunft verstecken müssen, damit ihre Außenseiterposition sich nicht noch weiter verstärkt. Ihr Verbindungsfaden zu ihrem eigenen Land, ihrem Vater, ihrer Familie wird immer dünner werden. Sie wird in einem Land leben, das sie nicht mehr akzeptieren kann. Ein Geschäft wird sie wohl so nie mehr betreiben können. Louis Bohne beruhigt Nicole. Er ist geradezu euphorisch über die Entwicklungen, von denen er aus Russland hört. Zar Alexander sitzt in St. Petersburg und bemüht sich erfolgreich darum, das russische Volk in patriotische Wallung zu bringen. Die Russen werden Napoleon unverrichteter Dinge zum Rückzug zwingen, erklärt Louis Bohne.

Für Nicoles Vater, den Baron Ponsardin, sieht die Situation völlig anders aus. Mit Napoleons Sieg in Russland seien sogar die dummen Engländer endlich in ihre Schranken verwiesen, meint er höhnisch. Als nächstes werde ihnen Napoleon ihre Gebiete in Indien abjagen, echauffiert er sich. »La victoire est à nous«, wiederholt Ponsardin immer wieder, läuft kreuz und quer durch den Salon seines riesigen Hauses und schenkt Champagner nach. In bester Stimmung malt er sich aus, wie er sein Geschäft nach diesem Krieg noch deutlich weiter expandieren könnte.

An Ponsardins Seite schwärmt auch Nicoles Mutter über die glorreichen Kriegserfolge der Franzosen. Ihre Stimme überschlägt sich, während sie spricht, als wäre sie nicht mehr ganz bei Sinnen. Nicoles Kritik am Kaiser hält sie ein »Ich verbitte mir deine permanenten Beanstandungen!« entgegen, als wäre ihre Tochter noch ein unreifes Geschöpf. Sie solle sich vielmehr darüber freuen, dass alles so glimpflich und gut für Frankreich ausgegangen sei.

An einem ungewöhnlich warmen Abend im Oktober sitzt Nicole im Salon ihres Elternhauses. Wie immer strahlen die Marmortische eine angenehme Kühle aus. Gemeinsam stoßen sie auf den großartigen Sieg des Kaisers in Moskau an. Nicole kann sich dem Toast nicht entziehen. »La Victoire« ist das am meisten strapazierte Wort in diesen Wochen. Niemand scheint sich darüber Gedanken zu machen, dass man nie eindeutig siegen kann. Das Beste an der gegenwärtigen Situation ist wohl, dass mein Bruder nicht mehr eingezogen wird, denkt Nicole.

Wie eine helle, Zuversicht ausstrahlende Wolke hängt dieser angebliche Kriegserfolg über Reims. Wie wird es nur sein, wenn die Wahrheit ans Licht kommt? fragt sich Nicole. Warum sprechen so wenige Menschen über die Massen von toten Soldaten, von denen sie erfahren hat? Kann es sein, dass die Toten jetzt einfach nicht mehr zählen? Mit Georg ist kein offenes Wort mehr über Napoleon möglich. Nicole befürchtet, dass ihre Beziehung bei einer ehrlichen Schilderung ihrer Wahrnehmung sofort wieder in schwere, unheilbare Turbulenzen gerät. Sie bittet Louis Bohne noch einmal, in ihrer Umgebung kein einziges Wort mehr über seine Sichtweise des russischen Abenteuers verlauten zu lassen. Er solle sie nur über die Neuigkeiten seiner Informanten ins Bild setzen. Sie sei daran hoch interessiert, jedoch würden weder ihre Familie noch andere Kollegen im Hause mit der kleinsten Kritik an Napoleon fertig werden.

Georg Kessler wirkt kolossal erleichtert, als ihm der Moskauer Erfolg der französischen Armee zu Ohren kommt. Er ist beschwingt, kocht deutsche Gerichte für Nicole, singt ihr deutsche und französische Lieder vor, umgarnt sie weiterhin intensiv und rechnet ihr vor, dass Napoleon und seine siegreiche Armee in spätestens drei Monaten wieder in Paris sein werden. Er schmiedet Pläne für eine britische Niederlassung von Veuve Clicquot, um von dort aus ihren Champagner nach Asien zu verschiffen. Er werde sich sofort darum kümmern, sobald der Kaiser zurückgekehrt sei und er werde das alles ohne zu zögern angehen, verspricht er Nicole, während er vor ihr niederkniet. Veuve Clicquot werde in Kürze wieder auf Kurs sein: 150 000 verkaufte Flaschen? Keine Schwierigkeit! Für das nächste Jahr sei dies wieder zu schaffen. Georg ist wie aufgezogen, euphorisch, verrückt und übermannt von den eigenen Erfolgsmöglichkeiten, die er direkt vor sich liegen sieht.

In der Nacht vom 15. auf den 16. September 1812, gut dreißig Stunden nach seiner Ankunft in Moskau, rütteln Napoleons Diener den Kaiser in seinem Ruhezimmer im Moskauer Kreml aus dem Schlaf. Er solle sich bitte rasch anziehen, man werde ihn jetzt in eine sichere Blockhütte vor die Tore der Stadt bringen. Die nötigsten Unterlagen und Dokumente seien bereits in seine Kutsche verfrachtet worden.

Der Kaiser ist zunächst ungehalten, dann verstört, denn es ist die erste Nacht, in der er wieder halbwegs durchzuschlafen gedachte. Die Ereignisse der letzten vierundzwanzig Stunden haben sich doch exzellent angelassen, denkt er. Er fühlt sich rundherum wohl in seinem komfortablen Atelier im Kreml, mit seinen hohen Decken und den prächtigen Lüstern. Er will dort den Winter verbringen und von dort aus im Frühling St. Petersburg angreifen. Ein kühner, psychologisch reizvoller Plan, der dem Zar endgültig seinen Thron kosten wird. Zum Abendessen hat man ihm Clicquot-Champagner serviert. Ein paar Flaschen davon befinden sich noch in den Kellern des Kreml. Nicht Moet, also nicht seine erste Wahl, aber immerhin kein schlechter Champagner, denkt Napoleon, während sein Blick aus dem Fenster im Kreml hinab auf die Moskwa gleitet.

Als er am Vortag bei Sonnenschein hoch zu Ross in die Stadt hineingeritten ist, erwartete er, von einer Abordnung des Zaren empfangen zu werden. Als Sieger der Schlacht muss man ihm die Stadt offiziell übergeben, denkt Napoleon – so ist es eigentlich üblich. Doch Moskau ist vollkommen leer, niemand ist zu sehen, während die französische Armee mit laut scheppernder Marschmusik durch die ausgestorbenen Straßen zieht. Die Holzhäuser der Einheimischen sind verlassen, nur ausländische Kaufleute und Dienstboten, die sich in ihren Wohnungen eingeschlossen haben, scheinen noch in der Stadt zu sein. Napoleon stört sich daran erst einmal nicht, richtet sich alsbald mit seinem Stab in der schönsten Etage des Kreml ein. Seine Wohnung besteht aus einer weiten Halle mit großen Fenstern. Dazu hat er drei geräumige Salons und ein sehr großes Schlafgemach zur Verfügung, das ihm auch als Arbeitszimmer dient. Man hat ihm bereits seine kleine Reisebibliothek in die Regale einsortiert: Voltaire, Corneille, Goethe. Ein Exemplar von Voltaires Geschichte Karls XII. liegt auf seinem Nachttisch.

Am nächsten Morgen kommt es zu Plünderungen von Moskauer Privathäusern und Geschäften durch die völlig ausgehungerten französischen Truppen. Die kaiserliche Garde versucht zunächst die schlimmsten Verwüstungen zu verhindern, gibt jedoch rasch auf. Napoleons Offiziere ziehen für den Kaiser ein paar herrliche Gemälde, einige wertvolle Vasen, dazu diverse prachtvolle Pelze für Kaiserin Marie-Louise an Land.

Napoleon geht früh zu Bett, er ist noch erschöpft von der Schlacht bei Borodino, und seine Blase macht ihm Probleme, ein neues Leiden. Er bekommt daher nicht mehr mit, dass die Stadt am frühen Abend wie von Geisterhand an verschiedenen neuralgischen Punkten in Brand gesetzt wird. Die Luft ist seit Tagen trocken wie Staub, das Feuer verbreitet sich in Windeseile. Erst als er während der Nacht in seiner Kutsche die schon lichterloh brennende Stadt verlässt, erfährt Napoleon, was passiert ist. Die Russen haben tatsächlich ihre eigene Hauptstadt in Brand gesetzt.

»Und warum löschen wir das Feuer nicht?«, fragt der Kaiser Caulaincourt, der ihm in der Kutsche gegenüber sitzt.

»Nun, die städtischen Löschpumpen sind restlos aus der Stadt entfernt worden«, antwortet sein Adjutant.

Der junge Pierre Corot, ein Nachbar von Nicole Clicquot, ist in Borodino gefallen. Er ist nur 23 Jahre alt geworden, und auf der Straße vor Nicoles Haus erzählt man sich, wie laut und erbärmlich seine Mutter geschrieen hat, als sie vom Tod ihres einzigen Sohnes erfuhr. Nicole ist am Nachmittag der Nachricht in die Kathedrale gelaufen, sie ist bedrückt und hat in ihrer Verzweiflung und Sorge darüber, wie Pierre wohl zu Tode gekommen ist, eine Kerze für den Toten, angezündet.

Am Abend erzählt sie Georg von Pierres Tod, und was für ein feiner, begabter Kerl er in seinem Leben gewesen sei. Georg sagt kühl: »Man muss damit rechnen, wenn man in den Krieg zieht.« Für Nicole schält sich an diesem Abend und in den folgenden Wochen heraus, dass sie und Georg keine Zukunft haben. Vollkommen klar ist sie sich darüber noch nicht, sie geht in ihren Gedanken vor und zurück und wird von einer melancholischen Welle erfasst, wenn sie daran denkt, ihn nicht mehr um sich zu haben. Da ist kein Plan, nur eine Reihe kurzer, unwillkürlich und unerwartet auftauchender Impulse, die in ihr aufsteigen und oft genug gleich wieder in ihren Alltagsabläufen versinken. Und doch offenbaren sich durch diese kurzen Stimmungsblitze allmählich eindeutigere Bilder von Georg in ihr, und sie fühlt, dass sie sich jetzt wichtiger nehmen muss als bisher.

Wenn sie ihm am späten Nachmittag im Büro gegenübersitzt, fast am Ende des Tages, in der Stunde, in der man sich etwas über den Tag erzählt, dann beginnt er oft, während sie zu ihm spricht, leise mit seinen Fingern auf die Tischplatte zu klopfen. Es ist fast so, als würde er auf dem Tisch ein Klavierstück einüben. Was für eine Angewohnheit von ihm, die einen fühlen lassen soll, dass man gerade wieder einmal eine Plaudertasche ist, die nichts von Bedeutung zu sagen hat. Und dann, wenn er mit seinem Trommeln endlich aufgehört hat, sie weggegangen und ein wenig später in den Raum zurückgekommen ist, sieht sie Georg an, wie er über einem Stück Papier sitzt, tief konzentriert, und sie wünscht sich plötzlich, dass er dort sitzen bliebe, damit sie ihn immerzu anschauen könnte wie ein wertvolles Bild.

Soll ich jemanden, der mir so attraktiv erscheint, der so starke Gefühle in mir wecken kann, wirklich wegschicken, fragt sich Nicole. Wenn sie dann etwas länger über die Szenen mit ihm nachdenkt, ist ihr, als wisse Georg um sein gutes Aussehen, als inszeniere er manchmal seine Mühe, den Eindruck, ungeheuer beschäftigt zu sein, so wie er schon immer und in jeder Hinsicht einen entschlossenen Eindruck bei ihr hinterlassen wollte. Und wenn sie ihren Gedanken noch weiter folgt, dann ist sie immer sicherer, dass es ihm nicht um sie, sondern um sein Fortkommen geht. Etwas Wesentliches fehlt ihr, etwas ist zwischen ihnen abhanden gekommen, er überrascht sie nicht mehr, sondern seine Einfälle folgen einem Kalkül, und sie zweifelt an seiner Integrität, auch wenn es dafür nicht den geringsten Beweis gibt.

Obwohl der Verkauf von Wein und Champagner stillliegt, hat Nicole in diesen Wochen des Herbstes viel zu tun. Die Ernte ist fast fertig eingefahren, der Most muss versorgt werden. Es ist ihr wichtig, wenigstens ein paar Tage während der Ernte mit in den Weinbergen zu sein. Sie will wissen, in welchem Zustand die Trauben sind, bevor sie weiterverarbeitet werden. Jeden Tag verlässt sie ihr Haus, manches Mal früh, zusammen mit Georg, der immer so gut angezogen ist, als habe er eine Position am Hofe inne. An der Kutsche verabschieden sie sich, denn Georg kümmert sich vormittags um die Firma, sie um die Ernte. Sie wird sich gleich in Bouzy eine Arbeitsschürze über ihr graues Kleid binden, sich mit einer Schere bewaffnet in die Weinstöcke stürzen, wird die Stängel der Reben weit zurückbiegen, so weit, bis sie sie sauber abschneiden kann.

»Sei doch kein Trottel«, sagt sie zu sich selbst, während sie die kurze Böschung hinaufgeht und zwischen die Rebenreihen tritt, denn als Trottel hat Georg sie vor zwei Tagen bei Tisch bezeichnet. »Sei doch kein Trottel«, das hat er tatsächlich zu ihr gesagt. Jetzt, wo der Krieg zu Ende sei und Napoleon ihn so glänzend gewonnen habe, müsse sie die Chance für eine weitere Neugründung mit ihm doch nutzen. Sonst sei sie eben ein Trottel. Mach, was du willst, hatte Nicole in diesem Moment gedacht und nichts gesagt. Doch Georg ließ nicht locker.

Ihm schwebt wahrhaftig die Gründung einer Bank vor, überkommt es Nicole, während sie gerade eine fette Rebe mit ihrer Hand abstützt, damit sie nicht bricht und herunterfällt. Die Konjunktur werde nach dem Krieg in Frankreich so stark anziehen, dass bald große Geldbeträge eingenommen und zu den Banken getragen würden, meinte Georg. Er habe einen Freund, der sich in diesen Dingen auskenne. Dann mach es doch mit deinem Freund, hat sie für sich gedacht und ist nicht weiter auf seine Idee eingestiegen.

»Sei doch kein Trottel«, sagt sie jetzt noch einmal laut zu sich selbst, und ihre Empörung steigt, während sie ihren Korb packt, in festen Schuhen zum nächsten Rebstock geht und an ihren Vater, ihren Bruder, ihre Tochter denkt. Sie muss sich kurz vergewissern, dass dieser Ausspruch eine Frechheit ist, muss sich noch einmal klar machen, wie weit sie und ihre Familie davon entfernt sind, Trottel zu sein. Ihr Vater ist alles Mögliche, er ist überheblich, er kann nicht mehr zuhören, ihm fehlt inzwischen jeder Rest von Empathie, aber ein Trottel ist er nicht. Nun, Georg hat das im Übermut gesagt, beruhigt sie sich. Doch er war noch weitergegangen mit dem, was ihm vorschwebt. Sie solle ihn jetzt, wo das Geschäft wieder anziehe, als ihren Stellvertreter bei Veuve Clicquot einsetzen. Auch das hatte er plötzlich vorgebracht und auch begründet. Damit sie mehr Zeit im Keller und im Weinberg verbringen könne, was ihr doch ohnehin das Liebste sei.

Zwischen den Rebstöcken stehend, zieht Nicole ihre Jacke aus. Es ist ihr warm geworden, die Sonne ist herausgekommen. Sie hat jetzt zwei Körbe mit Reben gefüllt und winkt einen Burschen herbei, der ihr wie allen anderen Pflückerinnen zwei neue Körbe bringt und die gefüllten mitnimmt, sie zum Fuhrwerk am Rande des Feldes trägt, wo sie vorsichtig in einen großen Trog geleert werden. »Ich möchte mich lieber nur auf *eine* Sache konzentrieren«, hatte sie Georg knapp zurückgegeben, was sich wie ein Schlag ins Gesicht für ihn angefühlt haben muss nach seinem rauschhaften Vortrag. Neben mir entwickelt sich Georg zu einem explosiven Geschöpf, denkt sie. Er wird aufbrausender, als er es eigentlich ist, sagt sicherlich Dinge, die er gar nicht sagen will. Es kommt ihr gelegentlich vor, als wirke sie wie Schießpulver in seiner Nähe. In ihren zärtlichen Stunden begeistert sie seine ungestüme Seite, doch ihr letztes Gezänk hat sie regelrecht beängstigt. Dabei hat sie ihm ja schon nachgegeben, hat ihn bei seinem Vorhaben, eine Spinnerei zu gründen, Unterstützung signalisiert, was praktisch ohne Wirkung geblieben ist. Wie sehr sie ein Ende dieser Spannungen herbeisehnt!

Nicole wird in drei Monaten 35 Jahre alt sein, sieben Jahre älter als Georg. Es ist sein Charakter, nicht der Altersunterschied, der sie auseinandertreibt, denkt sie. Sie ist nicht alt. Ihr Leben ist nicht vorbei. Sie möchte Georg nicht mehr analysieren, nur »Halt« sagen. Es wäre schöner, mein Leben alleine weiterzuleben, denkt sie. Aber sieht er nicht fabelhaft aus, ist er nicht sprühend vor Abenteuerlust? Sie spricht das Wort »Abenteuerlust« vor sich hin, während sie weiter an den Reben schneidet. Sie erinnert sich in diesem Moment, während sie in die Hocke geht, um die unteren Reben zu begutachten und herunterzuschneiden, wie er am Schluss ihrer Diskussion vor zwei Tagen, die am Mittag begann und am Abend weiterging, während eines letzten Wortschwalls ihren Arm ergriffen hat. Er hat ihn nicht sanft genommen, sondern hart und bestimmt mit seiner Hand umschlossen, bis sein Griff ihr wehtat.

Sie sei so verdammt gelangweilt und desinteressiert an seinen Plänen, wie es noch nie ein Mensch gewesen sei, hatte er ihr vorgeworfen. In seiner Rage wollte er ihren Arm nicht mehr loslassen, obwohl sie ihren Schmerz zu erkennen gab. Er hatte es selbst wenig später bemerkt, wollte es sofort wieder gutmachen, hatte sie die Treppe hochgetragen und ihren Arm wieder und wieder geküsst.

Im Morgengrauen des nächsten Tages gleicht Moskau einer brennenden Hölle. Caulaincourt und Napoleon sind vor ihre Hütte getreten und sehen dem Brand aus der Ferne zu. Sie *hören* das Feuer, sie sehen es nicht nur. Unzählige Flammenherde in der Stadt brüllen wie ein Orkan, es gibt Explosionen durch Entzündliches, das in Moskauer Kellern lagert. Blechplatten platzen von den Dächern ab, ganze Dächer oder auch vollständige Blechkuppeln lösen sich durch die Hitze von den Mauern und fliegen durch die von Feuerstößen pfeifende Luft, während betrunkene Offiziere und Soldaten jetzt erst recht die wenigen, noch stehenden Häuser plündern und mit ihrer Beute durch die brennenden Straßen aus der einstmals so herrlichen Stadt hinaustorkeln.

Nach drei Tagen des Rückzugs in die Blockhütte kehrt Napoleon in die noch rauchenden Ruinen Moskaus zurück. Der Kreml hat standgehalten, er ist aus Stein und wurde offensichtlich an keiner Stelle angezündet. Über vier Wochen lang wartet der Kaiser in seinen schönen Räumlichkeiten auf ein Zeichen des Zaren. Zwei Mal sendet er ihm Botschaften, doch nie kommt etwas zurück. Zar Alexander hält sich währenddessen in St. Petersburg auf, dem Sitz der russischen Regierung. Mit Bedacht hat er jede offizielle Person aus Moskau entfernt und wartet auf den Winter, auf schlechtes Wetter. Napoleon zitiert die beiden einzigen Herren von Ansehen, die sich noch in der Hauptstadt aufhalten, zu sich in den Kreml. Es sind der Leiter eines Kinderheims und ein Gutsbesitzer, dem es nicht mehr gelungen ist, Moskau rechtzeitig zu verlassen. Der Kaiser steht mit verkniffenem Gesicht vor ihnen. Er bringt einen längeren Wortschwall mit zahlreichen Anschuldigungen gegenüber den beiden schweigsamen Russen hervor, die nicht wissen, wie ihnen geschieht. Die Weigerung zu verhandeln, der Brand, das seien doch Akte der Barbarei, hält er ihnen vor. Schließlich geht er zu seinem Schreibtisch und gibt jedem von ihnen einen vorbereiteten Brief für den Zaren in die Hand. Er hege keine Verbitterung, ist darin zu lesen, nur ein Wort des Zaren, und der Krieg sei zu Ende.

Doch Zar Alexander hüllt sich weiter in Schweigen. Am 13. Oktober fällt in Moskau der erste Schnee, und plötzlich gibt Napoleon das Zeichen zum Rückzug. »Sputen wir uns«, sagt er beim Anblick der Eiszapfen vor seinem Fenster. Viele Male haben ihn seine Generäle schon um den Rückzug gebeten. Was sollten sie in einer abgebrannten Stadt, ohne Vorräte, im russischen Winter, ohne einen Verhandlungspartner? Ausgehungert und eingekesselt in den kalten Ruinen Moskaus bilden sie ein leichtes Opfer für die längst wieder erstarkten russischen Truppen. Napoleon hat sich verrechnet. Er will bis zur letzten Minute auf ein Angebot Alexanders warten. Seine Wetterkarten sagen einen schweren Winter erst für Anfang Dezember voraus, hält er Caulaincourt vor, und bis Smolensk sind es nur zehn, zwölf Tagesmärsche, dann weitere zehn Tage bis Vilnius, wo genug Vorrat lagert. Ein kühler Herbst sei für die Soldaten leichter zu ertragen als die Hitze des Sommers.

Doch als die ersten Schneeflocken fallen, soll der Abzug plötzlich schnell gehen. Alle Bitten von Caulaincourt, sich erst um eine adäquate Winterausrüstung für seine Soldaten zu kümmern, schlägt Napoleon in den Wind. Trotzig glaubt er weiter an sein Glück. Der Winter werde sie in Ruhe lassen auf ihren Märschen, ist er sich sicher. Nur einige holländische und polnische Einheiten haben sich darum bemüht, für ihre Leute Stiefel, Mützen, Handschuhe und feste Mäntel zu besorgen. Der größte Teil der Soldaten, auch alle Franzosen, bleiben in der Eile des Abzugs aus Moskau ohne feste Winterkleidung, so wie auch fast alle Pferde sich ohne Winterbehufung auf den Weg nach Hause machen.

Die Transportkarren der Marschierenden sind mit Kriegsbeute überladen, als die Soldaten am 20. Oktober endlich Moskau verlassen. Napoleon hat das vergoldete Kreuz der Kremlkirche abmontieren lassen, er will es in Paris auf die Spitze des Invalidendoms setzen. Französische Zivilisten aus Moskau schließen sich dem bunten Rückzug im ersten leichten Schnee an.

Wie von Zar Alexander in seiner Wartezeit minutiös vorausgeplant, zwingen Russen und Kosaken Napoleon und sein Heer für den Rückweg Meter für Meter auf dieselben Straßen, die sie auch beim Einmarsch beschritten haben. Wegen der strengen Frostnächte verwesen die Toten nur langsam. Von unerträglichem Gestank umgebene Leichen der Kameraden säumen jetzt den Weg der Grande Armée. Die meisten der toten Körper starren mit offenen Augen ins Leere. Bis der französische Tross endlich Smolensk erreicht hat, fallen noch einmal Tausende Kameraden den Überfällen der russischen Armee und den brutalen Angriffen der Kosaken zum Opfer. Napoleon überlebt die Attacken einige Male nur um Haaresbreite.

An einem Novembermorgen bemerkt Nicole, dass sich ein Eichhörnchen in ihrem Haus verirrt hat. Das schöne Tier mit dem buschigen rostroten Schwanz rast durch ihren großen Salon im Erdgeschoss, versteckt sich hinter den Vorhängen, kramt dort herum, als würde es Nahrung suchen, schießt wieder hervor, springt auf einen Stuhl und wieder hinunter. Nicole versucht das Tier zu fangen, doch es lässt sich nicht erhaschen. Plötzlich flitzt der Eichkater am Stoff der Vorhänge hoch, bis unter die Decke, ihre Augen können ihm kaum folgen. Von dort aus rast er über die Stange auf die andere Seite der Portiere und wieder hinunter, verschwindet hinter einer Kommode. Auch da hört Nicole Geräusche, die Krallen scharren in einer Lautstärke, die sie einem so winzigen Wesen nie zugetraut hätte. Immer wenn Nicole sich dem Eichkater nähert, zeigt er noch mehr seiner Bewegungskunststücke, rast an der Wand hoch, dann wieder über Stühle und Bänke, springt an einer Vase hoch. Sie muss lachen, wie er sich da inszeniert, dieser Wahnsinnige. Ich sollte dieses Tier jetzt alleine lassen, denkt sie, damit es zur Ruhe kommt und von selbst aus meinem Haus herausfindet. Sie lässt die beiden Türen in den Garten offen stehen, schließt alle anderen Türen, die in das Haus hinein führen, und verlässt den Raum. Einige Minuten später sieht sie, wie der Eichkater sich wieder draußen im Garten zu schaffen macht.

Von Smolensk bis nach Paris haben die Soldaten der Grande Armée noch einen Weg von 2500 Kilometern zurückzulegen. Anfang November kommt es auf ihrem Marsch kurz vor Smolensk zu einem erheblichen Temperatursturz. In einer Nacht sinken die Kältegrade auf minus 28 Grad Celsius. Am nächsten Morgen sind Hunderte der völlig unzureichend gekleideten Soldaten und Pferde erfroren. Als der Tross der Grande Armée schließlich in der russischen Stadt eintrifft, stellt Napoleon fest, dass dort nur noch ein Bruchteil der auf dem Hinweg angelegten Vorräte vorhanden ist.

Der Kaiser tobt. Es macht keinen Sinn, in der niedergebrannten Stadt den Winter zu verbringen. Doch wie soll er sein halb verhungertes, schwaches Heer je nach Paris zurückbringen? Trotz der Kälte gibt Napoleon nach kurzer Rast den Befehl zum Weitermarsch. Die falsch behuften Pferde rutschen nun auf den eisigen

Straßen immer wieder aus, brechen sich ihre Knochen, erfrieren. Soldaten ernähren sich jetzt von ihren eigenen Pferden oder von streunenden Hunden und Katzen. Da das Fleisch der toten Tiere sofort gefriert, zerstückeln sie sie bei lebendigem Leib. Als der humpelnde, vermummte Tross der Grande Armée Ende November den Fluss Beresina, 250 Kilometer vor Vilnius, erreicht, sind es noch 50 000 Soldaten. Alle Brücken über die Beresina sind zerstört, in ihrem reißenden Wasser schwimmen Eisschollen. Zu beiden Seiten ist das französische Heer von russischen Armeeeinheiten und Kosaken umzingelt.

Eines Abends im fortgeschrittenen Monat November bittet Nicole Georg an den Kamin. Sie hat ihren Plan gefasst. Sie will Georg überzeugen, dass er sein neues Geschäft in Deutschland eröffnen soll. In seiner Heimatstadt, wo er sich vollkommen sicher und wohl fühlt. Sie will ihm helfen, es wird ihm gelingen.

»Aber das ist doch vollkommen verrückt«, antwortet er. »Ich liebe Frankreich, wir wollen doch hier noch mehr zusammen erreichen.«

»Man kann vielleicht besser da etwas erreichen, wo man sich zu Hause fühlt«, sagt Nicole und blickt ins Feuer.

»Sag mir, bist du denn nicht glücklich?«, fragt Georg. Es ist die erste offene Frage, die er ihr seit Monaten stellt.

»Ja und nein, wir streiten uns oft, und der Krieg, er ist noch nicht zu Ende, es wird anders werden, als wir alle glauben«, sagt Nicole, schaut ihn an und erwartet ein Gewitter.

»Du hörst nicht auf, Napoleon zu misstrauen«, sagt Georg matt. »Aber vielleicht haben wir ja alle Unrecht.«

Nicole sitzt kerzengrade auf ihrer Chaiselongue. Sie hält den Atem an.

»Tausenderlei Chancen, und du willst keine davon ergreifen«, sagt Georg noch einmal, jetzt beherzter.

»Aber ich habe doch längst meine Chance ergriffen«, erwidert sie leise.

Als sie aufsteht, um einen Holzscheit nachzulegen, fängt Georg an zu weinen.

Nicole kommt zurück, er setzt sich schluchzend an ihre Seite. Sie weiß nicht, warum, aber plötzlich hat sie das Eichhörnchen von vor einigen Tagen im Kopf. Ich hätte es einfangen, nicht alleine lassen sollen, seine vitale Natur hätte mir doch gefallen, denkt sie. Georg sieht verzweifelt aus, wischt sich mit seinem Taschentuch Augen und Nase.

»Was du mir vorschlägst, ist doch vollkommen verrückt«, sagt er noch.

Sie gehen zu Bett, sie hält ihn in ihren Armen. Auch Nicole hat nun zu weinen begonnen.

Unter dem Schutz der verbliebenen französischen Artillerie leisten holländische und französische Pontonniere am Fluss Beresina noch einmal Übermenschliches. Mit dem Material eingerissener Holzhäuser bauen sie eine lange Brücke über den reißenden Strom. Viele Soldaten schaffen die Überquerung, doch die Russen eröffnen plötzlich erneut das Feuer. Es kommt zu Chaos und Gedränge auf der wackeligen Konstruktion. Die über 100 Meter lange Brücke bricht schließlich zusammen. Über 100 Menschen ertrinken.

In den Nächten sinkt die Kälte auf minus 37 Grad Celsius. Die französische Armee verliert in den Tagen des folgenden Marsches noch einmal 25 000 Männer. Soldaten erfrieren, Soldaten werden psychisch krank und verirren sich, Soldaten ergeben sich den Russen, Soldaten nehmen sich das Leben. Sie legen sich nachts nicht mehr auf den schneebedeckten Boden, um nicht zu sterben. Morgens stehen die Erfrorenen der Nacht an Bäume gelehnt, ihre Augen für immer weit geöffnet. Kurz vor Vilnius gibt Napoleon den Befehl, alle ausländischen Diplomaten aus der Stadt zu entfernen, damit niemand den Zustand seiner Soldaten sieht. Nach Paris lässt er die Nachricht über einen Sieg bei der Beresina schicken – unter großen Opfern.

Am 5. Dezember entscheidet der Kaiser, seine Armee bei klirrender Kälte in Vilnius sich selbst zu überlassen. Mit einer Handvoll Leuten bricht er in großer Eile nach Paris auf. Einige geladene Pistolen und eine Giftpille befinden sich in seinem Gepäck. Auf der Fahrt zurück monologisiert sich der Kaiser in seinen nächsten Feldzug hinein. In sechs Monaten wird er zurück sein, um die Russen endgültig zu schlagen. Sie werden ihm nirgendwo standhalten, er ist ihrem grässlichen Winter entkommen, ihre Hauptstadt ist zerstört. Alles, was die Franzosen gerade in Russland erlebt haben, ist nur ein kleiner Rückschlag auf dem Weg zum großen Ziel.

Schiff in die Freiheit

REIMS – KÖNIGSBERG 1813 – 1814

Am 3. Januar 1813 betrachtet Nicole ihr neues Warenausgangsbuch. Sie hat es leuchtend blau einbinden lassen, eine frische Farbe für das neue Jahr. Nicole sitzt in ihrem Büro, diese deutlich sich abhebende Farbe vor Augen, mit der sie sich selbst signalisieren will, dass die Zeit der Not und ihrer eigenen, wenig beachteten Empfindungen in Bezug auf den französischen Kaiser bald vorbei sein wird. Sie hofft darauf, dass sich die Katastrophe von Russland endlich vor aller Augen enthüllt.

Jeden Warenausgangsposten des neuen Jahres wird sie persönlich in diesem Buch festhalten, eine Beschäftigung, der sie gerne am Abend nachgeht, wenn sich die Geräusche des Tages gelegt haben. Was sie in die verschiedenen Spalten ihres Buches notiert, ist auf den ersten Blick nur die Art des Weins, die Mengenpositionen von Kisten, Flaschen und Geldbeträgen jeder Lieferung sowie den Käufernamen, den sie immer an das Ende der Zeile schreibt. Die wenigen Informationen, die sie hinzufügt, entwickeln sich jedoch über das Jahr für sie zu einem vollständigen Tagebuch.

Denn über die festgehaltenen Stichpunkte hinaus erinnert sie sich allein anhand des Charakters ihrer Schrift an die jeweiligen Umstände, unter denen ihre Geschäfte entstanden waren – hatte sie müde oder flüchtig, geduldig oder präzise geschrieben? War sie auf der Zeile geblieben oder leicht darunter gerutscht? Hatte sie etwas durchgestrichen oder eine winzig kleine Notiz in ihrer Geheimschrift am Rand des Eintrags vermerkt? Sie hatte sich angewöhnt, bestimmte Adjektive in Klammern und verschlüsselter Schrift hinter die Kundennamen zu schreiben, beispielsweise die Worte »umständlich« oder »fix«, die sie in einer Mischung aus Buchstaben und Zahlen in die Klammer fügt. »Fix« wird als »6i24« in ihrem Buch festgehalten, »umständlich« mit dem Kürzel »21m18t15n4l93h«. Die Zahlen bezeichnen die Stelle eines Buchstabens im Alphabet. Sie weiß auswendig, dass die »9« für ein »i« steht, die »6« für ein »f« oder die »24« für ein »x«.

Noch im Dezember eines Jahres kann Nicole so anhand kleinster Details rekonstruieren, wie die einzelnen Verkäufe im Januar vonstatten gegangen sind, ob das Geschäft leicht oder schwierig zustande gekommen ist, ob jemand zufrieden war oder unverschämt, was gelegentlich vorkam. Sie mag es, in den Büchern zu blättern und ihre Gedanken schweifen zu lassen. Sie erinnert sich gerne und intensiv an Geschichten, die mit ihrem Geschäft verbunden sind.

In zwölf Monaten, am Ende dieses neuen Jahres 1813, wird Nicole 36 Jahre alt sein. Nicht mehr jung, auch nicht alt. Wenn es bis dahin keinen Aufschwung in ihrem Geschäft gegeben hat, wird sie sich im Dezember erneut Geld bei ihrem Vater leihen müssen. Ponsardin ist im letzten Oktober 66 Jahre alt geworden, zeigt keinerlei Neigung, sich aus seinem Unternehmen zurückzuziehen. Dabei würde sie es ihm wünschen. Neulich ist sie mit ihm die Treppe im Palais hochgelaufen. Er keuchte, hatte Probleme mit der Luft. Als sie etwas länger darüber nachdenkt, verwirft sie den Ruhewunsch für ihren Vater wieder. Für seine Tätigkeiten braucht er das Treppensteigen nicht. Und würde er seine Tage nur noch zu Hause verbringen, würde ihn Mama mit ihrer Nervosität wahrscheinlich auf eine andere, vielleicht schwerere Art krank machen.

Als ihre Mutter Jeanne-Clementine ihren Vater Nicolas Ponsardin heiratet, war sie 16 Jahre alt und die schönste Frau von Reims. Ihre Schönheit machte Menschen, die sie zum ersten Mal sahen, einen Moment lang still. Schönheit damals bedeutete, einen langen, schlanken Hals zu haben, große, tiefliegende Augen, ein mädchenhaft flaches Decolletée, feines Haar, eine hohe Stirn und sehr weiße Haut. Jeanne-Clementine Ponsardin erfüllte all diese Vorgaben. Neben ihrer Schönheit verschaffte sie sich durch einen bestimmenden Ton Respekt.

Während sie ihre Feder mit dem Perlmuttgriff ergreift und das Tagesdatum auf die obere Linie der ersten Seite des neuen Warenausgangsbuchs schreibt, denkt Nicole daran, dass sie sich immer schon ein Leben ausgemalt hat, das dem der Mutter weit entgegengesetzt sein sollte. Was sie am meisten schreckt, ist Mutters Eigenart, in Unterhaltungen bei Tisch möglichst rigorose Behauptungen aufzustellen, die sich bei näherer Betrachtung im Nichts auflösen. Und es scheint ihre Mutter gar nicht zu bekümmern, wenn ihre Argumente zusammenfallen wie ein plötzlich aus dem Ofen hervorgeholtes Soufflée. So kam es immer öfter dazu, dass Jeanne-Clementines Äußerungen gar nicht mehr beachtet wurden. Aber auch das machte ihr nichts aus.

Zehn Jahre ist Nicoles Ehemann Francois nun tot. In der Materie der immer noch neuartigen Champagnerkellerei kennt sie sich inzwischen besser aus als er. Es befriedigt sie immer noch, Entdeckungen beim Keltern zu machen oder Erkenntnisse im Weinanbau zu gewinnen. Selbst über Verbesserungen beim Versand ihrer Ware freut sie sich. Auch hat Nicole inzwischen einen Weg für sich selbst gefunden, wie sie besser mit Schocks zurechtkommt. Ihr Magen vibriert weniger stark, wenn es zu bösen Überraschungen kommt, seien es Glasbruch, fehlgeleitete Lieferungen oder Zahlungsausfälle. Bei den Dramen, die sich in ihrem Geschäftsleben regelmäßig ereignen, ist ein Gewöhnungseffekt eingetreten. Außerdem hat sie gelernt, dass sich Schäden an der Ware und überraschende Preiserfolge im Markt mit der Zeit gegeneinander ausgleichen. Seit Francois' Tod hat sie an Substanz und Tiefe gewonnen, auch an Kaltschnäuzigkeit.

Die meisten von Nicoles Mitarbeitern würden keine Arbeit mehr finden, wenn sie die Firma nicht halten könnte. Alle Unternehmen leiden, die Krise ist weiterhin groß, die Chancen für neue Arbeit gering. Ihr ist das nicht in jeder einzelnen Minute ihres Lebens bewusst, lastet nicht permanent auf ihr, aber dennoch vergisst Nicole nie, dass sie sie alle durchbringen muss. Im Vergleich zu ihrem Mann, der daran furchtbar gelitten hat, beherrscht Nicole das einzige Gegenmittel, um an der Last ihrer Verantwortung nicht zu sehr zu leiden. Es ist die Lust, sich immer wieder etwas Neues einfallen zu lassen.

Eine andere Voraussetzung, an Rückschlägen nicht zu arg zu leiden, ist ihre Gewissheit, über ein Maß an Energie zu verfügen, auf das sie bisher immer bauen konnte. Wenn der spanische Botschafter ihr nicht mehr antwortet, schreibt sie an seinen Kollegen oder Adjutanten oder an den norwegischen Botschafter oder einen anderen prospektiven Kunden. Sie überlegt sich genau, was sie wem anbietet, holt über ihre Handelsreisenden Erkundigungen über Geschmäcker und Vorlieben ein. Der eine mag den Champagner süß, der andere trockener, in ihren Kellern können sie die Versanddosage, die letzte geschmackliche Abstimmung vor dem endgültigen Verschließen der Flaschen, je nach Kundenvorliebe durch Zusätze von Likör oder anderen Substanzen noch leicht verändern. Nicole wird nicht müde, ihre Korrespondenz geht auch während der Kriege stetig in alle Welt, und die Stunden, die sie daran arbeitet, reichen bis in die Nächte. Nachdem sie an diesem 3. Januar 1813 alle Seiten ihres neuen Geschäftsbuchs durchnummeriert hat, klappt sie den blauen Band wieder zu.

Am meisten schätzt Nicole in diesen ungewissen ersten Wochen des Jahres die Gesellschaft von Louis Bohne. Der Grund ist simpel. Er kann jede Gefahr, ja sogar jede drohende wirtschaftliche Katastrophe so nüchtern und lakonisch zusammenfassen, dass sie darüber in

Gelächter ausbricht. »Dann müssen wir eben doch Kometen-Marmelade aus unserem Spitzenwein herstellen,« sagte er neulich zu ihr, als sie über ihre ungewisse Zukunft lamentierte. »Noch brauchen wir allerdings keine Einmachgläser zu horten, Nicole, der Wein wird noch eine Viertelstunde für uns durchhalten«, ergänzte Louis Bohne.

Früher war sie dünnhäutiger. Heute ist Nicole sparsam mit jedem Überschwang, positiv wie negativ. Sie ist geübt darin, Gefühlsausbrüche zurückzuhalten – ein Resultat der bisweilen bitteren Erfahrung, dass sich bisher keine einzige ihrer Geschäftsprognosen je erfüllt hat. Aber mit der Zeit haben genau diese Rückschläge sie verändert. Das Durchleben ständiger Ärgernisse, Verblüffungen, positiver Überraschungen und vieler Enttäuschungen hat ihr eines klar gemacht: Sie ist kein Glückspilz, aber eben auch kein Pechvogel. Und damit kann sie umgehen.

Dass sie trotz dieser Rückschläge eine sympathisch gütige, anspruchslose und außerordentlich freundliche Person geblieben ist, stellt eine Ausnahme unter den Geschäftsleuten dar. Nicoles Bescheidenheit beruht auf einem hohen Maß an Selbstbeobachtung, sie ist nicht das Resultat eines einfachen Gemüts. Sie macht weiterhin kein Aufhebens um sich, auch nicht, als ihr unternehmerischer Plan endlich aufgeht und ihr wirtschaftlicher Erfolg immer größer wird. Das Schloss, das sie sich als Alterssitz erbaut, folgt ihrem Hang, gern viele Menschen um sich zu haben und ihre Gastfreundschaft zu pflegen. Es hat nichts mit Prahlsucht zu tun, mit Geschäftssinn schon eher. Was die Gäste bei ihr trinken, kaufen sie anschließend. Es sind amüsante Abendgesellschaften, die sie gibt. Nicole bringt Lockerheit in den Kreis ihrer Besucher, sie hält keine Reden, spricht weiterhin keine Toasts aus, und ihre pragmatische Art, die sie auch im Geschäft an den Tag legt, kommt bei ihren Gästen an. Wenn sie zu Wort kommt, spricht sie schnörkellos als eine Frau, die Stärke und Autonomie auf sich vereint. Sie hat erreicht, was noch keine Frau in ihrer Familie erreicht hat.

Nicoles Vermögen besteht zum Jahresbeginn 1813 aus immerhin 500 000 Flaschen exzellenten Champagners. Sie hat alles Geld auf diesen großen Vorrat gesetzt, hat sich verschuldet, um ihren Betrieb offen und in Funktion zu halten. Sie erwartet nun ungeduldig das Ende Napoleons. Es wird damit noch dauern.

Zum Jahreswechsel 1812/1813 weiß in Frankreich noch niemand genau, was in Russland passiert ist. Napoleon ist wieder zurück an seinem Regierungssitz, anscheinend unversehrt. Aber es wurden auch keine erbeuteten Fahnen durch die Straßen getragen wie sonst üblich, wenn der Kaiser von einer siegreichen Schlacht zurückkam. Auch der russische Zar lebt noch, so hört man, auch er ist dem Vernehmen nach unversehrt. Es gibt lediglich Ahnungen, dass dieser Feldzug vielen einfachen Soldaten das Leben gekostet hat. Überall im Land sind die Kirchen voll mit Betenden, viele von ihnen Angehörige der jungen Männer der Grande Armée, die noch nicht wissen, dass sie in Wirklichkeit Hinterbliebene sind. Still ist es in diesen Gotteshäusern, schweigsam geht es zu in Erwartung der Rückkehrer, deren Familien schon die sauberen Kleider für ihre Söhne aus den Kammern geholt haben.

Unverzüglich eilt Ponsardin in den ersten Januartagen nach Paris. Schon bald nach der Rückkehr des Kaisers ist er gerufen worden. Er soll »eine wichtige Aufgabe für die Zukunft Frankreichs« übernehmen, wie es in dem Einladungsschreiben aus dem Palast heißt. Es ist kalt in der Hauptstadt, und der Tuchfabrikant hat sich warm eingepackt auf seiner Kutschfahrt, die er zusammen mit seinem Sohn im eigenen zweispännigen Coupé zurücklegt. Ponsardin fühlt sich geehrt, er ist gespannt, vielleicht lockt ja noch einmal ein neues Amt für ihn. Auf der gesamten europäischen Nordhalbkugel herrscht jetzt tiefer Winter. In die Fahrgastkabine der Kutsche zieht von überall die Kälte hinein. »Es war gut, dass wir soviel Sorgfalt auf die Auswahl unserer Kleidung gelegt haben«, sagt Ponsardin und legt sich eine warme Decke über die Knie. Die beiden Männer sitzen sich gegenüber, jeder von ihnen ist bis zum Hals in Pelze gehüllt.

Nicoles Vater hat bisher nicht tiefer darüber nachgedacht, wie es den Soldaten der Grande Armée in der Kälte Russlands wohl ergangen sein mag. Jenen Hunderttausenden, die erfroren sind, weil ihnen keine ausreichende Kleidung und Nahrung gegeben wurde. In Paris angekommen, empfängt Napoleon den Reimser Unternehmer heiter und beschwingt. Er hofiert ihn wie einen Staatsgast. An Tag zwei darf Ponsardin sogar an einem kurzen Mittagessen mit Kaiserin Marie-Louise teilnehmen. Sie erscheint in rosasamtener Robe, an Kragen und Ärmeln mit Zobel besetzt, aufgestickte Diamanten betonen ihre Taille.

Außer einer Begrüßung gibt die Kaiserin während des Essens jedoch kein Wort von sich. Dagegen ist Napoleon auffallend leutselig, er prahlt wie eh und je. Eine Verschwörung gegen ihn habe sich in Paris ereignet, die Konsequenzen habe er eigenhändig und kraftvoll gezogen, ein Präfekt sei mit sofortiger Wirkung entlassen worden. Zeitweise legt er seine Hand auf den Arm des Gastes, um seinen Worten Nachdruck zu verleihen. Der Kaiser betont die überragende Stabilität des monarchischen Prinzips, das durch die Bewältigung des versuchten Staatsstreichs noch einmal bestätigt worden sei. Er kenne seine Völker, er wisse, was sie beseelt, sagt er über sich selbst, die liebevolle Anhänglichkeit, die seinem Sohn entgegengebracht werde, zeige ihm, dass alle Menschen von den Wohltaten der napoleonischen Monarchie überzeugt seien. Der Kaiser versteht es, durch die Beschäftigung mit den innenpolitischen Ereignissen in Paris erfolgreich von der Katastrophe in Russland abzulenken. Ponsardin stellt ihm diesbezüglich keine Fragen.

Als der Unternehmer drei Tage später nach Reims zurückkehrt, ist er euphorisch. Sein hochoffizieller Auftrag im Namen des Kaisers: soviel Geld und Soldaten wie möglich für Napoleons neuen Krieg aufzutreiben. Napoleon hat Ponsardin davon überzeugt, dass das französische Volk jetzt eine Fortsetzung des russischen Krieges braucht. Es ist in den fernen russischen Steppen sicher nicht alles planmäßig vonstattengegangen. Aber die beste Armee der Welt ist ja noch gar nicht zurückgekehrt. Und der russische Zar muss in einem letzten Kampf von Napoleon gestellt werden. Ponsardin klingt wie das Echo seines Kaisers.

In Nicoles Gegenwart hat Georg nur dieses eine Mal geweint, an jenem Abend kurz vor Weihnachten, als sie ihm vorschlug, zurück nach Deutschland zu gehen. Über Weihnachten verschwindet er Richtung Heilbronn zu seiner Familie, und als er am 10. Januar zurückkehrt, tut er zunächst so, als sei alles wie vorher. Warum sollte es auch anders sein? Nicole hat ihn schließlich nicht entlassen, sie hat ihm nur eine neue unternehmerische Option vorgeschlagen. Ihr privates Verhältnis hat sich jedoch mit einem Schlag deutlich verändert. Nicole lädt ihn nicht mehr zu sich nach Hause ein, ihre Liebe zeigt unabweisbare Zeichen der Abkühlung, obwohl sie noch nicht vollständig erloschen ist.

Wenn Nicole in seiner Abwesenheit an Georg gedacht hat, sieht sie seine Ambition im Vordergrund. Dabei hat sie seine Erwartungen entziffert: Georg hat ein anderes, ein glorreicheres Bild von sich selbst, als er es bisher an ihrer Seite realisieren konnte. Es erscheint ihr, als wolle er seinen starken persönlichen Ehrgeiz mithilfe ihrer Nachgiebigkeit erfüllen. Was dahin führen muss, dass sie in der Firma irgendwann zur Seite tritt, um ihm den ersten Platz zuzuweisen. In der Tat, so ist wohl sein Gedankengang, selbst wenn er ihn selbst noch nicht zu Ende gedacht hat. Zunächst ist sie abgestoßen von ihrer Erkenntnis, betrachtet es als illoyalen Akt, dass er diese Gedanken hegen könnte. Nach einigen Wochen denkt sie: warum nicht? Wenn die Zeit da ist? Wenn sie selbst keine Kraft oder Lust mehr aufbringen kann für dieses Geschäft? Er könnte es, davon ist sie überzeugt. Aber sie will ihm jetzt keine Versprechungen machen, denn sie ist noch nicht soweit, zur Seite zu treten. Dabei tut es ihr weh, ihm gegenüber so kontrolliert zu sein, ihre Karten nicht offenzulegen, denn ihre Vorliebe für ihn ist ja nicht verschwunden.

Woran hat es nur gelegen, dass Georg sich im letzten Jahr so merkbar verändert hat? Warum ist er ihr gegenüber immer aggressiver aufgetreten? Einerseits wegen des Feldzugs Napoleons in Russland, das ist sicher. Dieser Krieg hat ihn offensichtlich mehr beunruhigt, als er zuzugeben vermochte. Sein Held steht vor dem Scheitern, und er fühlt sich dadurch selbst getroffen, auch wenn er noch nicht genau festmachen kann, in welcher Weise. In jedem Fall stünde er mit auf der Verliererseite.

Andererseits ist da sein Alter. Georg steht jetzt kurz vor dem 30. Lebensjahr, was ihn zum Nachdenken zwingt, wie sein Leben weitergehen könnte. Will er eine Familie? Will er sie mit ihr? Ihr Alter könnte ihn stören, und da gibt es schon ein Kind, vielleicht hält ihn das alles eher ab. Er durchschaut jetzt, nach bald sieben Jahren unter ihrer Führung, wie das Geschäft in allen seinen Facetten funktioniert. Seine Erfahrung ist gewachsen, damit sein Zutrauen zu sich selbst. Schön, gut, erfreulich das alles, aber für Georgs Bild von sich selbst ist das nicht der entscheidende Punkt. Das Entscheidende ist, dass ausgerechnet sie vor ihm steht, eine Frau, die stark ist, der er zugeneigt ist, die ihm jedoch bei allen seinen Karriereüberlegungen nicht nur jetzt, sondern sein ganzes Leben lang im Wege stehen wird. Wenn Nicole sich das recht überlegt, hat Georg für sich selbst genommen allen Grund, ungeduldig zu werden.

Eine Teekanne, Teetassen, Glasschirme um Kerzen, eine Schale mit Gebäck. Am frühen Nachmittag dieses trüben Sonntags, Ende Januar 1813, fällt kein Sonnenstrahl in Nicoles Salon. Der mit Zuckerzeug und Äpfeln geschmückte Weihnachtsbaum steht immer noch in der Fensternische.

»Das wird vorläufig noch nichts mit dem Ende des Krieges, leider«, sagt Louis Bohne.

»Und wie wird es weitergehen?«, fragt ihn Nicole.

»Ein halbes Jahr, ein Jahr müssen wir noch durchhalten, schätze ich, dann ist der Spuk vorbei«, antwortet Bohne.

»Woher nehmen Sie diese Vorhersage?«, fragt Nicole.

»Ich bin natürlich kein Orakel, aber Preußen hat sich jetzt den Russen angeschlossen, auch die anderen Staaten werden der Allianz des Zaren noch beitreten. Und sie werden Frankreich schlagen, da bin ich sicher, sofern Alexander einen fähigen Feldherrn findet.«

Bohne hat am Ende des Satzes für einen Moment eine Augenbraue hochgezogen, jetzt lächelt er Nicole mit seinen kleinen runden Augen an.

»Wo wird denn dieser große Krieg dann stattfinden?«, fragt sie ihn.

»Russland? Preußen? Frankreich? Ich kann es Ihnen nicht sagen«, antwortet Bohne.

»Wenn es Frankreich ist, werden die Soldaten auch nach Reims kommen«, sagt Nicole.

»Davon ist auszugehen. Aber der Kampf hier wird nicht lange dauern, auch die Franzosen wollen Frieden«, bemerkt Bohne.

Nicole holt eine Flasche Champagner mit zwei Gläsern vom Buffet. »Lassen Sie uns mit unserem Prachtwein darauf anstoßen, dass die Zeit unseres großen französischen Helden langsam zum Ende kommt«, sagt sie, öffnet die Flasche und schenkt ein.

»Oh, der Wein hat ja inzwischen die Farbe von Honig«, ruft Bohne freudig.

»Probieren Sie, schmecken Sie, ich habe so etwas noch nicht getrunken«, sagt Nicole.

Louis Bohne hält sein gefülltes Glas Champagner gegen das Licht der Kerzen, dann nimmt er einen Schluck: »Keine Hefe mehr zu sehen, großartig. Und die Perlage, nicht zu viel, nicht zu wenig, ideal. Oh, ist der gut, etwas ganz Feines, in der Tat«, sagt er, stellt sein Glas mit einem hochzufriedenen Lächeln wieder ab: »Er wird den Russen schmecken, unser ›Vin de la Comète.‹«

»Werden wir von Russland beherrscht werden oder von den Preußen, wenn sie gewinnen?«, fragt Nicole.

»Uns beherrschen? Das hat Zar Alexander sicher nicht vor. Er will Europa nicht dominieren, er hat zu Hause genug zu tun«, sagt Bohne.

»Ein Machthaber, der nicht dominieren will? Eine Sensation!«, sagt Nicole ungläubig.

»Aber Russland wird feiern, das steht fest«, erwidert der Deutsche.

Nicole hat ihre Tochter Clementine für einige Wochen zu Elise in die Lehre geschickt. Sie soll bei ihr das Nähen erlernen. Ihr Vater hat Elise für diese Zeit von ihrer Arbeit in der Fabrik freigestellt, widerwillig. Clementine soll mit Elise in ihrem winzigen Haus leben und die Energie, die Herzlichkeit und Arbeitsfreude der Schneiderin kennenlernen. Auch von ihren angeschlagenen Tellern soll sie essen und auf dem schmalen Feldbett übernachten, das immer noch dicht unter der Schräge des Dachs steht. Nicole hat noch einmal darüber nachgedacht, wer ihr selbst als Kind die Scheu und Angst vor dem Leben genommen hat. Dabei ist ihr die Zeit bei Elise wieder eingefallen, als ihre Eltern sie auf dem Höhepunkt der Revolution zur Sicherheit in diese »Gefangenschaft« gegeben haben.

Bei Elise, das erinnert sie genau, hatte sie nie Angst. Die Schneiderin strahlte so ein Vertrauen aus, als würde sie jede Lage in den Griff bekommen. Und alles war so anders bei ihr, so einfach und korrekt, so verschieden von allem, was sie zu Hause erlebte, und trotz der verzweifelten Lage, in der sich die Schneiderin damals befand. Und noch etwas erinnert Nicole, wenn sie an diese Monate zurückdenkt. Elise hatte ihr das Gefühl gegeben, sie als damals 11-Jährige zu brauchen. Sie war auf Augenhöhe mit ihr umgegangen, auch weil sie rechnen konnte.

Es sei ihm ein Herzensanliegen, seinem Freund und Förderer Napoleon in dieser Stunde zur Seite zu stehen, dröhnt Ponsardin pathetisch vor seinen Kindern. Einige Tage nach seiner Rückkehr aus Paris hat er seine Familie eingeladen und referiert darüber, welch hervorragendes Bild der Kaiser abgegeben habe. Fabelhaft sein Aussehen, kerzengerade seine Haltung, und das nach diesem Feldzug. Der kommende Frühling und Sommer werde Napoleon genügend Zeit geben, seine russische Kampagne zu Ende zu bringen, referiert Ponsardin. Der Unternehmer ist bester Laune. Er trägt wieder seine goldgelbe Samtweste, sein weißer Haarschopf endet immer noch in der Lockenrolle vorrevolutionärer Zeiten. Der Kamin im Salon des Palais knistert und lodert. Ponsardin spricht mit von Wärme geröteten Wangen. Man brauche andere Pferde für diesen Feldzug – bessere, stärkere, robustere. Er wirft sich in die Brust, schon klingt er wie der Kaiser persönlich.

»Du willst nicht im Ernst dafür sorgen, dass Napoleon weitere Soldaten in den Krieg führt, Papa?«, fragt Nicole. Noch sitzen sie beim Aperitif. Der Abend endet in einer heftigen Auseinandersetzung zwischen Nicole und ihrem Vater, bei dem ihr Ponsardin schließlich jedes politische Gespür für die Situation Frankreichs abspricht.

Erst im März des Jahres 1813 dämmert vielen das volle Ausmaß der Russlandkatastrophe. Nur etwa 10 000 französische Soldaten haben den Krieg überlebt. Nur 20 000 der jungen Männer aus ganz Europa haben es zurück in ihre Heimat geschafft. Von mehr als 500 000 Männern sind nur 30 000 zurückgekommen, und von denen, die es geschafft haben, ist keiner unversehrt geblieben. Die Grande Armée existiert nicht mehr. Die meisten ihrer Opfer, darunter auch mehr als 100 000 Pferde, sind nicht im Kampf gestorben, sondern erfroren oder verhungert. Für viele Franzosen beginnt in diesen ersten Wochen des Vorfrühlings sehr langsam eine Art Götterdämmerung in Bezug auf ihren Kaiser. Zwei Monate zuvor hat der französische Senat die Aushebung von noch einmal 350 000 Soldaten beschlossen. Am 5. Februar wird Marie-Louise in den Status der Regentin erhoben, eine Vorsichtsmaßnahme, falls Napoleon etwas zustoßen sollte.

Am 16. März erklärt Preußen Frankreich den Krieg. Friedrich Wilhelm fordert alle Deutschen auf, sich gegen Frankreich zu erheben. Die offizielle Kriegserklärung erreicht den französischen Kaiser am 27. März, und Napoleon macht sich sofort auf den Weg: erst Berlin, dann Danzig, dann Krakau, dann will er wieder in Russland sein. Im April zieht er mit seinen Truppen in Erfurt ein, am 2. Mai greifen die preußisch-russischen Truppen Napoleon in der Nähe von Leipzig an. Die Schlacht endet ohne Sieger, Napoleon zieht sich nach Dresden zurück. Noch bleiben ihm die Sachsen treu.

Die wichtigen Absprachen laufen mittlerweile hinter den Schlachtfeldern. Alle Abmachungen werden jetzt ohne Napoleon getroffen. Weder seine Siege, noch seine Niederlagen bestimmen den Verlauf der Geschichte. Im Fokus steht jetzt die Formung einer übermächtigen europäischen Allianz unter Ausschluss von Frankreich. Mitte Mai schickt Metternich die Eckpunkte eines zwischen den Alliierten vereinbarten Friedensplans an Napoleon. Aufgabe des Herzogtums Warschau, Auflösung des Rheinbunds, Rückgabe der slawischen Länder, so lauten die moderaten Forderungen an Frankreich. Kein Wort über Italien, Spanien oder die Niederlande. Doch Napoleon empfindet das Friedensangebot als Beleidigung. Er lässt Metternich zu sich nach Dresden kommen, hält ihm im Palais Marcolini eine fünfstündige Standpauke. Schließlich habe er den russischen Krieg nicht verloren, nur unterbrochen.

Am 4. Juni bittet Napoleon die Russen plötzlich doch um einen Waffenstillstand. Seine Generäle haben ihn dazu gedrängt. Ihre Gier nach militärischem Ruhm ist erschöpft. General Belliard hat Napoleon erklärt, Napoleon solle verdammt sein, wenn er noch weiter kämpfen wolle. Das Waffenstillstandsgesuch wird von den Russen angenommen, aber damit ist noch kein Frieden geschlossen. Die Waffenruhe soll bis zum 11. August Bestand haben und bis dahin in einen Friedensvertrag gemündet sein. Sollte keine Einigung erzielt werden können, geht der Krieg weiter.

Nochmals reist der österreichische Kanzler Metternich nach Dresden, um mit Napoleon zu sprechen. Dieses Mal dauert die Unterredung mehr als neun Stunden. Sie bleibt erneut ohne Ergebnis. Mehrfach schleudert Napoleon während des Gesprächs wütend seinen Hut auf den Boden. Doch Metternich hebt ihn nicht auf. Vier Tage vergehen. Am 30. Juni 1813, kurz vor Metternichs Abreise aus Dresden, legt Napoleon ihm einen neuen Vorschlag vor. Er will die Verhandlungen noch einmal öffnen, wünscht sich einen großen Friedenskongress in Prag Anfang Juli und die Verlängerung des Waffenstillstands. Zar Alexander und der preußische König lehnen ab, es bleibt beim 11. August, vor allem, nachdem sie von Metternich erfahren haben, wie die Unterredung mit Napoleon abgelaufen ist.

Der französische Kaiser tut unbekümmert. Kurz vor seinem 44. Geburtstag, am 15. August 1813, weilt er immer noch in Dresden. Er ordnet an, die Feierlichkeiten zu diesem Anlass um einige Tage vorzuziehen, da das Waffenstillstandsabkommen am 11. August ausläuft. In der Nacht des 10. August lässt er vorzeitig ein Feuerwerk zu seinen eigenen Ehren abfeuern, während Metternich die vereinbarte Waffenruhe beendet. Am frühen Morgen des 12. August trifft ein Bote bei Metternich in Prag ein. Napoleon bittet darum, die vorgeschlagenen Bedingungen annehmen zu dürfen. Doch es ist zu spät. Niemand ist mehr bereit, jetzt noch auf den französischen Kaiser einzugehen.

Nicole weiß, dass sie die Firma zusammen mit Georg Kessler schnell voranbringen kann, wenn Frieden herrscht und die Absätze in die Höhe gehen. Dafür müssen alle Abläufe wieder in Gang gesetzt und verbessert werden. So kennt sie es auch aus der Vergangenheit, sie waren ein eingespieltes Team, bevor ihn seine Erfolgsträume so sehr verdreht haben. Sie erinnert sich, wie er ihre Ware aus Amsterdam herausbekommen hat, was vorher ihrem damaligen Kompagnon misslungen war. Er hat ihr lange Zeit auch geschäftlich gut getan, war kompetent, hat neue Ideen umgesetzt. In der politisch aufgeheizten Stimmung der Sommermonate des Jahres 1813 verstärkt sich ihre Empfindung, dass sie ihr Verhältnis zu Georg wieder entspannen sollte. Vielleicht muss sie ihm einen Weg eröffnen, der ihm Genugtuung und neue Motivation bringt, damit ihr Einklang wenigstens geschäftlich weiter bestehen kann. Sie hat sich überlegt, dass sie ihn zu ihrem Stellvertreter ernennen und als Partner am Gewinn der Firma beteiligen könnte. Wenn es denn je wieder einen Gewinn zu verteilen geben sollte.

An einem ruhigen Nachmittag gegen Ende August tritt sie vor Georgs Schreibtisch und bittet ihn um ein Gespräch. Sie bietet ihm die Partnerposition bei Veuve Clicquot an, ohne dass er Geld einlegen muss. Damit wäre er ihr Stellvertreter. Georg ist sofort einverstanden, er strahlt sie erleichtert an, fällt ihr um den Hals, ist sichtlich aufgewühlt und bedankt sich aufrichtig bei ihr. Nicole hofft, das Richtige getan zu haben.

Unter Einschluss der aus dem Norden heranrückenden schwedischen Truppen besteht die russische Allianz aus mehr als einer halben Million erfahrener Soldaten. Napoleon ist den alliierten Streitkräften dieses Mal an Kopfzahl und Stärke unterlegen. Für die neue Grande Armée haben sich lediglich 120000 junge, kriegsunerfahrene Franzosen zum Einrücken gemeldet, weniger als ein Achtel der Einberufenen. Die ganze französische Nation will Frieden und unterstreicht ihre Aversion gegen den Krieg durch die Nichtbeachtung von Requirierungsbefehlen. Für Napoleon sollen noch Truppen der Rheinbundstaaten und aus Warschau dazukommen, jedoch wird er den Alliierten trotzdem an Mannstärke unterlegen bleiben. Wichtiger noch als die Überzahl der alliierten Truppen ist ihre Strategie. Auf Vorschlag von Zar Alexander haben sie sich darauf geeinigt, Napoleon erneut eine große Schlacht zu verweigern und ihn durch kurze, wechselnde Angriffe auf einzelne Truppenteile zu zermürben. Damit riskieren sie auch selbst keine große Niederlage.

Ponsardin ist in diesen Wochen mit einer Abordnung von Geschäftsleuten aus Reims nach Paris aufgebrochen. Er will der Kaiserin Marie-Louise das von Napoleon erwünschte Geschenk mitbringen. Nicoles Vater ist stolz, er lächelt fortwährend in sich hinein. Während er in seiner Kutsche sitzt und die Sommerlandschaft an ihm vorbeizieht, genießt er das Gefühl, sich für den Hof äußerst nützlich zu machen. Denn tatsächlich ist es ihm gelungen, Geld zur Unterstützung des Krieges einzusammeln. Mit kindlicher Freude resümiert Ponsardin, welche Leistung es bedeutet, trotz überall grassierender Not noch eine stattliche Summe für Napoleons Truppen zusammengebracht zu haben.

Es ist sehr heiß in Paris, doch Ponsardin tritt wie immer äußerst gepflegt auf dem Palastgelände auf. Er geht und steht aufrecht in seinem tiefschwarzen Gehrock mit silbernen Tressen, während er mit seiner kleinen Reisegruppe im Hof der Tuilerien auf Einlass wartet. Trotz der Hitze trägt er weiße Handschuhe. Die Sonne brennt herunter, Ponsardin hat sich frisch gepudert, sein Haar ist perfekt frisiert, kein Härchen tanzt außerhalb der Rollmopstolle, die wie ein weißer Ring um seinen großen Kopf zu schweben scheint. Die Regentin empfängt den Reimser Bürgermeister und seine Delegation mit leichter Verspätung. Die Österreicherin sieht müde aus, gleichwohl ist sie innerlich erregt, was aufgrund der für sie im Grunde makabren antifranzösischen Allianz. Verständlich ist. Ihr eigener Vater führt jetzt Krieg gegen ihren Mann, den Vater ihres Kindes. Marie-Louise ist reserviert, einsilbig, lässt lieber ihren Adjutanten sprechen. Der bedankt sich spärlich, spricht in Andeutungen über die »ungehörigen Ereignisse«, die Napoleon in Dresden widerfahren seien. Sie nimmt den Umschlag mit den Geldscheinen entgegen und entlässt die Reimser Abordnung nach weniger als einer Stunde Audienz wieder. Ponsardin ist enttäuscht.

Rund um Dresden flammen wieder Kämpfe auf und Sachsen steht weiterhin treu an Napoleons Seite. In diversen Scharmützeln verliert der Kaiser mehr und mehr Soldaten, der Kampfgeist seiner Generäle hat deutlich nachgelassen. Es ist ein plötzlich kalter und nasser Herbst geworden. Am 13. Oktober entscheidet Napoleon, von Dresden nach Leipzig auszuweichen, wo es am 18. Oktober zu einem beispiellosen Gemetzel kommt, das als »Völkerschlacht von Leipzig« in die Geschichte eingeht. Die alliierte Armee steht den Franzosen mit einer riesigen Artillerie gegenüber, das sächsische Heer wechselt noch während der Schlacht die Seiten und schießt plötzlich auf die französischen Kameraden. Auch Napoleon scheint nicht mehr zu wissen, was er tut. Am Abend des 18. Oktober gibt er den Befehl zum Rückzug, der ungeordnet in die engen Straßen von Leipzig erfolgt. Am nächsten Morgen stürmen die Alliierten die Stadt. Die Hälfte der französischen Truppen fällt oder wird ernsthaft verwundet, aber auch 50 000 Russen, Preußen und Österreicher werden verwundet oder sterben. Leipzig und seine Umgebung sind übersät mit Toten und Verwundeten, Napoleon flieht.

Am 10. November ist der Kaiser wieder in Paris, die Alliierten Truppen haben sich entlang des Rheins aufgestellt und warten auf seine Reaktion. Am 14. November schickt Metternich ein neues, nun verschlechtertes Friedensangebot an Napoleon: Rückzug auf die ursprünglichen Grenzen Frankreichs und Aufgabe aller Eroberungen der letzten Jahre. Napoleon lehnt erneut ab. Am 7. Dezember veröffentlichen die Alliierten eine Deklaration. Sie werden die Grenzen Frankreichs nicht mehr anerkennen. Ein sternförmiger Marsch ihrer Soldaten Richtung Paris beginnt. Im Norden rücken die Preußen über Mainz und Köln nach Frankreich vor, aus dem Süden nähern sich die Österreicher, in der Mitte marschieren die russischen Truppen von der Schweiz aus nach Frankreich ein.

Im Januar 1814 hört man in Reims die ersten fernen Kanonenschläge. Nicole beginnt damit, die Eingänge ihrer Keller zuzumauern. Dass die Truppen in die Stadt kommen, ist nun gewiss; sie sollen jedoch um Himmels Willen nicht den goldenen Kometen-Champagner von Veuve Clicquot erbeuten. »Es ist alles ganz furchtbar hier«, schreibt sie an ihre Cousine in Paris. »Seit vielen Tagen bin ich damit beschäftigt, meine Keller zumauern zu lassen, aber ich weiß nur zu gut, dass dies Raub und Plünderung nicht verhindern wird. Wenn es dazu kommt, bin ich ruiniert, und so ist es das Beste, wenn ich mich in mein Schicksal gebe und jetzt noch alles unternehme, was ich für mein Überleben tun kann.« Einige Tage später wird die Textilfabrik von Nicoles Bruders in der Nähe von Reims von preußischen Invasionstruppen vollständig zerstört. Auch die Betriebe ihres Vaters am Rand der Stadt erleiden erhebliche Schäden.

Als die Russen schließlich in die Stadt kommen, hört Nicole ihr Huf- und Stiefelschlagen sowie ihr Gebrüll und ihre Kampflieder von ihren Kontorräumen aus. Der Einmarsch in die Straßen von Reims vollzieht sich in einer Sprache, die sie nicht versteht. Als der russische Befehlshaber schließlich an ihre Tür klopft, stellt sie mit Erstaunen fest, dass er französisch spricht und der Zar anscheinend angeordnet hat, in Reims keine weiteren Plünderungen und Beschlagnahmungen mehr vorzunehmen. Nicole kann ihr Glück kaum fassen. Die Russen sind in der Stadt, während der Belagerung trinken die Generäle gerne ihren Champagner, aber sie bezahlen dafür. Ein Sieger, der sich anständig benimmt, der die Besiegten nicht bestraft, sondern sie wie seine eigenen Leute behandelt – Nicole ist beeindruckt. Sie hätte eine so außergewöhnliche Geste nie erwartet. Sie liefert den Russen ihre alten wertvollen Bestände, jedoch nicht den kostbaren Kometenchampagner aus dem Jahre 1811.

Ein letztes Mal siegt Napoleon bei einer kleinen Schlacht vor Nicoles Haustür, am 11. Februar 1814 bei Montmirail an der Marne, gegen das schlesische Heer. Einige Wochen später werden die französischen Truppen zum kompletten Rückzug gezwungen und ein verzweifelter, vor Wut rasender Napoleon möchte in Reims bei Nicoles Vater übernachten. Doch Ponsardin hat kurzerhand die Flucht vor seinem stürzenden Idol ergriffen, das Palais Ponsardin abgeschlossen und sich mit seiner Frau nach Le Mans zurückgezogen. Auch Nicole will Napoleon unter keinen Umständen in ihrem Haus beherbergen. Der Kaiser übernachtet schließlich unerkannt und anonym im Haus ihres Bruders. Als er die Stadt Reims nach drei Tagen endlich wieder verlässt, ist Nicole erleichtert. Anfang April dankt Napoleon ab, die Russen sind wieder in Reims, sie feiern und lassen es sich mit reichlich erworbenem Clicquot-Champagner gut gehen.

Nach der Besetzung von Reims, die für sie keine Katastrophe gewesen ist, schreibt Nicole an ihre Cousine: »Dem Himmel sei Dank. Ich habe keine Verluste zu beklagen, und es steht mir nicht zu, über Belastungen zu jammern, die niemandem hier erspart bleiben.« Sie schickt ihre Leute wieder in die Weinberge, wo die Rebstöcke seit Wochen darauf warten, bestellt zu werden. Mit Louis Bohne fasst sie in diesen ersten Frühlingswochen des Jahres 1814 einen kühnen Plan. Sie wollen eine ganze Schiffsladung voll mit ihrem Kometen-Champagner zügig Richtung Sankt Petersburg schicken. Nicole ist fasziniert von diesem Plan, den sie für gewagt, aber nicht für undurchführbar hält. Er könnte ihr endlich einen Vorsprung vor ihren Konkurrenten verschaffen.

Doch Georg ist anderer Meinung. Er scheint aufgebracht zu sein, argumentiert mit finsterer Miene gegen sie an, wird sofort heiser, wenn er mit ihr und Louis Bohne über ihre Pläne spricht. Er bezweifelt, dass ein Transport durch die noch von Kriegswirren gezeichneten Städte und Länder Erfolg haben wird. Er prophezeit den beiden einen Totalschaden ihrer Ware. Nicole weiß, dass sie sich jetzt entscheiden muss. Denn es ist schon April und jede Woche, die sie zuwartet, könnte für ihren Wein sehr schädlich sein. Denn dann rutscht sie mit ihrem Transport wieder in die heiße Phase des Sommers. Auch werden ihre Wettbewerber ihr zuvor gekommen sein, wenn sie sich nicht beeilt. Nicole lässt sich von Georg nicht weiter beirren, sie beschließt für einen Transport von zunächst 10 000 Flaschen ihres »Vin de la Comète« Richtung Russland.

»Mit Freuden nehme ich zur Kenntnis, mit welcher Bereitwilligkeit Sie ein Schiff nach Königsberg für mich geheuert haben«, schreibt sie an ihren Reeder und fügt nicht ohne Stolz hinzu: »Bei mir wird schon tüchtig für die Ladung gearbeitet.« Nicole hat in ihrem Haus Anweisungen gegeben, sofort weitere Schiffsladungen vorzubereiten, sollte dieses erste Schiff nach Königsberg durchkommen. Dabei sperrt sich Georg mit täglich neuen Argumenten gegen diesen Coup. Er malt Nicole die Folgen ihres Desasters in den schlimmsten Farben aus. Doch nach den ermutigenden Erfahrungen mit der russischen Besatzung in Reims ist sie gelassen und zuversichtlich, dass der Transport gelingen kann.

Louis Bohne hat sich entschlossen, die goldene Champagnerware auf dem Weg nach Königsberg persönlich zu begleiten. Nicole hat ihm 18 Flaschen Rotwein, eine Flasche Cognac und eine sechsbändige Ausgabe des Don Quijote nach Rouen bringen lassen. Am 20. Mai verlässt er Reims Richtung Paris und erreicht am 1. Juni die Stadt Rouen. Von dort richtet er sich auf dem von Nicole geheuerten Frachter des Reeders Rondeaux häuslich ein, der zunächst Richtung Le Havre aufbricht. »Die Zustände an Bord sind entsetzlich«, schreibt er an Nicole, »es gibt keine Betten hier, und ich werde ihnen den Kauf eines mit Wolle gefüllten Ruhekissens, einer ziemlichen Menge an Kartoffeln und Zwiebeln sowie einiger ordentlicher Portionen getrockneten Suppenpulvers in Rechnung stellen.« Am 6. Juni verlässt das Schiff Rouen und segelt entlang der Seine Richtung Le Havre. »Ich bin untröstlich zu hören, wie miserabel Sie untergebracht sind«, schreibt Nicole ihm zurück. »Ich hoffe, die Fahrt wird für Sie irgendwie erträglich, trotz all dieser Unannehmlichkeiten. Der Herrgott oder irgendjemand anderer helfe uns, dass alles gut für Sie ausgeht.«

Am 25. Juni ankert das Schiff wegen ungünstiger Winde im dänischen Helsingör. Von dort schreibt Louis Bohne an Nicole: »Nichts Besonderes ist bisher auf dieser Fahrt passiert, bis darauf, dass wir im englischen Kanal einem Fischer seine Netze zerrissen haben, für die wir bezahlen mussten. Im Kattegat sind wir von einer dänischen Fregatte aufgebracht worden, weil die Dänen gerade Krieg gegen die Norweger führen und uns mit ihnen verwechselt hatten, was wir aufklären konnten. Hier an Bord werde ich von Ungeziefer bald zerfressen sein.« Am 3. Juli erreicht Louis Bohne mit seiner Ware an Bord der »Gebroders« die Stadt Königsberg. Hier sollen die Kisten auf ein russisches Schiff umgeladen und weiter nach Sankt Petersburg transportiert werden.

»Mit unbeschreiblicher Freude habe ich bei der Inspektion einiger Proben festgestellt, dass unser Champagner bei Ankunft in hervorragender Verfassung ist«, schreibt Louis Bohne aus Königsberg. »Kristallklare Felsenquellen könnten nicht klarer sein, die ganze Ladung ist trocken geblieben, und ich werde preislich so hoch gehen wie nur möglich«, fährt er fort. »Welche Freude, Sie haben ihr Ziel gesund und munter erreicht«, schreibt Nicole zurück. »Wir sind seit Jahren an so viele schlechte Nachrichten gewöhnt, Ihre gute Kunde erscheint mir geradezu wie ein Traum.«

Louis Bohne verkauft von Königsberg aus innerhalb weniger Tage seine gesamte Ware zu Höchstpreisen, obwohl noch niemand weiß, ob die Russen den Import französischer Ware wieder zulassen. Er erzielt Verkaufspreise, die Nicoles Erwartungen weit übertreffen. »Ich habe die von Ihnen erreichte Zahl drei Mal lesen müssen«, schreibt sie ihm zurück, als er sie darüber unterrichtet. Nicole hat bereits einen zweiten Transport vorbereiten lassen. Sie heuert ein weiteres Schiff an, noch während das erste vollständig entladen wird. Sie weiß, dass sie das Eisen schmieden muss. Anfang August verlässt ein zweites Champagner-Schiff Rouen Richtung Sankt Petersburg. Es hat 13 000 Flaschen Champagner an Bord, die bereits vollständig verkauft sind, bevor das Schiff Frankreich verlässt. Bis September 1814 ist Louis Bohne in Sankt Petersburg weitere Lieferverpflichtungen für 90 000 Flaschen eingegangen, und bis zum Jahre 1820 erreichen die Verkäufe von Veuve Clicquot allein in Russland die Marke von 200 000 Flaschen pro Jahr. Weniger werden es zu Lebzeiten von Nicole nie mehr werden.

Nicole durchbricht als erste französische Händlerin die jahrelange Handelsblockade in Richtung Russland. Innerhalb weniger Monate wird sie durch ihren Handstreich überall in Frankreich bekannt. Ihre Operation macht sie zunächst zu einer regionalen, wenig später zu einer nationalen Berühmtheit, die die Geschäftswelt in Staunen und ihre Konkurrenten in Eifersucht versetzt. Nicoles Champagner gewinnt von Tag zu Tag an Zuspruch, und sie wird in den Folgejahren immer wieder Bestellungen absagen müssen, weil sie vollständig ausverkauft ist. Louis Bohnes Vorhersage, dass sie durch den Umweg über Russland auch im eigenen Land bekannt wird, hat sich bewahrheitet. Nicole wird plötzlich überall zu Abendgesellschaften eingeladen, deren Gastgeber sie früher als alleinstehende Frau gemieden haben.

Nach den stark ansteigenden Champagnerverkäufen in Russland gründet Georg Kessler doch noch eine Bank im Namen von Veuve Clicquot, dazu eine große industrielle Getreidemühle in Esslingen am Neckar. Es ist, als wolle er die geglückte Verkaufskampagne seines alten Rivalen Louis Bohne mit anderen, neuen Sensationen übertreffen. Nicole lässt ihn gewähren, gibt ihm volle unternehmerische Freiheit. Sie mag an Georg immer noch sein leidenschaftliches Eintreten für eine Sache. Er hat sich etwas »Über-die-Bäche-Springendes« bewahrt, denkt sie.

Doch Georgs neue Unternehmungen stehen unter keinem guten Stern. Vor allem der Bankbetrieb erweist sich als viel zu riskant. Die Spinnerei kann sich gegen die Konkurrenz kaum durchsetzen, und das Bankhaus bringt Nicole, nach Feststellung einer substantiellen Schieflage, einige Jahre später noch einmal an den Rand einer Insolvenz. Auf Nicoles Bitte hin verlässt Georg abrupt die Firma Veuve Clicquot. Beide von ihm gegründeten Firmen müssen von Nicole einige Zeit später liquidiert werden. Nur ein paar Monate nach seinem Abgang aus Reims gründet Georg Kessler in Esslingen seine eigene Sektkellerei.

Auf Empfehlung einer Ehevermittlerin der Familie heiratet die 18jährige Clementine Clicquot im Spätsommer 1817 den 24jährigen Grafen Louis Marie-Joseph de Chevigné. Chevigné ist nicht besonders vermögend und er ist Vollwaise. Seine Eltern sind während der Revolution als Mitglieder des französischen Adels verfolgt worden und auf grausame Weise ums Leben gekommen. Nur zwei ihrer fünf Kinder, die sie mit in ihre Gefängnisse nahmen, haben bei Adoptiveltern überlebt. Louis de Chevigné ist eines dieser beiden Kinder. Nicole hat zahlreiche wohlhabende, mit hohen finanziellen Forderungen an sie herantretende Anwärter für die Ehe mit ihrer Tochter Clementine abgewiesen. »Um junge Mädchen darf man nicht feilschen wie um Kohlköpfe auf dem Markt«, resümiert sie eine altmodische Sitte der Ehevermittlung, die sie alles andere als erfreulich findet.

Kurz vor Clementines Hochzeit im August 1817 wird Nicoles Bruder Jean-Baptiste tot aufgefunden. Zum Zeitpunkt seines Todes ist er 38 Jahre alt. Eine Ursache für sein frühes und überraschendes Ableben wird nicht bekanntgegeben. Im Mai 1826 stirbt auch sein junger Sohn, Adrien Ponsardin, nach dem Angriff eines tollwütigen Hundes. Er ist das einzige Kind seines neun Jahre zuvor verstorbenen Vaters. Ein Lichtblick für die Familie ist die Geburt von Nicoles Enkelin Marie-Clementine de Chevigné im Jahre 1818, zu der die Großmutter ein enges Verhältnis entwickelt.

Zwei Jahre später, im Oktober 1820, stirbt Nicolas Ponsardin mit 73 Jahren nach schwerer Krankheit in Reims. Er wird mit großem Pomp zu Grabe getragen. Auch seine sechs letzten Lebensjahre sind bemerkenswert verlaufen. Im Mai 1814, sechs Wochen nach Napoleons Abdankung, taucht Ponsardin wieder in Reims auf, zieht in sein großes Palais zurück und kann mit seinem Betrieb wie auch in seinem Amt als Bürgermeister ohne weitere Rechtfertigung für seine kurzzeitige Flucht fortfahren. Alle Reimser freuen sich, dass er wieder in der Stadt ist. Nachdem der neue französische König Ludwig XVIII. im Juni 1814 auf dem Thron installiert und die Monarchie in Frankreich wieder eingeführt ist, wird Ponsardin erneut zum glühenden Royalisten. Um sich jedoch nur ein Jahr später, als Napoleon für hundert Tage nach Paris zurückkehrt, wieder zum Bonapartisten zu wandeln.

Nach Napoleons zweiter Exilierung legt Ponsardin wie selbstverständlich einen neuen Eid auf die Monarchie und den französischen König ab. Sein politisches Amt als Bürgermeister von Reims behält er bis zu seinem Tod. In die Welt dieser höchst erfolgreichen männlichen, fluktuierenden Diplomatie ist Nicole hineingeboren. Sie verachtet sie weiterhin, begreift jedoch langsam, dass die menschenverachtenden Züge des Handelns wichtiger Machthaber, seien es Politiker oder Kaufleute, an der Art des Hochmuts liegt, der mit ihrem Opportunismus einhergeht. Die Wendehalsigkeit ihres geliebten Vaters betrachtet sie lebenslang mit steigendem Argwohn, gebrochen hat sie mit ihm jedoch nie.

Im Januar 1821 hat Louis Bohne einen zunächst harmlos erscheinenden, aber verhängnisvollen Unfall. Er hält sich während einer Handelsreise in Straßburg auf, rutscht dort beim Gang über eine vereiste Rheinbrücke am helllichten Tag aus und fällt in den Fluss. Dabei verletzt er sich schwer. Am folgenden Tag stirbt er an seiner gravierenden Kopfverletzung. Nicole ist tief getroffen. Sie hat ihren längsten und treuesten Freund und Gefährten verloren.

Im August desselben Jahres engagiert sie einen neuen jungen deutschen Buchhalter namens Matthias Werler, der sich bald in Édouard Werlé französisiert und einige Jahre später ihr Partner bei Veuve Clicquot wird. Er deckt weitere Ungereimtheiten in Verbindung mit den Investitionen Georg Kesslers auf. Werlé strahlt Seriosität und Disziplin aus. Mit ihm an ihrer Seite beginnt für Nicole die erste unbeschwerte Zeit an der Spitze ihres Unternehmens. Sie ist jetzt Mitte vierzig. Ihr neuer Partner hilft ihr, die Konfusionen um die verunglückte Bankengründung restlos aufzuarbeiten. Es gelingt ihnen gemeinsam, das Unternehmen Veuve Clicquot allmählich auch organisatorisch auf deutlich höhere Champagnerabsätze einzustellen. Aus dem Familienbetrieb machen sie ein dynamisches Produktionsunternehmen. Sie kaufen Weinberge und Keller dazu, bauen das Personal klug aus und ziehen in neue, besser geeignete Geschäftsräume um.

Nach dem Tod ihrer Eltern und ihres Bruders siedelt Nicole in das Palais Ponsardin über. Sie führt ihr Champagnerhaus operativ bis zu ihrem 64. Lebensjahr und legt die Führung dann ganz in die Hände ihres Mitgeschäftsführers Édouard Werlé. Ihr zweites von drei Urenkelkindern ist gerade geboren worden. Nicole bleibt dem Unternehmen jedoch nah und wird weiterhin in wesentliche Investitionsentscheidungen einbezogen.

Indem sie Werlé zum Stellvertreter ernennt, bricht sie endgültig mit der Tradition des Familienunternehmens. Nach Georg Kessler erwählt sie erneut einen außerfamiliären Kollegen und nicht ihre Tochter oder ihren Schwiegersohn zu ihrem Nachfolger an der Spitze von Veuve Clicquot.

Bis zu Nicoles offiziellem Rückzug aus der Firmenleitung im Jahr 1841 haben die Verkaufszahlen von Veuve Clicquot eine Höhe von durchschnittlich 500 000 Flaschen Champagner pro Jahr erreicht. Rund zwei Drittel der Verkäufe sind auf Jahre im Voraus bestellt. Damit kann jenes lukrative Geschäftsmodell verwirklicht werden, das Francois Clicquot von Anfang an vorschwebte. Die Risiken der Produktion sind durch die Vorbestellungen abgesichert. Vorausgesetzt, es gelingt, die Qualität des Champagners hoch zu halten und sich auf die Geschmäcker ihrer Kunden einzustellen, wird der Gewinn reichhaltig bleiben, auch wenn die Konkurrenz immer zahlreicher geworden ist.

Durch ihren Erfolg in Russland tritt Nicole Clicquot aus ihrer Unsichtbarkeit hervor. Nicht nur ist ihr Schiff auf den Schwingen von Zar Alexanders Sieg über Frankreich mitgesegelt; dank ihres mutigen Plans, die Handelsblockade zu durchbrechen, hat Nicole den russischen Landsleuten auch ihre Sympathie gezeigt. Schiffsladungen voller französischen Champagners wirken in Russland wie ein freundlicher diplomatischer Akt. Doch auch bei den französischen Kollegen und Händlern hat sich Nicole Respekt verschafft. Niemand von ihnen war so entscheidungsfreudig wie sie. Niemand hat so viel Vertrauen in seine Ware gesetzt und niemand hat die Transporte Richtung Feindesland so schnell organisiert bekommen. Alle sind beeindruckt von einer Witwe, die eine solche Kühnheit an den Tag legt.

Über sie selbst und ihren personellen Neuzugang, den jungen Werlé, heißt es in einer Zeitung aus dem Jahre 1832: »Madame Clicqot – ein inzwischen in ganz Europa bekannter Name, ihr Ruf könnte in kommerzieller Hinsicht nicht besser sein – erscheint. Ihr folgt ihr Schwiegersohn, Graf de Chevigné. Madame Clicquot ist ferner in Begleitung eines jungen, sehr großen Mannes mit einem intelligenten Gesichtsausdruck, der seit einigen Jahren ihr Mitarbeiter ist und umso leichter im Salon von Monsieur Adrieux aufgenommen wurde, als man ihn für die große Whist-Partie würdig fand, weil er ein hervorragender Spieler ist. Dieser junge Mann deutscher Herkunft wird es noch weit bringen, und in Reims erwarten ihn besonders große Aufgaben.«

Einige Jahr später wird der Schriftsteller Prosper Merimée von einem Freund gefragt, wer ihm bei der Wiederinstandsetzung des Triumphbogens von Reims helfen könnte, und Merimée antwortet: »Madame Clicquot ist die Königin von Reims und hat ihren obersten Angestellten zum Bürgermeister gemacht. Es bedarf nur eines Wortes von ihr, und der Bogen ist gerettet.«

Zeitlebens versteht sich Nicole Clicquot hervorragend mit ihrer Tochter Clementine und ihrem Schwiegersohn Louis de Chevigné. Sie hält die beiden jedoch aus allen Firmenangelegenheiten so weit es geht heraus. Ihren Schwiegersohn ermutigt sie, als Schriftsteller fortzufahren. Eine Erstauflage seines Buchs mit Fabeln kauft sie komplett auf, wahrscheinlich, um eine Enttäuschung über die schmale Resonanz seines Werks in Grenzen zu halten. Sowohl ihre Tochter wie auch ihren Schwiegersohn hält sie für die Übernahme einer verantwortungsvollen Funktion im eigenen Unternehmen für ungeeignet. Ihrer Tochter, so denkt sie, fehlt für die Mitarbeit im Unternehmen die psychische Stabilität, ihrem Schwiegersohn die Ausdauer und die Konsequenz.

An Sommerwochenenden trifft sich die Familie auf Nicoles Landsitz, einem kleinen alten Schloss in der Nähe von Épernay in der Champagne. Ihr Schwiegersohn überredet Nicole kurz nach ihrem Rückzug aus der Firmenleitung, sich einen neuen, größeren Landsitz in der Nähe zu bauen, das Schloss Boursault. Die Bauzeit beträgt nur fünf Jahre, Nicole hat den für die Restaurierung der Kathedrale von Reims verantwortlichen Architekten für ihren Neubau engagiert. Kurz vor der Fertigstellung von Schloss Boursault schreibt sie an ihre Cousine: »Ich treffe meine Vorbereitungen, um mich auf dem Land niederzulassen, und Monsieur Mortemar teilt mir gerade mit, dass er mit einem seiner Freunde und seinem Schwager, dem Grafen d'Avary, bei mir eintreffen wird. Es wird also Zeit, mir eine geräumigere Bleibe zu schaffen. Da mein altes Schloss sehr klein ist, könnte ich dort nicht viele Leute auf einmal empfangen, aber wir haben jetzt eines gebaut, in dem ich mindestens zwanzig Herrschaften und ebenso viele Domestiken unterbringen kann, was mir viele Verlegenheiten ersparen wird. Demnächst werde ich also viele Leute logieren können, ohne mein eigenes Bett hergeben zu müssen.«

Epilog

Am 29. Juli 1866 schläft Nicole Clicquot-Ponsardin im Alter von 89 Jahren friedlich in ihrem Zimmer im Schloss Boursault in der Nähe von Reims ein.

Nicoles Name taucht in vielen Werken von Schriftstellern des 19. Jahrhunderts auf – bei Apollinaire, Gogol, Merimée, Proust, Puschkin, Tschechow. Der englische Dichter George Meredith hat in einen seiner Romane eine Art »Veuve-Clicquot-Szene« eingebaut: *»Man kannte sie gut in dem für seine Schildkrötensuppe und seinen ›Vieille Veuve‹ berühmten Restaurant; dieser Champagner war von milder Süße, der Jahrgang war außergewöhnlich, er hatte ein hohes Alter, rivalisierte von der Reife her mit den besten Burgunderweinen und war imstande, uns trotz seines wahnsinnigen Schaumes in diesen Zustand respektvoller Bewunderung zu versetzen, was ja das Privileg der verehrungswürdigen Weine ist … Bequem in einer Ecke am grauen Fenster sitzend, umhüllt vom Rauchnebel der City, loben wir den Wein der Veuve, einen Wein, der uns vollkommen einnimmt und uns für einen Moment des Gesprächs beraubt.«*

Rund 220 Jahre nach Nicoles Firmengründung sind die Erzeugnisse ihrer Champagnermarke bis heute zu erwerben. Für rund vierzig bis fünfzig Euro erhält man eine Flasche aus ihren alten Kellern, und entdeckt, nach Entfernung von Folie und Metallkorb, auf einer winzigen Plakette über dem Korken ihr Portrait. Mit festem Blick schaut uns die erste Frau der Wirtschaft gleichermaßen aufmerksam und listig an.

Dank

Ich danke meiner Familie für viele durchgeschriebene gemeinsame Urlaube, vor allem den Kindern unter ihnen. Im Besonderen danke ich dem Schriftsteller Kurt Drawert, dem Autor Michael Ortmanns und der Kuratorin und Autorin Barbara Räderscheidt, die immer nah an meinem Schreibprozess waren, für ihre unzähligen Ermutigungen und die intensive und sorgfältige Vorredaktion meines Romans. Ich danke allen meinen Freunden für ihre Resonanz und die vielen Gespräche über den Romanstoff. Und ich danke herzlich meinem Lektor Rainer Weiss für die spontane Aufnahme in seine Edition W und seine aufmerksame Arbeit an meinem Manuskript.